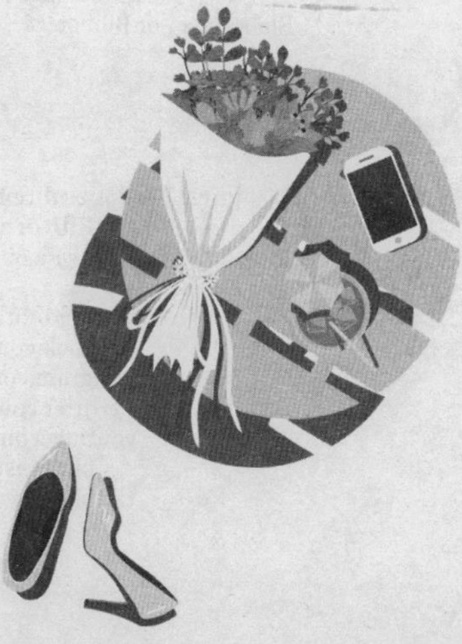

The Lucky Escape
Laura Jane Williams © 2021
Published in agreement with Harper Collins Publishers Limited and
Agência Literária Riff Ltda

Edição: Felipe Damorim e Leonardo Garzaro
Assistente Editorial: Leticia Rodrigues
Tradução: Laetícia Monteiro
Arte: Vinicius Oliveira e Silvia Andrade
Revisão: Carmen T. S. Costa e Lígia Garzaro
Preparação: Ana Helena Oliveira

Conselho Editorial:
Felipe Damorim, Leonardo Garzaro, Lígia Garzaro,
Vinicius Oliveira e Ana Helena Oliveira.

Dados Internacionais de Catalogação na Publicação (CIP)
(Câmara Brasileira do Livro, SP, Brasil)

W721p

Williams, Laura Jane

Por um triz / Laura Jane Williams; Tradução de Laetícia Monteiro. – Santo André - SP: Rua do Sabão, 2023.

504 p.; 14 X 21 cm

ISBN 978-65-86460-85-8

1. Romance. 2. Literatura inglesa. I. Williams, Laura Jane. II. Monteiro, Laetícia (Tradução). III. Título.

CDD 823

Índice para catálogo sistemático
I. Romance : Literatura inglesa
Elaborada por Bibliotecária Janaina Ramos – CRB-8/9166

[2024] Todos os direitos desta edição reservados à:
Editora Rua do Sabão
Rua da Fonte, 275 sala 62B - 09040-270 - Santo André, SP.

www.editoraruadosabao.com.br
facebook.com/editoraruadosabao
instagram.com/editoraruadosabao
twitter.com/edit_ruadosabao
youtube.com/editoraruadosabao
pinterest.com/editorarua
tiktok.com/@editoraruadosabao

POR UM TRIZ

Laura Jane Williams

Traduzido do inglês por Laetícia Monteiro

Para Loughnane
Obrigada por tudo que você continua a me ensinar (e pela paciência com que faz isso!).

1

Eu estava no meio da melhor manhã da minha vida.

— Annie-Chuchu, você está parecendo uma... modelo. Não. Peraí. Melhor que isso. Uma *supermodelo* — declarou minha irmã mais nova, Freddie, enquanto minha melhor amiga, Adzo (uma vez ela me disse que esse nome significa "nascida na segunda-feira" em Gana), dava os toques finais no meu delineador labial. Freddie me chamava de "Annie-Chu" desde que tinha idade suficiente para falar; o que, como minha mãe nunca cansava de lembrar a todos nós, foi praticamente desde que saiu de seu útero, diferentemente de mim, sua decepção em forma de filha, que passou três anos de cara fechada e em silêncio, quase fazendo com que ela desenvolvesse ansiedade crônica. Ela nunca se cansava de nos lembrar disso também.

Freddie entortou a cabeça para o lado avaliando o trabalho de Adzo. Vinha bem a calhar ter uma melhor amiga que, sim, era uma física teórica, mas que também dominava um lápis para contorno. Não que eu estivesse muito nervosa nem nada do tipo, mas de jeito nenhum eu confiaria em outra pessoa para fazer aquilo.

— Você está incrível — continuou Freddie.
— Que palavra usamos quando alguém é, tipo, a chefona? A pessoa que manda em tudo?
— Majestosa? — sugeriu Adzo.
— Sim! Especialmente com a coroa de flores!

Ela faz os melhores elogios, minha maninha.

— Vem aqui, vem — eu disse com um sorriso, puxando seu corpinho de treze anos pelo pulso na minha direção.

Nós tínhamos passado a noite na suíte de um hotel chique em Mayfair, tudo pago pelos meus futuros sogros como um agrado para as meninas. Nós três — eu, Adzo e Freddie — havíamos chegado ontem e nos aconchegamos para fofocar e rir, fazendo dancinhas idiotas para as redes sociais em nossos roupões que combinavam para celebrar minha última noite como uma mulher solteira. Tinha sido perfeito — e eu só tinha chorado duas vezes. Eu estava empolgada para me casar, mas posso dizer com honestidade que, se eu caísse acidentalmente em um bueiro antes de chegar à igreja, eu morreria tendo acabado de viver as mais lindas vinte e quatro horas jamais vividas. Tudo tinha sido mágico.

Adzo estava dando toda a atenção às ondas castanhas que desciam selvagens pelas minhas costas — outra coisa que eu não confiaria a mais ninguém — e eu abaixei a voz para dizer a Freddie: — Você ainda pode ir lá em casa o tanto que quiser. Isso não muda nada! Me aconcheguei no pescoço dela e encarei nosso reflexo no espelho gigante à nossa frente.

— O Alexander te ama.

— Posso ir até nas noites de sábado? — ela perguntou.

— Ursinha, eu não acho que você vai continuar querendo passar as noites de sábado por muito mais tempo com sua irmã mais velha que cheira a naftalina.

— Eu vou.

Eu franzi o nariz, fazendo com que ela risse.

— Vamos ver.

Adzo deu um passo para trás, lançou um último olhar sobre mim e virou o resto de sua mimosa — um sinal visível de que estava satisfeita com sua manhã de trabalho. Ela estava estonteante, suas maçãs do rosto ainda mais acentuadas do que normalmente porque havia usado um iluminador em creme, forçando a luz a brilhar em seu rosto como se ela estivesse, de alguma forma, acesa em seu interior. Seus olhos escuros foram delineados como um olho de gato e suas tranças estavam presas em espirais volumosas no topo da cabeça. Felizmente ela não iria entrar comigo na igreja, porque com certeza todos os olhos se fixariam nela.

Adzo realmente chegou a recusar-se a ser uma dama de honra antes mesmo que eu tivesse a chance de convidá-la. "Eu não curto essas coisas", ela declarou assim que lhe mostrei a aliança pela primeira vez. "Nem pense em me convidar para alguma coisa, beleza?" Eu ri e concordei.

Era típico de Adzo. Ela não faz o que todas as outras pessoas fazem. Na verdade, Freddie também é assim, ela marcha no compasso do seu próprio ritmo.

— Você está na oitava série ou na nona, Freddie-Frufru?

Adzo aprendeu rapidamente que ninguém era chamado pelo nome de batismo no nosso mundo. Todos eram Beltrano-Chuchu ou Sicrano-Frufru, ou ursinho ou joaninha ou porquinho-oinc. Freddie respondeu dizendo que tinha acabado de começar a nona série.

— Ela está com treze anos, prestes a fazer vinte e cinco — provoquei. Freddie, na realidade, se chamava Frederica, mas, quando descobriu sobre a desigualdade salarial entre os gêneros, ela decidiu que queria um nome "que não dê para saber se eu sou menina ou menino só de ver meu currículo, assim eles não podem me discriminar". Ela é esperta. Mais esperta que eu.

Freddie relaxou no meu colo e eu inspirei o seu cheiro: loção corporal de melancia e spray de cabelo que dançava suavemente ao redor de sua juba *ombré*. Eu pagava caro para que minhas raízes ficassem um pouco mais escuras e minhas pontas um pouco mais claras, mas as dela eram daquele jeito naturalmente.

— Obrigada por ser minha dama de honra sem defeitos — eu sussurrei. — Você é a minha melhor amiga.

— Você é a *minha* melhor amiga — ela sussurrou de volta. E então um pensamento lhe ocorreu e ela torceu o nariz em desgosto. — Você tem Tic Tac, né? Você tá com bafo.

Eu guinchei e tentei alcançá-la para fazer barulho de pum na sua nuca um segundo tarde demais — ela já tinha se desvencilhado do meu aperto com alegria.

— Cuidado com o *gloss*! — Adzo uivou enquanto se precipitava para nos separar.

— Eu nunca fiz alguém ficar tão bonita!

Freddie saltitou para o outro lado do cômodo e eu, tomando cuidado com meu vestido, me movi comicamente e fui atrás dela em câmera lenta. Para sua sorte, fomos interrompidas pela chegada do meu pai, que entrou no quarto com a chave que havíamos deixado para ele na recepção. Nós congelamos, ficamos coletivamente conscientes de que não havia mais tempo para brincadeiras e de que o "dia do casamento" provavelmente deveria ser mais sério do que a forma como estávamos agindo até agora.

— Papai! — Freddie correu em direção a ele. — Nós tivemos a melhor noite. Fizemos um chá da tarde! E comemos pizza na cama!

Usando seu terno azul-marinho favorito e uma gravata vermelha larga que fazia par com o lenço colocado em seu bolso superior, o longo corpo norueguês de meu pai parecia ainda mais longo com aquele caimento personalizado. Ele já trazia um pequeno copo-de-leite em sua lapela, feito para combinar com o meu buquê. Envolvendo Freddie com seu braço, ele tomou fôlego e olhou para mim.

— Então esta é você no dia do seu casamento, Chuchu — disse em tom de elogio, absorvendo minha visão diante dele.

Eu sorri de volta. Ver os olhos dele brilharem me fez lacrimejar também, fiquei sem palavras. Merda de casamentos. Você imagina que vai estar toda serelepe e que não vai ser como todas as outras noivas e aí PAM: na sua cara. Você é tão sentimental e emotiva quanto qualquer outra garota vestida de branco.

— Você está linda — ele disse. — Linda de verdade. Freddie se agarrou ao braço dele, pegando sua mão:

— Eu disse que ela estava *majestosa*.

— Rainha do mundo. — Papai sorriu e Adzo sacudiu um lenço de papel na minha frente antecipando o que estava por vir.

— Dê batidinhas, não esfregue — ela instruiu severamente. — Dê batidinhas suaves ou você vai melecar tudo.

Eu respirei fundo. O dia do meu casamento.

O vestido era assinado por um estilista, meu pai me levaria ao altar e eu iria pegar o sobrenome de Alexander em menos de uma hora.

Antes de começar a planejar o casamento, se você me perguntasse o quão tradicional eu era em uma escala de um a dez, eu diria dois ou três. Adzo e eu já tínhamos tido milhões de conversas sobre como ser uma mulher-forte-e-independente-que-por-acaso-está-comprometendo-sua-vida-com-a-de-outra-pessoa. As coisas que eram esperadas de uma noiva estavam enraizadas na noção de que ela era a propriedade de alguém (por exemplo: o pai levar a noiva ao altar), que era valiosa por ser pura e intocada (por isso o vestido branco virginal). Um dia, na nossa pausa do almoço, Adzo ficou me perguntando se Alexander toparia juntar nossos nomes com um hífen ou mesmo pegar o meu, e eu considerei perguntar isso a ele. Mas, quando o momento realmente chegou, encontrei um grande conforto nessas tradições centenárias de casamento e cedi à maioria delas sem muita resistência. Eu queria todo aquele ritual, a história e a expectativa.

Minha única declaração visível de feminismo foi de que eu iria fazer o primeiro discurso durante o jantar. No casamento da minha amiga Jo, ela pegou o microfone e disse: "Boa noite. Obrigada por virem hoje. Meu magnífico pai, meu maravilhoso padrinho e meu lindo marido vão dar os seus discursos daqui a pouco...", e então todos começaram a aplaudir e torcer. "Mas eu vou ser a primeira, porque só por cima do meu cadáver eu deixaria um monte de homens falarem no meu lugar...", e nesse momento a plateia já estava ensandecida.

Eu achei sua atitude hilária.

Mamãe achava que era grosseiro a noiva discursar, mas eu queria fazer o mesmo.

— Certo, então, senhora Mackenzie, você está pronta? — papai disse, suas feições murchando subitamente. — Uau. *Senhora Mackenzie*. Você não vai mais ser uma Wiig. Ele se virou para Freddie e, com uma voz ironicamente séria, insistiu: — Nunca se case, ouviu? Você é a próxima geração de Wiigs. Precisamos que você carregue o nome da família.

Freddie revirou os olhos participando da brincadeira.

— Paaaaaaaai.

— Eu sei, Fred, mas você só vai entender como é isso quando tiver seus próprios filhos, eles crescerem e te deixarem estonteada com as pessoas que se tornaram. É muita emoção. — A mão dele subiu até a altura do coração, como se pudesse massagear seus sentimentos pelo lado de fora.

— Eu ainda sou uma Wiig neste momento — eu o tranquilizei, colocando a mão em seu ombro. — E, mesmo quando eu não for mais, sempre serei sua filha.

— Com o bônus de me dar um genro.

Papai sorriu quando disse isso, mas eu propositalmente nunca tinha lhe perguntado se ele gostava de Alexander, porque, desde a primeira vez que o levara para passar um fim de semana em nossa casa, eu suspeitei de que não gostaria da resposta. E agora não era a hora de entrar nesse assunto. Eu amava papai, mas também tinha certeza do meu futuro. *Não coloque a sua mão no fogo*, minha falecida avó costumava dizer. *Você vai se queimar.*

— Exatamente — eu disse, em tom conciliador. — Você não está perdendo nada, está ganhando.

Papai estendeu o braço, convidando-me:
— Vamos tomar um shot de vodca no caminho pra saída — ele sugeriu. — Eu preciso acalmar os meus nervos. Devia existir alguma espécie de manual especial para pais no dia do casamento de suas filhas. Eu me sinto todo... confuso. Nervoso.

— Vamos — eu disse, sentindo o calor aumentar nas minhas bochechas e sabendo que era um sinal de alerta de que eu começaria a chorar se não mudássemos de assunto. — Vambora!

Adzo juntou as últimas coisas de que precisava para manter minha aparência de noiva bem-arrumada pelo resto do dia e Freddie deu uma última voltinha na frente do espelho e pegou suas flores de dama de honra. Minha mãe tinha ido direto para a igreja a fim de bancar a anfitriã. Ela adora ter um público e estar no centro das atenções, então escolheu fazer isso em vez de passar a noite com a gente no hotel. Ela disse que só atrapalharia e que se sentiria melhor durante o dia se dormisse na própria cama. Eu fiquei um pouquinho aliviada quando ela disse isso, para ser honesta. Nosso relacionamento é... complicado. Eu tento não pensar demais nisso. Todo mundo tem atritos com a própria mãe em alguma medida, né?

Olhei para meu pai, minha irmã e minha melhor amiga. As pessoas que eu mais amo no mundo estavam ali por mim, extasiadas por mim. Eu me sentia amada por Alexander — é claro que sim —, mas desde que ficamos noivos todo mundo tinha se reunido e se intrometido nos meus planos e ideias e isso tinha sido como um casulo aconchegante de romance magnífico e cheio de votos de felicidade. Pensar nisso e em como, ao voltar para a suíte mais tarde, eu seria a senhora Mackenzie — *casada! Eu! Finalmente!* — fazia minha respiração ficar presa na garganta. Não conseguia imaginar nenhuma outra coisa que pudesse tornar este dia mais especial. Era como se todas as minhas entranhas tivessem sido supercarregadas com eletricidade e até o simples ato de existir estivesse amplificado. As cores estavam mais brilhantes, as emoções mais fortes.

Tudo estava tão *perfeito*.

2

Quando Jo, aquela amiga da universidade que fez o discurso engraçado, ficou noiva, comecei, de fato, a me questionar sobre o que eu e Alexander tínhamos. Eu havia lido uma vez em algum lugar que funerais não eram para os mortos, mas para os vivos, e acho que muitas vezes os casamentos não são para o casal diante do altar, mas para a congregação. Será que um dia alguém já foi a um casamento e pensou em mais alguém além de si mesmo? Eu não. Digo, é claro que quando a Jo se casou eu estava superempolgada por ela. Ela conheceu Kwame em um aplicativo, deslizou o perfil para a direita em uma solitária tarde de domingo e o encontrou pela primeira vez dois dias depois. Um mês se passou e ela já o chamava de "meu namorado". Aquilo no mínimo me surpreendeu, porque seu último relacionamento fora com uma namorada, então eu simplesmente presumi que Jo nunca mais iria sair com um homem de novo depois do tanto que ela falou mal deles. Humanos existem para nos surpreender, acho, e quem sou eu para atribuir uma categoria para a sexualidade de uma amiga só para que eu mesma me sinta melhor ao saber onde ela se enquadra no espectro? (*A presunção nos torna idiotas*, era outra coisa que minha avó costumava dizer.)

Enfim.

Depois de três meses, Jo e Kwame estavam dizendo "Eu te amo" e, passados mais seis meses, eles foram morar juntos. Eu queria ser uma boa amiga, como a Bri e a Kezza foram — as outras duas que, juntamente com Jo, formavam o nosso Quarteto Fantástico da amizade —, e assim a gente tentou abordar gentilmente a ideia de que talvez as coisas estivessem indo rápido demais. Pra que a pressa? A Jo não surtou nem ficou brava quando a gente levantou a questão; ela simplesmente sorriu. Eu lembro disso com bastante clareza. Era uma tarde de sábado e estávamos comendo quinoa com linguiça no Bridges na Stoke Newington, bem no começo da primavera. Ela deu de ombros e todas nós soubemos que era real oficial quando ela disse com ar sonhador: "Esse parece diferente. Nós queremos as mesmas coisas."

Nós queremos as mesmas coisas.

Aquilo me pegou porque, àquela altura, eu já estava com Alexander havia nove anos e nós ainda tínhamos apartamentos e vidas sociais separados, e, mesmo que nos divertíssemos juntos em encontros ou nos finais de semana em que ele não estava jogando rúgbi, parecia que a gente não conseguia alinhar de verdade o rumo que estávamos tomando. Eu não queria ser chata e nem ser Aquela Namorada. Todo mundo conhece Aquela Namorada. A que fica fazendo ultimatos para ficarem noivos ou terminarem tudo. *Quero você inteiro, ou não quero nada!* Esse tipo de coisa. Eu queria ser mais desencanada do que aquilo. E eu era. Durante todos os anos na casa dos vinte, eu fui uma garota desencanada, mas aí meus amigos da universidade começaram a noivar, casar e engravidar e pif-paf-pow, deixei de ter vinte e nove anos e estar alegremente acompanhando a galera e passei para o lado dos trintões, com todo mundo seguindo em frente, menos eu.

Naquela época, a Bri também conheceu seu namorado e, devido à imigração, teve que se casar às pressas por causa da papelada e só contou para a gente depois. Kezza já tinha conseguido a aprovação para adotar como mãe solo e estava ativamente se preparando para a adoção, tinha até mesmo colocado todas nós como referências de rede de apoio comprometida. Ela se recusou a se contentar com um homem medíocre para realizar o trabalho mais importante de sua vida, ela disse, declarando que estava feliz em fazer isso sozinha e encontrar alguém mais tarde, porque, para ela, a maternidade era mais importante que o casamento. E assim eu, de nós quatro, era a única pessoa que não estava fazendo nada além de continuar a nadar. O Quarteto Fantástico se estilhaçou igualzinho a uma estrela que atinge a atmosfera da Terra e se parte em mil pedaços. Isso me deixava em pânico ao imaginar o meu lugar no mundo.

É mentira aquilo que dizem sobre amigos serem a família que a gente escolhe. Amigos encontram parceiros e vão lá construir suas próprias famílias, e estar de pé na igreja ao lado de Alexander enquanto uma das minhas pessoas favoritas unia a sua vida à de alguém que ela conhecia havia apenas um ano me deixou realmente insegura. Foi aí que eu finalmente puxei esse assunto com ele — que precisávamos pensar sobre o nosso próprio futuro. Acho que o casamento também o comoveu, porque na semana seguinte ele trouxe um monte de folhetos de casas em Islington que seus pais queriam ajudar a comprar com uma entrada. Ele queria que eu morasse com ele e eu fiquei empolgadíssima — e aliviada.

    Não existe nada melhor do que alguém dizendo em voz alta que você é a pessoa com quem se quer construir algo. Acho que a parte mais incerta da minha vida foi quando fiz trinta anos e senti que todo mundo menos eu tinha planos e que eu ainda não tinha crescido pra valer. Ir morar com Alexander me fez uma adulta de verdade, avançando na vida como todo mundo. Preparei jantares para ele e organizei nossa mobília, e fiquei estranhamente interessada em coisas que eu sempre jurei que não faria — me tornei a pessoa que comprava o cartão de aniversário para a mãe dele e que oferecia jantares para poder conhecer seus colegas de trabalho e parceiros de rúgbi. E eu gostei. Eu me deleitei com aquilo. Nós finalmente queríamos as mesmas coisas também.

    Quando cheguei à igreja com papai, Freddie e Adzo, fiquei surpresa em ver a cerimonialista do lado de fora, parecendo bastante corporativa e séria em um terninho preto, calças *pantacourt* e sapatilhas, seu cabelo preto em um sedoso rabo de cavalo. Ela tinha me dito na noite anterior, com sua cadência cantada do Sri Lanka, para levar todo o tempo de que eu precisasse para sair do carro e fazer retoques e ajustes de última hora, para respirar fundo. *Todo mundo espera pela noiva*, ela repetiu diversas vezes. *Você pode levar o tempo de que precisar, tudo bem?* Ela deveria estar me esperando na porta da igreja, depois de garantir que todos estivessem sentados. Ao vê-la, franzi o cenho.

— Quem é aquela? — perguntou Freddie, notando meu olhar preocupado.

— Happy — respondi baixinho, e minhas mãos ficaram imediatamente suadas. Meu corpo soube, antes que a minha mente pudesse compreender, que as coisas estavam prestes a dar errado. Meu sentido-aranha estava em alerta máximo.

— Tem algo errado. Ela deveria estar na porta da igreja.

Papai espiou pela janela.

— Tenho certeza de que está tudo bem — ele entoou cautelosamente. — Não consigo imaginar por que não estaria.

As palavras dele ficaram em suspensão.

Happy se aproximou do carro enquanto estacionávamos, parecia cansada e pálida — tecnicamente aquela *não* era a aparência que alguém gostaria que sua cerimonialista tivesse. Imediatamente imaginei que o sacerdote tivesse ficado doente e que o casamento seria realizado por alguém totalmente desconhecido. Essa foi a primeira coisa que me ocorreu. A segunda foi que talvez houvesse algo errado com o bolo ou que não tivéssemos gelo suficiente para os baldes de champanhe. Mas coisas de bufê só importavam para a recepção, era um problema para mais tarde, não para agora.

Talvez ela tenha vindo me dizer que Alexander está muito emocionado.

Talvez ele tenha mandado uma mensagem pra mim.

Talvez ela tenha vindo me dizer o quanto ele me ama e o quanto quer que eu entre na igreja o mais rápido possível.

Mas não foi isso o que ela disse.

— O que você quer dizer com "ele não está vindo?"

— Hum... — Happy enrolou, claramente desconfortável. — Ele me mandou uma mensagem. E parece que ele mudou de... ideia.

Tudo o que eu pude fazer foi repetir tudo o que ela me disse, feito um papagaio. Eu não conseguia encontrar minhas próprias palavras.

— Mudou de ideia.

Os olhos dela já eram grandes, mas ficaram ainda maiores, desejando que eu entendesse. Mas eu não entendi.

— Eu tentei ligar... — ela reforçou.

Ela deu um sorriso amarelo como que pedindo desculpas para o meu pai, minha irmã e Adzo, que estava com o corpo totalmente congelado, como se, caso ela se movesse um milímetro, o mundo todo fosse desabar. Apenas os olhos dela se mexiam, alternando o foco entre mim e a cerimonialista. Não dava para ter certeza de que ela estava respirando.

O Alexander não vem.

Era o dia do meu casamento, o céu estava azul, meu pai estava ao meu lado e a cerimonialista — que tinha uma mancha de batom rosa no dente da frente que me fazia passar a língua instintivamente nos meus próprios dentes para o caso de eles também estarem sujos — havia acabado de me dizer que o meu noivo enviou uma mensagem (*uma mensagem!*) para dizer que não ia ter casamento.

— Desculpe, eu só estou tentando... lidar com tudo... isso. — Eu gesticulei no ar à minha frente. — Só pra confirmar... você tentou me ligar ou ele tentou me ligar?

Meus olhos coçavam, meus pensamentos estavam em uma corrida de obstáculos. Pisquei rapidamente. Happy não piscou nenhuma vez enquanto media suas palavras.

— Eu — ela disse. — Primeiro eu liguei pra ele, mas, quando ele não atendeu, eu liguei pra você. Obviamente você também não atendeu. — Ela pausou, ponderando sobre o que dizer. — Eu sinto muito, Annie.

— Me deixe ver seu celular? — eu pedi, e minhas falas saíram rápidas e entrecortadas. Eu precisava de provas. — A mensagem? — Minha voz soava muito distante. Eu estava mexendo a boca, mas tudo estava acontecendo bem longe, no fim de um túnel muito comprido.

Percebi que Papai tinha se movido para dizer algo, mas ele pensou melhor. Em vez disso, colocou seu braço ao redor de Freddie. Ela me encarou, seus olhos brilhantes dardejando entre os adultos, enquanto tentava alcançar a mão de Adzo. O olhar no rosto de Adzo me deu ânsia de vômito.

— Por favor — eu acrescentei. Minha voz estava estridente e alta. No limite. Respirei fundo e forcei um sorriso na direção de Freddie, tentando lhe dizer para não entrar em pânico. Minha irmã franziu o cenho, ela sabia o que hoje significava, e tinha estado empolgada porque eu estava empolgada.

Happy sorriu de volta dolorosamente, sua expressão era um retrato da compaixão. Ela devia ter entendido tudo errado, eu raciocinei. Alexander não iria simplesmente *não aparecer* no dia do nosso casamento. Isso seria algo horrível de se fazer. Imperdoável. É claro que ele viria. Nós estávamos noivos. As pessoas estavam esperando. Eu não tinha comido uma refeição completa em seis meses, cada milímetro do meu corpo estava bronzeado artificialmente e eu já tinha encomendado os cartões de agradecimento de "Senhor e Senhora Mackenzie".

O instante em que noivamos surgiu de repente na minha cabeça. Ele me pediu em casamento na manhã de Natal, assim que acordamos, a caixinha tinha aparecido na minha mesa de cabeceira em algum momento durante a noite.

— Que tal? — ele perguntou sorrindo, deitado de lado de modo a alongar seu torso nu. Tudo que fiz em resposta foi gritar e colocar o anel imediatamente no meu dedo, esquecendo-me de que aquilo era algo que ele deveria fazer. Nunca achei que seria possível querer desmaiar de felicidade até aquele momento, mas usar o anel me deu mais deleite, mais êxtase, mais tudo que qualquer outra coisa na minha vida. Aquele anel consolidou o meu futuro.

— Imagino que isso seja um sim? — ele falou e eu imediatamente irrompi em lágrimas, assentindo com a cabeça e fazendo tanto barulho que a mãe dele bateu na porta do chalé compartilhado em que estávamos para conferir se estava tudo bem.

Happy desbloqueou seu iPhone e abriu uma conversa. Minha mão tremia quando peguei o aparelho, minha boca estava seca como gim. Eu me concentrei.

Happy, você foi maravilhosa ao planejar tudo para hoje, mas eu não vou. Não consigo fazer isso. Por favor, diga para a Annie que eu sinto muito. Vou garantir seu pagamento completo até o fim da semana que vem. Obrigado por tudo. Acredito que você consiga lidar com os convidados. Alexander.

As pessoas insistem em dizer que parece terem levado um tapa quando descobrem algo chocante e é um clichê superutilizado, mas, enquanto lia a mensagem pela segunda, terceira e quarta vez — desesperada para encontrar o significado mais profundo, a parte que Happy não tinha interpretado bem ou que entendeu errado —, eu me sentia pegajosa e irada. Como ele pôde fazer isso comigo? Que porra tinha acontecido desde que o vi ontem à tarde? Havia outra pessoa? Era uma piada? Meu cérebro não conseguia fazer a matemática complicada de entender aquilo. A mensagem era tão curta. Li tudo outra vez: eu fui um pensamento secundário, meu nome apareceu entre um elogio e uma promessa de pagamento para uma mulher que conhecíamos havia oito meses. Alexander me conhecia desde a universidade. Nada disso fazia qualquer sentido.

Meus olhos ficaram marejados e uma lágrima caiu na minha mão. Apenas uma. Não foi um fluxo constante de lágrimas, nem um choro alto ou gritado ou soluçante. Distraidamente, entreguei minhas flores para Freddie e então, engolindo em seco, devolvi o celular para Happy. Com ambas as mãos trêmulas livres, pude pressionar as pontas dos dedos em minhas têmporas, forçando-me a pensar.

Como eu conserto isso?

Eu não estava com o meu próprio telefone, porque planejara passar o dia com cada uma das pessoas que eu conhecia que poderiam me ligar. Eu não podia ligar para ele usando meu próprio celular, nem ver se ele tinha me ligado.

Puta que pariu! Era melhor que ele tivesse me ligado.

Eu precisava ouvir a voz dele. *Ele* poderia consertar isso. Ele poderia explicar e aí riríamos juntos desse mal-entendido terrível e Adzo poderia retocar minha maquiagem e faríamos piadas sobre como eu estivera enxergando pelo em casca de ovo.

Né?

NÉ?

— Pai, você pode ligar pra ele? Isso não pode estar acontecendo.

— Não pode, querida — ele concordou, tensionando a boca em uma linha fina.

— Vamos falar com ele.

— Você vai ficar bem — Adzo disse suavemente. — Eu prometo.

Papai remexeu no bolso do paletó para pegar o celular, então rolou a tela até encontrar o nome de Alexander e tocou no botão de ligar. Imediatamente pude ouvir a mensagem no correio de voz — o telefone não chegou a tocar nem uma vez. O celular dele devia estar desligado.

Oi, você ligou para Alexander Mackenzie. Se não atendi é porque estou no laboratório ou treinando rúgbi. De qualquer modo, deixe seu recado e eu te retorno. Abraço.

Ele soava tão normal. Tão comum. Eu já tinha escutado a mensagem do seu correio de voz tantas vezes que a sabia de cor. Como podia um homem que deixou sua noiva no altar soar tão normal e comum? Onde caralhos ele estava?

— Eu vou matá-lo — papai disse por fim. — Isso é inacreditável. É sério, eu vou esganar ele.

Em uma vozinha hesitante e com seus olhos castanhos arregalados, Freddie chamou:

— Annie?

E isso foi tudo. Eu poderia ser forte se todo mundo estivesse sendo forte. Eu poderia segurar a barra enquanto todo mundo agisse como se aquilo fosse algo que pudesse ser resolvido. Mas a raiva na voz de papai e o medo na de Freddie fizeram a coisa toda se tornar real: Alexander não viria e todo mundo sabia disso.

— Certo — declarou Adzo. — Todo mundo de volta pro carro. Vamos. Rápido. Rápido!

— Eu vou avisar pra todo mundo lá dentro — a cerimonialista sussurrou para papai. E depois, para mim: — Eu realmente sinto muito, Annie.

Eu me enfiei no banco traseiro do carro — graças a Deus ele ainda estava lá e o motorista não tinha saído para fumar um cigarro na esquina ou deixado o motor ligado enquanto circulava pelos arredores. Papai esperou por mim na beira da calçada e então me ajudou a pegar a cauda do vestido para que ela não arrastasse ou sujasse. Como se aquilo importasse agora.

— O que você vai dizer? — eu resmunguei de dentro do carro. Freddie se agarrava ao meu braço com força. Aquela era a pior coisa que aconteceu comigo em toda a minha vida.

Happy fez uma careta sombria:

— Não se preocupe. Eu já tive que fazer isso antes. Infelizmente.

Ela fechou a porta do carro e papai abaixou o vidro.

— Obrigado — ele disse a ela, preocupado.
— Se cuida — ela falou para mim.

Deixei Freddie se aninhar embaixo do meu braço e olhei pela janela. Adzo estava batendo o pé, mas não dizia nada. Nem mesmo ela sabia o que dizer. O carro se afastou do meio-fio e em poucos segundos a igreja era um borrão no retrovisor.

Ficamos em silêncio no carro. Várias coisas — em sua maioria perguntas — ficavam passando pela minha cabeça e sumindo na mesma velocidade porque uma enxurrada de pensamentos diferentes abria caminho a cotoveladas. E depois mais alguns.

Isso realmente estava acontecendo?

Será que ele já quis mesmo casar comigo alguma vez?

Foi porque eu estava gorda demais?

Ou porque meus dentes não eram suficientemente retos?

Será que ele teve um caso e engravidou alguém e só descobriu agora e achou que escolhê-la em vez de a mim era a coisa justa a se fazer?

Ele era gay?

Será que, na verdade, eu tinha alucinado que ele queria casar comigo? Será que imaginei a aliança, o modo como ele pensava e opinava sobre os convites e a organização dos lugares? Será que imaginei o tanto que ele ficou empolgado quando desmarcaram com a banda que tocou no casamento do primo dele deixando-a livre para tocar no nosso?

E se ele mudasse de ideia outra vez e aparecesse na igreja depois que eu já tivesse ido embora?

E se ele estivesse esperando lá, arrependido e envergonhado, rezando para que meu motorista voltasse com o carro, e, enquanto a gente fizesse o retorno, ele esperaria e correria até nós, chorando, arrasado com sua própria tolice e praticamente me arrastaria para dentro antes que qualquer um de nós pudesse estragar tudo de novo?

O que a mamãe diria?

Parecia que Freddie queria chorar e estava se esforçando muito para não fazer isso.

Que ódio. Que ódio. Que ódio.

— Pare — eu disse ao motorista. — Pare o carro.

— Tem certeza? — ele perguntou, desacelerando e me olhando por cima do ombro. — Você está bem?

Precipitei-me em direção à porta, agarrando a maçaneta antes de o carro parar completamente, forçando o motorista a pisar fundo no freio. Em algum lugar perto da Estação Kings Cross, eu cotovelei meu caminho para fora do carro e foi diante dos turistas, ônibus, táxis pretos e compradores que passavam que vomitei por cima de todo o meu vestido.

— Parece que ela está tendo um dia ruim — eu ouvi alguém dizer.

3

O resultado imediato de ser deixada no altar no dia do meu casamento era exatamente tão ruim quanto qualquer um poderia imaginar.

Eu não conseguia suportar a ideia de voltar ao quarto de hotel para pegar as minhas coisas, então Adzo fez isso por mim. Eu tinha pedido ao motorista que nos levasse para casa — mas, quando chegamos, descobri que eu não tinha uma chave, afinal era O DIA DO MEU CASAMENTO, então papai teve que atravessar a rua e ir até a casa dos vizinhos, Dash e Lenny, que guardavam a nossa chave reserva.

A igreja era pequena e nós os conhecíamos havia pouco tempo, então não os tínhamos convidado para a cerimônia, apenas para a recepção de noite, junto com seus bebês gêmeos. Essa festa da noite teria uma banda ao vivo, uma pista de dança e um porco assado do lado de fora, no jardim atrás do salão.

Eu tinha ido para a cama sonhando com aquela festa durante meses. Havia alguma coisa sobre todas as formalidades terem acabado, sobre as pessoas não precisarem mais exibir seu melhor comportamento. A festa sempre é a melhor parte de um casamento, então eu realmente fiquei focada, em muitas das minhas reuniões com a Happy, em garantir que haveria chinelos dentro de um cesto perto da pista de dança para quando os sapatos de festa de todo mundo começassem a incomodar; e íamos ter dois animadores para entreter as crianças e os pais poderem ficar despreocupados. Tínhamos encomendado milhares de luzes para as árvores e centenas de velas para as mesas do lado de fora, para que o restinho do verão pudesse ser aproveitado quando a pista de dança ficasse cansativa. Eu tinha até garantido que a área de fumantes seria confortável, já que todo mundo acabaria indo inevitavelmente para lá de qualquer jeito — ainda que, assim como Alexander, todos tivessem parado de fumar anos atrás.

Fiquei parada e assisti a papai bater à porta de Dash e Lenn e à conversa que se seguiu. Dash balançou a cabeça enquanto papai falava, como se ele não conseguisse digerir o que estava sendo dito, e então Lenny se juntou a ele no portal, passando um braço em torno dos ombros do marido com casualidade, a ilustração perfeita da exata coisa que eu havia perdido. Todos os três homens se viraram na minha direção e me viram encarando-os, então eu levantei a mão para confirmar que sim. O homem de sessenta e poucos anos, calvo e usando um terno chique era o meu pai, e, sim, estávamos trancados do lado de fora da casa.

Lenny ergueu a mão, com lentidão e insegurança, e acenou de volta, sem ser tão sutil quanto pensou que estava sendo ao olhar meu vestido de cima a baixo com uma expressão de pena. Dash abaixou a cabeça para dizer-lhe algo e Lenny bateu em retirada para o interior da casa. Ambos permaneceram à porta de entrada depois que Lenny reapareceu com a chave e assistiram, de queixo caído, enquanto papai trilhava o caminho de volta até mim. Era como se eles estivessem comendo pipoca e vendo um filme de assalto a bancos cheio de reviravoltas e não testemunhando a ruína da minha vida.

Imaginei que eles não precisariam de nenhuma explicação de que não haveria festa para irem nessa noite.

Quando papai voltou e destrancou a porta, ele disse:

— Querida, deixe eu pegar um saco de lixo para o vestido. — Olhei para ele confusa e magoada até que ele explicou: — O vômito, sabe... Você não quer entrar com isso na casa, quer? Fred-Fred, você pode entrar e pegar uma camiseta e uma calça pra sua irmã lá no quarto dela?

Freddie hesitou nas escadas e olhou para mim, que esperava na entrada. Uma vez que eu tirasse o vestido seria mesmo o fim.

— Eu continuo do seu lado — ela disse com doçura, seu rosto inocente e esperançoso. Eu pisquei. Era quase impossível processar. Ela correu escada acima e papai voltou com o saco de lixo. Ele parecia ter uns cem anos de tanta preocupação.

— Ponha o vestido aqui. — Ele me entregou o saco plástico. — Eu cuido disso.

Freddie retornou, um par de calças de pijama e uma camiseta de rúgbi enorme de Alexander em seus braços.

Coloquei os olhos naquilo e ela percebeu, depois que eu apontei para a camiseta sem emitir nenhum som, que me entregar uma peça de roupa dele não era exatamente uma ideia de gênio.

— Estava na sua gaveta — ela se desculpou, soando cansada. — Desculpe, pensei que fosse sua.

— Vou esperar na cozinha — papai disse. — Vou fazer um chá.

Com muita paciência, Freddie abriu todos os cinquenta e três botões do vestido que desciam pelas minhas costas e depois eu me arqueei para a frente para que ela pudesse puxar as mangas dos meus braços. Pingos pretos de rímel haviam caído na seda que já estava manchada de vômito. Eu podia sentir o cheiro do shot de vodca que tínhamos tomado havia menos de uma hora, mas o bar do hotel parecia uma outra vida. Eu estava chorando seminua quando minha mãe bateu à porta, sua silhueta turva de um tom cereja brilhante contrastava com o turquesa ainda mais brilhante.

— O que, em nome de Des O'Connor,[1] está acontecendo aqui? — ela trinou em uma voz muito aguda. Apenas sua família e algumas raças de cães seriam capazes de ouvi-la, eu tinha certeza.

---

[1] Comediante e cantor inglês que trabalhou na TV desde 1963 e teve uma carreira de 45 anos, falecendo no fim de 2020.

— Annie. Onde está Alexander? O que está acontecendo? A igreja está cheia de gente!

Ela bateu no vidro com a palma da mão. Eu sabia que ela fazia isso para evitar danificar as joias em seus anéis.

— Annie!

Eu saí do caminho para que Freddie pudesse deixá-la entrar, meu peito nu estava coberto por um braço e, com meu movimento, deixei que a luz do sol e a desaprovação de minha mãe adentrassem pelo corredor. Ela me encarou de queixo caído. Duas pessoas que passavam com cachorros olharam brevemente para a cena: eu estava usando uma coroa de flores e uma calça de pijama, Freddie segurava um vestido de casamento amassado em uma bola, minha mãe estava fervendo uma fúria que a fazia parecer pelo menos cinco centímetros mais alta, o que era muito engraçado porque ela continuava sendo mais baixa que Freddie. Nós duas havíamos herdado os genes noruegueses esguios de papai em vez dos genes ingleses atarracados dela.

— Puta merda — ela disse. — O que foi que você fez?

Freddie fechou a cara e bateu o pé.

— Não seja malvada com ela — minha irmã implorou, sua voz de soprano tremendo assim como seu lábio. — Foi ELE! — Ela tremia, seu pequeno corpo não era capaz de sustentar todos os seus sentimentos. Eu odiava o que Alexander tinha feito comigo, mas odiava ainda mais que

Freddie tivesse que fazer uma ginástica mental complexa para entender as emoções dos adultos.
— Ele é... ele é um ESCROTO!

Ela ousou olhar mamãe nos olhos, para ver se seu ataque a tinha deixado encrencada. Por um momento, eu não estava certa do que aconteceria também. Ninguém xinga na frente de Judy Wiig.

Minha mãe deu passo decidido para dentro e fechou a porta atrás de si.

— Entendi — contentou-se em dizer. Freddie e eu seguramos nossa respiração esperando pelo que ela diria a seguir. Ela reajustou sua expressão facial para algo parecido com consolo. Ela não estava feliz.

— Certo. Isso é um grande infortúnio. Eu imagino que seu pai já colocou a chaleira no fogo?

1

— Eu falei com a Fernanda. Finalmente — mamãe disse enquanto eu me arrastava na direção do balcão da cozinha, a manta do sofá enrolada em torno da minha cabeça como um véu elaborado. Que ironia.

Ela estava colocando saquinhos de chá na chaleira e amornando as xícaras enquanto comentava que eu deveria trocar para o leite com apenas 1% de gordura porque quase não dá para diferenciar do leite semidesnatado. E era exatamente assim que as coisas tinham sido nos últimos três dias: eu, sem tomar banho, triste e altamente incapaz de me comunicar com frases inteiras, e meus pais, que ficaram comigo mesmo que eu não tivesse pedido a eles para ficarem, tentando se manter ocupados, organizando coisas e gritando com as pessoas uma vez que não podiam gritar com quem mais queriam: Alexander. Em outro universo, aquele seria o enredo de uma série de comédia que eu ofereceria para a produtora de Kezza. Poderia até mesmo ser um reality show para a televisão: *90 dias para NÃO casar*.

— Ela está tão chocada quanto qualquer um, Annie. E mortificada. Eu consigo entender isso, de verdade, porque Deus sabe que, se tivesse sido o contrário e fosse você faltando ao próprio casamento com toda aquela gente lá, eu não acho que poderia mostrar minha cara de novo na rua. Eu ficaria devastada por ter uma filha que foi tão sem consideração.

Freddie olhou para nós do sofá, silenciando a TV para poder ouvir. Que forma triste e entediante de ela passar os últimos dias das férias de verão. Fui até ela e bagunçei seu cabelo. Ela se levantou, equilibrando-se nas almofadas para que pudéssemos nos encarar, e abriu os braços.

— Eu te amo, Frufru — eu disse e dei um beijo em sua bochecha suave e macia.

Quando ela se afastou para me olhar — para me avaliar, na verdade —, coloquei a ponta da língua para fora da boca. Eu estava tentando ser engraçada, mas a forma como inclinou a cabeça me fez perceber que ela sentia pena de mim. Minha irmãzinha bebê estava com dó de mim.

Mamãe me entregou uma xícara de chá que tinha leite demais, mas eu não disse nada. Teria preferido um café.

— Vocês duas estão invertendo os papéis — ela comentou. — Você age como se Frederica tivesse trinta e poucos anos e você fosse a criança, Annie.

— Ei! — Freddie discordou. — Eu não sou uma criança. Eu sou uma *adolescente*, dá licença! E meu nome é FREDDIE.

Mamãe fez um som vago e desdenhoso de *hummm* enquanto ia até a ilha da cozinha para pegar sua própria xícara.

— Não quero parecer sem coração — continuou mamãe, o que significava que ela estava prestes a ser uma vaca, mas comentar as falhas de outras pessoas era sua paixão pessoal e ela não deixaria esse *hobbie* de lado até o dia do Juízo Final —, mas estou aliviada de verdade que você tenha sido a pessoa que foi deixada no altar e não a que fugiu. Pelo menos você tem a simpatia dos outros do seu lado. Os Mackenzie terão que abrir mão da vida pública por pelo menos um ano. *Pelo menos!*

— Mãe. — Suspirei profundamente, a enxaqueca que pensei ter ido embora latejava subitamente como uma marreta contra as minhas têmporas. Enrolei a manta fechando o punho na altura do meu queixo. — Alexander não é um membro devasso da família real que envergonhou a rainha. Ele não vai receber uma repriminenda e ter que ficar fora de cena como punição. Ele é só um homem. O mundo vai continuar girando pra ele. Ninguém vai ter que *abrir mão* da vida pública.

— É uma pena — ela resmungou, limpando as superfícies da cozinha com um pano encharcado que tirou da pia. — Você usa Flash, querida? — ela acrescentou, sacudindo o spray de cozinha para mim. — Experimente limpar com o Dettol da próxima vez. O cheiro é melhor. Bom, de qualquer modo, Fernanda estava apropriadamente perturbada, mas também não foi capaz de preencher as lacunas. Ninguém sabe onde Alexander está ou por que ele fez o que fez. Só sabem que ele está sendo bem discreto e que seu telefone cai direto na caixa postal.

A marreta bateu com mais força.

— Hmmm — respondi, afinal, o que mais eu poderia dizer?

— Ou, pelo menos, ninguém admitiu que sabe de alguma coisa. Eu acho que é esse o tipo de coisa que acontece quando você tem um filho. Você não consegue compreendê-los tão bem quanto uma filha. Provavelmente todas as pistas estavam lá, ela só não sabia interpretar.

Eu me levantei e olhei para o jardim do lado de fora. Era um feriado bancário de agosto, mas o outono estava chegando, as folhas começavam a se colorir de ferrugem e âmbar. *O verão acabou*, pensei, com uma ideia abstrata sobre uma correlação entre as estações e os ciclos e a natureza das coisas que provavelmente se relacionavam com a minha vida, mas não consegui entender como. Quando Adzo deixou minhas coisas, procurei freneticamente pelo meu celular para ver se Alexander tinha dado alguma satisfação, mas não havia nada. Eu não recebi nenhum tipo de comunicação direta dele. Em estado de choque (humilhação? nojo? indignação?), desliguei o celular e deixei-o na gaveta desde então. Os lençóis do lado que ele dormia ainda tinham o seu cheiro. Suas correspondências estavam no balcão, alguns recados com a caligrafia dele ainda grudados na geladeira com um ímã. Eu odiei que Freddie tivesse me dado uma camiseta dele, mas não a tirei. Não o queria perto de mim de forma alguma e queria que ele estivesse totalmente ao meu redor — aqui, de volta comigo, tudo normal outra vez. Eu o perdoaria se ele voltasse. Deixaria que ele entrasse e diria para todo mundo voltar para casa. Eu não queria que nada disso estivesse acontecendo.

— Annie? Ei? É de bom-tom responder quando te perguntam algo.

Freddie voltou a assistir TV, Carol estava cochilando no colo dela. Tecnicamente, Carol tinha sido um presente para mim — uma pequena *King Charles Spaniel* resgatada por um abrigo —, mas foi Alexander que escolheu o nome. Seu despertar sexual começou quando, depois da escola, assistia *Countdown*, um *game show* que começou nos anos 80, e acabou se apaixonando por Carol Vorderman, uma das apresentadoras. Ele disse que prometera a si mesmo que um dia teria um cachorro com o nome dela.

— Hã? — balbuciei.

— As roupas dele. Encomendei algumas caixas que devem chegar amanhã. Podemos empacotar as coisas dele.

— Mas essa é a casa dele — rebati. — Não deveríamos encaixotar as minhas coisas?

Mamãe não disse nada. O plano era que, depois do casamento, eu cuidaria da papelada da hipoteca. Depois do casamento, eu estaria segura. Durante dois anos, paguei metade de tudo para Alexander, mas legalmente não tínhamos acrescentado meu nome ainda. Eu basicamente tinha sido uma inquilina dele. Mas antes não tinha motivos para pensar que isso era um risco. Eu tinha uma aliança no meu dedo! Nunca poderia imaginar que acabaria nessa situação! O silêncio de mamãe falou tudo. O silêncio dela disse: Annie, como você pôde ter sido tão burra?

Talvez lá fora estivesse ficando frio, mas estava quente dentro da cozinha. Tirei a manta das minhas costas e a deixei cair no chão. A dor na minha cabeça era constante. Onde eu iria morar? Me mudar agora seria como tentar coletar vaga-lumes em uma jarra sem tampa: impossível. Alexander com certeza me deixaria ficar por um tempo, até eu saber o que fazer a seguir. Com certeza ele não seria tão cruel a ponto de me botar na rua. Eu queria que outra pessoa me dissesse o que fazer. Mas também gostaria de ficar sozinha em casa. Queria que mamãe e papai levassem Freddie de volta para casa, pronta para voltar à escola, para que eu pudesse me sentir miserável, solitária e insegura em paz.

— Eu gosto do cheiro do Flash — eu enfim disse. — Não critique meus produtos de limpeza.

Ela olhou para cima, jogando as mãos para o ar.

— Eu desisto — ela gemeu, para ninguém. — Eu desisto mesmo. É como se eu fosse um fantasma que ninguém escuta. Francamente!

O som da porta da frente fez com que Freddie e Carol levantassem a cabeça ao mesmo tempo, curiosas. O cheiro de comida indiana flutuou pelo corredor e as duas ficaram de pé em um salto quando perceberam que o jantar havia chegado.

— O rango chegou! — papai vibrou. Freddie fez barulho, empolgando a cachorra, e papai soprou um beijo para ela enquanto colocava a comida na bancada da cozinha. — Não dá pra consertar um coração partido sem um pouco de sustança — ele disse baixinho para mim, colocando as várias sacolas no chão e se inclinando para beijar minha testa. Forcei um sorriso para comunicar que estava grata por ele diminuir a tensão. —Judy — continuou ele —, você esquentou os pratos?

— Obrigada, pai — consegui dizer, mas não quis comer nada. Eu mal conseguia manter a água ou o chá no estômago. Só de sentir o cheiro eu já estava ficando enjoada.

— Me dá meio segundo, Peter — mamãe disse, no mesmo momento em que papai me acusou de ainda não ter escovado os dentes.

— Acabei de levantar — eu disse, cansada.

— Já são cinco horas da tarde.

— O que você quer dizer com isso? — perguntei.

Eu podia ver mamãe sacudindo a cabeça furiosamente do outro lado da cozinha, avisando papai para não me pressionar muito. A maneira como fez isso deixou óbvio que ela queria que eu visse, era sua maneira de reconhecer que eu estava "sensível".

— Nada não — papai disse e mudou de atitude. — Só estava aqui pensando que já são cinco da tarde! Olha como o tempo voa!

Minha mãe assentiu com a cabeça aprovando a sutil mudança na estratégia diplomática dele.

— Os pratos, Peter — ela pediu a ele e posicionou-os ao lado dos garfos que havia deixado de fora.

—Você trouxe picles? — Freddie perguntou, tirando as coisas do saco de papel e colocando-as no balcão. — Não tô conseguindo achar.

Papai se ocupou com a busca pelos acompanhamentos do *poppadum*[2] de Freddie, enquanto mamãe começava a repetir para ele o que acabara de me dizer, quase palavra por palavra.

— Finalmente falei com a Fernanda — ela começou, e Freddie olhou na minha direção e revirou os olhos fazendo graça.

Todos mandaram ver na comida.

— Ela está tão perplexa quanto qualquer um, Peter. E mortificada. Eu disse a Annie, eu consigo entender isso, de verdade, porque, juro por Deus, se eu estivesse no lugar dela e Annie tivesse fugido e deixado todos os convidados lá, eu não acho que conseguiria mostrar minha cara de novo. Eu ficaria arrasada, tendo um filho capaz de ser tão sem consideração...

Freddie encheu a máquina de lavar louça depois que comemos — ou melhor, depois que eles comeram. Eu espalhei um pouco de arroz com açafrão no meu prato e mordisquei a ponta de um *Peshwari naan*.[3]

---

2 Pão indiano redondo de massa fina, pode ser frito ou assado.

3 Pão indiano doce que é assado com recheios variados, como coco seco, uva-passa e castanhas.

— Vou tirar um cochilo — anunciei. — Você pode falar pra Adzo ir direto pro quarto quando ela chegar?

Não conseguia parar de pensar sobre onde eu iria morar. Nunca havia tido uma vida adulta sem Alexander. Por que isso estava acontecendo? O que é que eu vou fazer? A dor vinha em grandes ondas violentas, ameaçando me jogar no chão.

Fechei os olhos para me recompor.

— Ai, querida — mamãe disse, sua voz cheia de algo perigosamente próximo de compaixão. — Quer que eu resfrie algumas colheres pra você? Parece que ajuda no inchaço dos olhos.

Como se eu ligasse a mínima para a aparência dos meus olhos. Cada osso doía. Ficar acordada por mais que algumas horas era um esforço hercúleo. Eu tinha falhado na única coisa que deveria fazer de mim uma adulta: o casamento.

— Claro — respondi, fugindo de uma briga. — Colheres geladas parecem ótimas. Obrigada, mãe.

Ela suspirou.

— Só estou tentando ajudar, Annie. Eu não sei mais o que fazer.

— Eu sei, mãe — disse baixinho por sobre o ombro enquanto me arrastava de volta para a cama. — Ninguém sabe.

5

Eu tinha ouvido falar de Alexander antes mesmo de vê-lo pela primeira vez. No segundo ano, ele ficou conhecido por ser um pouco galanteador. Não o tipo que dormia com todo mundo e queria pegar o maior número possível de mulheres, mas de alguma forma todas as garotas do campus tinham uma história sobre ele. Sua namorada do ensino médio tinha ido para outra universidade e eles mantiveram o relacionamento ao longo do primeiro ano. Mas quando ele voltou para York como um homem solteiro, no começo do ano letivo seguinte, a notícia se espalhou no bar da união dos estudantes como fogo num palheiro.

Descobrir quem ele era através de fofocas pela metade e informações de segunda mão tinha sido como sintonizar um rádio velho, o zumbido chiado foi ficando cada vez mais agudo até que, em uma terça à noite, estávamos na fila do The Willow para comer chips de camarão e ouvir R&B e lá estava ele. Alexander parou para falar com as pessoas da nossa frente — eu estava lá com o Quarteto Fantástico, tínhamos virado amigas imediatamente desde a Semana dos Calouros — e nossos olhares se cruzaram. Alexander passou os cinco minutos seguintes olhando por cima do ombro da pessoa com quem estava conversando para fazer aquilo acontecer de novo e de novo. Ficou me encarando. Lembro das meninas me cutucando, ficando bobas por mim.

Levou um ano para que alguma coisa acontecesse. Eu estava saindo desinteressadamente com um cara que conheci nas férias e, mesmo que as coisas estivessem bem longe do paraíso desde que tínhamos voltado para casa — amor de verão tem a palavra "verão" ali exatamente porque ele só funciona durante o verão, ou férias em geral —, eu nunca teria cometido uma traição.

De qualquer modo, eu não conseguia acreditar que Alexander estivesse interessado em mim. Acho que sou bem bonita, mas é mais o tipo de beleza da melhor amiga da mocinha e não da protagonista estonteante, e eu sou esperta, mas não sou um gênio. Eu era como um papel de parede de bom gosto: do tipo que fica alegremente no plano de fundo, mas que, quando é notado, pode ser que alguém aponte e diga "Olha! Que legal". E está tudo bem. Ser excepcional significaria ser visível, ser vista. E quando você é vista, falam de você, e eu já tinha escrutínio suficiente do meu corpo, personalidade e intelecto na minha casa, com os olhos afiados e os comentários sem fim de mamãe. Eu gostava de ficar fora do radar. E, se Alexander podia escolher qualquer pessoa, por que ele queria a mim? Eu era uma garota tipo nota sete e todas as notas dez ficavam babando por ele. Ele mesmo era tipo onze de dez, com grandes olhos castanhos e um maxilar quadrado que era tão definido que fazia com que seu nariz quebrado e torto parecesse parte do design e não um defeito. Ele tinha estudado em escolas particulares e trazia toda uma confiança consigo. O mundo nunca havia lhe dito um não e, para ele, a decepção era algo teórico e alienígena. Era como uma lei da atração: ele só esperava o melhor para si mesmo e assim só o melhor acontecia com ele.

A gente tinha estudado juntos algumas vezes, o que era uma forma conveniente de passar um tempo ao seu lado sem ter que admitir que eu estava a fim dele. Eu ficava em êxtase ao sentar ao lado dele na biblioteca. Algumas vezes ele vinha direto do treino de rúgbi, o cabelo ainda molhado do banho caindo desajeitadamente sobre a sua testa enquanto ele carregava uma pilha de livros. Ele me trazia um bolinho confeitado da lanchonete ou afanava dois copos plásticos do bebedouro e dividia seu Red Bull sem nem perguntar. Eu podia ver as outras garotas nos observando atentamente e ficava empolgada por ser aquela que estava no centro das atenções dele. Eu gostava da sensação de ser a escolhida, de ser especial. Naquele ano, nós dois fizemos estágios de verão em Londres e nos encontrávamos na Soho Square ou íamos ao cinema nos finais de semana, e, no fim do ano, éramos um casal. Uma noite nós estávamos no meu quarto, ele sentado na minha cama me observando enquanto eu terminava minha maquiagem, o resto do Quarteto Fantástico tinha começado um jogo alcoólico na cozinha.

— Você não precisa esperar comigo — eu disse. — Fico pronta em um minuto.

— Não adianta, a festa não começa enquanto você não estiver lá. — E meu estômago fez um duplo twist carpado só porque ele queria estar comigo, porque eu era a própria recompensa para ele. Eu me virei do lugar onde estava na frente da pia, e ele nem se levantou ao dizer: "Então... agora isso é sério, né?"

Foi assim que ele disse: "Agora isso é sério, né?"

Estávamos juntos desde então.

Bom... até não estarmos mais.

— Annie?

Uma batida suave na porta. Adzo. Eu estava deitada na cama, de costas para a porta, minha cara de frente para a parede. Eu tinha fechado as cortinas, mas por acaso deixei um espaço entre elas e um feixe de luz fraca brilhava através da nesga luminosa que aparecia logo antes de o sol sumir do céu. Era ali que eu focava o meu olhar, um ponto meditativo entre olhos semiabertos, nem totalmente dormindo nem totalmente acordada. Rolei para me virar, sorrindo debilmente.

— Tá uma bagunça do caralho, né. — Sorri meio forçosamente e ela deu um sorrisinho debochado, insegura sobre me encorajar a fazer piadas sobre a minha dor, mas obviamente satisfeita de que eu fosse capaz de fazê-lo. A coisa toda era ridícula. Quem é rejeitada no altar? Era absurdo, de verdade — e devastador. Mas, na real, se tivesse acontecido com outra pessoa, eu mal conseguiria acreditar que isso *podia* acontecer. Talvez fosse tudo uma alucinação bizarra ou um surto. Talvez eu fosse acordar e pensar *credo, que sonho horrível*.

— Eu diria que sim.

Ela ficou parada, assimilando a cena, depois caminhou até mim e fez um carinho suave na minha cabeça. Deixei meus olhos se fecharem de novo. Eu e Adzo éramos amigas desde o primeiro dia em que trabalhei com ela. O Quarteto Fantástico era incrível, mas também era muito resolvido e estável. Conhecer Adzo me lembrou de como era me sentir motivada pelas possibilidades do cotidiano. Ela me fez bem. Me tirou de dentro da minha cabeça.

— Sem querer bancar a engraçadinha, querida — ela disse da exata maneira que alguém diz "Eu não vou bancar o engraçadinho" logo antes de fazer justamente isso —, mas você se importaria de deixarmos um pouco de ar entrar? Está um pouco pestilento por aqui. — Ela deu uma tossida para ilustrar seu argumento.

Olhei nos olhos dela e fiz um bico antes de fazer um pequeno sim com a cabeça. Ela tirou os sapatos e desbravou o caminho pelos travesseiros espalhados no chão, apanhando-os e fazendo uma pilha ao lado do guarda-roupas. Depois acendeu o abajur da penteadeira e, finalmente, alcançou e abriu a janela, e também puxou as cortinas para aumentar a abertura.

— A propósito, trouxe um Lucozade[4] pra você. — Ela enfiou a mão na sua bolsa Chloé vintage e puxou duas garrafas laranjas.

Lucozade era a nossa piada particular. No trabalho, se eu chegasse com um Lucozade, Adzo sabia, sem que fosse preciso lhe dizer, que eu estava de ressaca. Não acontecia com muita frequência, mas era provável que isso deixasse a coisa toda pior. Eu não tinha experiência com ressacas. Beber me fazia perder o controle e a regra número um enquanto eu estava crescendo era que eu *nunca* devia perder o controle, pois isso não era digno de uma dama. Adzo era experiente no quesito ressacas. Ela era uma máquina, aparentemente ia para a balada todas as noites, sempre tinha uma história na manhã seguinte sobre ter visto o filho do Jude Law aqui ou um ex-competidor do X-Factor ali. E, mesmo assim, ela era melhor no trabalho dela do que todos nós, era capaz de se relacionar com os chefões com facilidade e liderar uma equipe naturalmente e com senso de humor.

Foi isso que me atraiu para ela também. Era uma daquelas pessoas que os deuses haviam abençoado. Até as coisas difíceis não lhe pareciam ser tão penosas; ela simplesmente sorria e lidava com o que quer que a vida jogasse em sua direção — o que era, sabidamente, um bom bocado de histórias hilariantes sobre encontros e homens caindo a seus pés, desesperados para com-

---

4 Marca de isotônico.

prar presentes para ela. Uma vez, Adzo recebeu em sua mesa toda a linha de *skincare* da La Mer seguida por uma centena de rosas vermelhas. E no último Dia dos Namorados, dois rapazes entraram numa briga no *lobby* da empresa porque ambos foram buscá-la para sair. Enquanto eles respondiam à polícia por perturbação da ordem pública, um terceiro cara desceu de uma moto, mas Adzo já tinha decidido que ela preferia sair para tomar um drinque comigo, no fim das contas. Alexander tinha saído a negócios naquela noite e ela sabia que eu não teria pressa de voltar para casa. Quanto menos ela se importava com homens, mais eles corriam atrás dela.

— Achei que os açúcares te fariam bem. E eu sei que isso vai soar estranho, mas — ela acrescentou e veio se sentar na cama ao meu lado outra vez —, eu acabei de descobrir isto. Acrescente isto aqui nele. — Ela me mostrou um pequeno sachê.

— Sal?

— Parece que é isso que os profissionais de tênis fazem quando estão desidratados. Imaginei que com todo o choro... só confie em mim. Isso vai ajudar.

Eu bebi. Ela me analisou.

— Você está cultivando um visual e tanto por sinal.

— Eu tô um caco?

— Um lindo caco — ela respondeu com ternura. — Mas se você for tomar banho, eu troco os lençóis pra você, tá bem?

Eu fiz que não com a cabeça.

— Eles estão com o cheiro dele — protestei. Eu sabia o quão patético isto soava.

— Eles estão com cheiro de suor e coração partido, Annie — ela insistiu. — Você merece lençóis limpos, meu bem.

Ponderei o que ela disse.

— Tá bem? — ela pressionou.

— Tá bem. — Decidi que, na lista de coisas pelas quais valia a pena lutar, aquela não era uma delas. — Lençóis limpos. Mas pelo menos me deixe dormir com outra camiseta dele. Eu sei que é idiota, mas não ligo. Isso me ajuda.

Ela já tinha começado a tirar as fronhas.

— Beleza. Mas jogue essa aí pela porta assim que tirar — instruiu ela, apontando para a camiseta de rúgbi que estava grudada no meu corpo suado. — Eu acho que vamos ter que queimar essa daí. Eu não me surpreenderia se ela caminhasse por conta própria até a fogueira.

— Haha — respondi, puxando-a pela barra na altura das coxas até a cabeça. — Muito engraçado. — Mas eu de fato reparei no cheiro do meu corpo quando levantei os braços, então ela não estava totalmente sem razão.

Fiquei no chuveiro por muito tempo, a água estava tão quente que deixou meu colo em um tom forte de rosa. Quando finalmente saí, precisei sentar na borda da banheira para recuperar o fôlego. Mas, assim que o banheiro parou de rodar, era notável como eu estava me sentindo melhor. Purificada. Escovar meus dentes fez toda a diferença. Eu até usei um enxaguante bucal, me regozijando na sensação refrescante da menta em minha boca, e um sopro de ar frio atingiu todo o meu rosto, inclusive os globos oculares.

Dava para escutar Adzo conversando com Freddie enquanto eu me enrolava na toalha. Abri a porta da suíte e vi um quarto transformado. Elas tinham se juntado para trocar a roupa de cama, depois acenderam algumas velas perfumadas. Havia flores na penteadeira, uma música suave tocando e uma camiseta limpa disposta sobre a cama para que eu decidisse se iria vesti-la ou não.

Agarrei a camiseta e me virei de costas para elas, para deixar a toalha cair e vestir a peça. Eu tentava não esconder meu corpo da Freddie — eu não queria participar de nenhum tipo de narrativa cultural que dizia que deveríamos nos envergonhar de nosso corpo ou ficar desconfortáveis com nossa nudez. Mas também não queria chamar atenção demais para o fato de não querer fazer uma cena.

— A sua coluna está esquisita. Parece que está tentando escapar da sua pele — comentou Freddie.

Meio constrangida, levei a mão até o local. Pude sentir a dureza dos ossos. Eu estava de dieta antes do casamento e tinha chegado ao ponto em que a costureira, durante a última prova, me ameaçou caso eu perdesse mais peso, pois estragaria o caimento do vestido. Tive um pensamento distante de que não podia me deixar definhar fisicamente só porque estava definhando emocionalmente. Se eu queria desaparecer, não comer era uma maneira de fazer isso, mas não fazia sentido. Porém, de fato, eu não tinha nenhum apetite.

— Termine o seu Lucozade — lembrou Adzo. — Pra dar um *up* na sua energia.

Eu peguei uma calcinha de algodão na gaveta, torcendo para que ninguém reparasse no que eu havia feito como uma surpresa para Alexander na noite de núpcias: eu tinha depilado minha virilha no formato de um coração, como uma espécie de brincadeira. Que parecia totalmente patética agora. Quando me arrastei de volta para debaixo das cobertas, Adzo pegou minha mão e despejou loção na palma, massageando a parte abaixo do polegar, esfregando as mãos dela por sobre as minhas com carinho.

— Eu sei um pouco de *shiatsu* — Adzo disse casualmente quando comentei que parecia que ela sabia o que estava fazendo. — Eu fui a alguns encontros com o cara que cuida do spa da Harrods.

Normalmente eu imploraria por detalhes, mas pensar em homens e mulheres namorando e aprendendo técnicas de massagem um com o outro eram pontos que eu não conseguia conectar. Era o mundo lá fora. Dentro deste mundo, na segurança das quatro paredes deste quarto, a única coisa que existia era vergonha e baixa estima.

Você é tão repulsiva que não conseguiu fazê-lo ficar.

Ele nunca te amou.

Você o enganou pra ele ficar com você e ele finalmente te desmascarou.

Minha voz interior falava em alto e bom som sobre quem eu era e o quanto eu valia.

— Não chore, Chu — Freddie disse, e eu desejei poder parar. — Você é a adulta que eu quero ser quando crescer — declarou ela. Seu pequeno corpo era uma fina película isolante ao meu lado. Meus olhos eram uma versão silenciosa das Cataratas do Niagara. — Você é a melhor, você, você, você.

— Você é a melhor, você, você, você — respondi, engasgando nas lágrimas.

Adzo disse:

— Na verdade, meninas, acho que eu sou a melhor, eu, eu, eu?

Deixei escapar uma risada fanha.

— Você é 97,5% a melhor — Freddie concedeu. — Mas minha irmã mais velha ganha porque essa é a regra.

Adzo ponderou:

— Sim, acho que a regra é essa. Nunca me contentei com nada na minha vida antes disso, mas acho que posso me contentar em ser 97,5% a melhor.

Ficamos sentadas juntas, nos abraçando.

— Eu não sei como alguma coisa vai ser normal de novo — comentei. — Eu estou tão envergonhada. Não consigo acreditar que ele fez isso comigo.

— Ele fez isso com todos nós — respondeu Adzo. — Todos nós acreditamos nele. Em vocês. Ele era parte da sua vida, da sua família.

Freddie afrouxou o aperto:

— Mas não é mais — ela disse. — Eu odeio ele.

— Não precisa odiá-lo, Fru. Tá tudo bem.

— Eu odeio — reforçou ela.

— Eu também odeio — concordou Adzo.

Eu o odiava também. Odiava, mas ainda o amava mais do que jamais amei alguém antes. Onde ele estava? Que diabo tinha acontecido com ele?

— Eu conversei com a Chen hoje de manhã sobre você voltar ao trabalho — Adzo disse. — Só pra você saber...

Eu não disse nada. Teria que entrar de novo naquele prédio em que cada uma das pessoas saberia o que tinha acontecido comigo. Isso seria horrível.

— Tem uma carta na minha bolsa pra você. Acho que a Chen ficou com medo de que talvez você surtasse e abandonasse toda a sua vida e saísse da firma pra ir morar em uma cabana nos campos de Mianmar. Ela disse que é isso que faria se estivesse no seu lugar, mas que ela não pode se dar ao luxo de perder você.

Continuei sem dizer nada. Abandonar toda a minha vida soava sedutor na verdade — especialmente se isso significasse que eu nunca teria que ser objeto de fofoca e especulação na copa da empresa outra vez, as pessoas se perguntando em voz alta por que eu não era capaz de segurar um homem. Onde é que ficava Mianmar mesmo?

— Eu disse pra ela acrescentar todas as horas extras que você fez, todas as vezes que começou mais cedo, os fins de semana, as férias que você nunca tirou e venceram... Ela basicamente concordou com uma licença remunerada, deixou você ficar livre até a data que havia programado para voltar das suas férias. Da lua de mel. A carta é bem formal, mas ela me falou pra te dizer: foda-se ele, e faça o que for preciso para você se sentir mais forte. Você merece isso, Annie. A Chen realmente quer que você se cuide. Todos nós queremos.

Fiz uma conta rápida: eu tinha agendado três semanas de férias para a lua de mel e, somando com os dias extras que Chen me ofereceu, o total seria de seis semanas de licença. Que raios eu iria fazer durante seis semanas se não estivesse trabalhando? Eu já estava ficando cada vez mais louca. Quando mamãe e papai fossem embora, o trabalho — e a cadela, por causa do cocô matinal — seriam as minhas únicas razões para me forçar a sair de casa. E meu Deus, a lua de mel. Que desperdício. Os pais de Alexander tinham gastado tanto tempo planejando-a. Que dó de ela não ser usada. O que eu faria em vez disso? Temporada de caça às casas, imagino. Eu poderia usar um tempo para descobrir quais seriam meus próximos passos. Mas não iria precisar de seis semanas para isso.

— Vou dar uma olhada na carta — eu disse. — Mas acho que não vou precisar disso no fim das contas. Vou dar um jeito em mim mesma. Não tenho escolha. Vou ficar bem. Eu preciso ficar bem. Provavelmente vou voltar ao trabalho assim que puder, pra ser honesta. Vai ser uma boa distração. Mas obrigada. Obrigada por pensar em mim.

— Mas pense direitinho, tá bem?

Freddie concordou e acrescentou:

— O que é que tem de tão bom no trabalho, afinal?

Ela tinha um bom argumento.

6

Durante o dia eu queria me esconder na cama, onde era mais fácil tirar cochilos irregulares que duravam uma ou duas horas antes de ser acordada por mamãe gritando algo sobre a saia da escola nova de Freddie ou que iria dar uma saidinha para comprar carne moída, já que aquele açougueiro charmoso do outro lado da rua era tão adorável; ou então era a cachorra latindo porque papai tinha lhe mostrado a guia antes de calçar os tênis e ela sabia que estava prestes a dar um passeio. As noites eram mais difíceis. Era tudo muito quieto. Muito parado. Isso me deixava nervosa. Eu ficava acordada quase todas as noites desde a meia-noite até o sol nascer, em catastrofização, me revirando na cama, me agitando e, depois de quase uma semana, eu não aguentava mais. Eu estava enlouquecendo na minha própria pele — se eu pudesse rasgá-la e usar a de outra pessoa, eu teria feito isso, só pra conseguir uma pausa de ser eu.

Eu tinha começado a me exercitar seis vezes por semana pouco antes do casamento, mas, na primeira vez que escapuli para fora do escrutínio contínuo e amoroso de mamãe e papai, não imaginei que seria para uma corrida. Eu simplesmente não suportava mais ficar em casa e, às cinco da manhã, sabia que levaria pelo menos mais duas horas até alguém se levantar, então eu poderia passar despercebida — ainda mais porque Carol estava dormindo com a Freddie na cama de acampamento montada no escritório de Alexander, então eu nem precisaria me esgueirar até a porta para evitar que ela latisse. Às cinco da manhã não havia nenhum risco de esbarrar em algum conhecido na rua ou de ter que me explicar; cinco da manhã era liberdade total.

Eu estava cansada de tentar colocar tudo aquilo em palavras. Meu plano era apenas fazer uma caminhada, mas caminhar não era o suficiente. Fui ficando cada vez mais rápida até fazer um quilômetro em menos de cinco minutos e meio. Quanto mais velocidade, melhor eu me sentia. Ao longo dos dias seguintes, comecei a deixar uma chave da casa embaixo do vaso de planta perto da porta, assim podia correr todas as manhãs, sem nenhuma música e nenhum peso desnecessário, apenas o som dos meus pés contra o asfalto enquanto eu ia de Newington Green até Highbury Fields, às vezes dando umas voltas em Old Street também.

Uma manhã, passei por uma academia Barry's Bootcamp. Eu devia ter passado por ela muitas vezes, na verdade, mas aquela manhã foi a primeira vez em que a notei. A Barry's era de alto impacto e quase acabava com você — pelo menos foi o que a Kezza me havia dito. Ela costumava ir a uma que ficava perto do seu escritório. E me contou que você basicamente alterna entre correr a toda velocidade em uma das esteiras e fazer *burpees*, afundos e agachamentos com uma série de cargas diferentes em um estúdio grande com iluminação avermelhada. Fiquei pensando nisso pelo resto do dia, ponderando sobre desacelerar na frente da academia e dar uma espiada pela porta na manhã seguinte. Acho que foi a expectativa de música alta e escuridão que me atraiu. Eu não queria perder mais peso, não como eu havia feito para o casamento — na verdade, eu provavelmente devia era ganhar um pouco de peso. Até minha roupa de corrida estava um pouco larga e eu já tinha comprado um tamanho menor. Mas aquele tipo de treino podia ser sobre outras coisas. Força, talvez. Resistência. Resiliência. Poder. A ideia me atraía.

Já que eu estava no meu pior estado mental, não conseguia deixar de pensar em ficar mais forte fisicamente. A ideia de levantar pesos e fazer agachamentos era animadora. Sendo magra de ruim (obrigada, pai), perder peso era fácil, mas eu sabia que minha força muscular era inexistente e que eu mal conseguia usar meus braços finos para me levantar do sofá, muito menos para fazer flexões corretamente.

Isso é uma coisa que eu posso controlar, pensei, então passei outras vinte e quatro horas tentando criar coragem para entrar e me inscrever para uma aula experimental. *Eu não tenho controle sobre mais nada, mas posso ter controle sobre ficar mais forte,* pensei. *Eu posso controlar isso.*

Kezza estava certa: aquilo quase acabou comigo. Depois da minha aula experimental, me inscrevi para mais dez, inebriada com a dopamina e a serotonina que uma boa sessão de exercícios intensos pode trazer. Era tipo estar chapada. Eu não tinha me saído muito bem, mas era tão escuro e barulhento, e todas as outras pessoas estavam tão focadas em si mesmas, que voltei na manhã seguinte. Eu estava com dor, mas me sentia estranhamente determinada. Talvez fosse por estar em um lugar novo, fazendo algo que Alexander sequer imaginaria. A Annie que ele conhecia não frequentava academia, mas ele tinha desistido de qualquer direito que uma vez teve de saber qualquer coisa sobre mim. Eu tinha avançado do choque para a raiva absoluta. Eu disse a mim mesma que nem me importava onde ele estava. *Foda-se ele* era o meu mantra. Eu não estava mais triste. Eu estava irada.

A Barry's era cheia de pessoas incrivelmente em forma, literal e figurativamente. Eu nunca tinha visto tantos corpos tonificados e bronzeados em um só lugar — imaginei que todo mundo ali tinha viajado no verão e ficou com a pele bronzeada como testemunho. Eu ficava a maior parte do tempo com a cabeça baixa e entrava e saía o mais sorrateira e rapidamente que conseguia, mas, no caminho para a minha terceira aula, senti os olhos de um homem sobre mim. Quando olhei para ele, sua expressão estava curiosa. Fechei a cara para ele, por via das dúvidas. Eu não queria falar e nem que falassem comigo. Na verdade, eu não falava com ninguém além da minha família e de Adzo. Não tinha forças pra isso. Meu telefone continuava desligado e eu ainda estava me preparando para conseguir encontrar o Quarteto Fantástico. O que eu mais gostava na Barry's era de ser anônima; gritar e correr e levantar peso com outras cinquenta pessoas que faziam a mesma coisa e depois correr de volta pra casa. Aquilo ajudava.

O homem na entrada desviou o olhar rapidamente, seu rosto se contorceu como se fizesse esforço para somar dois e dois. Fiz uma pausa antes de entrar no estúdio, escaneando o lugar para garantir que não estava nem um pouco perto da esteira dele quando subi na minha. Eu precisava que homens mantivessem distância. Eu precisava que homens não existissem — o que era a segunda melhor coisa do mundo, já que, eu mesma, não conseguia parar de existir. Eu estava bem contente com meu universo reduzido e não precisava de ninguém tentando entrar nele a cotoveladas antes que estivesse pronta.

Fiquei totalmente encharcada depois. Não sabia que era possível suar tanto quanto eu tinha suado naquela aula. Examinei o vestiário, avaliando quanto tempo levaria até que todos fossem embora e eu pudesse ter algum espaço para recuperar o fôlego, mas percebi que a essa altura a próxima aula estaria perto de começar e um novo grupo de pessoas iria chegar. *Dane-se*, pensei. *Vou voltar pra casa suada*. Tirei minha mochila do armário e fiz meu caminho até a entrada contornando os corpos seminus.

Eu estava usando um suéter de lycra quando cheguei, mas agora parecia impossível vesti-lo outra vez com meu corpo todo melado de suor. Fiquei de lado para não atrapalhar a passagem de ninguém e tentei enfiar meu braço na manga, usando a outra mão para desgrudar o tecido da pele e, em seguida, alternando para fazer o mesmo do outro lado. O tecido grudou em mim, como uma criança carente agarrada à mãe.

— Annie?

Puxei o suéter para cima de uma vez assim que ouvi meu nome e me virei na direção da voz, mas não vi nada porque fiquei... presa. Não conseguia ver nada além da mistura de lycra e poliéster.

— Opa, desculpe — disse a voz, uma voz masculina. Uma voz masculina profunda e grave. — Eu não queria te assustar. Achei que conhecia você. — Houve uma pausa. — Eu conheço você?

Eu me contorci, minhas mãos procurando a gola do suéter para que pudesse abri-la e achar um caminho para fora. Só eu mesma para ficar presa em uma merda de um suéter, e com plateia assistindo, é claro.

— Não consigo te ver pra confirmar ou negar — eu disse, a voz abafada pelo tecido. Quanto mais eu me movia, mais enrolada parecia ficar. Não tinha me dado conta do tanto de força que fizera com os braços durante a aula até que tentei levantá-los para me vestir. Tudo já estava doendo. Era uma dor boa, mas limitante também. Eu sabia que meus músculos ficariam cada vez mais tensos com o passar do dia. Será que eu ia conseguir levantar a mão para chamar o ônibus?

— Eu sou a Annie, sim — continuei, porque ainda podia sentir que alguém estava perto de mim, mas disse isso menos como uma declaração e mais como uma pergunta, ainda abafada por um bocado de tecido da Lululemon. — Se isso ajudar. — Senti o calor de um corpo humano se aproximar do meu estômago e, com um puxão firme na minha cintura feito por mãos grandes e másculas, de repente minha cabeça saltou para fora da gola e pude voltar a enxergar.

— Desculpe por manejar você. — O cara na minha frente se desculpou. — Eu só não queria começar meu dia vendo você morrer asfixiada pelo suéter. — Ele inclinou a cabeça para o lado, como a Carol fazia quando eu falava com ela e ela estava tentando entender. — Especialmente sem ter certeza se te conheço ou não.

Meus olhos se ajustaram, absorvendo o rosto do estranho. Como ele sabia o meu nome? Eu não tinha ideia de quem era o dono do sorriso torto, do nariz romano e dos olhos cintilantes que estava na minha frente.

Aliás: peraí. Ele era o homem de antes que estava me olhando, aquele que eu trucidei com os olhos por ter a ousadia de notar a minha presença. Ele estava tentando chamar a minha atenção porque nos conhecíamos? Ele era mais ou menos da minha altura — minha estatura de grande porte, apesar de todo o resto de mim ser avassaladoramente normal, fazia com que nossos olhos ficassem no mesmo nível —, e ele estava sorrindo, um sorriso largo e brilhante. Ele usava um short por cima de leggings de lycra e uma camiseta cinza com efeito marmorizado que grudava em seu corpo e revelava que ele não tinha exatamente o físico do Brad Pitt, mas definitivamente o de um pai sarado.

    Alexander sempre me fez sentir meio inferior porque eu não tinha o abdômen definido e o bumbum na nuca. Mas é verdade que era supergostoso passar a mão na barriga dele. Às vezes, quando ele andava de cueca boxer, eu o via de relance e pensava: *Caralho, esse é o meu homem*. Só que ele comia um ovo cozido no café da manhã e eu mastigava audivelmente meu cereal, e imaginava se ele alguma vez tinha olhado para mim e pensado: *Caralho, essa é a minha mulher*. Quero dizer, obviamente ele não fez isso, caso contrário, talvez ele tivesse ficado.

    O homem na minha frente parecia amigável e acessível. Um homem comum. Você pode não virar pra trás para olhar para ele na rua, mas não ficaria chateada de sentar ao seu lado num jantar. Ele não era uma visão intimidante, mas fofa. Eu não pretendia compará-lo com Alexander. Deus. Será que eu sempre compararia cada cara que cruzasse meu caminho com ele? Credo. Isso me deixou com muita raiva. Até onde eu sei, o Alexander devia estar em Tombuctu com um harém de mulheres atraentes que faziam CrossFit e se revezavam para chupá-lo de hora em hora, todas as horas. "Annie? Que Annie?", ele provavelmente diria enquanto outra uva seria colocada em sua boca perfeita por uma mulher com uma bunda grande o suficiente para o banco de uma bicicleta ser confortável e seios que quicavam como bolas de basquete.

Recuperei o foco. O homem na minha frente, com seu cabelo loiro-escuro ondulado e olhos cheios de consideração, estava me olhando atentamente.

— Você não faz ideia de quem eu sou, né? — Ele trazia uma leveza consigo, como se não estivesse rindo de mim, mas como se estivéssemos rindo juntos. Isso me fez querer acompanhá-lo e ser leve também.

Mas eu não me sentia leve. Em vez disso, entrei em pânico de repente. Talvez ele fosse amigo de Alexander. Será que ele tinha ido à igreja, para o casamento que nunca aconteceu? Eu fortaleci meus nervos para receber uma onda de pena. Isso era exatamente o que eu não queria que acontecesse, e exatamente por que eu estava tão relutante em sair de casa.

— Acampamento do teatro. Verão de 2002... Talvez de 2003? — ele disse para me ajudar.

Sacudi a cabeça quando a ficha caiu.

— Você fez o Programa de Teatro Yak Yak? — perguntei, lentamente.

— Sim, senhora. — Ele assentiu com a cabeça. — Eu trabalhei no cenário de *Bugsy Malone* e acho que você...

Uma vermelhidão foi subindo por meu pescoço e bochechas. Se ele estava ali por causa *disso*...

— Ai, meu Deus! Eu era uma dançarina! E a substituta de Tallulah. Acabei tendo que assumir o papel quando aquela garota, droga, não consigo lembrar o nome dela... Ela quebrou a perna no último dia e tive que me apresentar no lugar dela!

— Foi aplaudida de pé, se me lembro bem. O público foi à loucura. Eu estava lá. Foi eletrizante. Quer dizer, eu era um adolescente, então essa é uma definição bem vaga da palavra eletrizante, mas eu me lembro disso. Me lembro do seu rosto. Você não mudou nada.

Fiquei maravilhada com a recordação. O Yak Yak era meu lugar favorito no mundo quando eu era adolescente. Na verdade, quando eu tinha mais ou menos a idade de Freddie. Durante todo o mês de agosto, crianças de todo o país eram despachadas para New Forest por seus pais e viviam em uma grande colônia de férias, tipo um daqueles acampamentos de verão estadunidenses. Jogávamos jogos bobos, fazíamos exercícios de confiança, pintávamos cenários, decorávamos falas e fazíamos monólogos. Era incrível. Absolutamente incrível. E, por algum motivo, simplesmente parei de ir. Não quis voltar no verão em que eu tinha quinze anos, então percebi que minha última vez no palco tinha sido exatamente o momento de que esse cara cujo nome eu não conhecia se lembrava.

— Patrick — ele disse, como se estivesse lendo meus pensamentos. — Eu sou Patrick Hummingbird. Talvez você se lembre de mim como Paddy?

Assim que ele disse isso, foi como se seu rosto estivesse num daqueles vídeos de "Evolução ao passar dos anos" que eles fazem com celebridades em sites de fofoca, só que passando de trás para a frente. Esses vídeos começam com uma foto do George Clooney ainda bebê, depois se transforma em uma foto dele em seu primeiro longa-metragem, e então em uma foto caracterizado como Batman, e assim por diante, até chegar em uma foto dele entrando no casamento do príncipe Harry acompanhado por Amal. Na minha cabeça, eu tive que encolher os bíceps do homem à minha frente, adicionar um pouco mais de cabelo, entortar os dentes e torná-lo mais baixo. E então, de repente, pude vê-lo perto de um equipamento de luz, planejando onde colocar um holofote, conversando com um professor de teatro sênior, ajudando as pessoas a memorizarem suas falas e rindo. É isso. Me lembrava de ele sempre estar rindo. Ele era o palhaço do grupo, o menino que sempre conseguia nos fazer sorrir.

— Paddy Hummingbird! Sim! Caramba! De todos os Barry's Bootcamps de todo o mundo...

— Eu vim fazer agachamentos nesse aqui — ele disse, pegando minha referência a *Casablanca* imediatamente. E acrescentou: — E agora é Patrick. Tô tentando fazer esse negócio de ser adulto.

— Patrick — eu repeti.

— Posso te dar um abraço? — ele perguntou, dando um passo em minha direção.

— Ah, hum, sim, claro! Tô tão suada, mas, oi! — Abri os braços e tentei evitar que minhas axilas entrassem em contato com as roupas dele. Eu podia sentir minha própria umidade mesmo através do suéter, tinha me esforçado nesse nível: continuava pingando suor quinze minutos depois de terminar. — É tão legal encontrar você!

Senti o cheiro dele quando nos aproximamos e depois me afastei. Ele não cheirava a velho ou fedorento. Ele exalava masculinidade. Potência. Paddy Hummingbird. Quem diria?

— Como você tá? — perguntou ele. — Pensei ter te visto aqui outro dia. Estou tão feliz que seja você! Você é nova aqui? — Seu rosto era indiscutivelmente gentil. Algumas pessoas simplesmente têm uma cara boa que faz você querer contar tudo para elas, e Paddy, digo, Patrick Hummingbird, era uma delas. — Quer dizer, você parece ótima, devo dizer. — Ele gesticulou vagamente para minha roupa de atletismo com seus dedos grossos, as veias saltando em seus antebraços.

Neguei com a cabeça.

— Nããããn — eu disse, tocando meu rosto, constrangida. Eu estava sem maquiagem e podia sentir que o suor na minha testa já tinha se transformado em uma crosta salgada. — Eu tô um caos. Você não precisa dizer isso.

— Eu sei que não preciso — ele rebateu. — Mas disse. Olhe pra você... — Ele foi parando de falar, se realinhou e mudou de estratégia. — Casou? Tem filhos? Conseguiu uma boa taxa em um plano de aposentadoria privada?

Foi uma pergunta bem inócua. Se você não tivesse visto alguém por quase vinte anos, esse é o tipo de pergunta que faria, não é? E eu deveria ter apenas sorrido e acenado com a mão.

Eu deveria ter dito algo abrangente e geral, e eu tentei, mais ou menos. Comecei a dizer:

— Ah, pfffff. Nenhuma novidade por aqui! — Mas não consegui nem mesmo pronunciar a frase inteira. Até aquele dia eu adorava que me perguntassem sobre Alexander porque eu podia mostrar meu anel e exibir uma foto nossa de férias na Cornualha, demonstrando o quanto minha vida estava resolvida, o quão adorável ela era no fim das contas. Mas agora, aaah. Comecei a soluçar minhas entranhas antes de conseguir me conter. Foi tudo muito humilhante.

— Você tá bem? Desculpe, eu não queria... — Patrick se lançou na minha direção em solidariedade. Mas ele era um borrão por causa de todas as lágrimas nos meus olhos. Merda, isso tinha se intensificado tão rapidamente que eu nem percebi o que estava acontecendo.

Agitei minhas mãos na frente do rosto.

— Ai, que vergonha — insisti, abanando forte com as mãos para tentar secar meus olhos e fazer com que parassem de vazar. — Me desculpe.

Imagino que todas as outras pessoas na minha vida sabiam qual era a minha situação. Conhecer esse estranho — esse velho amigo — foi a primeira vez em que tive que procurar as palavras que agora resumiam meu novo *status* de relacionamento. Eu não dizia isso havia anos. *Sou só eu. Estou solteira.*

Estou solteira. Isso não é um código para: não sou boa o suficiente?

— Vem cá, senta aqui — insistiu ele, puxando a manga do meu suéter e pegando minha mochila. — Só um pouquinho. Me desculpe se eu te chateei. De verdade, não era minha intenção.

Ele me levou até uma área de espera perto da mesa da recepção. Dois caras com coxas do tamanho de toras e regatas de marca estavam fazendo *smoothies* e jogaram a cabeça para trás enquanto riam e flertavam. Patrick percebeu que eu estava olhando para eles.

— É horrível quando outras pessoas estão felizes, né? — observou ele. Soltei uma exclamação de concordância e ele me entregou um lenço que tirou de sua bolsa de ginástica. Ficamos sentados, assistindo aquela cena de amor se desenrolar na nossa frente. Tentei desacelerar minha respiração e Patrick ganhou pontos quando não olhou para o relógio nem uma vez. Ele só ficou lá esperando comigo e me deixou fazer o que eu precisava fazer.

— Tô mais calma — declarei depois de um tempo. — Se você acha que sou perturbada, eu entendo. Tá tudo bem. Eu acho que sou mesmo. Só estou tendo um pouco de dificuldade com isso no momento.

Ele fez um aceno com a mão.

— As recordações do Yak Yak são suficientes para levar qualquer pessoa às lágrimas — brincou ele, e foi uma coisa sensível de se dizer. Ele estava me dando uma chance, certificando-se de que eu sabia que não teria que revelar nada a ele se não quisesse. Afinal, eram apenas sete da manhã. E de uma segunda-feira ainda por cima! Ele provavelmente só queria ir para o trabalho. Era muito cedo para uma confissão.

— Foi a melhor época da minha vida, aquele acampamento — resmunguei. — Meus melhores verões de todos os tempos.

— Os meus também. — Ele concordou com a cabeça. — Acho que nunca ri tanto e tão livremente quanto naquela época. Nem trabalhei tão duro. Lembro de estar cheirando a peixe podre constantemente porque eu ainda não tinha descoberto o desodorante. Fiquei muito puto quando percebi de onde vinha o cheiro, que vinha de mim. Por que ninguém me disse que eu fedia?

Eu ri novamente. Graças a Deus foi na frente desse homem que eu tinha desmoronado, esse homem que estava sendo um doce sobre a coisa toda.

— O que você faz agora, Paddy Fede? O que aconteceu com o grande maestro das luzes?

Ele deixou cair o queixo fingindo indignação.

— Era assim que as pessoas me chamavam? — perguntou ele. —Paddy Fede? — Ele sorria com a metade da boca, exatamente como fazia quando tínhamos doze anos. — Eu sabia. Eu sabia que não tinha como não terem reparado!

— Nãããããoooo. — Neguei com a cabeça. — Só tô te zoando.

— Mentirosa.

Encolhi os ombros.

— Se servir de consolo, eu não tenho nenhum escrúpulo em dizer que você está fedendo agora.

Ele inclinou a cabeça para trás para revelar uma fileira de dentes brancos perolados enquanto assobiava. A risada dele me fez sorrir. A risada dele fez eu me sentir encantadora.

— Você também, Annie Wiig. Isso é o que uma hora com o D'Shawn faz com a gente.

Eu ri e baixei minha voz como uma velha fofoqueira no bingo da igreja.

— Você viu antes da aula, quando ele passou de uma parada de mão pra uma flexão daquele jeito?

Patrick manteve uma expressão séria e disse:

— Na verdade, fui eu que ensinei aquilo pra ele.

Sorri de novo. Eu realmente estava me sentindo melhor agora. Ficamos sentados por um momento, testando minha determinação de manter uma expressão corajosa. Os dois homens ali perto evoluíram para a parte de pegar os celulares e trocar números de telefone. Dei uma olhada no relógio na parede.

— Tenho que ir — eu disse enquanto me levantava.

Patrick também se ergueu e estendeu a mão.

—Talvez a gente se esbarre de novo.

— Talvez — concordei, e ele se adiantou para segurar a porta para mim, deixando que eu passasse primeiro. — Eu tenho um pacote de dez aulas, então...

— Então eu tenho mais nove chances de impedir sua morte enquanto você se veste — brincou ele, num tom irreverente.

Olhei para ele com animação.

— Seis, na verdade. Eu tenho seis aulas restantes.

— Anotado.

Ele me acompanhou até o lado de fora.

— Até mais então — ele disse, enquanto eu apertava o botão da faixa de pedestres. Nós dois olhamos para o homenzinho vermelho esperando que ele mudasse.

— Obrigada por ser tão gentil comigo — gaguejei, toda envergonhada de novo só por ter acontecido algo que me fizesse tão grata. — Foi muito legal da sua parte.

— Eu sou um cara legal — ele disse, aquele sorriso torto fazendo outra aparição, seus olhos brilhando com o mesmo ar travesso que eu lembrava.

— Eu lembro — confirmei.

O alarme do sinal tocou quando o homenzinho ficou verde e me alertou para o fato de que era seguro atravessar a rua.

— Até mais — me despedi e ele ergueu a mão para dar um tchauzinho. Ele ficou olhando para mim com um sorriso que só percebi quando me virei para vê-lo mais uma vez por cima do ombro, e eu também estava sorrindo.

7

— Pensei em te procurar caso rolassem novas emergências relacionadas a suéteres hoje.

Eu não tinha visto Patrick na aula da Barry's. Cheguei tarde e já estava escuro no estúdio, as luzes do teto tinham sido diminuídas com um dímer e, ao nosso redor, luzes vermelhas e azuis alternavam-se para nos provocar. Eu corri direto para o meu lugar enquanto a instrutora, que usava um *cropped* e shorts minúsculos, entoava: "Se esforce até o seu limite! Como você sabe o que é possível se não entende que a única limitação é mental? Vá além do que você jamais pensou que fosse capaz!" Se a gente achava que o D'Shawn sabia como nos forçar até começarmos a chorar, Sinead sabia como nos fazer chorar e lhe agradecer por isso.

Eu estava esperando por um suco verde na área da recepção em vez de ir direto para casa — eu aprendi rapidamente, depois de cinco aulas em seis dias, que tentar continuar em movimento a toda velocidade depois que o corpo esfriava era impossível. Eu precisava de vinte minutos só para ficar sentada me recuperando, e um suco verde era a melhor desculpa para isso.

— Ei! Patrick! — exclamei. — Estava me perguntando quando veria você de novo! — Eu tinha ficado de olho para ver se iria encontrá-lo, imaginando se ele estaria por perto para mais uma sessão de nostalgia do Yak Yak. Eu gostei daquilo. Fiquei surpresa com o quanto eu tinha gostado de conversar com alguém que me achava tão leve e divertida quanto eu era aos doze anos de idade. O futuro era tão incerto, mas o passado nunca tinha mudado, e isso era um conforto. Olhei na direção do barista.

— Só estou pegando a minha dose de espirulina de hoje.

— Afinal, como sobreviver ao dia sem um complemento pra vitamina de nome impronunciável? — Patrick riu.

Eu ri de volta, meu corpo cheio de endorfinas depois do exercício e com uma sensação de... não felicidade, exatamente, mas com certeza era algo diferente de desolação, pelo menos por enquanto. A Barry's estava sendo a única âncora do meu dia desde que eu tinha começado. Eu me levantava e ia direto para lá e, durante gloriosos sessenta minutos, não pensava em nada. Em casa, eu olhava para a TV sem prestar atenção no que estava passando, a Carol ficava no meu colo e mamãe e papai — que foram ficando apesar de eu sugerir que não era necessário — fingiam não estar preocupados.

— Isso mesmo. Na verdade, tive que apontar para o cardápio só pra conseguir fazer o pedido e depois perguntei ao Google como pronunciar isso. Só te contei pra poder praticar.

Ele se encostou no balcão e ergueu o queixo para o atendente.

— Tudo bem, cara, vou tomar um Coco Loco, por favor. E vou pagar para a dama.

Ele puxou um cartão de dentro do colete e o fez deslizar pelo balcão na direção do atendente.

— Você é gentil — eu disse. — Mas eu me recuso a ser chamada de dama.

— Annie Wiig não é uma dama? — Seu cabelo ondulado cor de areia estava pingando de suor que só não escorria pelo seu rosto graças a uma faixa elástica fina, tipo aquelas usadas por jogadores de futebol, e ele ainda não tinha se barbeado, um bocado de pelos curtos de um tom loiro-escuro se acumulava em seu queixo. Eu não tinha certeza se era por causa da luz, mas talvez houvesse um pouquinho de ruivo lá também. Seus olhos verdes brilhavam intensamente. Acho que devia ser por causa do meu lado norueguês que eu ficava tão à vontade com toda a altura, brancura e largura dele.

— Palavra opressiva — respondi. — Dama. É tão cheia de expectativas. E acontece que estou passando por uma temporada de libertação. — Olhei para as minhas mãos enquanto dizia isso, traindo o tom divertido da minha voz ao tamborilar os dedos nervosamente. Eu estava preparada para contar a ele sobre o rompimento desta vez, se ele perguntasse. Ainda me sentia uma merda, obviamente, mas eu queria. Eu simplesmente sabia que ele diria as coisas certas.

—Ahhhh — ele disse, com leveza. — Lá está ela. Essa é a Annie Wiig que eu lembro. Sempre fazendo as próprias regras dela.

Deixei escapar uma pequena gargalhada.

— Meu Deus, quem me dera — afirmei. — Estou tão dentro das regras quanto uma pessoa pode estar. Vou me torturar pelo resto do dia porque você me pagou um *smoothie* e eu retribui com um discurso.

— Sério? — ele respondeu, parecendo genuinamente surpreso.

— Eu cuidaria disso agora mesmo. Eu odiaria que a Annie do Passado se visse tragada, sem nenhum aviso, pela trama de um filme de viagem no tempo e viesse visitar a Annie do Presente no caminho pra casa, só pra ficar desapontada por ela estar seguindo as regras.

Peguei minha bebida e dei um grande gole.

— Obrigada — disse.

— E obrigada de novo, por ter sido tão solidário comigo no outro dia. Seu cuidado realmente foi muito importante.

— Eu conheço a dor de um coração partido também. — respondeu ele.

— Então não vá pensando que você está sozinha em se sentir sozinha, qualquer que tenha sido o motivo para aquela manhã em particular ter sido uma péssima manhã.

— Quis perguntar o que o fazia se sentir sozinho, mas ele continuou falando:

— O que significa dizer: de nada.

Patrick pegou sua bebida e caminhamos até o mesmo banco onde eu tinha chorado diante dele dois dias atrás.

— Eu era muito corajosa no acampamento de teatro, não era? — pensei em voz alta.

— Tinha esquecido disso. Você se lembra de encenar aquele grande banquete da meia-noite no refeitório quando todos nós fomos pegos pelos conselheiros?

— Aquela bagunça toda não tinha sido ideia sua?

Parei para refletir.

— Eu queria que todos nós nos reuníssemos e assinássemos uma petição para que servissem sorvete depois do almoço, e do jantar também — lembrei.

— Tá vendo, é isso que eu lembro sobre Annie Wiig. Ela sabia o que queria e como conseguir.

— Sim! — exclamei.

— Uau. Eu só... esqueci totalmente. Você tem razão. E aquilo deu certo, não deu?

— Você foi literalmente o único assunto do qual falamos durante todo o verão. Mesmo depois que você parou de ir, as pessoas ainda contavam histórias a seu respeito, essa lenda urbana estudantil. Aposto que até hoje ainda falam de você.

Ele estava certo — eu tinha sido muito precoce enquanto crescia. Via muito de mim na Freddie e em como ela se comportava. Imagino que era tão protetora com ela porque não queria que perdesse o brilho, como eu tinha perdido. Eita.

Esse foi um pensamento horrível. Eu tinha perdido meu brilho? Quando foi que isso aconteceu? Mudei imediatamente de assunto.

— E você? — perguntei, apontando o canudo do meu copo na direção dele. — Que tipo de homem Patrick Hummingbird se tornou?

Ele refletiu, estava sentado com as pernas grossas e musculosas afastadas e os cotovelos sobre os joelhos, confortável em seu próprio corpo e feliz de ocupar espaço.

— Eu cresci para me tornar... um pouco perdido, acho.

— Perdido?

— Acho que é essa a palavra. Mas não quero dizer isso de um jeito ruim. Eu simplesmente não tenho um plano. E isso é incomum pra muitas pessoas. Isso faz que elas fiquem ansiosas. Mas me sinto bem assim... indo no meu tempo. — Ele mexeu o canudo ao redor do copo, pensativo. — Faz sentido? — perguntou ele, olhando para mim.

— Que eu realmente tenha encontrado muito conforto em não ter um plano?

Pensei nos últimos dez dias. Pensei nos últimos quinze anos.

— Acho que é preciso muita força de caráter para não planejar — decidi. — Eu sinto tanta pressão, e nem sei realmente de onde ela vem. De mim, provavelmente. Da sociedade? Do patriarcado? Da minha mãe?

— Você tem medo de decepcionar as pessoas — ele disse.

Aquilo tinha sido uma declaração ou uma pergunta? Por algum motivo, me pareceu uma acusação. Medo de decepcionar as pessoas? Acho que aquela era a minha configuração de fábrica. Mamãe, papai, Freddie, o trabalho, Alexander, o Quarteto Fantástico, Adzo — nem mesmo por um segundo eu queria fazer algo que desagradasse a eles ou os fizesse pensar mal de mim. Se todo mundo ao meu redor estava bem, então eu estava bem. Na lista de prioridades da minha vida, fiquei em último lugar, porque isso é o que as mulheres boas e altruístas fazem, não é? Elas cuidam de todos para provar como são boazinhas. Mulheres legais são validadas ao fazer isso, e eu queria ser legal. Eu queria ser considerada boa.

Suspirei.

— Sim — concordei. — É por aí.

— Tem uma escritora chamada Glennon Doyle que diz que não vale a pena decepcionar a si mesmo para agradar aos outros. Inclusive, ela diz que a vida é o oposto disso. Que você tem que agir como se decepcionar as pessoas fosse um jogo que você só perde se decepcionar a você mesma.

Aquela noção soava absurda para mim.

— Isso parece tão... egoísta — eu disse, enquanto uma voz pequenininha no fundo da minha cabeça me contradizia rugindo: *Na verdade, isso parece INCRÍVEL!*

— Não sei não — ele ponderou. — Pense assim: se todos nós estamos nos decepcionando continuamente para nunca incomodar outras pessoas, não estamos colocando a mesma pressão nelas? Se todos nós nos colocássemos em primeiro lugar, isso não daria permissão pra que as outras pessoas *se* colocassem em primeiro lugar? Não seríamos todos mais felizes?

Pensei no que ele estava dizendo, mas parecia suspeito.

— É assim que você vive? De verdade?

Ele encolheu os ombros.

— A meu ver, estamos todos buscando permissão para sermos livres, então me sinto feliz em ser o primeiro a dar essa permissão. Ninguém sabe quanto tempo nos resta, então não vale a pena perder tempo tentando ser bom quando é tão mais divertido continuar se divertindo.

— Sua vida parece boa.

Ele bateu seu ombro contra o meu em um gesto bem-humorado.

— A sua vida não é boa?

Puxei o que restava do meu *smoothie* com tudo, o som da última parte líquida subindo pelo canudo fez um barulho alto e nada característico de uma dama.

— Desculpe — eu disse, e ele balançou a cabeça.

— Pelo quê?

Eu quis dizer minhas más maneiras à mesa, mas estava claro que ele não dava a mínima. Ele nem sequer tinha notado.

— Você podia me ensinar umas coisas — comentei. — Estou tendo uma reação bem física a tudo que você acabou de falar.

— Você tá dando em cima de mim! — exclamou ele, deixando a própria voz aguda e boba.

— Nãããooo — eu disse, envergonhada com a acusação. — Não foi isso que eu quis dizer.

Seus olhos brilharam maliciosamente.

— Que decepcionante.

Eu devo ter ficado fraca por causa da aula, ou porque ainda não tinha comido direito, porque, de repente, eu estava com a garganta seca e um pouco zonza. Num instante eu estava observando a expressão dele, sua boca brincalhona se movendo e, no outro, a sala estava se fechando sobre mim, *bum*, sem mais nem menos.

— Aiiii — eu disse, fechando meus olhos e apoiando a cabeça na parede atrás de nós. — Acho que devo ter feito muito esforço na aula. Uau!

Eu inspirei e expirei profundamente algumas vezes.

— Cê tá bem? — ele perguntou. — Posso te ajudar em alguma coisa?

Neguei com a cabeça, tentando me concentrar.

Quando abri os olhos novamente, disse:

— Acho que tá na hora do café da manhã. Aquele *smoothie* não deu nem pra forrar o estômago.

Levantei-me com cuidado, depositei meu copo na lixeira de reciclagem e parei para respirar fundo mais uma vez. Olhei para Patrick. Ele era bonito, eu notei. As rugas finas em seu rosto forte conferiam certa suavidade e a sua altura enorme era imponente e confiante. Ele vestia uma combinação de azuis e verdes que complementavam seus olhos brilhantes. Seus lábios eram cheios. Beijáveis, mesmo. Mas eu honestamente não estava flertando com ele. Pensar nisso fez que eu me sentisse mal. Nunca mais me arriscaria, eu estava certa disso. E, de qualquer modo, quem é que iria me querer? Meu destino era ser uma solteirona até a morte. Eu sabia disso.

— Até a próxima vez então? — ele disse.

Não conseguia ter certeza do que eu pensava sobre a ideia de que haveria uma próxima vez. Mas respondi mesmo assim, com um sorriso tímido e um coração que deu uma leve e brevíssima acelerada:

— Sim. Vou estar aqui.

No ônibus para casa, nem precisei de música para abafar meus pensamentos. Fiquei lá assistindo o mundo passar, um sorriso quase imperceptível no rosto. *Quero ser amiga daquele homem*, pensei. Tinha inveja dele, de um jeito engraçado. Ele parecia tão relaxado consigo mesmo, tão contente. Será que eu realmente já tinha sido assim também? Porque ficando perto dele, eu quase podia acreditar que sim.

* * *

Eu ainda estava de toalha depois do banho quando subi na pequena escada da IKEA para alcançar o topo do guarda-roupa. Quase conseguia ver a caixa turquesa, mas fiquei na ponta dos pés tentando agarrar o nada na frente da caixa antes de conseguir me esticar o suficiente para enfiar o dedo sob a tampa e arrastá-la até a borda da prateleira. Minha caixa de memórias.

 Sentei na cama e abri a caixa. Eu não colocava nada de novo nela fazia anos. Desde os nove anos eu tinha uma obsessão em registrar minha própria história, coletava fragmentos de memórias como uma acumuladora: ingressos de cinema, fotos tiradas com a minha Polaroid rosa, aquela que todo mundo tinha na escola. Eu não olhava para aquela caixa havia séculos e, em um instante, me lembrei do porquê. Às vezes, era simplesmente doloroso demais. Havia uma inocência em quem eu era quando mais jovem, uma maneira esperançosa de ver o mundo que me deixou triste em comparação a como eu via o mundo agora.

 Depois do meu último verão no Yak Yak, tudo mudou. Eu voltei para casa do acampamento de teatro tão cheia de vida e energia quanto sempre, mas foi aquele ano escolar que mudou quem eu pensava que tinha permissão para ser no mundo, e eu nunca mais voltei. Comecei a andar na linha, a monitorar a imagem que eu passava para não ofender ninguém. Encontrei uma foto de todos nós no palco da peça *Bugsy Malone*, éramos cerca de cem crianças, eu estava na primeira fila usando orgulhosamente um collant e um boá de plumas, animada como sempre estava. Procurei por Patrick entre os rostos e o encontrei no fundo, sem olhar para a câmera. Na verdade, de certa forma, quase parecia que ele estava olhando na minha direção.

Apoiei a foto no chão do quarto para desamassá-la, me dando permissão para lembrar, e decidi colocá-la no canto do espelho da penteadeira, ao lado de uma foto minha e de Freddie em uma cabine fotográfica no aniversário de trinta anos de um primo nosso, ambas usávamos óculos grandes e bigodes. Por que eu não conseguia ser despreocupada daquele jeito o tempo todo? As fotos no espelho refletiam a mulher que eu queria ser mais do que meu reflexo real.

Fui tirada dos meus pensamentos por mamãe, que apareceu na porta.

— Socorro — eu disse, quase tendo um troço. — Mãe. Você me assustou. — Tive um pensamento distante sobre pedir a Adzo para sugerir que eles considerassem ir embora. Agora isso já estava passando da conta. Eu ia ficar bem. Eu ia. Eles podiam ir.

— É a Fernanda — ela disse, segurando o celular.

— Acho que você devia atender, Annie. Atende, vai.

Lancei a ela um olhar intrigado e peguei o telefone sem dizer nada. A mãe de Alexander estava ao telefone? Ao sair, mamãe fechou a porta do meu quarto atrás de si. Durante toda a minha vida, ela nunca me deu privacidade. Aquilo me deixou nervosa.

Respirei fundo e disse a Fernanda que era um prazer ouvi-la.

— Annie — entoou ela, as vogais com sotaque do português brasileiro colidiram umas com as outras.

— Escute. Meu filho é um desgraçado cruel e ingrato e vou matar ele quando o vir. Não foi pra isso que eu criei esse menino! Não! Não diga nada! Não foi pra isso. Bom, enquanto não encontro com ele, tive uma ideia. Mas você tem que me deixar terminar antes de dizer qualquer coisa, tá bem?

— Tá bem. — Concordei, e tive que admitir que, apesar do choque de sua ligação, meu sangue começou a correr um pouco mais rápido quando ela me disse o que tinha em mente.

8

— Então, em resumo — eu disse, gesticulando com meu espresso martíni recém-entregue e derramando a camada espumosa da borda do copo para o meu pulso. — A Fernanda praticamente me implorou pra ir pra lua de mel. Sozinha. Não é estranho?

Naquela manhã, meus pais e Freddie finalmente saíram da minha casa e voltaram para a deles. Eu achava que mal podia esperar para ficar sozinha e ter a casa só para mim; para que o meu espaço fosse *meu espaço*, sem intrometidos zanzando ao redor. Mas aí, dez minutos depois de eu ter dado tchau para eles com promessas de manter contato todos os dias e um sussurro da Freddie em meu ouvido dizendo *eu te amo, Annie-Chu*, o silêncio ficou ensurdecedor. Estar sozinha em casa agora era diferente de estar lá e esperar que Alexander voltasse do treinamento de rúgbi ou do pub; ou de escutar o barulho dele através da parede da cozinha; ou de ouvi-lo se arrastando escada acima. Estar em casa sozinha era triste. Ela era um museu da causa do meu luto, e o e-mail que mandei para o Quarteto Fantástico (eu *ainda* não tinha ligado meu celular outra vez, eu simplesmente não conseguia encarar essa tarefa) foi respondido como uma verdadeira emergência. Elas reservaram uma mesa em um restaurante na esquina de casa, e nós já tínhamos tomado dois coquetéis meia hora depois de começar o encontro. Tinham ficado um tanto chocadas por eu não as procurar antes, mas também admitiram que sabiam que eu ia dar sinal quando estivesse pronta. Elas me contaram que entraram em contato com mamãe por mensagem de texto e que ela as manteve informadas sobre como eu estava.

— Nããã ooo! — Maravilhou-se Jo, usando um *nacho* como pá para pegar guacamole. Ela estava usando seu cabelo afro no estado encaracolado natural, e a única maquiagem era um batom vermelho brilhante. Sua aparência estava impecável, especialmente comparada com a minha. Tentei me maquiar, mas eu sabia que tinha conseguido esconder pouco de como eu realmente estava me sentindo. Eu ainda continuava cinza e pálida, apesar das ondas de endorfina dos meus treinos diários.

— Você vai? — Uma gota de abacate caiu em sua barriga de grávida, já grande o suficiente para faltar só um mês para tirar a licença-maternidade de seu trabalho como professora de história na UCL e a cinco semanas da data do parto. Ela olhou para baixo, para a parte de sua barriga que ficara suja de guacamole, e deu uma risadinha. — Uuups!

Bri — pequena, loira e de olhos azuis, diretora de marketing de uma startup administrada por um dos primeiros funcionários da Google e, sem dúvida, a pessoa mais inteligente em qualquer sala — passou um guardanapo para Jo, cujo canto ela tinha mergulhado em um copo de água.

— Eu iria com certeza — ela falou na sua cadência típica de Lancaster e tomou um gole de gim. Ela tinha paralisia cerebral leve e seus músculos tremiam um pouco, e eu pude ver que ela tinha decidido que o coquetel estava muito cheio para levantar sem derramar, então ela se inclinou para a frente e usou o canudo. Kezza bateu no braço dela.

— Não se atreva a se oferecer para ser a acompanhante. Se uma de nós está apta a ir, sou eu, a única outra membra do Clube de Apoio das Solteiras. — Ela sorriu para mim e bateu seus longos cílios enquanto defendia seu caso, passando-se por um anjo com sotaque de Essex, o que é engraçado porque Kezza é osso duro de roer e "angelical" não está nem entre as primeiras cem palavras que eu usaria para descrevê-la.

Kezza tem uma teoria de que não importa o quão bem-intencionada uma pessoa possa ser, sempre existe um abismo entre amigas que estão em um relacionamento e suas colegas solteiras — estejam elas solteiras de propósito ou não. Ela diz que apenas outra mulher que sai de um encontro num café ou para comer fora e volta para uma cama vazia é que entende de verdade certas coisas, e que, às vezes, até mesmo saber que suas amigas têm alguém esperando por elas em casa deixa uma sensação pesada e estranha em seu estômago. Ela tinha essa teoria desde a universidade. A seu ver, mesmo que uma mulher esteja só começando a sair casualmente com um homem depois de ter estado no Clube de Apoio das Solteiras, ela automaticamente sai do clube porque volta para casa com a *ideia* de alguém, e isso também a separa de sua amiga solteira de certa forma.

Estou no clube de novo, pensei, *credo*.

Tomei os últimos três goles da minha bebida como uma forma de acalmar pensamentos intrusivos e inúteis. As meninas ficaram esperando que eu continuasse.

— Tudo já foi comprado e está pago. Aparentemente, os pais de Alexander não vão receber o dinheiro de volta se cancelarem — continuei falando, e, com o canto do olho, vi Kezza fazer sinal ao garçom para nos trazer outra rodada. Empurrei meu copo vazio para a beirada da mesa, sem vergonha de estar sedenta. Era o Quarteto Fantástico que costumava me provocar por ser uma "menina boa demais" para me envolver nos shots que custavam só uma libra no clube The Gallery, onde tínhamos passado a maior parte das nossas noites durante a universidade. Só que, mesmo pelos padrões delas, essa noite eu estava entornando com muita voracidade.

— Tente sentir o gosto do próximo — Kezza piscou para mim. Controlei um revirar de olhos. Se eu não podia ficar bêbada agora, quando é que poderia?

— Eles passaram tanto tempo planejando — expliquei, ignorando a ironia dela — que querem que eu aproveite. Mamãe disse a eles que me deram a chance de me afastar um tempo do trabalho...

— O quê? — interrompeu Jo, fazendo uma careta.

— Não, não, não — eu disse, tentando diminuir sua preocupação óbvia e imediata. — Não fui demitida nem nada parecido. Eu tinha três semanas reservadas de qualquer maneira, para a lua de mel, e a Chen, minha chefe, enviou uma carta me dizendo pra tirar as semanas anteriores também como férias remuneradas. Ela chamou isso de uma espécie de licença compassiva de trabalho. É muito legal da parte dela, mas eu não estava pensando em aceitar...

— Seis semanas de folga *remunerada* do trabalho — Jo interrompeu mais uma vez. — E você ainda tá ganhando dos melhores sogros do mundo uma chance de viajar com todas as despesas pagas pra Austrália e dar um *reboot*? Uau.

— E essa é toda a história — confirmei. — O voo é depois do fim de semana e descobri que a Fernanda e minha mãe estão tramando pra que eu aceite.

Nosso garçom apareceu com nossos novos pedidos — mais coquetéis para nós e uma cerveja sem álcool para Jo.

— Você quer que eu tome um gole disso por você, pra não ficar tão cheio? — Kezza perguntou para Bri.

— Cai fora — gritou Bri.

— Não *me* use de desculpa pra roubar bebida dos outros!

Kezza fez beicinho enquanto brincava com seu cabelo vermelho-fogo, puxando-o para trás em um rabo de cavalo e enrolando-o até ficar preso em um coque por apenas um segundo para, então, se desenrolar lentamente outra vez.

— Coisas mais estranhas já aconteceram do que uma oferta de lua de mel grátis — observou Bri, o que era verdade. Ela tinha conhecido o seu marido, Angus, em Las Vegas, e voltou para casa de uma viagem de uma semana para despedida de solteira de uma amiga do trabalho com o próprio marido. No entanto, isso nos surpreendeu 0%: foi uma coisa muito Bri de se fazer. Ela era ousada e divertida, mas mais do que isso, ela era romântica o suficiente para se arriscar no amor. Sempre achei que tinha uma bravura naquilo. Uma bravura em acreditar.

— Como *você* está se sentindo, Annie? Porque eu, pelo menos, ainda não consigo acreditar em tudo isso. — Jo empurrou o prato vazio para longe de si, tendo se encarregado sozinha dos *nachos* que deveríamos compartilhar. Mas eu lembrava o suficiente dos desejos de sua primeira gravidez para não ficar entre ela e queijo derretido. Quando ela estava grávida de Bertie, teve uma vez que comeu quatro sorvetes de chocolate Mars mergulhados em farinha de rosca e parmesão, um atrás do outro, enquanto chorava e me contava que era culpa "dos hormônios".

— Eu me sinto. Apenas... — Eu não sabia com que palavra terminar a frase, então deixei para lá. Não sabia por onde começar.

— É — ela respondeu, balançando a cabeça em solidariedade. — Eu também estaria assim.

Bri tossiu suavemente, prestes a fazer um anúncio. Estreitei meus olhos para ela.

— Eu tentei ligar pra ele — admitiu ela timidamente. —De novo e de novo. Meio que sempre cai no correio de voz, mas... Olhe. Não quero causar confusão, mas é que uma vez o sinal pareceu aquele de discagem internacional. Você acha que é possível que ele tenha ido pro exterior?

Fazia sentido para mim se ele tivesse. Fiquei me perguntando onde diabos ele estava. Onde alguém que abandonou sua noiva vai para passar o tempo? Eles continuam vivendo como sempre? Vão para o trabalho e torcem para ninguém reparar que nunca chegaram a colocar a aliança, porque o casamento nunca aconteceu?

— Trabalho! — eu disse. — Não tinha pensado nisso antes, mas o escritório dele sempre falava sobre ele ir pra filial de Singapura por um tempo. Eu ficava me perguntando se Alexander tinha tirado férias ou algo assim, mas faz muito mais sentido ele estar trabalhando em Singapura. Ele também tinha que voltar pro emprego, assim como eu, e não consigo conceber que ele seria capaz de simplesmente pegar um avião sem avisar nada no escritório.

Se eu soubesse com certeza onde ele estava, talvez minha mente ficasse um pouco mais tranquila. Talvez, se tivesse alguns detalhes mais concretos, eu seria capaz de fincar algumas estacas mentais no chão — assim teria alguns fatos sólidos e objetivos nos quais me ancorar. Eu não tinha percebido, até Bri dizer que ele poderia estar fora do país, a intensidade dramática com que ter aquela certeza poderia me ajudar. Eu não sabia se ele iria aparecer em casa a qualquer instante; ou passar por mim no parque no caminho para a academia; ou entrar valsando pela porta do restaurante em que estávamos sentadas, agora mesmo, conversando com algum amigo antigo da escola e parando para apertar a mão de alguém, porque ele era o irmão mais novo de um fulano ou sicrano que ele conhecia — Alexander sempre esbarrava em alguém que ele conhecia. Eu não sabia nem mesmo se ele pararia para nos cumprimentar se acabasse aparecendo no restaurante ao mesmo tempo que nós — isso é o quão pouco eu obviamente significava para ele, o que era incompreensível. Eu estava disposta a me casar com ele, pelo amor de Deus! E ele não dava a mínima pra mim!

— É como se eu tivesse um tipo de psicose ou algo assim — confessei. — Como se eu tivesse imaginado todo o relacionamento, todos os últimos dez anos. É difícil reavaliar tudo. *Tudo*. Como ele pôde fazer isso comigo?

— Ai, meu Deus, Annie — Bri falou, estendendo a mão sobre a mesa para agarrar a minha enquanto eu brincava com o guardanapo que a Jo tinha descartado. — Eu não sabia se devia te contar, não queria fazer você chorar. Eu sinto muito.

Tentei revirar os olhos para demonstrar o quanto eu odiava não conseguir controlar minha própria reação. Balançando a cabeça para tentar me libertar da emoção que apertava minha garganta, eu guinchei:

— Se eu tivesse largado a minha noiva, eu ia fugir do país também. Ia ter vergonha de mostrar a minha cara.

— Caralho — murmurou Kezza. — Esse merdinha.

Eu me perguntei quando ele tinha comprado a passagem de avião e quanto tempo antes de se recusar a aparecer ele já sabia que iria fugir. E se ele já soubesse disso enquanto estávamos organizando a playlist do Spotify que tocaria durante o café da manhã do casamento ou quando fomos para a última degustação do menu? Se eu tivesse cedido e concordado com os minipãezinhos Yorkshire com rosbife fatiado, agora eu seria uma mulher casada? Minha insistência em servirmos canapés de caranguejo com pimenta tinha custado o meu futuro? Eu nem gostava tanto assim de frutos do mar! Eu só queria fazer uma escolha diferentona!

— Eu não consigo acreditar que ele deu um jeito de foder com a sua vida e aí saiu de férias logo depois. Isso não tá certo. Sério, isso não tá nada certo. — Kezza estava furiosa e dava para notar o quanto ela estava se esforçando para não deixar transparecer. Ela controlou o tom de voz, mas eu a conhecia desde que tínhamos dezoito anos: ela estava louca de raiva.

— Deve ter um motivo pra tudo isso — Jo cogitou. — Né? Eu sei que às vezes ele era um babaca, mas ele não era totalmente sem coração. Alguma coisa *deve* ter causado isso...

Estreitei meus olhos na direção dela.

— Você sabe de alguma coisa? — perguntei. Ela estava falando como se estivesse preparando o terreno para revelar alguma informação importante. Eu já tinha me perguntado se ele estava saindo com outra pessoa. Homens não costumam simplesmente abandonar relacionamentos sem que haja um barco salva-vidas no horizonte. Eles simplesmente *não fazem isso*. Metade de mim estava paralisada de medo em pensar que talvez eu finalmente estivesse prestes a encontrar a peça que faltava do quebra-cabeça, a peça pela qual eu estava obcecada. A outra metade se pôs a rezar aos céus imediatamente para que Jo não soubesse de nada. Eu não queria saber, mas queria cada pequeno detalhe. Eu queria ser vista e me esconder. Liberta pelas informações e protegida da realidade.

Ela negou com a cabeça rapidamente.

— Não, amiga, me desculpe. Se eu soubesse, eu te contaria. Juro.

— Vocês estão escondendo alguma coisa de mim. — Comecei a encará-las, primeiro Jo, depois Bri e por fim Kezza. — Se vocês estiverem sabendo de alguma coisa...

Kezza estendeu uma mão também.

— É sério, a gente sabe tanto quanto você. Juro.

Eu soltei a respiração audivelmente.

— Ok. Ufa.

— Mas — começou Bri, e meus olhos se voltaram para ela em um milissegundo, meu peito subitamente apertado, como o punho cerrado de um manifestante.

— O quê?

— É óbvio que a gente sabe que você amava o Alexander.

Eu empaquei.

— Bom, sim. É por isso que íamos nos casar...

— Acho que o que a Bri está tentando dizer — Jo ofereceu, suavemente — é que... ele era sortudo em ter você.

Bri sorriu, mas foi um sorriso forçado.

— E olha, o que quer que seja que te faça feliz, é tudo o que queremos pra você...

Jo pigarreou.

— Ele era meio babaca às vezes, não era?

Meu queixo caiu.

— Como é que é?

Ela bebeu da sua garrafa, ganhando tempo para não me responder imediatamente.

— A gente acha que você é incrível.

— E às vezes era como se ele não percebesse isso — concluiu Bri.

O que elas estavam dizendo era uma faca no meu coração. Uma traição. Há quanto tempo elas queriam dizer tudo aquilo? Elas estavam me dizendo que eu tinha sido uma idiota ao acreditar que algum dia ele iria se casar comigo?

— Vocês não gostavam dele.

— Não! — Jo falou. — Não é que não gostássemos dele.

Bri deu de ombros.

— Eu não gostava — ela disse sem rodeios. — Eu não gosto.

As outras ficaram chocadas.

— A gente disse que ia tentar uma abordagem suave? — sussurrou Jo, acendendo o fogo dentro de mim.

— Isso aqui é algum tipo de intervenção? — perguntei. — Vocês estão brincando comigo? Eu acabei de levar a pior rasteira possível e vocês todas estão reunidas aqui hoje pra me contar... o quê? Que estão satisfeitas com isso?

— Ei — Bri falou em tom afiado. — Somos suas amigas. Sofremos quando você sofre, valeu? Então você não pode sair agindo desse jeito. Você não pode agir como se a gente é que tivesse te machucado. Não fomos nós. Foi o seu garotão, o Alexander, e nós estamos pra lá de putas com isso.

— Furiosas — Jo falou.

— Eu cortava o pau dele fora — Kezza murmurou. — Aquele bostinha.

Jo mudou de abordagem.

— Mas talvez esta seja uma chance de ver que você merece muito mais do que ele te oferecia. Se você estiver em um estado emocional em que consiga nos ouvir.

Olhei para ela com os olhos entrecerrados.

— Pode falar — eu disse, mal-humorada. Meu coração bateu mais rápido e minhas bochechas coraram. Eu sabia o que ela ia dizer antes que falasse, mas eu sabia que tinha que ouvir também.

— Estava bem claro que existia uma estrela no show do seu relacionamento — ela disse. — E não era você. Não posso falar por todas as outras, mas isso me deixou triste por você! Era óbvio que ele era o seu mundo, mas não era tão óbvio que você era o dele...

— Ele é o bonitão, mas ele não é o Sol. Você é — acrescentou Bri, recitando uma das nossas citações favoritas de *Grey's Anatomy*.

Engoli em seco.

— Que merda! — eu disse. Meus olhos se encheram de lágrimas. — Eu não sei o que fazer. Não sei o que vai acontecer depois disso. Achei que essa era a minha vida e ela estava resolvida. Não posso voltar a não ter nada. Eu tô muito velha pra começar tudo de novo...

Apoiei minha cabeça nas mãos e me deixei sentir tudo. Eu precisava ser forte? Por quanto tempo eu poderia me permitir ser fraca? Será que existe alguma fórmula para seguir em frente? Ou um manual secreto para "Noivas rejeitadas" com entrega em vinte e quatro horas que eu poderia comprar?

As três me deram tempo para encontrar a coragem de admitir que eu sabia que elas estavam certas. Alexander sempre veio primeiro em nosso relacionamento. Isso era verdade. Mas eu só queria que ele fosse feliz. Que conseguisse a promoção e saísse com os amigos para desabafar quando o trabalho estivesse difícil. Queria que se sentisse bem relaxado em casa, afinal nosso lar deve ser o lugar onde podemos fazer isso. Eu nunca o importunava, porque não queria desempenhar esse papel. Era pior pedir várias vezes que ele fizesse alguma coisa — esvaziar a lava-louças, montar as novas gavetas para o quarto de hóspedes, ou tirar a roupa da máquina de lavar — do que simplesmente fazer eu mesma. Qualquer coisa para evitar uma discussão.

Ele disse que me amava e que eu era a melhor coisa que já tinha acontecido com ele, mas eu não podia mais mentir para mim mesma: por uma década eu afastei o pensamento de que preferia que ele demonstrasse aquilo em ações em vez de palavras. Nunca disse isso a ele, porque parecia muito com um fardo emocional. Eu não queria ser um fardo emocional para o meu parceiro. Queria ser o descanso dele, não o problema. Achei que era isso que todo mundo fazia pelo seu amor. Achei que era assim que você demonstrava amar alguém.

— Você deve estar se sentindo horrível agora — Bri comentou com gentileza. — Eu disse a Angus: se o segredo da felicidade é ter alguém pra amar, alguma coisa pra fazer e algo pelo qual esperar, ele simplesmente roubou de você duas dessas coisas.

— Não — Kezza disse. — Nós amamos você e você nos ama. A única coisa que ele levou foi a esperança. Mas isso vai voltar. Você vai conseguir ansiar por outras coisas, eventualmente.

— Como? — perguntei. — Eu tô tão humilhada. Não consigo me imaginar sorrindo, ou rindo, ou namorando, ai, meu Deus. Eu preciso começar a namorar?

Kezza rosnou:

— Por sinal, se ele tentar expulsar você de casa, eu vou atrás dele, juro.

— Uma hora eu vou ter que sair — respondi. — A casa é dele no fim das contas.

— Sim — concordou Bri. — Mas você pode dar esse passo no seu próprio tempo. Sem pressa. Nós vamos garantir que ele não apresse você. Se ele estiver no exterior...

— Você acha mesmo que ele está?

— Talvez. Não sei.

— Vocês deviam pintar uma grande marca preta nas minhas costas pra que todos soubessem que sou uma mercadoria danificada — eu disse. — Um aviso a todos que, a qualquer momento, eu posso desmoronar.

— A gente tá aqui pra você, ok? Mas, querida, preciso que você escute com muita atenção o que eu vou falar — Kezza disse.

— Tô ouvindo — respondi.

— Você tem que contar pra gente sobre o que você precisa. Não conseguimos ler mentes. Nós somos boas, mas não somos médiuns, certo? Tá na hora de aprender a pedir ajuda.

Pedir ajuda? O pensamento me fez ter arrepios.

— Eu consigo fazer isso — eu disse assentindo com a cabeça. — Mas não consigo lidar com o negócio da lua de mel. Aí já é demais. Ainda tô muito sensível.

— E tá tudo bem com isso, de verdade — Bri acalmou. — Seja lá o que for que você queira fazer, estamos aqui. Eu juro: esse não vai ser o seu fim. Vai ser o seu devir. Nós vamos garantir que seja desse jeito. Nenhuma de nós está tão fodida quanto a gente pensa que está.

Quando cheguei em casa, levei o iPad para a cama e usei o navegador para logar no Instagram. Eu não sei por que fiz isso. Vício, eu acho. Não tinha uma pesquisa que dizia que uma pessoa comum rola o feed para cima por cerca de cinco quilômetros por dia? Que o Vale do Silício projetou sua tecnologia para ser tão perigosamente viciante que a maioria deles não deixa nem os próprios filhos usarem telefones porque isso detona o cérebro? Eu sabia que ficar on-line me deixaria triste, mas fiquei mesmo assim.

Eu não tinha postado nada desde a noite anterior ao casamento — uma foto minha com Adzo e Freddie, todas nós com roupões de hotel e fazendo caretas engraçadas. Na legenda, escrevi: Última noite como uma mulher solteira, passando um tempo com as minhas melhores meninas. Reler aquilo fez meu estômago embrulhar.

Fui para a página inicial, tremendo ao digitar o nome de usuário de Alexander, mas ele não tinha postado desde agosto de 2016. Acho que eu só queria ter certeza de que a nova vida dele, sem mim, ainda não havia começado. Então rolei meu feed. Jantares, restaurantes, encontros noturnos entre casais em seus melhores trajes e a legenda: *Jantar com ela/ele*, seguido de um emoji com coraçõezinhos nos olhos. Eu me perguntei se todos estavam tão felizes quanto pareciam. Será que eu era feliz antes? Uma vez, postei uma foto minha e de Alexander em uma pizzaria chique enquanto eu dormia sozinha no nosso quarto de hóspedes. Tínhamos discutido durante o jantar, depois de a foto ser tirada — acho que era sobre como comemorar o feriado da Páscoa. A questão é: as brigas nunca são de verdade sobre o que estamos discutindo, né? E a briga continuou depois que a conta chegou e durante todo o caminho de volta para casa.

Pensando nisso agora, eu tinha tentado insinuar que seria bom se pudéssemos passar mais tempo juntos. Às vezes eu estava na lista de prioridades dele depois do trabalho e do rúgbi, e do tempo na academia e, por fim, do tempo sozinho, seu tempo de "relaxar". Só então é que eu recebia a atenção total dele. Tanto faz. Ainda postei aquela foto nossa, contando ao mundo que saímos para jantar e eu pedi uma *burrata* extra, embora mal me lembrasse da comida. Não fiz nenhuma menção à nossa discussão na legenda, nem ao fato de eu ter pensado que eu nunca era o suficiente, não importava de quantas formas eu me contorcesse. Na verdade, quanto mais eu me contorcia em diferentes formas, mais ele não me dava o que eu precisava. Não. Em vez disso, digitei exatamente o que todo mundo fazia: *Jantar com ele #encontro #queijoextra*.

Suspirei, eu estava prestes a fechar o aplicativo, mas me peguei digitando "Patrick Hummingbird" na barra de pesquisa antes de perceber que estava fazendo isso. Nada apareceu. Tentei Paddy Hummingbird. Não apareceu nada outra vez. Nem fazia sentido que eu tivesse tentado. Por que Patrick tinha passado pela minha cabeça para começo de conversa?

Apertei os botões distraidamente, entrando e saindo de aplicativos sem pensar. As notícias, o Pinterest, o aplicativo de saúde. Quando fiz isso, uma notificação apareceu.

Você não registrou sua menstruação este mês. Você quer fazer isso agora? foi a pergunta do aplicativo.

Ai, meu Deus. Eu não tinha menstruado? Olhei para o gráfico na tela e percebi que era verdade. Ela deveria ter descido na semana passada. Provavelmente foi o estresse. Mesmo deitada na cama, meu maxilar estava tão tenso que ele quase encostava nas sobrancelhas.

Toquei na tela até abrir o e-mail e coloquei o endereço do trabalho de Alexander na linha do "para". Deixei o espaço do assunto em branco. No corpo do e-mail, digitei, excluí e digitei outra vez: *Onde você está?* Me demorei no ato de pressionar o botão de enviar e prendi a respiração ao clicar. Eu precisava saber.

Recebi uma resposta automática imediatamente:

Olá. No momento, estou trabalhando no escritório de Singapura, portanto, talvez haja um atraso em minha resposta devido à diferença de fuso horário.

    Eu sabia. Singapura. Essa não pode ter sido uma decisão de última hora, não mesmo. Argh! Ele jogou uma granada na minha vida e depois entrou num avião. Eu estava pra lá de indignada, mas, estranhamente, conseguir localizar geograficamente o paradeiro dele me permitiu respirar mais fundo. Eu o odiava e tudo o que ele tinha feito, mas pelo menos agora tinha uma direção para a qual enviar o meu ódio.

9

Era como se Patrick e eu tivéssemos combinado de nos encontrar no bar da academia depois da aula, porque lá estávamos nós, e parecia ser ainda menos surpreendente para ele do que para mim.

— Tenho uma coisa pra você — ele disse, sorrindo à distância de modo que tivemos de manter contato visual enquanto ele se aproximava. Eu estava à toa na recepção, depois de avistá-lo no meio da aula, quando estávamos trocando as esteiras e os pesos. Ele piscou para mim e eu passei o resto da sessão tentando não olhar na sua direção. Eu não sabia dizer por quê. Acho que era porque ele era meu novo amigo antigo. Eu gostava de conversar com ele. Só isso. Imagino que aquele tenha sido o acordo silencioso de que iríamos bater papo ao final.

— É um cachorrinho? — perguntei.

— Não — ele respondeu.

— É uma barra de ouro no valor de um milhão de libras?

— Também não.

— Você trouxe pra mim... um sanduíche de *pastrami*?

— Eu nem sei o que é *pastrami* — ele disse, e eu não admiti que também não sabia. Só tinha visto alguém pedir um daqueles em um filme uma vez.

Ele tirou a mochila do ombro e vasculhou lá dentro até encontrar o que estava procurando: um pequeno envelope de papel pardo.

— Tã-dã! — fez ele ao abrir o envelope para revelar uma foto minha no Yak Yak, vestida como Tallulah, usando um collant e meia arrastão, uma pluma projetando-se orgulhosamente de um coque preso na altura da minha nuca. Eu tinha uma pinta falsa desenhada no rosto e estava olhando para além da câmera, para a pessoa que tirava a foto.

—Você estava rindo de mim nessa — ele disse, apontando, enquanto eu analisava a foto de perto. — Eu costumava te contar uma piada pra te ver sorrindo e quando você sorria era como se eu tivesse ganhado um Oscar por serviços prestados em acampamentos de teatro. Fiquei tentando fazer você rir o verão todo. Acho que eu tinha uma quedinha por você.

Eu o empurrei.

—Você não tinha não — eu disse, constrangida. — Você tinha uma queda pela minha amiga Jasmine. E eu ria de você o tempo todo. Lembro de você ser a pessoa mais engraçada de lá.

Estava indo devolver a foto, mas ele disse que eu podia ficar com ela. Eu olhei para ela mais uma vez.

— Obrigada — eu disse. — Boas memórias. Vou colocar em algum lugar onde eu possa olhar pra ela, como um lembrete.

— Não quero parecer muito ousado... — ele começou, e eu sabia o que ele ia falar antes mesmo que o fizesse, e soube também, naquele exato instante, que eu queria que ele falasse. Coisas ruins não aconteciam quando eu estava conversando com Patrick. O futuro não existia, apenas o passado, e isso era um alívio. — Se você quiser conversar algum dia *fora* da academia, pra curtir a nostalgia, devíamos fazer isso. Podíamos encontrar uma estação rodoviária congelante ou uma lanchonete lotada... — Ele franziu o cenho, computando a minha reação. — Ou... não... — ele hesitou, torcendo as sobrancelhas desapontado com a minha falta de entusiasmo.

— Eu quero — eu disse, rapidamente, estendendo a mão para tocar o braço dele. — Eu quero. Só espero que não pareça presunçoso dizer que... a minha situação...

— É só dizer — ele me incentivou gentilmente. — Tá tudo bem.

Engoli em seco.

— Isso é embaraçoso — comecei, e a menção a um embaraço fez o lábio dele tremer, bem de leve, em surpresa. — Eu acabei de levar um fora. — Não queria contar pra ele *toda* a história da minha vida, mas eu andei prometendo a mim mesma que lhe contaria o que tinha acontecido. — Então eu não tô procurando um relacionamento. Se isso é... Não sei se é isso que você quis dizer. Mas eu queria confirmar.

Eu me senti tão constrangida. O tremor dos lábios de Patrick se transformou em um sorriso malicioso e, então, ele disse bem-humorado e cheio de casualidade:

— Que idiota ele deve se sentir agora — ele disse. — Ou ela. Quem quer que seja essa pessoa.

— Ele — respondi. — É loucura ver alguém do passado, eu acho. Você me conheceu quando eu era... — Eu ia dizer "feliz", mas me contive. — Quando as coisas eram simples. Vida adulta, cara. É foda!

— Tô feliz que você me contou — ele disse. — Quer dizer, sinto muito que tenha acontecido. Levar um fora é horrível. Perder alguém que você ama é muito difícil.

— Eu tô um caco — admiti.

— Eu sei como você se sente. — Lancei um olhar na direção dele. Ele fazia ser sincero se tornar algo tão simples. Ele era engraçado quando algo era engraçado, mas não usava o humor como uma forma de se distrair das pedras no sapato ou fugir da emoção verdadeira. Eu não conhecia muitos homens capazes de fazer isso.

— Se você sabe mesmo como estou me sentindo, então eu sinto muito por você.

Ele encarou o chão e, por um segundo, pensei que estava prestes a me contar os detalhes. Ele meio que abriu a boca para falar, mas a fechou com força, como se o diabinho no ombro dele o mandasse ficar mudo.

— Eu devia deixar você continuar com o seu dia — eu disse, dirigindo a conversa para um final. — Mas, mesma hora, mesmo lugar outro dia? — Saiu errado. Eu queria dizer uma hora *diferente*, um lugar *diferente*, como se dissesse: sim, vamos sair e curtir a nostalgia. Eu tinha sido uma idiota. O que eu estava fazendo? Minha língua estava embaraçada. Por que eu estava nervosa? Eu tinha permissão de tomar uma bebida com um amigo, pelo amor de Deus.

— Estou aqui todas as manhãs — ele disse, preparando-se para sair. Eu tinha dado um golpe no ego dele. E dava para notar que ele estava tentando não demonstrar, mas eu percebi.

— Todas as manhãs? — perguntei. Eu só o via ocasionalmente, mas devemos ter malhado na mesma hora durante toda a semana.

— Sim, na maioria delas. Ajuda a manter os demônios internos sob controle.

— Bom pra você. Eu com certeza tenho uns demônios que poderiam levar uma boa reprimenda, sem dúvida.

Ele inclinou a cabeça, exatamente como tinha feito no dia em que conversamos pela primeira vez — do jeito que um cachorro faz.

— Que foi? — perguntei.

— É só que você realmente não mudou nada desde o acampamento. É tão estranho. A maneira como seu rosto se move, como as suas sobrancelhas se levantam e abaixam no seu rosto, tudo muito expressivo. É uma loucura.

Eu ri.

— Minhas sobrancelhas? — Movimentei-as sugestivamente.

— Como eu disse — ele sorriu. — É uma loucura. Me avise sobre o não encontro, de qualquer forma. Seria legal sair com você, mas sem pressão.

Eu queria encontrar as palavras para aceitar, naquele momento, mas não me sentia corajosa o suficiente. A conversa tinha mudado. Eu queria passar o dia inteiro com ele e deixá-lo me contar mais histórias sobre as minhas sobrancelhas no acampamento; e relembrar os ensaios noturnos e falar sobre a vez em que ele foi para o lago comigo e Jasmine, e um outro garoto, também, um que eu não conseguia lembrar do nome, para um mergulho à meia-noite, a água profunda e fria, a lua iluminando nossos rostos como se fôssemos as estrelas de nosso próprio show particular.

Eu não conseguia parar de pensar no Yak Yak e em *Bugsy Malone*. E, por causa de tudo aquilo, em Patrick. Quando o vi na academia e ele veio direto falar comigo, planejei perguntar logo de cara se ele queria sair para tomar uma bebida ou jantar, só para curtir a nostalgia. No fim das contas, precisei esbarrar nele mais duas vezes antes de realmente fazer isso.

— Só quero bater papo — eu expliquei, me sentindo ridícula. — Acampamento do teatro, aventuras da meia-noite. Tudo isso.

Ele respondeu:

— Seja qual for o motivo pelo qual você me quer no mesmo lugar e na mesma hora que você, de propósito, eu estarei lá. Vai ser legal.

— Ok — eu disse. — Ótimo. Amanhã? Ah não. Pera. Amanhã é sábado. Você provavelmente já tem planos para o fim de semana.

— Não — ele disse, despreocupadamente. — Sou todo seu.

— Ótimo. Amanhã à tarde. Um não encontro platônico entre velhos amigos! — Não sei o que me fez dizer isso. Eu só queria ser clara. Namorar definitivamente não estava nos planos. Eu estava morta por dentro. E tinha acabado de me ocorrer que talvez eu tivesse de alguma forma feito a coisa soar romântica ou carregada de intenções. Eu não ficava solteira havia uma década e, na universidade, qualquer tempo passado com um cara era considerado um namoro em potencial. Era só nisso que eu estava pensando.

— Realmente, um não encontro platônico entre velhos amigos — ele disse. — Posso te passar meu celular?

— Eu não trouxe o meu telefone. — Pensei nele guardado na gaveta da minha mesa de cabeceira.

— Me passa o seu. Te mando uma mensagem.

— Você acha que poderíamos nos falar por e-mail? Meu telefone é meu inimigo neste momento.

— E-mail — ele ponderou. — É isso aí. Muito 2002. Muito adequado.

— Eu acho que é ótimo — Adzo disse, enquanto caminhávamos de volta da lanchonete Pret A Manger no fim da sua pausa para o almoço. Encontrei com ela fora do escritório, não consegui me convencer a entrar. A casa estava muito vazia, era uma lembrança muito vívida da minha solidão, então agarrei Carol e fomos caminhando para a cidade sob o sol de setembro, eu estava desesperada para contar para alguém sobre o que estava acontecendo. — É o equilíbrio perfeito entre ele ser alguém que não tem ideia do que aconteceu nas últimas semanas, ou nos últimos vinte anos, só que sem ser um estranho completo. Ele é um homem, então você pode se lembrar que nem todos os homens são um lixo, mas é platônico, então você não precisa usar um sutiã desconfortável só para fazer as pelancas ficarem bacanas.

— Essa foi uma avaliação estranhamente específica de mim indo pra um simples encontro com um velho amigo.

Adzo mordeu a embalagem em torno do falafel sem querer.

— Será que a gente pode mesmo chamá-lo assim? Um velho amigo? Você nem reconheceu o cara quando o viu.

Nós tínhamos ficado enrolando do lado de fora do prédio onde trabalhávamos, mas então fiquei preocupada se acabaria esbarrando na Chen e nos conduzi até um banco na esquina.

— Não consigo explicar, mas...

— Você gosta de como ele se lembra de você e quer se lembrar dessa versão sua também. Sim. Eu sei.

— Desculpe se estou sendo repetitiva.

— Só se desculpe se você estiver sendo repetitiva como uma forma de se justificar por querer sair com ele. O seu coração foi partido e pisoteado, e mesmo assim você tem permissão para sentir esse...

— Magnetismo — eu completei. — É uma força de atração em direção a ele. Ele é engraçado e tranquilo e...

— E ele faz você se sentir engraçada e tranquila também. Sim. Tá tudo no livro de registros para o juiz e o júri poderem ver. Todas as evidências foram anexadas.

Joguei o farelo da minha comida no chão para Carol e limpei os dedos na barra do vestido.

— Você é uma amiga horrível.

— Eu sou. Também anotei isso no sistema de evidências. Agora me dá uma batata frita, isso. Eu devia ter pedido uma porção pra mim.

— Por que eu tô nervosa? — perguntei para ela.

Adzo olhou para mim e eu pensei que ela ia dizer algo irônico e espirituoso de novo, mas, em vez disso, ela sorriu e disse:

— Annie. Esfrie a cabeça. Ele parece um bom amigo pra se ter por perto. Só aproveite. Se a Velha Annie queria planejar tudo até o último detalhe, eu definitivamente acho que a Nova Annie pode se dar ao luxo de viver um pouco mais no presente e que se danem as consequências.

Nova Annie. Eu analisei a percepção dela na minha cabeça, em busca de uma pegadinha. Não consegui encontrar uma. Eu queria mesmo ser nova. Diferente. Tudo isso tinha que ser *por* algum motivo, não é? Não é assim que as pessoas sobrevivem às coisas: dando significado a elas?

— Então tudo bem — concordei. — Vou aproveitar o dia.

Eu cheguei de óculos e com o cabelo sem lavar de propósito, para evitar qualquer interpretação acidental sobre as minhas intenções. Não precisava ter me preocupado, porque ele apareceu com uma camiseta respingada de tinta depois de ficar pintando e decorando a casa a manhã toda, e, devo dizer, um encontro para tomar uma cerveja durante a tarde era muito a cara de algo que amigos fariam. Nós nos sentamos em uma mesa no canto do pub, ele de um lado da mesa e eu do outro, a rua e todos passando por nós do outro lado do vidro. A conversa foi fácil e divertida, exatamente como eu esperava.

— Você estava lá no ano em que encenamos, hum... ai, caramba. Aquela com os avós na cama...

Eu deixei cair meu queixo em um pseudochoque por ele não conseguir lembrar o nome do filme.

— *A fantástica fábrica de chocolates*! — Eu ri. — Como você pode não lembrar o nome de *A fantástica fábrica de chocolates*?

— Eu já sou um velho agora — ele disse, dando de ombros. — Os nomes dos filmes me fogem à memória. Porém, todavia, entretanto, ainda consigo me lembrar da letra de cada música de *Aladdin*.

Ficamos revivendo velhas memórias e preenchendo as lacunas um do outro durante duas horas e três drinques.

— Isso está indo bem — eu disse, e então, mudando um pouco de assunto: — É triste, sério. Mas não fiz mais teatro desde o Yak Yak. Acho que eu saí no verão anterior ao ano do meu exame final para o certificado de conclusão do ensino médio e, depois que terminei a escola, percebi que estava muito velha pra esse tipo de coisa. — Esvaziei meu copo, totalmente perdida no fluxo de nossa conversa. — O que você fez naquela época? — perguntei. — Depois da escola?

— Fiz um mochilão de trem pela Europa, tive o meu coração partido por uma francesa, escrevi algumas músicas ruins sobre isso — admitiu ele, seu rosto deixando bem claro que ele sabia como rir da sua versão de dezoito anos.

— Isso soa muito parecido com o enredo de *Antes do amanhecer* — eu rebati.

— Você está dizendo que eu sou um clichê?

— Depende — provoquei. — Você deixou seus pelos crescerem e virarem um bigode irregular e passou os quatro anos seguintes vestindo uma jaqueta vintage de couro velha e fedorenta e começou a contar pra quem quisesse ouvir que a comprou quando estava viajando pela Europa?

— Uau, você era minha *stalker* aos vinte e poucos anos?

— Você também tem que contar isso em um tom de voz específico. Você não pode simplesmente dizer: "Ah! É de quando viajei pela

Europa!" Você tem que ser todo solene e misterioso. — Eu abaixei meu tom em algumas oitavas e resmunguei: "É de quando viajei pela Europa." Como se você tivesse sido enviado para a Batalha do Somme e não bebido cerveja a cinquenta centavos na República Tcheca.

— Ok, ok — ele falou, erguendo as mãos em sinal de rendição. — Saia da minha cabeça agora, por favor. Não consigo suportar toda essa difamação, porque agora eu sou só um humilde e sensível vendedor de seguros. E de qualquer maneira: quem foi você depois de sair da escola? A Senhorita Boazinha?

— Isso é muito fácil — retruquei. — Porque eu já disse que era assim. E ainda sou.

— Não tô acreditando — declarou ele. — Deve ter uma parte selvagem em você só esperando pra se libertar.

Ele encarou meus olhos enquanto falava, me provocando. O sol o atingiu de uma forma que ele ficou iluminado, dourado e jovem. Seu corpo largo ocupava uma porção agradável da cabine, e tinha sido difícil não notar como as mãos dele eram grandes. Eu mal conseguia segurar meu copo de cerveja com uma mão quando estava cheio, apesar de meus membros serem como os de um boneco elástico, mas as mãos dele... Ele seria capaz de colocar a palma em torno de um barril inteiro.

— Mudando de assunto... — eu disse, recusando-me a ser tragada. Eu não queria flertar nem por esporte.

— Me divirta! — Ele insistiu, levantando-se para pegar outra rodada. Eu ia protestar antes de perceber que não queria fazê-lo. Eu queria continuar bebendo e conversando. Foi exatamente como eu esperava que fosse. Foi exatamente o que eu desejava que fosse. Estar com ele era como estar salva.

A tarde se transformou no início da noite, e a conversa mudou de rumo junto com isso. Não sei como, mas estávamos tentando distinguir a diferença entre sexo e intimidade.

— Eu tenho um interesse permanente na *intimidade* — explicou Patrick. Eu não fazia ideia de como tínhamos chegado àquele assunto. Nós conversamos sobre tudo e mais um monte de coisas e sobre nada e sobre o mundo. E agora também estávamos meio bêbados. — Porque envolve mostrar seu verdadeiro eu pra outra pessoa.

Eu balancei minha cabeça, mas estava sorrindo.

— Um interesse permanente na intimidade? Isso é suspeitamente parecido com uma outra forma de dizer: "meu hobby é fazer as pessoas dormirem comigo", cara.

Patrick fingiu estar ofendido.

— Ora, ora, ora. Isso foi incrivelmente presunçoso. — Ele deu um gole em seu copo de cerveja. — É bom saber no que você está pensando, Annie Wiig.

Eu levantei meu copo para ele em um brinde de faz de conta.

— Só tô falando sobre o que eu tô vendo.
— Eu ficava cada vez mais boba conforme íamos conversando. Ele fazia com que fosse fácil ser assim.

— Em uma escala de um a dez, quão boa você é em admitir quando tá errada?

— Não sei te dizer. — Eu sorri. — Isso nunca aconteceu.

Ele largou sua bebida e se recostou na cadeira.

— Falando sério — anunciou ele. — Eu acho de verdade que sexo e intimidade são duas coisas totalmente diferentes. Você pode fazer sexo sem ter intimidade de verdade e pode se sentir mais próximo de alguém do que de qualquer outra pessoa no mundo sem terem sequer se tocado.

Estreitei meus olhos, tentando entender quão sério ele estava falando.

— Fale mais — eu disse, dando a ele corda suficiente para se enforcar.

— Intimidade não é champanhe, velas e massagens nos pés. Isso pode fazer parte, mas não é tudo — ele continuou. — A vida moderna, toda essa necessidade de "ter que estar em alguns lugares em horários específicos, as contas, as responsabilidades", nós estamos sobrecarregados. Complicamos as coisas e nos tornamos ocupados, e acreditamos que isso dá sentido à vida.

Pensei em todas as vezes em que trabalhei até tarde, ou Alexander trabalhou até tarde, ou nos fins de semana em que nos sentamos na mesma sala, mas em nossos laptops, eventualmente pedindo comida de um delivery e deixando a louça para a faxineira.

— Mais que tudo isso — continuou ele —, vivemos todos separados de nossas famílias, muitas vezes separados de nossos amigos mais antigos também, e colocamos nos nossos relacionamentos toda a responsabilidade de realizar o que precisamos financeira e emocionalmente, isso sem falar no sexo. Pedimos demais aos nossos parceiros românticos e fico me perguntando qual é o custo disso.

Uma garçonete apareceu na nossa mesa, levando o bloquinho onde anotava os pedidos na mão e a bandeja das bebidas embaixo do braço. A gente já tinha ficado tanto tempo no pub que o cardápio tinha mudado de belisquetes vespertinos e mesas vazias para um menu completo estilo restaurante e serviço de mesa. Eu estava feliz por ele não ter dito que tinha algum outro lugar para ir. Ele sequer tinha olhado para o relógio.

— Mais dois? — a garçonete perguntou, apontando a caneta para a nossa mesa. Patrick olhou para mim. Eu olhei para a garçonete. Ela olhou para nós como se dissesse: *Não sou eu que vou decidir por vocês, né?*

— Então bora — cedi, passando os copos e bandejas vazios. — Será que a gente come alguma coisa também?

Patrick fez que sim com a cabeça.

—Vocês têm pizza? — perguntei à garçonete. — Ou hambúrguer?

— Temos ambos — respondeu ela.

— Pizza — Patrick disse. — Uma boa e velha pizza margherita tradicional?

— A maior que você tiver — concordei. — E você pode trazer uma porção de maionese junto? Obrigada.

Patrick olhou para mim e disse "Maionese?" como se estivesse enjoado só de imaginar.

— Eu não vou justificar minha escolha de condimento pra você — declarei. — E, por favor, continue o que você estava dizendo... Tô interessada em saber onde isso vai dar, porque ainda tá parecendo que você é um baita pegador.

— Onde é que eu estava? — ele perguntou.

— Nós esperamos muito uns dos outros — respondi, me sentindo culpada mais uma vez pelo tanto que aquilo ressoava em mim.

— Ah, nós esperamos sim — ele alertou. — Mas todos nós estamos tendo iCasos também. Existem três pessoas em todo relacionamento! Você, seu parceiro ou parceira e a merda da tecnologia. Estamos grudados em nossos celulares e nos perguntamos por que nossos parceiros não ficam grudados em nós.

— Você nem mesmo colocou o celular na mesa — eu disse. — Você chegou a trazer um celular com você?

Patrick deu um tapinha no casaco depositado no banco ao lado dele.

— Tá aqui em algum lugar — ele disse. — Afinal, você merece minha total atenção.

Ele realmente era um galanteador, mas o deixei se safar porque ele também era totalmente charmoso.

— Então somos todos um bando de viciados em tecnologia — repeti. — Não transamos porque não nos sentimos conectados... Você realmente está pintando um quadro otimista da vida moderna nesta conversa. Me sinto esperançosa e cheia de alegria de viver.

— Meu argumento é: intimidade tem a ver com conexão. E eu fiz um curso porque queria me sentir mais conectado com...

Achei que ele fosse me contar sobre uma ex, ou mais de uma, achei que estava prestes a conseguir dele alguma informação real e concreta sobre o histórico de seus relacionamentos. Era estranho saber tão pouco sobre como ele viveu nos quase vinte anos desde que nos vimos pela última vez. Eu sabia que ele teve diarreia quando fez um treinamento para ser instrutor de ioga perto das montanhas do Nepal, e que já havia tido um monte de empregos, mas realmente não continuou com nenhum deles, porque trabalho era apenas isto para ele: trabalho. Não era uma carreira na qual ele precisava ser excelente. Primeiro trabalhou com recrutamento e agora estava vendendo seguros. Ele era tão... Eu não sei. Presente? Percebi que fiquei viajando enquanto ele me contava por que fez o curso. Merda.

— Nós estudamos muito sobre como intimidade é sobre confiança e trabalho em equipe. Quer dizer, pense no seu melhor relacionamento platônico, na pessoa em quem você mais confia no mundo.

— Ah, é fácil — eu o interrompi. — Essa é minha irmã, Freddie. Ou minha melhor amiga, Adzo.

— E você já fez sexo com alguma delas?

— Imagino que meu silêncio pode ser sua resposta.

— Então você entendeu. Essas relações são íntimas por causa da confiança e por vocês serem uma equipe. Por estarem presentes. Demonstrarem seu carinho umas pelas outras e compartilharem partes de vocês mesmas. Seus pensamentos, suas esperanças, seus sonhos, seus medos.

— Com quem você compartilha essas coisas?

Ele pensou por um momento.

— Todos os tipos de pessoas — ele decidiu. — Quer dizer, a gente tá compartilhando agora, não tá?

Eu não sabia o que responder. De repente era como se fosse um encontro, mas não era um *encontro*. Isso seria uma loucura. Um encontro, agora? Não. Peguei o castiçal que havia aparecido no meio da mesa e brinquei com ele entre as mãos. Eu nunca mais ia namorar — foi isso que eu disse. E, de qualquer forma, obviamente não era um encontro para ele, porque ele mal havia feito o esforço para parecer arrumado. Eu já tinha até notado que ele tinha um pouco de tinta no cabelo e também nas roupas. Eu podia ter tido essa conversa com qualquer pessoa. Não podia?

— É legal sairmos juntos — eu disse, evitando o olhar dele. — Todas essas memórias. Eu era tão *livre* naquela época. Eu amava estar lá. Eu realmente amava.

— Mas você nunca mais voltou...

— E você ficou mesmo até o último ano da escola? Acho que tô com inveja.

— Obviamente não foi tão legal sem você por lá.

Eu ri.

— Essa é a resposta certa — eu disse, e rimos um pouco mais.

— Uau! — Patrick soltou mais tarde, embasbacado enquanto mergulhava a borda de um pedaço de pizza na maionese que eu tinha pedido, a essa altura ele já concordava totalmente que essa era uma parte inegociável do ato de comer pizza. — Quando você disse que tinha levado um fora, nem por um segundo imaginei que...

Era oficial: íamos continuar noite adentro, e nossa conversa era o que estava nos salvando de ficar muito lentos depois de nos empanturrarmos. Enquanto comíamos, eu revelei o motivo preciso de estar solteira agora. Ele tinha perguntado abertamente, encorajado pela cerveja e pelo conforto de todas as nossas brincadeiras, e eu não quis mentir. Contei tudo a ele.

— Que eu levei um fora enquanto estava usando um longo vestido branco? Eu sei. Provavelmente essa é a coisa mais dramática que já aconteceu comigo.

— Provavelmente essa é a coisa mais dramática que já aconteceu com alguém, no mundo todo. Eu sinto muito, muito mesmo.

Limpei minhas mãos em um guardanapo e afastei meu prato. Eu não tinha percebido antes como eu estava com fome. Pagamos a conta e caminhamos até um armazém reformado que Patrick conhecia, onde poderíamos jogar minigolfe e comer algodão-doce. Foi bom esticar as pernas, ficamos sentados naquele pub por quase seis horas.

— É sério que eles querem que você vá pra lua de mel como se estivesse de férias?

— É uma conversa tão difícil. Eu fico me sentindo tão... constrangida. Eles se desculparam tanto pelo que Alexander fez, mas foi inútil. Não foram eles que fizeram merda.

— É fofo que eles tentem consertar.

Pegamos nossos tacos e nossas bolas e ficamos esperando na fila para começar o percurso.

— Eu pareço uma pessoa horrível se disser que acho meio egoísta da parte deles? Eles querem me ouvir dizendo que estou bem, mas eu não tô. E talvez isso faça com que sintam vergonha do filho, ou talvez eles quisessem ter impedido tudo isso de acontecer. Mas isso não pode virar problema meu, né? Eu sempre pego toda a responsabilidade pra mim, só que ultimamente, desde que tudo isso rolou...

— A arte do foda-se entrou em cartaz?

Eu sorri.

— Isso mesmo. A minha vida inteira eu fiz tudo como deveria. Fui uma boa menina, estudei muito e fiz todas as atividades extracurriculares certas. Me mantive em forma, estudei em uma boa universidade, encontro meus amigos e tento cozinhar e ler e assistir TV do jeito que deveria. Eu me moldei para ser o mais boazinha e pacífica possível, e para quê? Acabei sendo só mais uma trouxa. Agora eu não consigo fazer nada além de viver em modo de autoproteção. Eu tô exausta. Não quero lidar com as emoções de ninguém. Só com as *minhas*.

 Eu estava falando e falando e falando porque eu podia. Porque Patrick ouvia cada palavra que eu dizia e não interrompia ou desviava o olhar. Ele estava interessado. Interessado e, também, bêbado. As suas pálpebras estavam começando a cair um pouquinho. Mas era legal estarmos bêbados e ficarmos mudando de um assunto para o outro, nos divertindo com a maneira como a outra pessoa pensava ou o ângulo pelo qual via alguma coisa.

 Ele preparou a bola para uma tacada, segurou o taco com leveza e acertou o buraco em um só movimento.

 — Agora o poder é todo seu — ele disse, satisfeito com a sua pontuação. Ele se inclinou para mim e performou um sussurro teatral tosquíssimo: — Mas preciso te dizer: você está com sorte.

 — Por quê?

 — Porque a vida te deu limões e você pode fazer uma lua de mel com isso.

 Suspirei audivelmente e comecei meu turno.

 — Receio que uma lua de mel sem marido seja só um pesadelo solteiro solitário. — Fiquei chocada ao acertar o buraco em uma tacada também. Acho que minhas inibições tinham diminuído e isso liberou o meu gingado ou algo assim. Talvez tenha sido sorte de principiante. Fomos andando até a próxima parte do percurso.

— Então não vá sozinha.

— O Alexander tá em Singapura, Patrick. Ele se mandou. Acabou. Tenho certeza que a última coisa que ele quer é viajar pra Austrália com a mulher que ele abandonou. E tá tudo bem, de verdade, porque acho que nunca mais vou querer ver a cara idiota dele outra vez.

— Acho que *a gente* teria uma ótima lua de mel juntos — Patrick cogitou, e então enfiou a língua com firmeza na bochecha enquanto se concentrava para a próxima tacada.

Torci a cara. Eu meio que estava vendo dobrado. Eu precisava de água.

— Claro — eu disse, dando corda para o blefe dele, e percebi que estava falando meio arrastado também. — Você e eu do outro lado do mundo. Perfeito. Partiu.

Ele acertou outra bola em uma tacada, mas eu errei dessa vez.

— Ah, você tá brincando — ele disse. Eu me mexi para bater na bola novamente, acertei na segunda tentativa. — Mas eu tô falando sério. Eu topava fácil uma viagem grátis pro outro lado do mundo. Você disse que eles são ricos, né? E que querem gastar dinheiro pra se sentirem menos culpados? Se você precisa de um cúmplice pra fazer isso, acho que, na verdade, pode ser legal pra caramba. Posso pagar a minha parte se puder usar a passagem que tá sobrando.

Continuamos para o próximo buraco.

—Você quer ir pra Austrália comigo?

Ele deu uma tacada e errou, mas acertou na tentativa seguinte.

— Por que não? Só se vive uma vez!

Eu acertei em uma só tacada de novo. Lancei a ele um olhar vitorioso.

— A gente nem se conhece.

— A gente se conhece.

Era a vez dele, um pontinho estava pulando na tela do pequeno computador de mão que recebemos.

— Certo, então, sim, claro, vamos pra minha lua de mel juntos. — Sarcasmo escorria de cada palavra que eu dizia. — Você pode carregar as malas e eu vou ficar bêbada no avião e deixar você turistar sozinho.

Meu turno. Consegui em um só movimento. No buraco seguinte, o tom da nossa conversa tinha mudado de uma piada para uma lista séria de prós e contras. Patrick estava esperando que eu dissesse mais alguma coisa, então eu disse a ele:

— Se concentra só em dar essa tacada, por favor. Olha ali, estamos fazendo todo mundo atrás da gente esperar.

Ele balançou o taco sobre a bola de golfe e fez um teatrinho ajustando a calça jeans para conseguir a maior amplitude de movimento, enquanto chacoalhava a bunda para mim.

— Joga logo! — guinchei.

Ele acertou a bola e ela foi direto para o buraco.

— Ele joga, ele acerta, ele vai pra Austrália! — gritou acenando com as mãos no ar.

— É uma péssima ideia — eu disse. — Para de me provocar com esse assunto.

— *Au contraire* — ele rebateu, enquanto eu acertava a minha bola. — É uma ideia brilhante. Você mesma disse que tá desesperada para tacar um foda-se nas regras. O que poderia deixar isso mais claro do que correr rumo ao pôr-do-sol com seu velho amigo Paddy Fede? — Tive que chupar as bochechas para dentro para não rir quando ele usou seu apelido do passado.

Fomos até o último buraco do percurso. A disputa estava acirradíssima e, de repente, eu queria ganhar mais do que qualquer outra coisa.

— Primeiro as damas — ele disse. — Se você marcar, pode ser o seu breve gostinho da vitória antes que eu chegue por trás e te pegue. Digamos assim.

Coloquei a bola no chão e dramatizei a minha própria pavoneada. O que o fez rir. Eu gostei do som da risada dele: despreocupada e genuína. Ele fazia eu me sentir engraçada, e não como se estivesse representando um papel para ele. Eu não precisava agir como namorada ou noiva ou esposa ou boa menina. Eu estava sendo só eu mesma.

— Como foi que você ficou desse jeito? — perguntei. — Com toda essa *vibe* de "só se vive uma vez"?

Eu bati na bola suavemente e nós dois assistimos enquanto ela deslizava sobre a grama falsa para dentro do próximo buraco.

— Bom trabalho — ele disse, e agi como se não fosse grande coisa. Tudo se resumia à próxima tacada: se ele errasse, eu teria vencido. Se ele conseguisse, seria um empate.

— Ok, o negócio é o seguinte. Se a bola entrar — sugeriu ele —, eu posso decidir se vou com você. — Levantei minhas sobrancelhas como se quisesse dizer, é mesmo, lindo? — E se ela não entrar, você decide se eu vou com você. Mas de qualquer jeito, você vai. — Ele apontou para mim com o taco. — Quase três semanas na Austrália? Quem é que recusaria isso?

Eu não disse nada.

— E a coisa do "só se vive uma vez" — continuou ele — vem exatamente do que você estava dizendo. Que ninguém ganha prêmios por não se arriscar. A vida é curta, e preciosa, e nós só temos *uma*. Ela pode acabar amanhã. Eu não vou ser um dos caras que morre voltando do escritório, pensando em todas as coisas que poderiam ter acontecido. Decidi há muito tempo ser um homem do agora. Qualquer outra coisa é simplesmente triste demais.

Ele alinhou sua tacada, fechou um olho e acertou o taco na bola. Deu para ver imediatamente que ele tinha batido com muita força e que iria ultrapassar a marca.

Eu estava certa.

A bola passou voando pelo buraco, me tornando a vencedora. E a tomadora de decisões.

Patrick olhou para mim. Ele claramente tinha feito aquilo de propósito. Dava para ver pelo seu sorriso torto que ele estava se refestelando em me estimular a ser mais espontânea. Mais despreocupada. Mas eu tinha dito a ele que era isso que eu queria, não tinha? Ele estava me empurrando na direção que eu queria ir voluntariamente. Talvez ele fosse me fazer bem, então, sendo um impulsionador. Talvez não fosse errado fazer a viagem, aceitar o dinheiro, pegar um avião e ver com o que meus problemas se pareceriam do outro lado do mundo. Foi isso que Alexander tinha feito, não foi? Colocados milhares de quilômetros entre ele e os seus problemas?

— Nem acredito que tô dizendo isso — comecei, e Patrick caminhou na minha direção, com as sobrancelhas erguidas e um olhar penetrante. — É bem possível que essa seja a pior ressaca da minha vida. Mas... Patrick...

Ele piscou os olhos para mim feito um personagem de desenho animado.

— Você toparia ir em lua de mel comigo pra Austrália?

Ele colocou a mão sob o meu queixo e ergueu meu rosto, bem ligeiramente. Por um segundo apavorante, pensei que ele iria me beijar. Ele não o fez. Em vez disso, olhou bem nos meus olhos e imitou um sotaque australiano bastante convincente para dizer:

— *Baby*. Achei que você nunca fosse me perguntar.

10

Eu adoro aeroportos. Eu adoro aeroportos e sou boa neles. É uma habilidade que aprendi e, na verdade, foi Alexander que me ensinou. Você precisa de tempo em um aeroporto e também de um orçamento para ele. Os aeroportos são o buraco negro do dinheiro. Você pode entrar em uma lojinha para comprar uma garrafa de água e sair com oitenta libras a menos, *puf*, gastas em lenços umedecidos, desodorante e adaptadores de última hora.

Adaptadores!

Foi ótimo ter lembrado disso. Eu nunca tinha viajado para a Austrália antes, então não tinha nenhum plugue específico de lá na gaveta de viagens da casa. Eu não podia esquecer de pegar um. Ou dois. Assim o Patrick teria um também.

O Quarteto Fantástico *não* ficou convencido com todo o combinado entre mim e Patrick, e acho que era principalmente porque elas estavam preocupadas por nunca terem me ouvido falar dele antes — quero dizer, por que eu falaria de um garoto que conheci vinte anos atrás e que nunca mais vi? — e com receio de que ele tivesse se aproveitado de mim de alguma maneira. Encontrei-as em um *brunch*, na manhã seguinte ao nosso não encontro platônico entre velhos amigos no minigolfe, e elas viram a minha cara quando chegou um e-mail dele no meu celular. Eu estava me sentindo bem o suficiente naquela manhã para finalmente ligar o celular e excluir todas as mensagens sobre o casamento, sem nem ler. E não me importava. Não ficaria pensando na merda do casamento por nem um segundo a mais. Eu tinha um futuro e só eu poderia decidir como moldá-lo. O assunto do e-mail que Patrick havia enviado dizia: *DOWN UNDER ;)*[5]

Em um ato de boa-fé, ele escreveu, *eu, por meio deste, ofereço a você uma cláusula de fuga. Ontem à noite eu te mimei com várias cervejas e a sensação inebriante da vitória do minigolfe...*

Eu expliquei ao Quarteto Fantástico que fiquei rolando na cama borbulhando de empolgação pela primeira vez em muito tempo naquele dia — embora ainda estivesse com uma baita ressaca. Enquanto eu olhava para o espaço na cama onde Alexander deveria estar, caiu a ficha: *por que não?* Qual seria a pior coisa que poderia acontecer se Patrick fosse o amigo que a Fernanda e o Charles sugeriram que eu levasse? Sol, mar, degustação de vinhos, a boa companhia de quem me faz rir? Na verdade, não tive nenhuma dúvida. Um interruptor tinha sido acionado na minha cabeça, talvez na minha alma, que me

---

5 *Down under* é uma maneira informal e frequente de se referir a ex-colônias britânicas que ficam abaixo da linha do Equador, sendo a Austrália a principal delas. A expressão significa algo como "lá embaixo".

fez entender que eu podia escolher como moldar minha vida. E eu estava escolhendo a lua de mel com Patrick — um homem que se lembrava de mim como eu gostaria de ser.

— Mas você não tá preocupada? — sondou Jo. — Tudo bem, você conheceu o cara vinte anos atrás, quando eram crianças, e ele te fez rir nas poucas vezes que vocês se viram no acampamento, mas... sair de férias com ele?

— SAIR EM LUA DE MEL — interrompeu Kezza. — É a lua de mel dela..., mas ele não é o marido dela! — ela gritou. — Isso é bom demais. Tô adorando isso! Quero dizer, obviamente era pra você ter me escolhido, mas tanto faz. O trabalho tem andado superexigente de qualquer forma e tô economizando grana pra minha iminente maternidade. Eu iria se você tivesse insistido, mas esse tal de Patrick parece bom o suficiente. A gente pode ver uma foto dele?

— Eu não imaginava que isso aconteceria — ponderou Bri. — Isso é *bem* surpreendente. — Ela disse "bem" com uma ênfase que eu sabia que significava "total e assustadoramente surpreendente", mas deixei pra lá.

— O que você vai fazer se precisar fazer cocô e estiver dividindo um quarto de hotel? — Jo perguntou.

Kezza perguntou:

— O que você vai fazer se tiver que dividir a cama?

— Não vamos dividir a cama — eu disse. — Isso seria... não.

Eu realmente não tinha pensado sobre os arranjos de dormir. A única coisa em que tinha pensado foi em ter outra pessoa para cuidar da minha bagagem no aeroporto quando eu precisasse ir ao banheiro, ou no carro acelerando de praia em praia comigo, o rádio tocando e o vento no meu cabelo. Agora que eu sabia que ia mesmo acontecer, a atratividade das férias era avassaladora. Eu me arrastava para conseguir sobreviver a um dia na minha antiga vida, mas, agora, com tudo isso pelo que esperar, me sentia revigorada. Como a Adzo havia dito, "a Nova Annie estava saindo das sombras da Velha Annie". Eu não precisava seguir o fluxo: eu podia criar a minha própria história, e nessa história eu poderia estar usando um chapéu de sol e uma saída de praia.

Depois de um *brunch* com ovos *royale* e uma porção extra de defender minhas escolhas, respondi ao e-mail:

É, você está certo. Aceito a cláusula de fuga. Obrigada.

Ele respondeu: *Mas a gente pode jogar minigolfe de novo, né? Foi tão legal!*

Eu sorria sempre que o nome dele aparecia na minha tela. As palavras dele me encheram de hélio e eu pude flutuar acima das dúvidas que tinha sobre mim mesma. *Nós podemos,* eu mandei de volta. *Vamos colocar minigolfe no roteiro DA AUSTRÁLIA, BB! Claro que não mudei de ideia!!!*

Adzo achou que o esquema todo tinha sido a melhor coisa da qual ela já tinha ouvido falar, mas ela sempre contradizia o que quer que o Quarteto Fantástico dissesse — acho que, como minha Melhor Amiga do Trabalho, ela assumiu a responsabilidade de compensar as visões mais conservadoras delas. Adzo definitivamente achava que elas eram um pouco antiquadas por serem todas muito tradicionais em suas trajetórias de vida com empregos, maridos e filhos, mas ela ainda não tinha completado trinta anos. Alguma coisa acontece no seu cérebro quando você faz trinta, eu juro. Não sei se é a sociedade ou a cultura ou o relógio biológico ou alguma bruxaria ou o quê. Mas é real. E eu não acho que homens passem por isso.

— É um plano perfeito — elogiou ela. — Totalmente perfeito! Temos que continuar diferenciando a Velha Annie, que você já foi, dessa Nova Annie, que você vai ser. E preciso dizer: eu, pelo menos, te dou muito apoio pra fazer isso. As pessoas devem evoluir e mudar. Veja aquela loira bonita sobre quem fizeram um filme — ela viajou o mundo e se descobriu e foi pra cama com o Javier Bardem, e então, na vida real, evoluiu novamente para decidir que, na verdade, ela não queria se casar com ele, mas com a melhor amiga dela. E eu não digo isso porque quero que você secretamente se apaixone por *esta* melhor amiga. — Ela apontou para si mesma ao dizer isso. — Eu já provei uma boa e velha pepeca em um ménage com um dos caras da banda Blue e a relações-públicas dele e não era pra mim. Mas meu ponto é: você merece fazer essa coisa toda de "só se vive uma vez". Acho que isso é ótimo pra você! Mesmo, mesmo.

Ela realmente não me deixou dizer uma palavra sobre o assunto, ela estava mesmo superentusiasmada.

E meus pais? Tecnicamente, eles não sabiam. Não contei uma mentira deslavada para eles porque eu *nunca* disse: *estou indo para a Austrália sozinha*. Mas também nunca disse que iria com o Patrick. Porém, a Freddie sabia, porque não omito informações da minha irmãzinha voluntariamente se eu puder evitar — e usei isso para um esquema de troca de favores com Carol.

— Se você passear, alimentar e fizer carinho na Carol pra que mamãe e papai não precisem fazer isso — eu lancei a aposta enquanto a deixava em casa —, vou te contar um segredo.

Eu teria contado a ela de qualquer maneira, mas precisava garantir que ela me ajudasse a cuidar de Carol o máximo possível, para que eu não perdesse nenhum dos meus privilégios de cuidar dela no futuro. Haveria repercussões quando mamãe e papai descobrissem que eu estava em lua de mel com outro homem. Eu já podia ouvir a voz de mamãe atingindo um tom agudo e frustrado enquanto ela imaginava que impressão eu iria passar indo embora com um homem que não era o Alexander logo depois de ele me deixar. Eu sabia como o cérebro dela funcionava: ela ficaria preocupada que as pessoas pensassem que eu estava tendo um caso e que, logo, tinha sido culpa minha o Alexander debandar. Me recusei a lidar com aquela ginástica mental no lugar dela e escapuli sorrateiramente deixando o perdão fazer os planos e não a permissão. Afinal, eu era uma mulher adulta. Tão adulta a ponto de ficar com medo do que aconteceria quando eu voltasse, mas mesmo assim.

Eu também estava com um pouco de medo de como seria no aeroporto. Eu disse a mim mesma que, mesmo que o Patrick não desse as caras, eu ainda entraria naquele avião — faça chuva ou faça sol.

Mas eu tinha esperanças de que ele aparecesse.

O Heathrow fervilhava de gente. Nosso voo era logo após a uma da tarde, chegaríamos em Perth à uma da tarde do dia seguinte, mas não consegui descobrir se era amanhã uma da tarde no horário do Reino Unido ou no horário da Austrália. Papai sempre dizia nas férias: "É hoje, amanhã ou ontem?" Se o voo levava dezenove horas e Perth estava oito horas adiantada... então aquilo deveria significar que...

— Bom dia, colega!

Patrick apareceu diante de mim. Ele estava usando um chapéu com rolhas penduradas ao redor da aba e carregava um canguru de pelúcia.

— *Sheila*,[6] segura isso aqui pra eu conseguir jogar outro camarão na *barbie*.[7]

---

6 Gíria australiana que significa mulher, garota ou moça. A expressão deriva do nome Sheila, versão inglesa do nome irlandês Síle. A pronúncia é parecida com "*xila*".

7 Churrasqueira a gás tipicamente utilizada na Austrália em eventos ao ar livre e chamada de *barbie* e não de *barbecue*, como seria comum em outros países de língua inglesa.

Eu peguei o canguru. As pessoas estavam olhando enquanto passavam — pernas bronzeadas caminhando para a saída no caminho de volta das férias e pernas pálidas indo fazer o check-in. Eu estava de queixo caído. Eu tinha adorado vê-lo aparecer dessa maneira ou estava mortificada? Ele tinha mesmo mergulhado de cabeça no tema. Patrick deve ter percebido que eu estava demorando muito para processar seu entusiasmo visível, porque seu rosto ficou um pouquinho abatido.

— O sotaque passou da conta? — perguntou ele, usando sua voz normal. Eu me permiti relaxar um pouco, ele ficava fofo quando verificava quais eram os limites.

— Receio que sim — respondi, solenemente, mas com olhos cintilantes. — Tenho quase certeza de que você fingir um sotaque estilo "Crocodilo Dundee" é tão irritante quanto as pessoas tentando parecer chiques ao imitar o inglês da rainha e dizer coisas sobre tomar o chá das cinco com ela. Desculpa.

Ele continuou com uma expressão séria e respondeu:

— Normalmente tomo meu chá com a Lizzie às quatro e meia, para dizer a verdade.

Indiquei com o queixo a monstruosidade na cabeça dele.

— Você comprou o chapéu especialmente para esta ocasião?

— Você vai achar pior se eu tiver comprado?

Mantive a cara feia em resposta, estávamos nós dois em uma disputa cômica de quem iria ceder primeiro. Eu realmente queria que ele tirasse o chapéu, mas tinha que admitir que era legal ele estar tão interessado e, também, tão aparentemente alheio às reações de todo mundo ao nosso redor. Ele só queria me animar e não se importava em fazer um papelão para conseguir isso. Tirei o chapéu da cabeça dele e o coloquei na minha, abri um sorriso e balancei as mãos animadamente.

— *Strewth!*[8] — ele exclamou em surpresa, falando com sotaque outra vez:

— Uma joia rara!

— O chapéu pode ficar — respondi, apontando o dedo para ele. — Mas o sotaque tem que ir embora.

— Tem razão, madame — respondeu ele em sua voz normal, entendendo que eu estava falando sério. Ele bateu palmas e escaneou o corredor. — Então, beleza! Estamos indo pra Austrália.

— Parece que sim. Mas se você quiser se acovardar...

— Sim, boa sugestão, na verdade. Obrigado pela oferta de fuga. — Ele fingiu se afastar, deixando sua mala ao meu lado, mas balançando os braços como um guarda suíço marchando.

— Não me faça beber minha cerveja de aeroporto sozinha! — gritei para ele, que girou nos calcanhares e gritou, imitando um brigadeiro:

---

8 Interjeição comumente utilizada na Austrália para expressar surpresa ou decepção. A pronúncia é algo como *"struf"*.

— Transforme isso em uma gim-tônica de aeroporto e sou todo seu.

— Você que vai pagar — eu gargalhei, quando ele veio pegar a mala de volta —, então pode escolher o que quiser.

Ele pegou as passagens comigo.

— Posso dar uma olhada?

Dei um passo para trás. Eu tinha uma vaga noção da direção em que deveríamos ir, mas ainda não tinha descoberto em qual balcão fazer o check-in, porque estive muito ocupada observando a todos e pensando no que compraria na loja Boots.

— Eu preciso comprar adaptadores de viagem — eu disse. — Assim que a gente tiver feito tudo.

— Eu tenho quatro — respondeu ele, sem erguer os olhos. — A gente pode dividir.

Então ele franziu a testa juntando as sobrancelhas, parecendo perplexo:

— Annie, esses assentos são da classe executiva. Você sabia disso?

Peguei o papel na mão dele e olhei.

— Como você chegou a essa conclusão?

Ele apontou para a parte que dizia: CLASSE EXECUTIVA.

— Essa foi a minha primeira pista — ele disse.

Classe executiva? Quero dizer. Seriam dezenove horas até o outro lado do mundo, então se isso estivesse certo, eu não ficaria triste, mas os pais de Alexander realmente tinham pagado pela classe executiva? Eles não estavam exatamente na fila do sopão, mas classe executiva para a Austrália devia ter custado milhares de libras.

— Isso parece um pouco demais — comentei, e ele me assistiu digerir a informação. — Por que não vamos ver o que eles sabem lá no balcão? Não tô dizendo que você tá errado, mas, olha, vou ficar devendo à Fernanda e ao Charles um Toblerone *ridiculamente* grande se você estiver mesmo certo...

— Por aqui, então — ele instruiu. — Para baixo, do 22 ao 26 D. — Ele apontou o dedo para a placa de embarque e eu tentei rapidamente entender a que ele estava se referindo. *Qantas*, o telão brilhou, *balcão de check-in 22–26 D*. Acabou que o meu companheiro de viagem também era bom em aeroportos.

— Depois de você — eu disse, minha barriga dando cambalhotas inexplicáveis enquanto ele puxava a minha mala junto com a dele. Era legal que Patrick fosse gentil daquele jeito. Ele estava cuidando de mim e eu não tinha orgulho demais a ponto de não admitir para mim mesma que eu gostava daquilo. Anotei mentalmente esse detalhe para relatar à mamãe quando eu voltasse. *Ele cuidou de mim, mãe! Ele foi gentil! Pare de achar jeitos de fazer parecer que eu fui antiética!*

Eu precisava parar de me preocupar com a droga da minha mãe. A Fernanda adorou quando liguei para ela e perguntei se eu poderia usar a passagem de Alexander para o Patrick. Eu não tinha certeza de como ela reagiria, mas ela nem sequer deixou que ele pagasse pela transferência de passageiro — ficou extremamente feliz por mim, e nem perguntou como eu o tinha conhecido ou se ela já o conhecia de antes. Tentei minimizar a culpa que sentia com a generosidade dela, porque ela estava feliz em fazer isso por mim, ela estava decidida. O tamanho do coração dela era desconcertante.

Patrick trotou à frente, a bermuda cargo — que eu costumava achar tão horrorosa — pendia de seus quadris, a camisa polo enfiada preguiçosamente para dentro do cós de um lado só, os músculos na parte de trás de seus braços se contraindo enquanto ele se movia.

Por cima do ombro, ele disse: — Ei, você, pare de olhar pra minha bunda e pé na tábua.

— Pensei que você tinha um papel higiênico preso no pé — eu disse, rápido demais, e ele parou para levantar o sapato e conferir.

— Mas não tinha — continuei. — Foi só impressão. — Ele franziu a testa para mim.

— Pé na tábua — repeti e comecei a guiar o caminho.

11

Patrick estava certo: estávamos na classe executiva. No check-in, fomos conduzidos a um caminho VIP para que não tivéssemos que ficar na fila com todas as outras pessoas, e depois fomos levados por uma passagem diferente pela segurança.

— Normalmente eu odeio aeroportos — Patrick disse, enquanto tirava os sapatos para passar na máquina de raios X. — Mas isso deixou a coisa toda muito fácil.

— Acho que dinheiro não pode comprar a felicidade, mas pode comprar conveniência — brinquei.

— Caramba, acertou na lata — ele concordou.

Enquanto andávamos a caminho do *lounge*, ele soltou um *"Aye, caramba"*. Uma mulher sorridente de uniforme, uma saia bege elegante e uma camisa branca bem ajustada, nos explicou o funcionamento do *lounge*.

— Acomodem-se onde vocês se sentirem mais confortáveis — ela nos disse, acenando com a mão bem-feita na direção em que se podia ver a pista de pouso. — Vocês podem dar uma olhada no menu do spa e marcar até dois tratamentos enquanto esperam. Talvez uma massagem nas costas e uma mini limpeza de pele. Fiquem à vontade para usufruir dos jornais e revistas, têm um bufê de saladas e um bar de guloseimas bem ali, e, no final do corredor, vocês encontrarão os vestiários onde podem se refrescar. — O lugar todo era um suntuoso palácio de diferentes tons de creme e homens de negócios bem-vestidos. — Os menus de comida estão nas mesas — ela continuou — e nas cabines. Ficaremos felizes em ajudar com qualquer outra coisa que vocês possam precisar, basta sinalizar para um de nós. — Patrick e eu balançamos a cabeça em compreensão. — Senhor e senhora Mackenzie — ela disse —, tenham uma manhã muito confortável conosco e uma linda lua de mel.

Minhas sobrancelhas subiram tão alto na minha testa que elas estavam praticamente batendo no teto.

— Ah, nós não somos...

Fiquei mortificada por ela ter basicamente chamado Patrick de meu marido e usado o sobrenome de Alexander para fazer isso.

Patrick imediatamente colocou a mão no meu braço e sorriu para mim suavemente como se dissesse que *Está tudo bem. Não estou ofendido.* Mas eu não queria que ele pensasse que eu *gostava* de ser confundida com a esposa dele, só isso. Não queria absolutamente nenhuma insinuação de que eu era patética e estava machucada o suficiente para pensar nele como um marido substituto. Essa era minha lua de mel, mas eu não me sentia triste ou fracassada em estar lá. Eu esperava que isso estivesse claro para ele. Eu estava me sentindo muito forte. Muito resiliente. A Barry's Bootcamp tinha feito por mim o que eu precisava que ela fizesse: me tornei forte. Capaz. A Nova Annie estava usando a sua coragem de menina grande e deixando a memória de Alexander para trás ali no aeroporto, e não tinha nada além de novas experiências esperando por ela dali em diante. Eu estava determinada a ser uma fênix renascendo das cinzas e a deixar os pensamentos sobre não ter virado uma Mackenzie na sala de embarque.

 Nós nos acomodamos em uma mesa de canto com vista para uma frota de aeronaves da Qantas, brilhantes e orgulhosas, sob o sol do outono. Tirei uma foto no meu celular para Freddie e ela respondeu imediatamente:

 Uau. Tudo parece tão chique! Eu queria ir junto com você.

 Eu mandei de volta: *Vou trazer os melhores presentes quando eu voltar, joaninha =*****

 Ela mandou uma selfie dela com a cachorra e escreveu embaixo: *E um pra mim também! Com amor, Carol =**

 — Nunca vou superar a magia de uma grande caixa de metal que pode nos levar pra qualquer lugar do mundo, milhares de metros acima das nuvens — Patrick disse, admirado. — É incrível, não é?

 — Sim — concordei. — É sim. Eu nunca tinha parado pra pensar nisso, mas você tá certo.

Ele encolheu os ombros.

— É incrível como estamos aqui, você e eu, sentados no *lounge* da classe executiva de uma empresa de viagens internacional, reunidos depois de todos esses anos.

— Seus amigos te acharam louco por estar aqui?

— Sim. Você não acha que seria estranho se eles não achassem?

Eu dei de ombros.

— Eu não sei mais o que é real, o que é incrível, o que é loucura ou o que é normal, pra ser honesta. — Peguei um menu e passei o dedo pela borda da página. — Minhas amigas me pediram pra mandar mensagem todos os dias. Só pra terem certeza de que eu tô viva.

— Ah, isso é muito atencioso da parte delas — Patrick respondeu, sinalizando para uma garçonete. — Elas estão felizes por você ir viajar com um potencial maluco da machadinha, mas precisam que você confirme se ele já te matou ou não a cada vinte e quatro horas. Entendi.

Eu ri.

— Então elas vão saber a data e a hora exatas da minha morte, imagino.

— Ajudaria se eu mandasse uma mensagem pra elas assim que terminasse o serviço? — Ele se dirigiu à garçonete. — Gim e tônica para mim, por favor — disse a ela. — Annie?

— O mesmo — eu disse, antes que mudasse de ideia. — Aliás, na verdade. Tem algo com gás? Champanhe?

— Boa pedida — declarou Patrick. — Vou querer também. Obrigado.

— Voltando ao assunto, sobre o assassinato seguido por mensagem de texto. Elas iam gostar disso — eu ri. — Assim mantemos todo mundo bem informado.

Ele sorriu, mas depois ficou soturno e disse:
— Mas falando sério, você quer definir algumas regras básicas? Sem querer ser chato, mas pode nos ajudar se definirmos nossas expectativas ou talvez algumas diretrizes ou algo assim.

Fazia sentido.
— Tipo o quê? — perguntei.
Ele refletiu.
— Por exemplo — começou ele —, imagino que alguns desses lugares só vão ter uma cama. Como seu convidado, e como um cavalheiro, eu obviamente vou ficar no sofá ou no chão, nos casos em que for necessário.

A garçonete voltou com duas taças borbulhantes e as colocou na mesa.
— Olha, isso é gentil, mas...

Patrick levantou a mão.
— Não — ele insistiu. — Isso é o que faz com que *eu* me sinta mais confortável. A gente sempre pode pedir duas camas de solteiro quando fizermos o check-in em algum lugar, mas se isso não for uma opção, você fica com a cama e eu vou dormir em outro lugar. É só o certo a se fazer. Deixa tudo mais correto, né?

— Tá bem — eu disse. — É uma coisa generosa de se fazer, e provavelmente é sensata também. Imagine se você acordasse comigo te abraçando de conchinha, porque eu pensei que você fosse o... — O nome dele ficou preso na minha garganta. Eu não queria dizer isso em voz alta para Patrick. Obviamente, ele sabia tudo sobre Alexander, mas eu não queria estragar a viagem com a sombra de uma terceira pessoa sempre presente. Além disso, eu também queria criar a prática de cortar qualquer pensamento relacionado a ele pela raiz. Essa era outra verdade que minha avó sempre dizia: *Regue apenas os pensamentos que você quer que cresçam.* Eu queria que os pensamentos sobre Alexander fossem definhando até não restar nada. — De qualquer forma — continuei —, é uma boa regra básica. Para o bem de nós dois.

— Tem alguma coisa que você queira acrescentar? Ah, é mesmo, tim-tim. — Ele ergueu a sua taça e deu uma batidinha na borda da minha.

— Tim-tim — ecoei. — Um brinde a... — Eu pensei por um momento. A que eu queria brindar? A estar lá. A dizer sim. A arriscar. Era isso o que eu queria celebrar.

— Um brinde ao "por que não?" — decidi.
— Um brinde ao "por que não!"
Tomamos alguns goles e as bolhas atingiram minha língua e efervesceram na minha boca. Tinha gosto de liberdade.

— A gente devia ter um código — eu disse.
— Para o caso de irritarmos um ao outro.
— Você acha que vamos?

— O negócio é esse, né? Quem sabe? Na verdade, não nos conhecemos muito profundamente, então é possível...

— Verdade, ok, então... qual? Se precisarmos de um pouco de espaço ou de um tempo, a gente diz...?

Um videoclipe estava passando na TV um pouco atrás da cabeça de Patrick, e, quando deixei meus olhos vagarem na tentativa de encontrar alguma inspiração no mundo, eu a encontrei imediatamente.

— Mona Lisa — afirmei, apontando. — Olhe pra ela. Aquela é uma mulher que precisa de uma pausa. Ela nem se impressiona com o Jay-Z e a Beyoncé.

— Excelente código — ele falou e riu. — Sim! Não suporto esse jeito como você mastiga o pão, então vou embora e Mona Lisa.

— A sua incapacidade de finalizar a compra no supermercado sem falar com o caixa por vinte minutos está realmente me tirando do sério. A gente vai ter uma tarde de Mona Lisa.

— O som do seu catarro matinal sendo assoado como meu despertador é demais. Eu preciso de um café da manhã à la Mona Lisa.

— Eu realmente faço isso — admiti, envergonhada. Alexander sempre odiou isso. — Essa coisa de catarro matinal, eu sou uma pessoa muito cheia de muco. Eu assoo bastante o nariz. Eu tenho lenços de papel usados no bolso de cada peça de roupa que possuo.

— Vou me lembrar disso quando quiser pegar seu biquíni emprestado.

— Posso comprar um traje de banho novo pra você — eu ofereci brincando. — Seus quadris são mais estreitos que os meus. A gente pode arranjar um daqueles fio-dentais pra você.

— Obaaaa! — ele cantarolou. — É só dar uma puxadinha no tecido que *puf*! Caiu tudo!

Fui subitamente acometida por um pensamento.

— Mas assim, e se isso acontecer mesmo? — perguntei.

— O quê?

— E se você encontrar alguém e você quiser ir lá e...

— Tirar meu fio-dental pra essa pessoa?

— A situação pode ocorrer. Inglês bonitinho e coisa e tal, recebendo cantadas por todos os lados por causa do sotaque.

Ele balançou a cabeça.

— Não, Annie. Eu seria um amigo bem bosta se te abandonasse na sua lua de mel pra dar uma trepada. Não tô no mercado pra isso. Eu realmente não entro em relacionamentos. Não é uma questão. Essas próximas três semanas são sobre você, eu e a estrada à nossa frente, tá bem?

Eu não entro em relacionamentos, ele disse. Eu teria que descobrir quem o tinha machucado. Eu queria saber. Quem é que deixaria um homem bondoso e engraçado como o Patrick ir embora? Eu aposto que ela continua stalkeando ele na internet ou por meio de amigos, batendo a cabeça na parede por ter sido tão descuidada.

Quem quer que fosse, ela obviamente o tinha machucado para valer. Toda vez que ele chegava perto de mencionar a ex, o rosto ficava anuviado em uma tormenta repentina e todo o seu corpo parecia afundar para dentro de si mesmo, ainda que momentaneamente. Era bem rápido, mas sempre acontecia.

— Posso usar a cartada de noiva abandonada pra pedir pra você roubar algumas revistas pra mim? — eu perguntei tentando manter o ânimo. Terminei minha taça e acenei para a garçonete pedindo mais duas.

— Elas são gratuitas, então não pense que estou sendo muito subversivo ao acatar a esse pedido — ele respondeu ficando de pé. — Algum desejo específico?

— Nada que tenha um casal feliz na capa — eu disse. — E nada político. Só coisa de mulher solteira, por favor — conclui e, enquanto ele andava até a estante, fui atingida mais uma vez: *mulher solteira*.

Patrick balançou os quadris malandramente enquanto caminhava até a estante de leitura e se virou para ver se eu o tinha visto, daí piscou feito uma coquete quando percebeu que sim. Peguei a garçonete rindo dele enquanto entregava a próxima rodada e, quando ela reparou que eu tinha visto, ela comentou:

— A risada é o segredo, né? Meu namorado é do mesmo jeito.

Ela desapareceu antes que eu conseguisse encontrar as palavras para explicar.

12

No avião — que, sem sacanagem, chegou cedo demais, considerando que a gente nem teve tempo para um dos tratamentos do spa que nos disseram que estavam disponíveis na sala —, Patrick sentou na minha frente, a cadeira yang para a minha yin. Enquanto eu bebia outra taça de champanhe, ele brincou com os botões que ajustavam a cadeira, abaixando-a até ficar deitada, com os pés apoiados no descanso de pés, e, em seguida, movendo-a de volta e transformando-a em um grande casulo. Ele então puxou sua TV para fora do apoio de braço.

— Isso é maior do que a tela do meu laptop — anunciou ele. E depois: — Annie! Eles têm todo o universo Marvel aqui!

Um casal do outro lado do corredor olhou para ele divertindo-se com sua reação. Eles tinham o ar refinado e cansado de pessoas para quem isso obviamente não era uma novidade, todos de blazers requintados, e mocassins, e *skincare* caro com resultados fenomenais. Mas eu tinha que admitir, eu estava tão pasma quanto Patrick. Eu nunca virei à esquerda em um avião. No meu trigésimo aniversário, Alexander fez um *upgrade* para a classe Economy Plus quando viajamos para Nova York, mas estar nos lugares da frente com assentos reclináveis para que a gente pudesse dormir de verdade, e uma equipe simpática oferecendo mais champanhe e toalhas quentes para nos limparmos, foi muito, realmente muito especial. Eu não conseguia acreditar que Fernanda e Charles eram tão generosos. E também não conseguia acreditar que eu quase não tinha aceitado. Esta já estava sendo a viagem mais inesquecível da minha vida. Que aventura! Minha barriga borbulhava de empolgação. Meu Deus, como era bom me sentir bem.

Tirei uma nécessaire pequena da minha mala de mão e peguei um lenço antisséptico umedecido.

— Tô vendo que não tá dando mole — observou Patrick, conferindo o material de leitura à sua frente.

— Até gente grã-fina tem germes — respondi, entregando um lenço para ele.

Os olhos dele se arregalaram.

— Annie, eles servem refeições de sete pratos aqui — murmurou ele e pegou o lenço distraidamente, mas sem olhar para cima. — E aqui também diz que tem um bar na classe executiva? — Ele se mexeu para olhar ao redor da cabine.

O homem mais velho do casal que estava olhando para nós disse em voz alta:

— Fica ali em cima, filho. Só abre depois da decolagem.

O parceiro dele, mais jovem e mais loiro, disse:

— Só não se esqueçam da regra de ouro: cada bebida no ar equivale a três no chão.

O homem mais velho riu.

— O Martin aprendeu isso do jeito mais difícil, não foi, querido?

Martin sorriu timidamente e todos nós rimos mostrando compreensão.

Um bar? No ar? A própria noção da coisa era inebriante. Eu estava indo tirar toda a minha maquiagem e aplicar minhas loções e poções para que a minha pele se mantivesse hidratada durante o voo, mas se tinha um bar...

Terminei de limpar a área do meu assento e, assim que o fiz, um membro da tripulação ofereceu a mão enluvada e disse:

— Eu levo isso para a senhora.

Patrick mexeu a boca para mim como se dissesse "Senhora!" e fez uma careta impressionada que refletia a forma exata como eu também me sentia.

O lembrete para colocar nossos aparelhos eletrônicos em modo avião soou nos alto-falantes acima de nossas cabeças e eu vasculhei minha bolsa para encontrar o celular. A Jo tinha me mandado uma mensagem e, antes de desligar, fui dar uma checada.

Amiga, estou totalmente de acordo com isso se você estiver feliz, mas antes eu preciso seguir o devido processo legal e perguntar: tem certeza de que é uma boa ideia?

Tinha uma mensagem complementar.

A não ser que vocês já estejam no avião juntos, nesse caso: ótimas férias pra vocês!

Eu sorri. Sabia que ela iria mandar uma mensagem fora do grupo. Que ela iria conferir gentilmente se eu não queria desistir.

Não tenho ideia se é uma boa ideia ou não, escrevi de volta. *Mas acho que esse é o objetivo. Estou cansada de avaliar os riscos de cada decisão na minha vida. Se for uma má ideia, tenho certeza de que vou sobreviver, afinal, agora mesmo eu já estou sobrevivendo a coisas piores!!!*

Arrematei com três emojis do "chorrindo" para ter certeza de que ela perceberia que eu estava sendo descontraída e não ácida. Ela se importava, isso era tudo. Mas eu tinha me justificado no *brunch* e não desperdiçaria mais energia tentando convencê-la — ou qualquer outra pessoa — a embarcar nessa comigo. Ainda mais quando o sinal de apertar o cinto de segurança tinha acabado de acender. Eu estava empolgada! A sensação era incrível!

Confio no seu julgamento, ela escreveu de volta. *Só me garanta que vai mandar muitas fotos! Para o grupo, mas no meu privado também. Vou sentir sua falta!* Além disso, encaminhe o número do Patrick pra mim em caso de emergência, por favor. DESCULPE POR SER TÃO MÃE COM ESSE ASSUNTO.

Vou sentir sua falta também, eu disse, fazendo o que ela tinha pedido e enviando o contato dele. Ela tinha razão. *Vou voltar com um coala pra você =******

Foi quando estávamos no ar, em algum lugar acima da fronteira sul da Índia, as luzes apagadas e todo mundo tirando um cochilo depois de mais uma refeição servida pela tripulação, que eu puxei meu caderno. Patrick e eu tínhamos passado no bar e depois, de volta aos nossos assentos, rimos e conversamos até percebermos que provavelmente estávamos sendo insuportáveis para todos ao nosso redor. Tínhamos sincronizado um filme para assistir juntos e ficamos observando as nuvens um bocado de vezes também. Eu não conseguia não pensar na minha vida quando fazia aquilo. Não podia deixar de sentir uma onda de orgulho no peito, por ter sobrevivido às duas últimas semanas, mas também porque estar naquele avião e me divertir era um sinal de que eu estava realmente perto de florescer.

Eu podia me permitir isso, não podia? Eu podia me permitir fazer o que fosse preciso para me curar? Ajudava ter alguém comigo. Eu realmente teria embarcado sozinha se o Patrick não tivesse aparecido, mas eu estava muito feliz por ele ter vindo. Eu me sentia segura com ele. Meu instinto me dizia que faríamos uma boa viagem. Quanto tempo se passou desde que eu realmente tinha confiado em mim pela última vez? Escutado o meu instinto? Era hora de reivindicar isso. Menos cabeça, mais coração. Mais sentimento, menos pensamentos e análises excessivas.

Achei a primeira página em branco do caderno e escrevi: *Votos para mim mesma*. Minha caneta pairou sobre o papel e pensei sobre o que queria dizer. Olhei para Patrick, dormindo, seu rosto iluminado por um episódio de uma série diante da qual ele caiu no sono. Eu não tinha podido confiar em Alexander, mas com certeza iria me certificar de que sempre poderia confiar em mim mesma a partir de agora. Eu, eu mesma e euzinha — essas eram as pessoas em quem eu poderia confiar. Essa era a promessa que eu faria a mim mesma, chega de ficar me questionando.

De hoje em diante, escrevi sorrindo, *vou parar de tentar ser perfeita.*

Sim. Era isso. Tentar ser perfeita era impossível, porque ninguém nunca é perfeito. Não é de admirar que eu sempre tenha me sentido insuficiente.

Na alegria e na tristeza, continuei, *vou mandar a cautela pelos ares.*

Patrick fazia isso, não fazia? Porque a vida era muito breve, muito rápida. Ele estava certo. Ela era.

Na riqueza e na pobreza... Direi sim a todas as oportunidades que surgirem no meu caminho.

Como a Austrália. E para o que quer que acontecesse na Austrália, eu também diria sim.

Prometo amar-me e respeitar-me, a partir de hoje, eu me comprometo com a minha própria felicidade.

Este é meu voto solene.

Para todo o sempre, amém.

Desenhei um quadrado em torno desses dizeres, fazendo com que se destacassem na página. Sim. Eu queria agradar a mim mesma e tentar coisas novas e cometer alguns erros. Fiquei prendendo a respiração, buscando aprovação para existir, ocupando o mínimo de espaço possível e sendo quem todos me diziam que eu era em vez de ser quem eu sou. E eu estava cansada disso.

Olhei para Patrick mais uma vez, e me inclinei para desligar a sua tela. Nós dois mergulhamos na escuridão.

Fechei os olhos e dormi pesadamente, sem sonhos, contente, só acordei a tempo de tomar o café da manhã antes de pousarmos.

13

No desembarque, uma mulher bonita de smoking e chapéu de motorista segurava uma enorme placa que dizia ANNIE + CONVIDADO.

— Olhe — eu disse para Patrick enquanto nós dois a observávamos. — Eu não estava achando que alguém viria nos buscar. Achei que a gente ia só entrar num táxi...

Patrick bocejou preguiçosamente.

— Pra falar a verdade, tô aprendendo muito rapidamente a deixar de lado toda e qualquer expectativa. Você realmente fez uma propaganda bem ruinzinha dessa lua de mel, sabe.

Eu entendia direitinho o que ele quis dizer.

Ajustando meu rosto em um sorriso, acenei para o meu nome.

— Eu sou a Annie — disse, tentando soar menos exausta do que estava. Mesmo na classe executiva, voar para o outro lado do mundo não era uma tarefa fácil. — Annie Wiig. Você tá aqui por minha causa? O hotel te enviou?

— Enviou sim — respondeu ela, surpreendendo-me com um sotaque do leste de Londres. — Eu sou a Bianca. Vou levar vocês na viagem de três horas de estrada até Margaret River. — Ela parou na frente de Patrick para pegar o carrinho de bagagem com ele. — Por aqui — ela instruiu alegremente. — Me sigam.

Patrick sussurrou:

— Você ia pegar um táxi pra viajarmos por três horas?

Graças a Deus o hotel tinha mandado um carro.

Tivemos que começar a correr para seguir Bianca no meio da multidão, o rabo de cavalo bem amarrado dela balançando às suas costas. Eram quase duas da tarde no horário local e o tempo estava surpreendentemente ameno — eu não precisava do cardigã que tinha usado para me proteger do ar-condicionado gelado do avião, e me perguntei se ela estava com calor dentro daquele paletó. Saímos para ver um céu azul com apenas uma nuvem estranha, e, quando fui dar a volta na parte de trás de uma limusine para atravessar a rua, Bianca me chamou:

— Annie, querida? O nosso carro é este.

Ela abriu o porta-malas e começou a guardar nossas malas.

— Por favor — ela insistiu, acenando com a mão. — Vocês, entrem e fiquem confortáveis.

— Meu Deus! — Patrick enunciou deliciado enquanto nos sentávamos e fechávamos a porta. Todo o interior era de couro creme, e havia vinho, água e salgadinhos, embora só pensar em comer qualquer coisa fizesse minha barriga dar uma cambalhota. Eu estava desorientada e insegura, e na verdade só queria mesmo era tomar um banho. A divisória que separava a parte traseira da área do motorista se abriu.

—Vocês estão prontos? — perguntou Bianca.

— Eu nasci pronto — Patrick falou, e eu sorri. Eu nunca tinha andado de limusine antes.

— Excelente — ela disse. — Lembrem de pegar aquele envelope ali e dar uma lida, beleza? O itinerário de vocês tá lá dentro. É uma lua de mel, certo?

— Na verdade, não — respondi.

— A senhora aqui está me fazendo um agrado por causa de um grande prêmio no trabalho — Patrick informou.

— Ah, é mesmo? — perguntou Bianca, afastando-se do meio-fio.

— Mas eu trabalho pro MI6, então receio que não posso falar sobre isso. Já falei mais do que devia.

Bianca sinalizou para entrar na rodovia.

— Não acredito em você nem por um segundo — ela comentou. — Se você é o James Bond, eu sou o guitarrista dos Rolling Stones.

— Poooooxa — Patrick falou. — Você pode arranjar ingressos pra gente na próxima turnê?

Ela falou sem parar enquanto nos acomodávamos, indo para o sul, para Margaret River — acho que o papo-furado de Patrick a conquistou. A estrada corria paralela à costa, então, enquanto Bianca tagarelava conosco pelo sistema de alto-falantes, podíamos ver, pela janela, o encontro entre o mar sem fim e o céu infinito. Ela nos contou que nascera em Hackney, filha de mãe mexicana e de pai australiano, o qual morreu uma semana antes de seu nascimento, e que ela adorava gim de ruibarbo antes mesmo de estar na moda.

— Claro — ela continuou —, tudo gira ao redor do vinho por aqui. Pelo menos para os turistas, de qualquer modo.

Ela nos contou, sem nenhum motivo em especial, que "não levo desaforo pra casa, mas sou sensível. Só porque eu sou desbocada, as pessoas se esquecem que tenho sentimentos". Tive a sensação de que ela tinha sido traída por alguém recentemente e estava tentando convencer a si mesma de que a culpa não era dela. Ela não parecia se importar que tivéssemos parado de responder muito além de um educado "Ah, é mesmo?" ou "Hummm!". Eu estava sonolenta e relaxada — foi maravilhoso descer do avião e ser levada rapidamente para o nosso destino. Meu cérebro desligou as sinapses e deixou que a organização de qualquer outra pessoa liderasse o caminho.

— De qualquer forma, foi meu pai que cresceu aqui — ela trinou, e eu vi uma gaivota surfar no ar, mergulhando suavemente para baixo e voltando a subir logo depois. — E quando fiz trinta e três anos, no ano passado, senti uma urgência de vir aqui ver o que ele via quando era criança. Não consigo explicar, mas me sinto mais em casa aqui do que em qualquer outro lugar do mundo. Algumas coisas simplesmente parecem certas, né?

— Lugar bacana pra se sentir em casa — comentou Patrick. Realmente era lindo. Eu nem tive tempo de comprar um guia de viagem, e meu conhecimento da Austrália era limitado, lamentavelmente, a ter assistido à telenovela *Neighbours* depois da aula enquanto crescia. Ela era mais verde do que eu esperava, com enormes árvores frondosas balançando alegres com a brisa, e gramados, jardins e parques tão exuberantes e verdejantes que era como se eu enxergasse através de um filtro.

— Então, qual é o motivo verdadeiro desta viagem? — perguntou Bianca quando nos pegou, Patrick e eu, sorrindo um para o outro pelo espelho retrovisor. — Vocês têm reservas para o melhor bangalô do hotel. Ele é *realmente* bom. Esplêndido.

Nem precisei olhar para Patrick para saber o que seu rosto dizia. Eu sabia que ele estaria encantado e com cara de bobo com a simples menção do bangalô mais chique. Ele era tão impressionável. Ficava tão entusiasmado com cada uma das boas notícias — e as boas-novas realmente eram intermináveis, ao que tudo indicava.

— Estamos aqui para celebrar a própria essência de estarmos vivos — Patrick disse a ela, sua voz meio cantada e feliz.

Patrick fez Bianca rir quase tanto quanto costumava fazer comigo.

— Será que vocês não tão é cheios da alegria de primavera? — ela brincou e olhou para nós dois pelo retrovisor outra vez. — É legal ver pessoas tão contentes.

— É o único jeito de viver — respondeu Patrick. — Não é mesmo, Annie?

Balancei a cabeça para ele provocantemente e voltei a olhar pela janela. Austrália. Meio mundo e um universo de distância.

— Vou arrancar a verdade de vocês mais cedo ou mais tarde — Bianca avisou. — Uma ova que você é do MI6! Vocês dois têm alguma história rolando aí. Eu simplesmente sei que vocês têm.

* * *

Eu não conseguia acreditar no hotel. Bianca nos acordou gentilmente enquanto passávamos pela pista particular, e o crepúsculo chegou deixando tudo em um tom de rosa-terroso. Olhei para o relógio no painel do carro: como tínhamos parado no meio do caminho para esticar as pernas, agora já passavam das seis. As nuvens estavam iluminadas por trás e se refletiam nos lagos de cada lado da estrada com perfeição, de modo que era como se estivéssemos deslizando pelo próprio céu. Mais adiante via-se um chalé grandioso feito de pedra clara, cercado por jardins luxuosos com plantas que pareciam ter sua saturação aumentada: roxos e laranjas e azuis e rosas com brilho total, um banquete exótico para os sentidos. Ao redor do chalé havia uma enorme varanda onde grupos de convidados sentavam-se com bebidas e lanches, e uma fogueira queimava ao fundo, onde mais casais estavam sentados em cadeiras reclináveis de madeira, com cobertores sobre os joelhos. Dois helicópteros imaculadamente brancos esperavam à distância, e eu podia jurar que tinha visto um pavão arrastando suas penas pelo campo. Era assombroso. Quando saímos da limusine e absorvemos tudo aquilo, eu não conseguia acreditar que estava lá. Nós fomos parar no paraíso.

— Nada mal, né? — Bianca disse. — Esperem só até verem o bangalô de vocês.

14

— Ok, escuta só — Patrick disse, enquanto lia o panfleto. Fomos conduzidos até nosso bangalô, que era na direção da borda exterior do complexo, em um carrinho de golfe para poupar nossas pernas das pequenas passagens para pedestres que serpenteavam pelo terreno. A primeira coisa que Patrick disse quando abrimos a porta foi que, se eu fosse dar um Toblerone gigante para a Fernanda e o Charles, ele iria presenteá-los com um rim. Fiz uma anotação mental para ligar para eles assim que amanhecesse lá na Inglaterra, ainda que palavras não fossem ser suficientes para expressar minha gratidão.

— Litoral perfeito para cartão-postal — ele leu. — Praias de areia branca. Florestas imponentes. No que diz respeito à beleza dada por Deus, a região de Margaret River, na Austrália Ocidental, entrou na fila duas vezes...

— Ai, meu Deus — murmurei baixinho. — Tudo isso é pra gente, Patrick. Uau.

Tudo dentro do bangalô era de vidro e madeira de bétula, o que significava que todo o lugar se enchia de luz e o interior se fundia com o exterior, como se não houvesse distinção entre os dois. Havia uma enorme sala de estar rebaixada bem no centro, com sofás dispostos em U, que eram felpudos e lembravam biscoitos. Quando fui até a porta da varanda, vi que dava para abri-la em toda sua extensão, de modo que a parte de trás da casa ficava totalmente aberta. Pássaros cantavam e algum tipo de criatura de sonoridade exótica emitiu um arrulho suave, e eu caminhei a passos lentos pelo resto do lugar com meu queixo caído.

    O bangalô tinha três quartos, o que era um alívio. Inesperado para uma lua de mel, mas ótimo para férias com um cara com quem eu costumava ir ao acampamento de teatro. Imaginei que normalmente fosse usado por famílias inteiras. Fizemos o check-in apenas em meu nome na recepção, e lembrei que a placa de Bianca tinha apenas o meu nome também. Os pais de Alexander deviam ter dado instruções precisas sobre isso e fiquei muito agradecida. Eles não comentaram nada quando lhes passei as informações de Patrick; Fernanda apenas disse: "Estou tão feliz por você ter mudado de ideia, querida. Acho que isso vai ser muito, muito bom pra você." Depois da gafe na sala de embarque, eu realmente queria ter certeza de que evitaremos mais constrangimentos do tipo "senhor e senhora". E, até agora, tudo estava indo bem.

    — Você sabia de tudo isso? — Patrick perguntou enquanto eu voltava para onde ele estava deitado de bruços no grande sofá. — Estamos bem no meio da cena de comida e bebida, e a Bianca estava certa: é literalmente aqui que vinhos com *excelência em nível mundial* são feitos.

— Pera aí, pra falar a verdade, isso soa familiar — reconheci. Eu tinha vagas lembranças de falar com a mãe de Alexander sobre a lua de mel muito tempo atrás, mas eles guardaram a maior parte dos detalhes como uma surpresa para nós. Fernanda disse que, como Alexander e eu tínhamos planejado tudo nos mínimos detalhes, seria ótimo se alguém organizasse a lua de mel para nós, e que tudo que eu precisava fazer era confiar nela. Não era assim que eu imaginava viver essa experiência, mas tinha que tirar o chapéu: aquilo era um sonho em todos os sentidos da palavra.

— Tem galerias de arte e todos os sábados ocorre a Feira de Produtores de Margaret River. Ai. Acho que perdemos a desta semana, mas ainda estaremos aqui pra conferir na semana que vem?

Eu refleti.

— Eu acho que sim. A gente vai ficar aqui seis noites antes de ir para Sydney.

— Que dia é hoje?

— Com toda a certeza é um que termina em "-feira" — eu brinquei. Eu estava exausta e, literalmente, não tinha a menor ideia.

Ele sorriu para mim, divertido.

— Eu sinto o mesmo. Você tá cansada? Dá conta de comer?

— Eu *sempre* dou conta de comer. Mas também estou sentindo uma fina camada de suor por todo o corpo e sei que, se não cuidar disso agora, definitivamente vai resultar em algum tipo de erupção cutânea. O que parece nojento, mas não deixa de ser verdade.

— Serviço de quarto? Por minha conta? De qualquer forma, já tá meio que de noite, né? Então podemos pedir comida, tomar banho enquanto esperamos que ela chegue, dormir uma boa noite de barriga cheia e aí vamos estar prontos pra Margaret River amanhã, que acha?

Suspirei, feliz que nossa *vibe* fosse tão parecida.

— Sim — eu disse. — ESSE é um plano perfeito. Ah, a propósito, tem três quartos, o que é ótimo.

— Show. Você escolhe primeiro. Vou desfazer a mala em um minuto. Esse itinerário que eles montaram está me deixando embasbacado.

Acordei nova em folha. Patrick acordou antes de mim e já tinha falado com Bianca, que disse achar que em nosso primeiro dia ela deveria nos levar para a praia. Aparentemente, ela seria a nossa motorista por toda a semana em que estaríamos na costa oeste, antes de voarmos para Sydney, no leste. Mandei uma mensagem para o Quarteto Fantástico: *Temos uma motorista de limusine!* E recebi uma série de emojis ciumentos em resposta.

— Prontinha, geleia de galinha? — Patrick gritou do quarto dele.

Prontinha, geleia de galinha?

— Como é que é? — gritei de volta. — O que... que você está dizendo?

Ele apareceu na porta vestindo short azul-marinho bem passado, chinelos Birken e camisa xadrez azul modelo Oxford amarrotada.

O cabelo despenteado e sem corte e a barba de vinte e quatro horas por fazer deram a ele uma aura desgrenhada que combinava com ele, como se estivesse oficialmente em modo de folga. Em uma mão ele tinha uma toalha de praia, na outra, uma sacola de pano parecendo conter, pela quina proeminente marcando o tecido, um livro.

— Minha mãe, Mama Jess, pros meus amigos, costumava dizer isso quando éramos crianças. — Ele encolheu os ombros. — Acho que nunca mais disse isso desde que virei adulto, exceto aleatoriamente agora.

— Qual é o nome do seu pai?
— Mark.
— Jess e Mark. Que filho eles criaram.

Ele olhou para mim, então, pela primeira vez. Ele meio que piscou várias vezes em rápida sucessão, e juro que pude vê-lo recalibrando seu cérebro, um computador que precisava de um momento para abrir uma nova aba porque já tinha muitas outras abas abertas. Eu me perguntei se estávamos destinados a continuar alternando entre a intimidade e a formalidade durante toda a viagem, ficando relaxados e depois recuando um pouco quando percebíamos que ainda tinha muita coisa que não sabíamos um do outro. Eu não sabia dizer em qual modo ele estava nesse momento. Eu queria pular essa parte — de se acostumar um com o outro — e ficar de boa. Imagino que esse seja o problema de trazer um estranho virtual para as férias com você: havia muito terreno desconhecido. Eu queria avançar rapidamente para o conforto da amizade.

— Você tá bonita — ele me disse. Alarguei minhas narinas e fiquei vesga.

— Brigada — custei a falar, constrangida. Havia algo em como as pupilas dele se dilataram que fazia um elogio inocente parecer mais significativo do que era. Isso fez minha pele formigar.

Houve um segundo em que nos olhamos sem jeito e ele disse:

— Você tem protetor solar? Esqueci o meu.

— Sim — respondi, tentando mudar o clima. — Para a praia! Irra!

— Para a praia! — ele repetiu, mas eu estava tímida andando na frente dele. Torcia para que a minha aparência estivesse boa. Ele me chamou de bonita e eu queria, misteriosamente, fazer justiça a esse elogio, mesmo que tivesse sido tão difícil aceitá-lo. Coloquei um pouco de rímel à prova d'água, mas foi só isso, porque não adianta ficar enfeitada para a praia. Eu sabia que ele já tinha me visto em um estado pior na Barry's, mesmo assim me demorei olhando para a minha bolsinha de maquiagem no banheiro e considerando fazer mais esforço, mas, no fim das contas, eu não estava tentando impressionar ninguém. Não que eu só usasse batom para impressionar os homens, obviamente. Mamãe me acharia preguiçosa por ser tão discreta, mas eu não estava em um concurso de beleza. E de qualquer forma, maquiagem ou não, Patrick parecia estar falando sério quando disse que eu estava bonita.

Puxei a alça do meu biquíni e alisei o tecido do meu short jeans. Quando me virei para segurar a porta para ele, o peguei se olhando no espelho do corredor e ajeitando o cabelo com a mão livre, como um garotinho no dia da foto. Foi um pequeno gesto de insegurança que destoou da confiança externa que ele demonstrava.

— Vai na frente — eu disse, sorrindo deliberadamente como uma companheira gente boa e amigável. A porta se fechou atrás de nós.

A praia era margeada por gramados gigantescos e estradas estreitas e sinuosas que levavam para quilômetros e quilômetros de areia branca e perfeita. A água era da cor que a gente escolhe quando é criança e faz pintura a dedo: azul-claro com linhas brancas nítidas onde as ondas quebravam, embora estivesse calmo mais ao longe. Árvores e dunas de areia se alinhavam nas margens atrás de nós enquanto caminhávamos até a praia, decidindo onde iríamos ficar. Bianca buzinou enquanto ia embora. Ser deixada na praia por uma limusine foi a coisa mais glamourosa que eu já fiz na vida.

— Aqui? — eu disse, doida para estender uma toalha no chão e sair correndo para pôr os pés na água. Patrick posicionou a cesta de piquenique que o hotel havia embalado para nós na areia, suspirou alegremente e fechou os olhos.

— Qual é mesmo aquela música sobre dunas de areia e maresia? Ela tá na minha cabeça.

— Ah, sim — eu disse, tirando um protetor solar e um livro da minha bolsa. — Sei qual é. — Respirei fundo e fechei os olhos também. Tudo que eu escutava eram as ondas, e tudo que eu sentia era o calor do sol no meu rosto. Glorioso. Necessário. Perfeito.

— Pode me ajudar?

Abri os olhos e Patrick estava acenando o frasco do filtro solar para mim.

— Meus ombros, sabe. Eles torram.

Peguei o protetor com ele e disse:

— Então, vem cá.

Coloquei um pouco na minha mão e Patrick ficou olhando até que eu sinalizasse com a cabeça para ele se virar. Esfreguei o creme entre as mãos para que não ficasse muito frio na sua pele e depois coloquei as palmas das mãos no alto de seus ombros. Eles eram firmes, e os senti estremecerem ao meu toque enquanto eu ia da parte de cima dos seus braços até a base do seu pescoço em movimentos lentos e longos. Ele estava forte e tonificado — todas aquelas aulas na Barry's tinham garantido isso. Ficava mais fácil deslizar sobre a pele dele conforme o creme ia se espalhando, cobrindo a pele até fazê-la brilhar.

— Continuo...? — Eu dei um tapinha na lombar dele.

— Por favor — ele respondeu. — Vá em frente. Em todos os lugares que você ousar.

Ele era tão macio ao toque, mas ficou todo teso quando se inclinou um pouco para que o creme não escorresse para fora de sua pele. Esfreguei o protetor solar, untando-o, sem ter certeza de quão perto eu deveria chegar ao cós do short de banho estampado que pendia baixo em seus quadris, preso logo acima do leve arco que dava início à sua bunda. Quando cheguei à base das costas e alisei o creme em direção à sua barriga, passando ao redor do umbigo para tirar o excesso de minhas mãos, ele de repente tossiu, envergonhado e disse:

— Show, acho que você já passou em tudo, obrigado. Vou pra água agora.

Ele não se virou antes de percorrer abruptamente a curta distância até a margem e parar na beira da água. Balançou a perna um pouco, como se estivesse expelindo um sentimento ruim.

Eu assisti enquanto ele entrava na água até ela chegar aos joelhos. Não estava exatamente quente, mas dava para ver que ele não estava oferecendo resistência. Espalhei creme sobre todas as partes do meu próprio corpo que pude alcançar e decidi deixá-lo agir antes de descer para a água, me divertindo ao ver a cabeça de Patrick balançar à distância. Foi tão maravilhoso simplesmente sentar e ver a areia ser varrida pela brisa. O mar aberto infinito era tão relaxante. Eu podia ficar encarando o horizonte para sempre, até entrar em transe. Na verdade, não sabia se era um *jet lag* tardio ou se era a inegável atração do sol, do creme e da areia, mas sei que eventualmente eu me deitei e fechei os olhos, sem pensar em muita coisa.

15

— Ei — eu disse, quando meu sono foi perturbado sabe-se lá quanto tempo mais tarde. — Tem alguma coisa acontecendo.

Através de olhos sonolentos, notei um grupo de pessoas se reunindo no cais. A praia estava tão preguiçosa e lânguida quando chegamos — Bianca havia dito que essa era a parte com menos pessoas, que foi o motivo pelo qual a escolhemos —, então toda aquela atividade repentina foi chocante.

— Patrick?

Ele estava dormindo de bruços ao meu lado, roncando pesadamente. Parecia bem tranquilo e, por um segundo, exatamente como o adolescente que eu tinha conhecido — mas eu estava preocupada que algo ruim estivesse acontecendo, então insisti em acordá-lo.

— Hummm?

Eu apontei.

— Acho que tem um tubarão ou algo assim. Não sei. Olhe.

Patrick rolou no chão e se apoiou em um cotovelo, seu olhar de quem sonhava logo antes de acordar foi na direção para a qual meu dedo apontava e examinou o que estava acontecendo.

— Arraias — concluiu. — Tá vendo aquele negócio preto na água? Elas vêm aqui. — Ele esfregou os olhos com uma mão e procurou seus óculos de sol. — Eu li sobre isso. Vem, vamos dar uma olhada.

Ao nos aproximarmos, pude ver uma sombra flutuando na superfície do mar.

— Elas não são perigosas? — perguntei.

— Arraias? Nããão.

— O Steve Irwin não morreu por causa de uma arraia...?

Uma mulher com um moicano azul e piercing no septo me ouviu.

— Ele foi perfurado no peito pelo ferrão de uma arraia. Um acidente bizarro. Mas essas camaradas aqui não vão te machucar. Temos sorte de vê-las por aqui.

— Que horrível. Caramba.

O homem ao lado dela, que tinha um moicano azul combinando, só um pouco mais comprido e brilhante, completou:

— Essas camaradas estão aqui para se alimentar e ficar de boa, não é mesmo, pessoal?

A fina ondulação preta na água devia ser tão comprida quanto eu e ter metade da largura. Era tão estranho de se olhar, como um saco de lixo preto flutuando logo abaixo da superfície, brilhante e vítreo. Ela era lenta, com completo controle de si mesma, embora também parecesse se mover de acordo com a corrente. Era tão sereno. Fiquei encantada.

— O que elas comem? — perguntei à mulher e depois me senti uma boba por supor que ela era algum tipo de especialista em arraias. O cara respondeu por ela.

— Crustáceos, principalmente. As arraias sentem a corrente elétrica nos músculos e nervos de sua presa, e então a presa é sugada para dentro da boca delas e esmagada. Elas engolem a carne e expelem os fragmentos da concha de volta pro mar através das fendas nas brânquias. Desde que a gente não perturbe elas, vamos ficar bem. Mas mantenham distância, beleza?

— Paul — a mulher disse a ele, revirando os olhos em provocação. — Você acabou de contar isso pra ela como se não fosse eu quem tivesse explicado tudo pra você.

— Obrigado a ambos por compartilharem seu conhecimento coletivo — Patrick falou todo carismático. — É bonito de ver, né?

— Turistas? — perguntou a mulher.

Eu concordei.

— Vamos passar a semana aqui.

— É incomum elas serem vistas tão cedo. No verão a água fica cristalina o suficiente pra isso, mas, na verdade, ainda tá muito cedo.

Patrick passou o braço por cima do meu ombro enquanto nos aconchegamos para ver a estranha fera adentrar em águas mais profundas. Eu podia sentir o calor dele se espalhando por mim, seus dedos se curvando suavemente no topo do meu braço. O peso do toque de uma pessoa, do toque de um homem, era algo que eu não experimentava havia semanas. Não ousei me mexer quando percebi que Patrick estava lá. Eu não queria que nenhum movimento brusco o assustasse, ou pior, que me machucasse. Ele era a minha arraia humana, e eu era a sua observadora. Era inebriante estar tão perto de alguém.

— É extraordinário, né? — ele suspirou. — Tô tão feliz por conseguirmos ver isso.

Patrick baixou o braço quando olhei para ele para dar um sorriso e, por um momento, pensei que tinha estragado tudo, que tinha arruinado o momento. Mas então as pontas dos dedos dele roçaram nas pontas dos meus e ele ronronou:

— Vamos lá, vamos ver o que tem naquele cesto que o hotel nos enviou.

Enquanto ele segurava meu pulso e guiava o caminho de volta ao lugar onde tínhamos deixado nossas coisas, o pensamento mais estranho surgiu em minha mente. Pensei: *Será que estou imaginando isso?*

A questão era que eu não conseguia articular o que era "isso".

Ali pelas cinco da tarde é o meu horário favorito para estar na praia. É quando você está quente ao toque, e salgado, e tudo se move lentamente, como uma música do Jack Johnson sobre fotografias em tons de sépia. É simplesmente o paraíso. Estávamos deitados lado a lado na toalha de praia do hotel, uma lata de cerveja vazia aos pés de cada um de nós, dava para ouvir algumas crianças jogando um frisbee e gritando de alegria antes de serem silenciadas pelo pai. Fui despertada de outro cochilo pacífico com o barulho que elas faziam no mesmo instante em que Patrick acordou.

— Oi — ele disse, sonolento.

— Oi — respondi.

Estávamos a uns quinze centímetros um do outro quando despertamos, nossos olhares se encontraram. Eu estava consciente do subir e descer do meu peito e da proximidade dele, enquanto o sol baixava no céu.

— No que você tá pensando?

Desviei os olhos para ver por cima do ombro dele, mas era mais legal olhar para ele. Nós dois estávamos de frente, como se tivéssemos acordado na cama juntos e não na praia.

— Tô tão relaxada — eu disse, e percebi que minha voz estava baixinha. Eu não estava sussurrando, mas ele estava tão perto de mim que não precisei me esforçar para ser ouvida.

— Humm — ele murmurou. E fez uma pausa. — Eu gosto desse sentimento.

— O sentimento de férias?

— Depois de uma cerveja, na areia, o sol se pondo. Não tem outro lugar onde eu preferiria estar. É nessa hora do dia, junto ao oceano, que o tempo fica suspenso, não é?

— Sim — concordei. Fechei os olhos novamente e respirei profunda e tranquilamente.

— Você parece estar feliz. Que bom te ver assim.

Não abri os olhos para responder:

— Eu estou — eu disse, sem pensar, e isso fez com que eu tivesse que me virar para olhar direito para ele. Eu me surpreendi. — Caramba — eu disse, com mais vigor. — Acho mesmo que estou. Eu tô feliz pela primeira vez desde que tudo aconteceu.

Ele se virou e se sentou para abrir mais duas cervejas, me entregando uma antes de dobrar as pernas e abraçar os joelhos. Eu o imitei fazendo o mesmo, mas ainda perto.

Nenhum de nós falou.

Ficamos olhando para a água.

Eu estava longe da minha vida real, mas mais perto do meu verdadeiro eu do que já estive em anos. Eu nem sabia onde estava meu celular. Sem e-mails, sem chamadas ou mensagens. Não havia necessidade de documentar o que estava acontecendo, de encontrar um ótimo ângulo para uma foto para postar depois — Patrick tinha uma câmera fotográfica para recordações. Eu não tinha pensado em trabalho, e tão facilmente quanto os pensamentos sobre os meus pais entravam na minha cabeça, eles iam embora de novo. Sentia falta da Freddie, mas eu sempre sentia falta da Freddie, mesmo quando ela estava bem do meu lado.

Agora mesmo, o crucial era que eu não sentia falta de Alexander. Não estaria fazendo isso com ele. Ele não teria se deitado em uma toalha ao meu lado, lendo, dormindo e conversando. Ele estaria na água praticando esportes radicais, me fazendo continuar fora do mar para gravar vídeos dele. Estar com Alexander teria sido solitário, mas estar com Patrick era ser parte de algo. Ele estava lá comigo, *estava lá de verdade*. Ele me fez um sanduíche com o que havia no cesto e leu para mim uma passagem do livro dele que tinha achado engraçada. Ouviu quando falei sobre os méritos de um sanduíche com cheddar ralado em vez de fatiado, eventualmente concordando comigo e me dizendo que uma vez ouviu um poema muito bom sobre um sanduíche de queijo e picles que teríamos que procurar quando voltássemos para o hotel.

Eu estudei o perfil dele. Ele tinha um nariz forte e clássico e um sorriso largo, seu pescoço era uma curva suave e inclinada em seus ombros largos. Os cílios loiros eram mais longos do que eu havia percebido, e ele tinha um jeito de se mover que era gracioso, mas sólido, quase como um dançarino. Era um fato: ele era inegavelmente maravilhoso. Antes eu não tinha visto isso direito. Talvez conhecê-lo o tornasse mais atraente com o passar do tempo.

— Você tá bem? — ele perguntou, sem olhar para mim. Eu arrastei meus olhos de volta para o horizonte.

— Sim — eu disse. — Claro.

Bebemos nossa cerveja.

16

Quando voltamos para o hotel, havia uma pequena mancha acobreada no forro do meu maiô. Minha menstruação havia chegado. Qualquer que fosse o estresse que meu corpo estava segurando, ele estava finalmente começando a soltá-lo.

— Annie? Seu celular tá tocando!

Eu congelei do meu lugar no banheiro e, em seguida, tomei uma decisão instintiva de tirar meu traseiro dali e lidar com a minha menstruação só depois de atender à ligação. Só podia ser alguém de casa. Eu podia ouvir os passos de Patrick se aproximando e então dei descarga no banheiro e enfiei as mãos debaixo da torneira como um gesto de higiene.

— Freddie! — eu disse, depois de deslizar o botão na tela para responder. — É você!

Eu poderia dizer imediatamente que algo não estava certo. Ela estava usando seus óculos e seu rosto estava marcado e vermelho, sua voz vacilava.

— Eu não consigo encontrar a Carol! — ela disse com voz chorosa. — Sinto muito, muito mesmo. Eu deixei ela solta no parque e estava no meu celular pesquisando Hamelin Bay, como você me disse, e, quando olhei pra cima, ela não estava lá, e ela não voltou quando eu chamei. — Ela puxou um lenço de papel que estava segurando até rasgá-lo, cheia de preocupação. Caminhei com o celular até o balcão da cozinha e usei uma garrafa de vidro cheia de água para apoiá-lo.

— Tudo bem — eu disse, me esforçando para manter minha voz neutra. Eu podia chorar quando ela desligasse, se eu estivesse precisando, mas, nesse momento, a minha irmã precisava que eu fosse forte. — Frufruzinha, tudo bem.

Ela enxugou os olhos com a manga da blusa.

— Mamãe disse que eu não devia te contar porque vou estragar suas férias, mas estamos procurando e procurando e agora não sei mais o que fazer e ninguém me ajuda! Eles só ficam dizendo que ela vai aparecer!

Patrick pairava fora do alcance da câmera, sem camisa e descalço. Preocupação irradiava dele. Meu coração disparou e minha pele arrepiou. A cachorra tinha sumido?

— Mas isso é verdade, Frufru. — Estava custando caro soar mais calma do que eu estava. — Eu sei que é assustador, mas se você procurou em todos os lugares, talvez ela esteja na casa de alguém porque a encontraram. Ela tem um chip, então, se levarem ela pra um veterinário, vão conseguir acessar as informações dela e entrar em contato comigo, ok? Isso não é culpa sua.

— É sim! — ela falou e, dessa vez, chorou de verdade. Freddie era confiante e inteligente, mas, assim como eu, ela se cobrava para atingir padrões impossivelmente altos: aqueles estabelecidos por mamãe. Vê-la tão nervosa era de partir o coração, e meus próprios olhos arderam com lágrimas.

— Não é, Freddie.

— Sinto muito mesmo!

— Poderia ter acontecido com qualquer um. Poderia ter acontecido até quando ela estava comigo.

Era horrível vê-la sofrendo e nada do que eu dizia parecia consolá-la. Na verdade, ao estar sendo gentil eu parecia estar piorando as coisas — pelo menos se eu gritasse, ela podia gritar de volta.

Patrick pediu permissão para vir e conversar. Eu balancei a cabeça desolada.

— Ei — ele disse, colocando o braço nas costas da minha cadeira para que pudéssemos caber na tela. — Eu sou o Patrick. Sou amigo da sua irmã.

Freddie acenou tristemente no telefone.

— Escuta. Dá pra ver que você tá bem chateada. Deve ser assustador estar no comando de algo no lugar da Annie e depois sentir que você tá decepcionando ela. É assim que você se sente?

Freddie balançou a cabeça para cima e para baixo.

— Sim — ela concordou em uma vozinha. — E tô com medo pela Carol.

Patrick espelhou a linguagem corporal dela.

— Alguns anos atrás, meu cachorro também se perdeu no parque — ele ofereceu.

Freddie olhou para ele desconfiada.

— Você tá dizendo isso só pra fazer eu me sentir melhor? — ela perguntou.

— Não. Acho que mentir pra você não causaria uma primeira impressão muito boa, né?

Freddie suavizou, concordando com a cabeça.

— E o que você fez?

— Foi muito estranho ele fazer aquilo. Nunca tinha acontecido antes. Ele era um pequeno *West Highland White Terrier* chamado Maktub, e eu só estava comprando um sorvete no caminhão estacionado ali perto. Levei uns trinta segundos, no máximo. Ele sempre tinha sido muito bom em dar um passeio curtinho e depois voltar. Eu sempre me virava pra ter certeza de que ele estava lá. Mas, de repente, ele não estava mais. Nem consegui comer meu sorvete porque fiquei muito preocupado. Procurei por ele em todos os lugares e perguntei pra todo mundo no parque se tinham visto ele.

Os olhos de Freddie se arregalaram e ficaram curiosos, mas ela parou de chorar.

— Você encontrou ele?

— Não exatamente.

Ela respirou fundo, preparando-se para não gostar do que viria a seguir.

— Ele me encontrou — continuou Patrick. — Ele ficou fora por dois dias inteiros, e então, no terceiro dia, ouvi um latido na porta da frente e lá estava ele, relaxando, sozinho. Tentei perguntar onde ele tinha andado, mas ele estava bem cansado.

Freddie parecia entender o que ele estava dizendo.

— Nós vamos encontrar Carol — eu disse, sentindo que ela era capaz de realmente me entender agora que tinha relaxado. Eu também tinha relaxado. O que o Patrick contou também me acalmou até eu conseguir aceitar a situação.

— Vou sair de novo agora, Annie-Chuchu. Ela deve estar por aí em algum lugar. Papai disse que vai também, assim que tomar a xícara de chá dele.

— Perfeito.
— Ok.
— Eu amo você.

Patrick deu tchau.

— Boa sorte, Freddie! — ele disse. — Tente pensar como um cachorro!

Ela sorriu e então se conteve, como se não quisesse ser vista como nada além de devastada.

Assim que desligamos, eu disse:

— Isso foi muito sensato da sua parte. Obrigada.

Patrick sorriu.

— Você tá bem? Preocupada?

— Bom, claro que estou. Mas não tem nada que eu possa fazer daqui, né? Ela é uma boa cadela. Só espero que não tente atravessar alguma rua ou algo assim. Com certeza alguém veria uma coisinha daquelas sozinha e olharia para a placa de identificação dela, né? Ou, se ela estivesse sem coleira, eles realmente a levariam pro veterinário, né?

— Exato — ele concordou. E então: — Abraço?
— Uhum.
Patrick envolveu seus braços grossos e fortes ao meu redor e descansou o queixo no topo da minha cabeça, e eu apoiei a bochecha em seu peito nu. Ele estava quente do sol e cheirava a coco. Ele esfregou minhas costas e fiz uma pequena oração aos deuses caninos para manterem Carol em segurança e levarem-na para casa o mais rápido possível.
— Carol vai voltar para você — ele falou com empatia. — Assim como o Maktub.
— Nunca ouvi esse nome antes — respondi.
— Maktub.
— Na verdade, não é um nome — explicou. — É um ditado. É o árabe para *está escrito*. Uma espécie de cumprimento ao destino. Tudo sempre esteve destinado a acontecer porque sempre estivemos destinados a estar aqui — disse ele. — Tudo foi planejado para nos trazer até este exato momento.
— Maktub — repeti novamente, ainda encostada no peito dele. — Gostei disso. Você ainda tem ele?
— A Jess e o Mark é que cuidam dele agora. Como estão aposentados, então Maktub tem mais companhia com eles.
— Ah — eu disse.
— Não perca a fé, está bem?
Me afastei do abraço, acreditando que, se Patrick tinha dito que Carol ficaria bem, ela fi-

caria mesmo. Ele se abaixou para dar um beijo na minha bochecha, e fez isso com tanta ternura que eu instintivamente levantei a mão para tocar onde seus lábios tinham encostado. Mantive a mão ali, suspensa, antes de deixar meus dedos deslizarem de volta para o lado do meu corpo. Ele já tinha se afastado de mim para pegar uma das frutas que tínhamos ganhado do hotel, como se o que ele tivesse acabado de fazer não fosse nada demais.

Está escrito, pensei, enquanto ele mordia uma maçã, e observei a forma como a mão dele a envolvia e o momento em que uma pequena gota de suco pousou em seu lábio inferior.

Levei séculos para conseguir dormir naquela noite. Fiquei deitada no escuro revivendo o dia. Pensei na forma como Patrick tinha dois botões de sua camisa xadrez desabotoados no caminho para a praia, mas três botões desabotoados quando voltamos para casa, um pedaço de abdômen tonificado podia ser entrevisto pela abertura. Tentei lembrar o quão próxima dele eu estava quando passei o protetor solar em suas costas. Eu estava a um braço de distância? Ou apenas à distância da minha própria respiração, perto o suficiente para sentir o subir e descer do corpo dele enquanto ele inspirava e expirava?

Eu gostei quando ele me disse que eu estava bonita, mas então ele instantaneamente pareceu ter se arrependido de dizer isso, como se já tivesse mudado de ideia ou fosse só uma impressão que o fizera pensar assim. Se eu tivesse ficado na praia olhando as arraias com Freddie, eu poderia ter colocado meu braço em volta dela, mas não conseguia pensar em outra pessoa com quem me sentiria tão confortável. Tive que me aproximar quando ele leu para mim o parágrafo do livro. Antes de irmos para a cama, ele encontrou para mim o poema que tinha prometido que procuraria, e era mesmo tão bom quanto ele tinha dito.

Repassei tudo de novo e de novo na minha cabeça, eventualmente pegando meu celular para enviar uma mensagem para o Quarteto Fantástico.

Saudações da Austrália!, digitei. É só pra dizer que tá tudo bem por aqui. Patrick é um cavalheiro, o sol está excepcionalmente quente, a menstruação finalmente chegou. Mas a Carol está desaparecida, tô um pouco preocupada com isso. A Freddie está procurando por ela. Estamos tirando fotos analógicas, então não uso muito o celular — *tenho muita coisa pra mostrar!* =****

Mandei uma mensagem para Freddie também, só para dizer: *eu te amo, Frufru. Tente não se preocupar!*

Quando me deitei outra vez, pensei que iria me revirar na cama por causa da Carol, mas minha mente voltou direto para os ombros de Patrick enquanto ele se levantava da toalha naquela tarde, grãos de areia grudados na parte de trás de seus bíceps firmes e brilhantes, o suor se acumulando em sua nuca enquanto ele olhava para o mar e dizia que não havia nenhum outro lugar onde ele preferia estar.

17

— Então, parece que os Cabernet Sauvignons e Chardonnays são constantemente classificados entre os melhores da região, e temos uma degustação privada no Eric's Room, que recebeu esse nome em homenagem à propriedade fundada por Eric Smith.

Acordei e encontrei Patrick esparramado no sofá usando uma samba-canção e um roupão aberto; a luz do sol entrava pelas portas do pátio que tinham sido abertas por ele, de modo que o farfalhar da brisa nas árvores e o canto suave dos pássaros se tornaram nossa trilha sonora. Eu achava que era boa em acordar cedo, mas aparentemente ele era ainda melhor.

— Hummm — eu disse, com um prato de ovos cremosos e salmão defumado no meu colo. Peguei a jarra de suco de laranja. — Você acha que Eric vai se importar que eu seja uma garota do NAC?

— NAC?

— Não Aceito Chardonnay.

— Ah! Vamos ficar atentos para ver o olhar no rosto dele, então. Aliás. Talvez não no rosto *dele*. Mas diz aqui que as degustações são lideradas por sommeliers e com vinhos de edição limitada, então vai ser alguém que sabe o que está acontecendo.

Levei a colher com o resto dos ovos royale até a minha boca.

— Eu devo usar um belo vestido para ir à vinícola, né? Isso é uma coisa que as pessoas fazem? — Eu tive visões de babados através de vinhedos em alguma roupa de algodão florido.

— Pessoalmente, eu não me importo com o que você veste, maaas sei que a gente não deve usar perfume nem colônia em uma degustação de vinhos. Parece que os cheiros interferem. Ah, outra coisa, leve roupa de banho porque a praia Surfers Point fica a quinze minutos de lá e aqui no guia diz que podemos admirar o poder azul-escuro e a majestade do Oceano Índico — ele disse aquilo em uma voz elegante, como um mordomo anunciando o jantar.

— Ainda não consigo acreditar que estamos aqui — eu disse, pelo que deve ter sido uma milionésima vez irritante.

— É lindo, né? Eles devem gostar muito de você pra garantir que ainda viesse até aqui.

Mandei uma mensagem para Fernanda enquanto esperávamos pelo café da manhã, enviei uma foto da praia ontem. Dizer "obrigada" para ela não parecia suficiente. Eu quase não conseguia pensar muito sobre o assunto, que eles tinham insistido para que eu fosse, porque a bondade desse ato era esmagadora.

Patrick se levantou e se espreguiçou com dramaticidade, e meus olhos baixaram automaticamente para o cós dele e o pequeno rastro de pelos que descia do seu umbigo para...

Ele me viu olhando e enrolou o roupão em volta de si mesmo, apressadamente. Forcei meus olhos de volta para seu rosto como se meu olhar tivesse permanecido ali puramente por acaso, afinal... era por isso mesmo, não era? Ele era um homem, parado na minha frente usando cueca. Eu tinha esquecido de me vigiar por um segundo, nada demais.

— Sim — eu disse. — Eles gostavam de mim. Gostam? Não sei se tenho que falar deles no passado porque não são mais meus sogros ou se posso ficar em contato com eles pra sempre, o que eu obviamente gostaria. Ainda mais depois de tudo isto.

— Você não precisa decidir tudo agora — ele me acalmou.

Patrick colocou o panfleto que estava lendo na mesa de centro e começou a se dirigir para o quarto.

— Gostei muito mesmo da mãe dele — eu disse, me levantando. — As pessoas fazem um monte de piadas sobre odiar as sogras, né, mas eu gostava dela. Eu gostava de passar tempo com ela. O pai dele era um pouco questionável, mas era principalmente porque ele era muito velho. Oitenta e poucos. Foi o segundo casamento dele. Ela o adora, mesmo que seja mais uma cuidadora do que uma esposa, na minha opinião.

Ele parou e se virou.

— Acho que é pra isso que você se casa.

— Até que a morte nos separe pode parecer muito tempo quando você está com alguém daquele jeito — eu disse, antes de levar de supetão uma das mãos à minha boca. — Eu não quis dizer isso — expliquei. — Ai, isso foi uma coisa horrível de se dizer. Especialmente depois de terem sido tão maravilhosos! Deus, por favor, não fique achando que eu realmente penso assim. Não sei de onde veio isso!

— Tá tudo bem — insistiu Patrick. — Eu entendi o que você queria dizer. — Ele me encarou e reconheceu o que era claramente um olhar de horror. — De verdade.

— Não tá não. Preciso pensar antes de falar.

Ele se aproximou e encostou a mão no meu braço.

— Annie, não se policie por minha causa. Você não deve se policiar por ninguém. — O toque dele era firme e sério. Eu me sentia horrível.

Eu queria fazer uma piada sobre minha mãe e como fui criada para me policiar por ela, mas me contive. Quando eu me esforçava demais na escola, os professores escreviam nos meus relatórios que eu podia ser muito dura comigo mesma, e uma vez, na volta da reunião de pais, mamãe disse claramente: "Eu gostaria que os resultados de ela ser tão dura consigo mesma fossem um pouco melhores." Eu não deveria ter ouvido. Ela pensou que eu estava muito à frente dela e do papai para escutar, mas eu não estava. Ouvi papai tentando acalmá-la, dizendo alguma coisa sobre deixar que eu crescesse no meu próprio tempo, mas pude entender pelo tom cortante e abafado da resposta dela que mamãe não tinha gostado nada dessa ideia. Fui criada para me policiar constantemente, para que conseguisse continuar me esforçando para ser melhor do que eu era.

— Vamos nos aprontar — eu disse, mudando minha voz para um tom estilo Julie Andrews. — Saímos em, digamos, meia hora?

— Vou ligar na recepção pra avisar a Bianca — respondeu ele. — E, falando sério, não pense mais sobre o que você acabou de dizer. Eu pelo menos não vou.

A degustação de vinhos foi exatamente como o filme que eu tinha imaginado na minha cabeça: salões subterrâneos enormes e cavernosos cheios de barris de carvalho e salas especiais onde o vinho tinha que ficar em um ângulo específico, em uma temperatura específica. Eu estava usando um vestido midi de algodão estampado com flores, amarrado na cintura e com mangas bufantes, que eram curtas porque Bianca havia nos avisado que usar mangas compridas poderia atrapalhar durante a degustação. Minha maquiagem era bem natural, com lábios cor-de-rosa, e eu também tinha prendido meu cabelo para trás por ordem de Bianca — ela disse que eu ficaria grata por esse conselho na hora de cuspir. Eu me sentia fofa. Foi divertido me arrumar.

Patrick falou com todo mundo, fez perguntas e amigos, e era verdade que devia parecer que estávamos juntos quando ríamos e fazíamos piadas, apontando coisas legais um para o outro, mas eu não me importei. Turistando pelos extensos vinhedos, o sol da primavera australiana aquecendo minha alma, havia apenas o agora, e o agora era adorável, da exata maneira como se desenrolava. Se Patrick tinha ficado preocupado com o fato de as outras pessoas no tour pensarem que éramos um casal, ele não demonstrou. Ele me guiou por todos os estandes de degustação com uma mão pousada delicadamente nas minhas costas e, quando estávamos separados, fez caretas do outro lado da sala para me ver sorrir marotamente. Nas idas e vindas de conhecermos um ao outro, hoje estávamos no fluxo.

  O vinhedo era tão suntuoso quanto o hotel. Agora eu entendia por que as pessoas adoravam lembrar a lua de mel mesmo depois de passados vários anos. Tudo era *premium*, uma versão gourmetizada do que você normalmente se permite. Quaisquer que fossem os pacotes para os quais meus não sogros tinham nos inscrito, a verdade clara era que se tratava do melhor, ou o mais top, a versão mais superlativa de toda e qualquer coisa. Sentamos em um terraço privado do lado de fora; à nossa frente havia várias tábuas de madeira com charcutaria e queijos, bem como uma fileira crescente de taças e garrafas. Continuávamos provando mais e mais do que a vinícola tinha para oferecer. Quando voltamos à caverna, eles nos ensinaram a girar nossos copos, cheirar, cheirar outra vez e depois cuspir. O truque, ao que tudo indicava, era usar um bocado de força na hora de cuspir para não escorrer pelo queixo — mas agora que estávamos sozinhos, não nos incomodamos com essa parte e, em vez disso, engolimos, bebendo o vinho em goles grandes e descarados.

— Eu podia namorar essa vista o dia todo — comentei, enquanto Patrick enchia meu copo com um SSB, um *blend* de Sauvignon e Semillon.

— *Já* me disseram que sou muito bonito. — Ele sorriu.

— Haha.

As cadeiras estavam dispostas lado a lado, de modo que nós dois podíamos olhar para a vista: fileiras de uvas agradavelmente uniformes até o horizonte que contrastavam com colinas ondulantes. Enquanto processava tudo, eu pude sentir minha respiração ficando mais profunda. Londres continuava a desaparecer em minha mente — em menos de outras vinte e quatro horas ela já nem existiria. Alexander não existiria, meu coração partido não existiria, as críticas constantes de minha mãe não existiriam. Havia apenas a vista e o vinho, e era tudo de que eu precisava.

— Meus ombros caíram uns quinze centímetros durante a noite — eu disse, tomando outro gole do vinho. Eu estava segurando a taça pela haste, como eles nos ensinaram a fazer, e girei o líquido ao redor do bojo para ajudar a aumentar o oxigênio nele e assim liberar os sabores. Eu nem tinha percebido que estava fazendo isso até que Patrick pontuou o fato. Depois de quatro horas nas cavernas, eu era praticamente uma sommelier. — Eles estavam totalmente grudados nas minhas orelhas por causa do estresse, mas agora...

— Mas agora você bebeu uma garrafa de vinho?

— Eu não tô bêbada!

— Mentirosa.

— Não estou! — insisti. — Tô tentando ser profunda e significativa aqui, se você puder me dar licença. Eu sei que você é o Senhor "Viver No Agora", mas para alguns de nós isso é uma grande novidade, *muitobrigada*.

— É uma habilidade na qual trabalhei duro. Obrigado por notar.

Enfiei o nariz na borda do meu copo e inalei profundamente.

— Você acha que gritariam comigo se eu colocasse um cubo de gelo nisso?

— Gelo? Sua bárbara.

Ficamos apreciando a vista um pouco mais.

— Como foi que você se tornou tão capaz de estar no momento presente? — perguntei depois de um tempo. — Você é tão destemido e entusiasmado. É bom estar por perto. Eu queria ser mais como você, na verdade.

— Hummm — ele respondeu, evasivamente. Ele parecia desconfortável com o elogio, o que era estranho, porque, desde que começamos a passar mais tempo juntos, Patrick nunca pareceu desconfortável. — A vida é curta.

— Será mesmo? — refleti. — Ou isso é uma daquelas coisas em que meio que acreditamos, quando a realidade é que a vida é realmente muito, muito longa, e por isso precisamos ser responsáveis, planejar as coisas e levar tudo bem a sério? Porque foi isso o que sempre me ensinaram.

Patrick considerou o que eu disse.

— Olha — ele começou, e eu odiei como meu corpo pressentiu que uma grande revelação estava prestes a chegar antes que a minha mente se desse conta. Será que eu estava incomodando? Ele já estava farto do meu senso neurótico e fortemente ferido de *self*? Eu não poderia culpá-lo se ele estivesse. Aquele-que-eu-estava-tentando-não-nomear também não tinha se apaixonado por essas partes de mim. — Nunca haverá um bom momento para te dizer isso, mas você precisa saber...

Merda.
Merda.
Merda.

Ele estava a ponto de me dizer que estar aqui comigo era um erro terrível e que ele queria se separar, né? Oficialmente estávamos apenas no segundo dia e ele já ia pedir um Mona Lisa.

— Annie, eu sou viúvo.

Os olhos dele estavam cheios de tristeza, uma expressão de suspensão à espera do que eu responderia. Senti meu estômago dar um nó. Ai, tadinho do Patrick, tadinho. Jesus. Percebi que o que eu falasse a seguir seria realmente importante. Eu ia ter uma única chance de dizer a coisa certa, mas uau. Eu nunca conheci alguém da minha idade cujo cônjuge tivesse morrido. Qual era a coisa certa para dizer? Ele disse que o seu coração tinha sido partido, mas eu nunca, nem por um segundo, pensei que ele tinha sido separado da mulher que ele amava por causa da *morte*.

— Patrick. Eu sinto muito — eu disse, enfim, me trazendo de volta para a conversa. — Isso é... tão horrível. Eu não fazia ideia.

— Eu não queria que isso fosse um segredo — ele comentou. — Mas, é complicado. Quando é que você conta isso pras pessoas? Porque depois que você conta, elas agem de forma diferente. Elas ficam pisando em ovos perto de você ou te olham do jeito que você está olhando pra mim agora.

Fiz uma careta.

— Perdão.

— Tá tudo bem. A morte mexe com a nossa cabeça. As pessoas ficam com medo de ser contagioso, eu acho. Tipo, se minha esposa morreu, talvez a deles morra também.

Eu balancei minha cabeça.

— Não é isso, não — eu disse. — As pessoas não pensam assim.

Patrick se serviu de mais vinho, depois virou o resto da garrafa na minha taça e brincou com os palitos de dente das azeitonas.

— O quanto você quer falar sobre isso? — perguntei. — E será que a gente muda a bebida pra algo mais forte? Talvez shots? Chupar tequila do umbigo um do outro?

Ele me deu um meio sorriso.

— Nada mais forte. O vinho é bom. Mas eu corro o risco de talvez ficar um pouco bêbado.

— Vai na fé — eu disse. — Da última vez que a gente bebeu, fizemos este planinho aqui, e olha só onde você tá agora. Do outro lado do mundo *comigo*.

Patrick baixou os olhos para o palito de dente que estava virando entre os dedos.

— Fomos casados por quase três anos — Patrick continuou, e eu podia dizer que ele realmente estava fazendo toda uma preparação para me contar. Mudei minha cadeira de lugar para que, em vez de ficar de frente para a paisagem, eu pudesse ficar de frente para ele, e apoiei os cotovelos na mesa, dando a ele total atenção. — Eu a amava muito. Ela morreu dois anos atrás, e é a pior coisa que eu já vivi. Foi horrível. E foi tão horrível que eu decidi que podia continuar me sentindo infeliz pelos próximos setenta anos ou encontrar alguma forma de tentar ser feliz, como uma espécie de homenagem pra ela. Maya. O nome dela era Maya. Ela tinha vinte e sete anos quando morreu, e...

— Ela era muito nova. — Me enchi de compaixão. — Eu sinto muito.

— Ela era a pessoa mais irritante que alguém podia conhecer — ele comentou com olhos meditativos e melancólicos. — Ela era mandona, e teimosa, e vinha de uma família asiática enorme que sempre se metia na nossa vida, sempre dava opiniões sobre como tudo devia ser feito. E parece que tinha uma regra de que ela podia reclamar o quanto quisesse deles, mas *na única vez*, juro, na única vez que eu disse alguma coisa, ela passou uma semana sem falar comigo. Ela era muito teimosa. Ela deixava restos de pelo na banheira quando passava a gilete nas pernas e assistia a uma infinidade de reality shows — eu descia de manhã e aquela porcaria de *Real Housewives* na edição de sabe-Deus-onde estava passando na TV, e era assim que ela começava o dia. Eu odiava aquilo. Ela não sabia cozinhar e era incapaz de fechar corretamente um armário de cozinha, e estava o tempo todo cantando essas músicas de filmes de Bollywood. Ela estava sempre falando, ou cantando, ou assistindo outras pessoas falarem e cantarem. Nada nunca ficava quieto perto ela. E eu adorava tudo isso. Ela me deixou louco, me botou totalmente de quatro, mas era a minha pessoa preferida no mundo todo e absolutamente insubstituível. E aí... pois é. Ela morreu.

Ele respirou fundo quando parou de falar, como se as palavras sendo ditas uma após a outra o tivessem exaurido. Tinha lágrimas nos olhos. E tomou outro gole de vinho.

— Eu tô mesmo mais bêbado do que pensava — comentou ele. — Desculpa.

— Não peça desculpas — respondi. — Eu nem sei como você consegue continuar funcional. Foi muita merda e muita injustiça pra alguém ter que lidar.

— Foi um acidente de carro. Uma idosa que não tinha condições de manter sua carteira de motorista colidiu com ela em uma via de mão dupla.

— Obrigada por me contar — eu disse. — Obrigada por confiar em mim pra isso.

Ele assentiu.

— Eu queria te contar antes de a gente vir pra cá. Queria te contar no momento em que você disse que estava sofrendo, porque eu queria que você soubesse que não está sozinha. Mas não contei. E não sei por quê. Acho que foi porque você disse que eu era tão cheio de vida que não quis te decepcionar. Às vezes tudo vira questão de fingir enquanto ainda não é verdade. Outras vezes, de fazer o que for preciso pra sobreviver ao dia.

Eu não tinha ideia da quantidade de dor que estava por trás daquele exterior ousado e extravagante. Ele fez um trabalho tão bom de disfarçar tudo.

— Patrick, você pode falar comigo sobre isso quando quiser. Maya parece ter sido uma mulher incrível, e não consigo imaginar o quanto você sente a falta dela.

— Eu sinto falta dela — ele concordou. — Acho que nunca vai passar, esse monte de saudade. Eu nunca vou me casar de novo. Mas também sei que minha vida tem que continuar. Isso faz sentido? Preciso encontrar uma maneira de sentir falta dela, mas também sentir que vale a pena viver a minha própria vida.

Suas palavras chegaram às minhas entranhas. Eu precisava ter exatamente aquela atitude, mas não quis falar sobre isso porque comparar o meu ex muito vivo com sua esposa falecida não parecia certo. Mas fazia sentido: se você tem saudade de alguém, tenha saudade. Se você tem saudade do que viveu com alguém, está tudo bem. Ninguém tinha me mostrado antes: que podemos sentir mais de uma coisa ao mesmo tempo. Tristeza e esperança. Arrependimento e orgulho. Vergonha e saudade. Desespero, mas também um desejo de continuar.

— Acho que eu precisava contar pra você porque sei que a gente riu por eu ter sido confundido com seu marido na sala de embarque, mas pareceu desleal com a Maya de alguma forma. Eu sou o marido dela. Ou era. Na verdade, só parei de usar minha aliança há algumas semanas. Eu a guardei em uma gaveta da minha mesa de cabeceira um dia antes de te encontrar na Barry's, na real.

— No futuro, vamos deixar claro pra todos que você é o senhor Hummingbird e eu sou a senhorita Wiig — prometi. — Eu prometo, tá bem?

— Obrigado — ele respondeu. — Não que ela vá voltar, é claro. Mas, se eu puder dar uma de jovem místico, isso não me parece legal se a gente parar pra pensar nas energias, sabe?

Estendi a mão para a dele.

— Patrick, tô tão feliz por você ter me reconhecido aquele dia na Barry's. Tão feliz em conhecer você de novo agora. Vamos nos divertir nessa viagem, ok? Vai ser bom pra nós dois. Sem obrigações, ninguém nos dizendo como devemos nos sentir, nenhuma necessidade de nos justificarmos. Fazendo apenas o que quisermos fazer, quando quisermos fazer, mesmo que isso seja diferente do que o outro quer fazer. Beleza?

— Beleza — ele concordou.

Nossos olhos se desviaram para o vinhedo novamente, um silêncio confortável se instalou entre nós.

— Annie?
— Hummmm?
— Essa foi a reação perfeita. Obrigado.
— Obrigada por me contar — eu disse. — A Maya deve ter se sentido muito amada por você.

— Eu fiz o meu melhor — respondeu ele, com tristeza. — Na maior parte dos dias, eu ainda não consigo acreditar que ela se foi de verdade.

18

Eu odiava não ter certeza de como conduzir nossa interação depois que o Patrick me contou sobre a Maya, e odiei que ele tivesse percebido isso e que, por essa razão, estivesse se mostrando muito mais animado do que nunca antes, como se tentasse passar a mensagem de que estava tudo bem e podíamos continuar a nos divertir. Eu fui na mesma toada porque não queria dar a impressão de que agora o estava enxergando com outros olhos, ainda que estivesse. Claro que estava. A esposa dele tinha morrido. Repassei todas as conversas que tivemos, procurando as pistas. Toda aquela conversa de aproveitar o dia e saber como era perder alguém. E eu achando que ele tinha levado um pé na bunda!

Eu já sabia que ele era gente boa, mas a única coisa que eu podia concluir era ser ele um homem ainda mais forte e mais gentil do que eu tinha imaginado. Acordar todos os dias sentindo falta de alguém daquela forma — ter sido roubado de uma vida inteira com alguém, mas ainda encontrar maneiras de oferecer bondade para o mundo, fazer as pessoas sorrirem ou ser útil. Era impressionante, de verdade. Eu sabia que não podia transformar a morte da parceira dele em alguma espécie de história pregressa inusitada para Patrick, ou em um traço de personalidade, mas aquilo tudo, de fato, fez a minha admiração por ele aumentar. Não consegui evitar.

— E como o tipo de frasco afeta o sabor? — Patrick perguntou ao enólogo, que pareceu encantado em mergulhar em uma resposta detalhada e informativa. Patrick assentiu, taça de vinho na mão, a camisa polo verde-menta dele contrastando com o vermelho rubi profundo dentro da taça e o halo dourado de seu cabelo. Parecia até que ele estava posando para uma pintura que seria feita apenas com as cores mais brilhantes.

— Annie — ele convocou. — Você já provou desse? Acho que vou pegar umas garrafas pra levar pra casa. — Me apressei para ficar ao lado dele.

— Vocês dois tão parecendo um belo par de bêbados, hein? — Bianca observou enquanto caminhávamos pela trilha de seixos na entrada do vinhedo até onde ela esperava na limusine. — Obrigada por descerem até aqui, não tem nenhum lugar lá em cima pra manobrar essa coisa.

— Obrigada por nos buscar — eu disse, meu rosto quente por causa do vinho. Eu estava corada e sorridente, e não tinha como esconder isso. — É maravilhoso de verdade ter alguém para nos guiar pros lugares onde precisamos ir. Eu ia ser uma péssima leitora de mapas e provavelmente acabaríamos achando só a rodovia mesmo.

Entramos no banco de trás e Bianca baixou a divisória para continuar conversando.

— Acho que vocês dois iam se divertir até se estivessem parados em um estacionamento pago — ela brincou, e Patrick sorriu para mim.

— Também acho — ele disse, sustentando o meu olhar. Eu mostrei a língua para ele. Qualquer tensão anterior havia derretido, minguado, e então voltamos ao fluxo outra vez.

Nós nos revezamos para trocar de roupa no banco de trás do carro assim que chegamos à praia Surfers Point — um biquíni sob o meu vestido da degustação de vinho teria sido o cúmulo da deselegância —, e Bianca indicou onde poderíamos ir para conseguir um churrasco. Perguntamos se queria vir conosco até a praia, mas Bianca insistiu que precisava encontrar com um homem em um bar próximo por causa de um cachorro, então ficamos sozinhos.

— Preciso ficar sóbrio — Patrick falou. — Acho que engoli um pouquinho demais e não cuspi o suficiente.

— Essa frase fora de contexto... — brinquei. Ele riu.

A água estava fria, mas refrescante, e despertou cada célula do meu corpo enquanto nadamos nos distanciando da costa.

— Eu realmente amo o mar — Patrick disse. — Amo como ele faz com que eu me sinta pequeno.

— O que mais você ama? — perguntei. Parei de nadar e me virei de costas para flutuar, e fui me distanciando sutilmente dele para poder fazer um xixizinho discreto.

— Eu amo a Nina Simone — ele disse —, e amo o treino na Barry's. Adoro ser voluntário na instituição de caridade para alfabetização em Hackney...

— Você é voluntário? — eu perguntei. — Patrick! Você não existe!

Ele se virou para flutuar de costas também.

— O que você quer dizer com isso?

— Que é uma coisa legal de se fazer, só isso. Voluntariado. É com adultos ou ...?

— Crianças.

— E ele também é bom com crianças, senhoras e senhores — anunciei para uma multidão invisível.

— Não sei por que não ser um babaca continua a ser uma surpresa —Patrick disse. — Não devo ser a única pessoa na sua vida que faz voluntariado.

— Você não é — respondi. — Às vezes a Adzo vai pra escolas falar sobre mulheres negras na ciência, e Freddie lê pra um aposentado no asilo de idosos uma vez por semana. Eu costumava ajudar na administração de serviços de apoio estudantil na universidade, mas acho que quando comecei a trabalhar pensei que não tinha mais tempo.

Virei de barriga para baixo, começando a nadar de peito lentamente na direção da costa.

— Isso faz sentido. Você é superfoda. Acho que nem sabia que físicos teóricos eram reais, muito menos que algum dia conheceria uma.

Ele me seguiu nadando *crawl*.

— Eu meio que fui parar nessa por acaso, na verdade — eu disse a ele. — Gostaria de ter feito algo com um pouco mais de ação, ou de ter estudado psicologia. Ser terapeuta teria sido legal. Mas quando terminei a escola as ciências humanas estavam ficando saturadas e muitos empregos em áreas científicas passaram a ser abertos por causa de umas bolsas da União Europeia, e então puf! Dez anos depois e é isso que eu tô fazendo. Isso parece um pouco estúpido, às vezes. O emprego é legal, mas...

— Você não gosta?

— Você gosta do que faz?

— Eu vendo seguros, Annie. Vou para o trabalho pra receber o pagamento e não penso mais em trabalho durante o resto do dia depois de sair de lá.

— Hummm — respondi. — Eu começo muito cedo e saio muito tarde várias vezes, na verdade E, de vez em quando, trabalho no fim de semana usando o meu laptop em casa. Fique um passo à frente. Esteja preparado.

Chegamos perto o suficiente da costa para dar pé. Eu me levantei só para sentar de modo que a água cobrisse a metade do corpo. Eu estava com frio, mas não me importei. O horizonte estava começando a ficar rosa, fazendo o oceano parecer ainda mais infinito.

— Você sempre pode mudar de emprego — Patrick sugeriu, e eu ri.

— Eu não posso — eu disse. — Especialmente não agora. Preciso de alguma coisa constante na minha vida.

Patrick sacudiu a cabeça, espirrando água em cima de mim.

— Ei! — exclamei, estendendo a mão para jogar água nele, parecia uma cena com o interesse romântico em um filme adolescente dos anos noventa.

— Tem uma coisa na qual eu acho que você seria terrível se mudasse de carreira — ele disse, me molhando em retaliação.

— Eita, que coisa é essa? — perguntei, genuinamente interessada na opinião dele.

— Qualquer coisa que envolva manter um segredo ou ser sorrateira.

— Ser sorrateira? — repeti sem entender o que ele quis dizer.

— Você é a pior pessoa do mundo ao tentar fazer xixi escondido, Annie. De cara eu percebi que você tava tirando uma água do joelho ali atrás.

Eu gritei.

— Aaaaah! — eu disse, rindo e enterrando o rosto nas mãos, constrangida. — Cala a boca!

— Não — ele respondeu. — Porque você fica muito fofa quando fica vermelha.

Eu joguei água nele de novo.

— Mas falando sério — continuou ele, assim que conseguimos voltar à conversa. — Contei sobre a Maya e como isso me ensinou essa coisa de *carpe diem* mais porque, porra, não sei mais como fazer a vida ter sentido de outra forma. Se você não ama o que faz o suficiente a ponto de querer fazer outra coisa, você devia investigar isso.

— Sim — concordei. — Talvez.
— Talvez?
— Não põe pressão! — eu ri. — O desenvolvimento pessoal que estou vivendo agora já é bastante dramático. Um passo de cada vez, chefe!

Ele me puxou para ficar de pé e nos enxugamos antes de caminhar pela praia para conferir a churrascaria que Bianca tinha recomendado. Eu chequei meu telefone esperançosa para ter uma atualização sobre a Carol, mas não havia nada de novo.

— Podemos enviar outra oração conjunta para o mundo pela Carol, por favor? — perguntei a ele.

— Ainda não teve notícias? — perguntou ele. Eu confirmei com a cabeça.

— Estou me perguntando se devo avisar o Alexander que ela está desaparecida. Ela era dele também...

— Ele sabe que você está aqui? — perguntou Patrick, enquanto passávamos por dois adolescentes se beijando em uma toalha tão ferozmente que era quase obsceno.

— O Alexander?
— Uhum.
— Não faço ideia — eu disse. — E foda-se ele, de qualquer forma. Ele perdeu o direito de saber os meus planos de viagem. Então, pensando sobre isso: não. Não vou contar pra ele sobre a Carol. Eu nem quero dizer o nome dele de novo.

Patrick diminuiu o passo para ler o cardápio de um restaurante de costela.

— Esse é o espírito — ele entoou. E depois disse: — Na real, eu não tô com tanta fome, e você?

Neguei com a cabeça.

— Comi quase toda aquela carne fatiada que eles serviram no almoço — eu disse. — Tô sem fome.

O sol tinha baixado o suficiente para que a temperatura caísse significativamente, e eu esfreguei as mãos pelos meus braços tentando me aquecer.

— Vixe — eu disse. — Agora deu uma esfriada, né?

— Deu mesmo. Acho que a essa hora a Bianca já deve estar pronta e esperando pela gente. Bora?

— Boa ideia — eu disse.

Patrick vasculhou dentro da sua sacola de pano e tirou um casaco. — Adivinha quem teve o bom senso de vir preparado? — ele disse, estendendo-o para mim.

— Espertalhão — eu sorri, aceitando. — Que tipo de pessoa leva um casaco pra praia?

— Estava frio quando voltamos pra casa ontem! — ele exclamou. — Eu aprendo rápido!

Vesti o casaco de lã azul-marinho macia que ele me emprestou.

— Como é que eu tô? — perguntei, arregaçando as mangas.

— Estranhamente sexy — ele respondeu, apertando a mão no coração como se estivesse indignado.

— Sexy! — gritei. — Ecaaaa!

O rosto dele ficou sério.

— É — ele disse. — Combina com você.

Peguei minha bolsa e passei a alça a tiracolo, constrangida com a sugestão de estar "sexy".

— Tem certeza que você não quer usar? — perguntei.

— Que isso! O carro tá ali em cima.

Eu podia ver a limusine ao longe, os faróis acesos para ajudar a nos guiar. Estava ficando escuro rapidamente.

— Aqui — Patrick falou, quando chegamos aos degraus velhos e frágeis pelos quais havíamos descido mais cedo — Deixa eu te ajudar.

Ele entrelaçou a sua mão na minha, liderando o caminho e segurando com firmeza para ter certeza de que eu não escorregaria. Eu gostava de ser cuidada — de ser cuidada por ele. Seu aperto era forte e reconfortante.

— Tô aqui — ele disse. — Tá tudo bem.

Eu o segui.

— Brigada — eu disse, quando chegamos ao topo. Ele ficou parado, pausando por um momento, iluminado pelos faróis do carro de modo que ficou com uma aura brilhante ao redor do cabelo cor de areia bagunçado. Ele soltou minha mão porque já estávamos de volta em terra firme, mas a pegou de novo para me guiar até a porta do carro; abriu a porta e apertou levemente a minha mão.

— Brigada — eu disse, apertando de volta, e só nos soltamos para que ele pudesse entrar no carro depois de mim.

19

Ele pediu uma Mona Lisa na manhã seguinte, durante o café da manhã na sacada.

— Não que eu não esteja me divertindo mais do que nunca, porque eu realmente estou — ele disse. — Eu só estava pensando que talvez fosse legal passear um pouco sozinho e depois te encontrar pra jantar mais tarde. É que eu não quero que você enjoe de mim.

Todo o comportamento do Patrick tinha mudado. O Patrick para quem eu tinha dado boa noite estava relaxado e descontraído, mas durante a noite ele tinha se tornado agitado e estranhamente reservado — como se, pensando bem, ele não estivesse tão tranquilo como parecia.

— Ah — eu disse tentando acompanhar a mudança de humor. — Claro! O que você quiser! — Minha voz estava aguda e meu sorriso largo demais. Será que isso era por causa do que ele tinha me contado ontem? A gente estava de boa um com o outro no caminho de volta depois da praia, mesmo depois de ficarmos de mãos dadas. Ao pensar nisso agora, acho que ele estava apenas sendo extracuidadoso em cuidar de mim porque era um cavalheiro. Eu não sei por que eu não parava de pensar na mão dele procurando a minha, ou em como ele tinha me olhado quando chegamos de novo ao chalé e eu tirei o casaco para devolver a ele.

Ficamos acordados até tarde conversando sobre nossas comidas favoritas e contando histórias sobre irmãos — eu contei a ele sobre a Freddie e disse muita coisa sobre como ela era incrível. Tivemos várias recordações do Yak Yak também e da Barry's. Tinha sido leve e divertido.

Eu, de fato, queria perguntar algumas coisas sobre a Maya, mas não achava que fosse a hora certa para isso. Eu queria saber o que tinha acontecido depois que ele descobriu, o que ele tinha feito com as coisas dela, se continuava a encontrar a família dela. Queria saber se ele já tinha namorado depois daquilo ou se imaginava que namoraria no futuro. Eu sabia que tinha que ser ele a puxar esse assunto. E não queria jogar um balde de água fria no humor dele, caso ele não estivesse a fim de conversar sobre isso. Mas, por outro lado, eu fiz umas pesquisas na internet antes de ir pra cama, e li que, quando você perde alguém, a melhor coisa que pode receber são perguntas sobre a pessoa. O que é que o Patrick tinha falado mesmo sobre as pessoas terem medo de ser contagioso? Eu não conseguia decidir qual era o melhor plano de ação: perguntar sobre ela ou esperar que ele trouxesse o assunto à tona de novo.

— Eu adoro passar tempo com você — respondi à sugestão dele, meu ego estava um pouquinho machucado. — Mas fico totalmente satisfeita em pegar o meu livro e ir ler à beira do lago. Acho que ainda não explorei a propriedade o suficiente, e falta pouco pra irmos embora, então é melhor fazer isso mesmo.

Ele bateu as palmas das mãos como se uma decisão tivesse sido tomada.

— Excelente — ele afirmou. — Vou sair pra explorar então. Show. Ótimo. Uhul. — Patrick se levantou e deixou sua bebida para trás. Ele parecia querer fugir de mim o mais rápido possível.

Eu não queria perguntar se estava tudo bem porque, claramente, não estava tudo bem, mas eu sabia que passaria o dia todo me preocupando se tinha estragado tudo. E se eu tivesse estragado tudo, seria melhor saber ao invés de não saber e não poder fazer nada para consertar.

— Cê tá bem? — perguntei, enquanto ele pegava as suas coisas.

— Eu? — ele respondeu. — Sim. Por que não estaria?

— Nada não.

— A gente decidiu criar o Mona Lisa por um motivo, não foi?

— Foi sim — eu disse, enquanto pensava que eu nunca achei que realmente iríamos usar aquilo. — Aproveite o seu dia. Vai lá e viva algumas aventuras pra me contar durante o jantar.

— Show — ele disse, já saindo pela porta.

Eu me estiquei no sofá e observei as árvores se moverem com a brisa do lado de fora. Ele definitivamente tinha agido de modo estranho, apesar de afirmar o contrário. Talvez eu devesse dar uma diminuída na intensidade — eu tinha falado demais e talvez tivesse sido meio boba quando bebemos durante a degustação de vinhos. É, devia ser isso, melhor eu me retirar um pouco, tentar não "passar da conta".

Peguei o iPad no meu quarto, senti um aperto no peito ao ver uma foto da Carol no papel de parede, tirada logo depois da última tosa dela. *Por favor, esteja bem,* eu pedi para as estrelas. Liguei o Wi-Fi para pesquisar como poderia passar o dia. O Quarteto Fantástico tinha enviado mensagens durante a noite: Kezza acabara de firmar um projeto com uma nova dupla de escritores que ela tinha certeza de que poderia ir pra frente, Jo havia tido contrações de treinamento e estava apostando que o bebê viria mais cedo, e Bri disse que Angus tinha um novo emprego. Ele já havia passado por seis entrevistas e a cada etapa precisava impressionar alguém mais e mais importante na cadeia alimentar. *Sem brincadeira, já estava achando que ele ia voltar pra casa e me contar que a etapa final tinha sido com a própria Deus!*,[9] ela havia escrito.

Mandei de volta alguns cliques do vinhedo, incluindo uma foto que tirei sorrateiramente de Patrick segurando uma taça de vinho pela haste enquanto se inclinava para cheirar o que havia nela. A gola de sua camisa polo estava levantada,

---

[9] Isso não é um erro. A personagem quis dizer que Deus é mulher, que não precisa ser uma figura masculina. Utilizar "Deusa" para manter a correção poderia remeter a divindades de outros panteões.

o cabelo loiro livre e sem gel, fazendo-o parecer um ator endinheirado em uma cena de filme sobre um romance de verão. Elas tinham mesmo dito que queriam saber como ele era, afinal.

Mamãe tinha mandado uma mensagem também.

Annie. Quem era o homem no telefone com a sua irmã? Eu sei que você não o conheceu aí porque ele não tinha sotaque. A Freddie diz que vai ficar de bico fechado, mas não acho apropriado que uma criança guarde segredos para você. Mãe.

Quase mandei a mesma foto para ela, só para perturbá-la, mas sabia que não valia a pena.

Enviei uma mensagem para Freddie para perguntar se ela soubera alguma coisa sobre a cachorra e para ver se ela estava bem. Tentei não deixar meus pensamentos se transformarem em catástrofes, mas, sem Patrick por perto para me distrair, de repente eu tinha muito espaço na minha cabeça para ruminar. *Por favor, fique bem, Carol. Por favor.* Ninguém havia tentado me ligar, e o veterinário onde ela estava registrada não tinha enviado nenhum e-mail. Eu disse a mim mesma que daria mais vinte e quatro horas. Se não tivéssemos nenhuma notícia até então, eu me permitiria ter um colapso nervoso.

Por fim, abri o aplicativo de e-mails para satisfazer a angústia de ver aquele "1" piscante que ficava no canto do logotipo, informando que havia alguma coisa esperando por mim. Um gosto de bile subiu até a minha garganta quando vi o nome dele em negrito no topo da minha caixa de entrada, ao lado de uma linha de assunto vazia. Alexander. Abri a mensagem antes que pudesse mudar de ideia.

Annie, dizia, e eu notei imediatamente que era um grande bloco de texto — um textão.

Larguei o iPad nas almofadas do sofá. Eu não queria saber.

Eu queria saber.

Eu não queria.

Eu queria.

Annie. Eu preciso que você me perdoe. Sua mãe me enviou uma mensagem e Jo me escreveu e disse algumas coisas horríveis em vários e-mails, mas nós dois sabemos que fiz a melhor escolha para você e para mim. Como você provavelmente viu com a minha resposta automática, estou em Singapura, trabalhando na filial daqui. Vou ficar aqui até você controlar os cachorros — não podemos conversar se todo mundo vai gritar comigo, e a gente precisa mesmo conversar. Acho que você sabe que não poderíamos nos casar. Teria sido um tremendo erro. Nós éramos namorados da universidade, mas não éramos parceiros para a vida. Nós nos deixamos levar. A maneira como eu agi não foi ideal, mas acho que estava esperando ser você quem finalmente poria um fim naquilo, e então já era quase tarde demais...

Papai disse que você foi para a Austrália sem mim. Espero que você encontre coragem para seguir em frente, para querer algo mais para si mesma. Eu quero mais para mim também. Acho que é ok dizer isso. Isso é melhor para nós dois.

Beijo, A.

Tudo que tinha começado a se consertar dentro de mim desmoronou, de uma vez, cada palavra dele desfez minha autoestima. Meu estômago se contraiu, meu pescoço parecia estar pegando fogo, eu queria vomitar. Onde estava a bondade dele, a gentileza? *Nós éramos namorados da universidade, mas não éramos parceiros para a vida,* foi o que ele disse. Puta que pariu! Andei pela sala de estar rebaixada, subindo e descendo, processando as palavras dele. Eu queria gritar. Eu queria chorar. Eu queria que Patrick estivesse lá para dizer algo bobo e espirituoso e estranhamente perspicaz.

Patrick. O que ele me diria para fazer?

Patrick me diria que a gente só tem uma vida e precisamos aproveitar ao máximo. Que se Alexander não me quisesse, eu podia seguir em frente e me divertir sem ele. Ele não podia simplesmente se enfiar na minha caixa de entrada e estragar todo o clima das minhas férias. E Patrick estaria certo.

Entrei no quarto e coloquei meu biquíni, enxugando as lágrimas que tinham caído suavemente pelo meu rosto sem que eu realmente percebesse. Resolutamente, coloquei meus óculos escuros, peguei minha bolsa e uma garrafa de água e abri a porta. Do outro lado estava Patrick, e eu quase colidi com ele.

— Ai meu Deus! — gritei.

— Opa! Oi! Desculpa, não queria te assustar. — Ele parecia envergonhado e estendeu um ímã de geladeira onde se lia *Eu amo Margaret River*.

— O que é isso? — perguntei, pegando o ímã. Se eu tinha soado raivosa, é porque eu estava mesmo. Eu estava com raiva de Patrick, do e-mail, do mundo.

— Eu senti sua falta — ele disse.

Fiz beicinho para ele.

— Você saiu há menos de meia hora.

— Eu sei. Eu estava sendo idiota. Eu não sei por quê. Não preciso de um dia Mona Lisa. Você pode me perdoar?

Eu peguei seu presente e inspecionei-o na palma da minha mão. Alexander nunca se desculpou comigo. Ele nunca tinha estragado alguma coisa e consertado imediatamente, ou aberto a porta para a reconciliação depois de uma briga. Sempre tinha sido eu, sempre era minha culpa, e se eu tocava no assunto, ele me dizia para não fazer confusão. E, então, aqui estava Patrick, presente de desculpas e tudo, aceitando totalmente a responsabilidade por agir como um esquisito.

— Só porque esse é um ímã excepcional — eu decidi, suavizando meu humor. — Sim.

— Que bom — ele respondeu e exalou ruidosamente. Eu não tinha notado que ele estava prendendo a respiração, tadinho. — Fiquei preso dentro da minha cabeça, mas essa não é a hora.

Quero passar o tempo com você, não nos meus pensamentos. Então, onde quer que você estivesse indo, posso ir junto?

Eu sorri.

— Sim. Claro que pode. Vamos. Bora explorar.

Ele estendeu o braço para que eu o enlaçasse no meu e partimos juntos.

20

Passamos os últimos dias em Margaret River perambulando pelos terrenos da pousada — que iam muito além do que eu imaginava —, deitados à beira da piscina e jogando jogos de tabuleiro em uma das cabanas. Pegamos bicicletas emprestadas do hotel para pedalar na região e, na nossa última tarde, jogamos tênis com um casal de idosos com quem ficamos conversando, antes de invadirmos uma guerra de balão de água para os filhos dos hóspedes. Cada um de nós comandou um time e jogamos balões de água um no outro até que ambos estávamos rindo tão histericamente que nos pediram para deixarmos a brincadeira apenas entre as crianças. Lemos no lago, comemos churrasco no jantar e sentamos na varanda dos fundos com uma garrafa de vinho Margaret River e uma vela acesa, jogando Bananagrams e conversando sobre a Carol. Eu estava começando a me preocupar cada vez mais com ela, e enviei um e-mail para o veterinário sobre o que fazer em seguida, mas Patrick estava esperançoso. *Maktub*, ele me lembrou. Foi uma semana saudável e bonita, apesar de ter tido um meio turbulento.

— Não! — gritei, frustrada com a rapidez com que Patrick estava formando palavras com as peças aleatórias que recebemos na sorte. — Você é muito bom nisso! Muito rápido!

O objetivo do jogo era usar as vinte e uma peças que cada um de nós recebeu para formar palavras que se interligassem, como ao jogar Scrabble, só que sem um tabuleiro.

— Banana! — ele gritou, me avisando que tinha acabado de usar todas as peças dele e estava se declarando o vencedor.

Eu ainda tinha mais duas peças para colocar, mas acabei com um "q" e era impossível fazer qualquer coisa. Olhei para o que ele tinha feito.

— GATOSA não é uma palavra — eu ri. — Você tá roubando!

— Super é uma palavra, SIM. É um jeito de descrever uma pessoa que é gata e gostosa.

Eu balancei minha cabeça.

— Você diz que essa pessoa é gata e gostosa, essas são palavras que estão no dicionário, mas *gatosa* não está lá de jeito nenhum. É uma gíria.

— Eu tenho certeza de que está no dicionário porque tem uma foto do meu rosto no espaço para a definição — ele retrucou.

Eu engasguei.

— Frangamilanesa — eu disse. — Quem diz "frangamilanesa"?

— Eu digo. Às vezes também digo frangaparmegiana.

— Você não tentou usar isso no jogo como uma palavra, né? — guinchei. — Então você admite! Você tá "tentando" usar uma palavra que não vale!

Ele explodiu em risadas.

— Aff. Tá bem. Tanto faz.

— Não, não é tanto faz — respondi. — Não quando é a minha reputação em Bananagrams que está em jogo. Eu sempre ganho. Alexander não me venceu nenhuma vez, nem uma única vez em todo o tempo em que estivemos juntos!

Patrick parou de rir e, de repente, saímos de brincadeiras para seriedade e melancolia. Tive a sensação de que não devia ter dito o nome de Alexander.

— Mais uma rodada...? — Eu comecei, mas ele balançou a cabeça.

— Não. Eu tô de boa. Na verdade, tô quase pronto pra dormir.

Olhei para o relógio: 22h. Era mais cedo do que eu costumava ir para a cama em casa, mas ficar ao sol o dia todo e correr como havíamos feito significava que eu estava com muito sono também.

— Desculpe — insisti. — Eu não devia ter mencionado o Alexander. Ele me mandou um e-mail outro dia. Tenho tentado não pensar nele desde então.

Patrick deu uma mordidinha no lábio inferior.

— O que ele disse?

— A verdade — admiti. — Que ele terminou tudo da pior forma possível, mas que nunca deveríamos ter ficado noivos.

— Mas isso é verdade?

— Uma semana atrás, eu não pensaria assim, mas agora que estou aqui, acho que tenho um pouco mais de perspectiva. Sim. Acho que sentíamos muito medo de terminar porque estávamos juntos há muito tempo e, em vez disso, apenas fizemos o que era esperado.

— Hummm — fez ele. — Ok.

Nos últimos dias, aquele pensamento tinha ficado me seduzindo, abrindo caminho para chegar à minha língua. Era como se eu tivesse feito uma confissão, e ao dizer aquilo para Patrick eu tirei o poder que ela tinha. Alexander estava certo. Não deveríamos estar nos casando. Eu estava com medo de ficar para trás. Entender isso me fez sentir vergonha. Era perturbador admitir — especialmente para alguém que tinha sido casado e fora muito apaixonado pela própria parceira.

— Você certamente deu uma radicalizada no que era esperado de você quando me trouxe pra sua lua de mel, de qualquer forma — Patrick disse. — E se estiver tudo bem, organizei uma surpresa pro nosso primeiro dia em Sydney pra agradecer pela viagem. Então, ignore o itinerário, porque vamos seguir o Plano do Paddy no nosso primeiro dia inteiro na costa leste.

— Uma surpresa? — ecoei, ciente no fundo da minha mente que ele sempre parecia querer mudar de assunto quando eu falava no Alexander. — O quê?

— Só confia em mim. — Ele se mexeu na cadeira, parecendo bastante orgulhoso de si mesmo pelo simples fato de ter um segredo.

— Por favor, por favorzinho? — perguntei, batendo meus cílios. Eu queria falar sobre depois de amanhã. Amanhã seria ainda melhor do que hoje e o dia seguinte, ainda melhor, porque eu estaria ainda mais forte. Ainda mais feliz. Eu não queria que a viagem passasse rápido, mas existia um conforto em saber que o tempo realmente era capaz de curar.

Patrick trocou o lado em que se apoiava mais uma vez, agora para se inclinar sobre o braço da própria cadeira, ficando mais perto de mim do que jamais esteve. Engoli em seco e lambi meus lábios, minha garganta ficando ressecada com o que poderia acontecer.

— Ora, ora — ele falou, baixando a voz. — Jogue limpo. Você tá abusando do seu poder com esses olhos grandes, Annie.

Exalei alto.

— Não sei do que você tá falando — sussurrei.

Se alguém estivesse por perto para me acusar de flertar, eu teria negado, mas eu talvez estivesse bem no limite. Brincando com ele, abri mais os olhos e fiz beicinho, mantendo contato visual de modo sugestivo. — Só tô pedindo uma dica...

Ele fez o zumbido interno de uma risada presa.

— Você está muito acostumada a conseguir o que quer, né?

— Ué, não. Obviamente.

Ele estava no limite flerte-não-flerte também?

— Eu estou nas suas mãos — ele falou.

Se ele estivesse, era ele quem estava testando os limites, ou era eu?

— Se isso for mesmo verdade, você vai me dizer pelo menos o que eu devo vestir pra essa surpresa, Patrick. Pra eu poder estar preparada.

Ele se inclinou um pouco mais, como se fosse possível ficar ainda mais próximo, chegou tão perto que sua respiração fazia cócegas embaixo do meu nariz. Meu coração acelerou e minha respiração ficou curta com aquela proximidade. Ele definitivamente tinha uns pelos ruivos na barba. Um dia, depois de uma aula na Barry's, eu achei que ele tivesse mesmo, mas agora eu podia ver de perto e claro como a luz do dia. Parte de mim queria estender a mão e tocá-lo — sentir os contornos masculinos dele. Ele tinha uma faixa queimada de sol ao lado de um dos olhos onde não tinha passado o protetor solar direito, e, na luz fraca, seus olhos pareciam mais escuros. Em vez de estarem verdes, pareciam poças de chocolate, seus longos cílios tinham descolorido com o sol. Ele tinha um ar grave, parecia estar lutando para tomar uma decisão e totalmente em dúvida sobre qual caminho seguir. Isso me fez querer dizer a ele que estava tudo bem, que não importava o que o estivesse preocupando, estava tudo bem mesmo. Eu queria curá-lo de tudo o que o estivesse fazendo parecer tão confuso.

— Fique tão linda como sempre — ele disse, com a voz baixa, rouca e, o que era impossível de ignorar, meio sugestiva. Ele continuou testando os limites de uma coisa que eu não conseguia identificar com clareza: — Você sabe como isso me tira do eixo.

Soltei uma gargalhada de nervoso, estava em choque, e o som da minha risada destruiu qualquer delicadeza do que estávamos criando entre nós segundos antes.

— Paddy Fede!

Ele se afastou.

— Você vai gostar — ele disse, levantando-se e estalando o pescoço. Ele esfregou o ombro, e a coisa mais estranha foi que eu nunca o tinha visto menos autoconfiante que naquele momento. Eu queria entrelaçar a minha mão na dele, lhe dizer que eu estava aqui e voltar cinco segundos no tempo para antes de eu estragar o encantamento que ele estava fazendo. Ele me deu um gostinho da coisa e agora eu queria mais daquilo: a proximidade dele era inebriante, a forma como o ar mudava quando ele estava me provocando me levou a respirar mais fundo, a sorrir mais. Eu tinha odiado aquela manhã, quando ele desapareceu e ficou agindo todo esquisito. Sentar ao lado dele era melhor do que não sentar ao lado dele. Eu mal podia esperar para que o dia raiasse e tivéssemos outro dia inteiro juntos, e depois outro e depois outro. Dizer boa-noite era a pior parte do dia.

— É só confiar em mim — ele falou, já de volta à sala de estar. — Durma bem...

— Você também — respondi. — Lembre que virão buscar a gente amanhã às oito da manhã, então temos tempo suficiente pra não nos atrasarmos pro voo.

Fiquei sentada encarando a escuridão por muito tempo depois que ele saiu, meu coração estava disparado, mas eu não sabia direito por quê.

21

A segunda parte da viagem era na costa leste, então Bianca nos levou para o aeroporto e fomos de Perth para Sydney em outro voo de classe executiva.

— Vocês dois são a coisa mais fofa — ela comentou, enquanto nos puxava para um abraço de grupo na frente do embarque. — Desejo a vocês tudo o que vocês desejam para si mesmos.

— Obrigado, Bianca — Patrick agradeceu. — Você foi a melhor guia turística.

Ela acenou com a mão como se não fosse nada demais.

— Só tô fazendo o meu trabalho — ela disse. — Aproveitem o resto da lua de mel de vocês. — Patrick finalmente contou a ela a verdade sobre a nossa aventura como um presente de despedida, e ela tinha centenas de perguntas sobre o assunto.

— Vou contar essa história pra todo mundo que eu conheço! — declarou ela. — Você veio pra sua lua de mel, apesar de tudo, Annie! Isso é muito foda!

Ficamos pouco mais de quatro horas no ar, e entramos em uma dinâmica mais tranquila — havia menos pressão para conversar e manter a outra pessoa entretida, então nos sentamos lado a lado em um silêncio contente, fazendo comentários ocasionais sobre uma coisa ou outra na revista do avião, mas imersos em uma quietude amigável no resto do tempo. Descobri que gostava muito daqueles momentos serenos com ele, onde não nos desdobrávamos para garantir que o outro se divertisse. Patrick nem sempre era o cara "exuberante" que eu pensei que fosse — ele podia ficar calado e reflexivo. Eu gostei de descobrir esse lado dele. Eu gostava de conhecer as camadas que o resto do mundo não conseguia ver, de desenterrar o que havia em suas profundezas e de como ele confiava em mim. Ter a confiança de Patrick foi um golpe de sorte. Eu era especial por causa dele.

Um motorista estava esperando por nós em Sydney, nem de longe ele era tão amigável quanto Bianca, mas só tinha sido contratado para aquela viagem e não para os próximos doze dias. Ele nos levou direto para a costa da cidade, onde estava nosso hotel com vista para a Opera House, de um lado, e o porto, do outro. O saguão era de mármore claro com enormes pilares que subiam por um pé-direito triplo e espaços luxuosos para tomar drinques e reuniões de negócios em cadeiras de veludo e sofás de couro com cara de muito-usados-mas-bem-caros.

Eu usei um par de chinelos e shorts com barra desfiada durante a viagem, o que tinha sido adequado em Margaret River, mas acabei me sentindo um pouco deslocada no hotel chique de Sydney com seus hóspedes chiques. O local onde tínhamos passado a semana anterior era descontraído e informal. Nosso novo hotel era o lugar mais chique em que eu já tinha me hospedado — dava para saber disso só pelos uniformes dos funcionários. Tudo estava perfeitamente arrumado e polido, e eu jurava que podia sentir o perfume de jasmim e patchouli, como se até o próprio ar fosse mais chique ali.

— Vai ser um quarto duplo, certo? — Patrick perguntou ao recepcionista.

O recepcionista olhou de Patrick para mim e depois de mim para Patrick, avaliando nossa dinâmica. Deve ter parecido estranho estarmos em uma das melhores suítes (Deus abençoe Fernanda e Charles mais uma vez!), mas dormindo separados.

— Você quer dizer...

— Isso, precisamos de duas camas, por favor — Patrick falou, me oferecendo um sorriso nervoso, quase como se pedisse desculpas.

— Vocês estão na suíte da cobertura... — o recepcionista disse, o que fez Patrick me lançar mais um olhar que dizia que é claro que estamos na suíte da cobertura sem ele ter que fazer nada além de levantar um canto da boca. Não pude deixar de notar que, enquanto estávamos nos aproximando, havia limites na nossa amizade que ele muitas vezes desenhava no chão para todo mundo ver. Por outro lado, eu também tinha acesso a pequenos momentos e piadas internas em que ninguém mais existia. Metade do tempo, eu e meu amigo Patrick tínhamos nosso próprio jeitinho de nos comunicarmos, nosso próprio mundinho para dois.

— ... E a suíte da cobertura tem dois quartos *king size* conjugados. Acho que a senhora ficará bastante confortável, senhora...?

— Senhorita — interrompi. — Senhorita Wiig está ótimo, obrigada.

— Muito bem, senhorita Wiig. Se puderem ir até o elevador privativo da cobertura no final deste corredor, um de nossos carregadores vai levar a bagagem de vocês em breve. E se usarem este cartão-chave — ele deslizou um pequeno envelope de papel com decorações em alto-relevo onde dava para ver dois cartões pretos e brilhantes saindo pela abertura —, o elevador vai abrir diretamente nos aposentos de vocês. Aproveitem a estadia.

A suíte era escandalosa, mas todo aquele luxo continuava sendo novidade, então passamos uns bons quinze minutos andando pelo lugar e soltando exclamações sobre o tamanho das camas, a profundidade da banheira, as TVs em todos os quartos, a vista — tudo. Era tudo moderno, móveis cheios de ângulos e vidro do chão ao teto, inclusive no banheiro. Eu iria tomar banho suspensa no céu de Sydney e ficaria mais que agradecida por isso. Acho que eu não iria fazer outra viagem de férias tão extravagante quanto essa pelo resto da minha vida. Na verdade, eu tinha certeza de que não iria.

— Seria aceitável se eu levasse seus quase sogros pra jantar quando voltarmos pra casa, pra eu poder agradecer? — perguntou Patrick. — Ou talvez eu possa me oferecer pra cortar a grama deles por um ano, ou pra ficar de quatro na sala e ser usado como apoio para pés?

— Ah — eu disse, lembrando-me de repente. — Eles mandaram oi, na verdade. Eu tenho tentado contar pra eles o que estamos fazendo todos os dias, e a Fernanda perguntou especificamente se você estava se divertindo. Espero que você não se importe, mas mandei pra ela a sua foto depois que você perdeu a guerra de balão d'água.

— Não foi o meu melhor momento — ele admitiu. — Mas é claro, mande o que quiser pra ela. Que bom que vocês estão conversando.

— É o mínimo que posso fazer: deixá-la atualizada sobre as nossas atividades.

Estávamos parados diante da janela que se estendia do piso ao teto com vista para o porto, o sol de fim de tarde fazia a água brilhar como se houvesse diamantes escondidos logo abaixo da superfície. Podíamos ver as velas brancas de uns cinquenta barcos espalhados e arranha-céus do outro lado, onde presumi ser o centro da cidade ou o distrito empresarial. Era tudo o que uma pessoa poderia querer de uma cidade em um só horizonte: praia, cultura, negócios, a promessa de bons restaurantes e uma vida noturna vibrante. Eu sabia que essa parte da viagem nos daria um gosto totalmente diferente do país, e eu estava formigando com a expectativa do que vinha por aí.

— E, sim, respondendo à sua pergunta: ofereça o apoio para pés com certeza. — Eu ri enquanto pressionava meu nariz contra o vidro e olhava para baixo. Estávamos *muito* no alto. — Mas não fale. Os apoios para pés não podem falar.

— Acho que essa parte seria difícil — ele retrucou. — Não sei se você percebeu, mas...

— Ah, eu percebi — respondi, e instintivamente estendi a mão para tocar seu braço. Quando encostei nele foi como segurar fios elétricos energizados, e eu me afastei tão rapidamente quanto tinha estendido a mão. *Que merda foi essa?* Aquilo tinha sido superestranho. Eu só queria enfatizar meu ponto, não nos incendiar.

Fomos interrompidos pelo toque do FaceTime no meu iPad.

— Como raios isso se conectou no Wi-Fi? — Pensei em voz alta, enquanto mergulhava o braço na minha bagagem de mão para pegar o iPad.

— Freddie, Frufru! Oi! — eu disse e, ao ouvir o nome dela, Patrick ficou muito quieto ao lado do sofá em forma de L que ocupava a maior parte da sala, sabendo que a ligação seria uma notícia sobre a Carol.

— Achamos ela! — Freddie falou. — Achamos a Carol!

Soltei o ar e abaixei minha cabeça, lágrimas abrindo caminho até os meus olhos porque foi só quando soube que a Carol estava segura que eu consegui admitir que tive medo de perdê-la. Fui para o sofá também e deixei meu corpo afundar, aliviada.

— Ai, graças a Deus — eu disse, sentando-me agora sobre os pés. — Excelente notícia, joaninha. Onde é que ela estava?

— Você não vai acreditar — Freddie disse. — Ela estava no nosso vizinho de porta! No jardim deles! Eu ouvi o latido dela hoje de manhã quando estava me arrumando pra aula. Eles disseram que acharam a Carol no parque e trouxeram pra casa, mas aí, quando tentaram ligar pro número na sua coleira, veio um tom de discagem internacional, então desligaram. Olha, ela tá aqui agora. Ela sentiu saudade da gente!

Freddie puxou a cachorra para a câmera bem quando Patrick olhou para mim e fez um sinal para perguntar: *Posso dar oi?*

— Patrick! — Freddie gritou. — Encontramos Carol! Você tava certo!

— Eu sempre soube que ia dar certo — Patrick disse, acomodando-se ao meu lado no canto do "L". — Annie me contou como você é inteligente. Eu sabia que você ia dar um jeito de rastrear ela.

Freddie sorriu.

— Ok, eu tenho que ir pra escola — ela disse. — Que horas são aí? Tá na hora do café da manhã aqui.

— Aqui tá quase na hora do jantar — eu disse. — E como alguém que já viveu este dia, posso te falar: hoje é um bom dia!

— Eu só queria te contar que ela estava bem — Freddie continuou. — Mamãe e papai disseram que ela pode dormir comigo esta noite, assim como ela faz quando eu tô na sua casa. Nunca mais quero perdê-la de vista!

— Tudo bem, Fru. Muito obrigada por nos dizer que ela está segura. Ela parece muito feliz em ver você. Faça muito carinho nela por mim, tá bom?

— Tá bom — Freddie disse, deixando Carol lamber seu rosto. — Ok.

Depois que desligamos, Patrick se virou para mim e perguntou:

— Prontinha, geleia de galinha?

Revirei os olhos para ele de brincadeira.

— Você ainda está tentando fazer isso pegar?

— Temos uma cidade totalmente nova pra explorar — ele exclamou, estendendo os braços na minha direção e colocando meu rosto entre as suas mãos. — E agora temos um motivo extra pra comemorar: Carol foi encontrada! Estamos em Sydney! Bora comer!

Era impossível não ficar envolvida no entusiasmo dele.

22

No nosso primeiro dia inteiro em Sydney, ia rolar o que Patrick passou a noite anterior chamando de "Dia da Surpresa Perfeita do Paddy". Depois de um bufê de café da manhã em um dos quatro restaurantes do hotel, fui instruída a preparar uma malinha para o dia com roupas confortáveis, mas não "*daggy*".[10]

— Só me lembro deles falando essa palavra na TV. — Patrick sorriu. — Significa que não é pra ficar largadona. Quer dizer, né, pelo menos eu acho que é isso. — Eu tinha escolhido uma calça pantacourt azul com chinelos Birken e uma blusa branca que, a meu ver, me deixava bem glamourosa, e agora eu estava empatada com Patrick no quesito bronzeado. Deixei meu cabelo solto e sem alisar, e usei uma correntinha de ouro em volta do pescoço. Passei um toque de bronzer e peguei meus óculos de sol, eu estava tentando parecer simples, mas elegante. Peguei a pequena bolsa transversal de couro que usei na degustação de vinhos e desci as escadas, na direção onde Patrick tinha me instruído a encontrá-lo.

---

10 Coloquialismo australiano que significa "desarrumado, desgrenhado" ou "excêntrico".

Localizei-o imediatamente. Ele estava do outro lado da estrada que levava ao hotel, seu short cáqui na altura do joelho revelava as panturrilhas tonificadas de um corredor. Ele usava chinelos Birken também e uma camisa de linho branca, de modo que acabamos coincidentemente combinando, como aqueles casais velhos que usam casacos bordados "dele" e "dela". Patrick estava com um sorriso enorme e isso me fez explodir em um sorriso também, senti uma alegria em vê-lo que praticamente desabrochou para fora de mim. Ficamos ali olhando um para o outro, um par de mergulhões, olhando e sorrindo, o trânsito leve passando entre nós. Eu gostava de como era gostar tanto de estar com alguém. Ele deixava as coisas melhores. Só ficamos separados por quinze minutos, mas eu ansiava por estar com ele.

— Vamos fazer uma viagem de carro! — gritou ele do outro lado da rua. Meus olhos se ajustaram e vi que ele estava parado ao lado de um Audi conversível preto e lustroso, e que estava rodando as chaves em sua mão.

— Pera — eu disse, fazendo as contas. — Você vai dirigir?

— Achei que podia ser legal — gritou ele, abrindo a porta do passageiro e gesticulando para que eu atravessasse a rua e entrasse. — Nós dois com vento nos cabelos, indo pra onde a estrada nos levar. Aliás, indo pra onde o GPS nos levar.

— Tô sacando. Uau. Beleza.

O couro castanho era macio sob as minhas coxas, o cheiro de carro novo, poderoso. Patrick me disse para ter cuidado com meus dedos e fechou a porta atrás de mim antes de entrar do outro lado e ligar o motor automático.

— Qual é o plano, cara?

— O destino é uma cidadezinha cerca de duas horas ao sul, mas que continua perto da costa, pra assistirmos a um festival de música de lá hoje à noite. Achei que podíamos parar ao longo do caminho, ver os pontos turísticos, brincar de quem-acha-o-canguru. Pontos extras se virmos um coala.

Peguei minha bolsa e a coloquei aos meus pés, apertando o cinto de segurança e declarando que era melhor conectar meu celular ao alto-falante.

— Vamos precisar de uma trilha sonora — insisti.

— Não me decepcione, DJ — respondeu Patrick, colocando os óculos escuros e ligando o motor. — Vou precisar de alguns clássicos pra cantar junto, por favor.

Dez minutos depois, estávamos cantando "If It Makes You Happy", da Sheryl Crow a plenos pulmões, a vegetação de um dos lados da estrada ia ficando cada vez mais densa e o oceano se esparramava do nosso outro lado. Patrick era um bom motorista, lento e firme: não estávamos com pressa. Estávamos basicamente em uma estrada em linha reta e eu adorava como o vento levantava meu cabelo enquanto o sol brilhava em meu rosto. Quando a música parou e nada mais tocou, mergulhamos naquele silêncio contente que já andávamos praticando.

— Se te faz feliz, não pode ser tão ruim assim — Patrick falou, repetindo a letra da música para mim. Ele me lançou um olhar rapidamente, mas com a mesma rapidez voltou a atenção para a estrada. O que aquilo deveria significar? Eu não disse nada, fiquei olhando pela janela do passageiro para a paisagem que passava zunindo. Lembrei mais uma vez que a Carol tinha sido encontrada e deixei o alívio inundar meu sistema. Eu teria que dar algum presente para os vizinhos de mamãe e papai para lhes agradecer por a terem encontrado. Patrick começou a batucar uma batida no volante, e eu admirei as belas mãos dele pela vigésima vez.

— Você podia tocar piano com essas mãos — comentei, e ele sorriu para mim.

— Eu toco — ele respondeu. — Piano avançado. E eu sou bem bom pra dizer a verdade.

Pelo amor de Deus. Voluntariado. Emprego. Calmante para irmãzinhas desesperadas. E agora piano. Não havia nada que esse homem não fazia?

A cidade para a qual o GPS nos levou era verde e exuberante, repleta de prédios baixos de madeira branca com telhados pontudos, bonitos e idílicos, e muito menos aglomerados e urbanos do que na cidade grande.

— Tô morrendo de fome — declarei quando diminuímos a velocidade para nos situarmos no novo território. — Podemos comer?

— Você leu a minha mente — concordou Patrick. — Vamos estacionar e ver onde nossos narizes nos levam.

Saímos do carro e partimos em busca de comida.

— É muito legal você estar fazendo isso — eu disse. Eu fiquei tímida ao dizer isso, mas queria que ele soubesse que eu tinha notado.

— Fazendo o quê?

— Acreditando que tudo está bem. Que tudo vai dar certo. Só isso de estacionar e dizer que devemos seguir nossos narizes. É espontâneo, mas não imprudente. Tô aprendendo muito com você.

Ele encostou o ombro dele no meu, algo que notei que ele fazia sempre que estava tentando se conectar ou me tranquilizar.

— Não tem muita coisa que eu possa ensinar pra você — ele respondeu. — E estou falando sério.

Nós nos aproximamos de um café pequeno e pitoresco na praça do mercado, com mesas e cadeiras espalhadas do lado de fora e vista para a prefeitura no centro. Nós nem dissemos em voz alta que era onde iríamos parar, apenas nos dirigimos para ele instintivamente e puxamos uma cadeira para cada um.

Patrick fechou os olhos e inclinou o rosto para o sol.

— Eu tô no céu — ele disse.

— Estamos — concordei.

Pedimos um *brunch* de café e tacos com abacate e ovos com queijo antes de decidirmos, por sugestão do dono do café, seguir para os fundos da cidade na direção do estuário do rio. Era largo, com amplos gramados ao longo da trilha. A água estava quieta e refletia perfeitamente as nuvens esparsas do céu, como a água da pousada na noite em que chegamos a Margaret River. Eu me perguntei, mais uma vez, como teria sido viajar pra cá com Alexander. Ele teria alugado um carro e nos levado a lugares novos? Teríamos desviado do itinerário e encontrado uma cidade minúscula no meio do nada, uma aventura feita sob medida para dois? Eu duvidava. Acho que *talvez* ele pudesse ter me surpreendido com algo tão romântico e espontâneo, mas... não. Alexander e Patrick estavam em polos completamente opostos.

Gostei de como Patrick conversou com os garçons e o dono do café. Eu gostava de como ele falava com todos. Alexander às vezes tratava a equipe de serviço como se estivesse abaixo dele, mas acho que nunca me deixei notar isso de verdade na época. Era só o jeito do Alexander, quem ele era. Quando você ama alguém, você o aceita por quem ele é, não é mesmo? Você não pede que ele mude ou se altere, porque então ele não seria a pessoa por quem você se apaixonou. Mas estando tão perto de outro homem, eu estava começando a ver todas as maneiras pelas quais Alexander não estava certo. Ou algumas das maneiras, ao menos. Eu não podia negar que ainda sentia falta dele, e não pude deixar de me perguntar como seria se ele estivesse, de fato, aqui. Era difícil pensar nele, mas eu também não conseguia não pensar. Ele foi tudo que eu conhecia por muito tempo. Ele me fez quem eu sou. Mas aí o Patrick fazia alguma gentileza — me oferecer a primeira mordida de sua fatia de bolo de baunilha ou me surpreender com uma viagem de carro — e eu pensava: *Era isso que eu estava perdendo? Eu me contentei com migalhas e esta aqui é uma refeição completa?*

Não que fosse romântico com Patrick, é claro. Só estava fazendo essa comparação porque ele era um homem. Eu não estaria tendo esse tipo de pensamento se Jo estivesse comigo, ou Kezza ou Bri.

Obviamente.

— Vamos subir nas rochas, que tal? — a voz de Patrick cortou meus pensamentos. — Uau, você estava a quilômetros de distância. Tá tudo bem? Você tá quieta desde o café.

— Uhum — eu respondi. — Eu tô bem, sim. Pra ser honesta com você, eu estava pensando no Alexander. De novo.

Eu pretendia zombar de mim mesma, mas Patrick fechou a cara e apertou a boca em uma linha firme.

— Não no bom sentido — ofereci. — Tipo, só tava pensando em como essa viagem seria diferente com ele.

— Desculpe se você pegou o prêmio de consolação — Patrick comentou. Sua voz era leve, mas algo em sua linguagem corporal divergia.

— Ei, pera aí. — Puxei-o pela manga. — Obrigada por hoje. Está sendo incrível.

Ele assentiu e se sentou longe de mim em uma pedra enorme. Depois de um tempo, ele disse:

— Você gostaria que ele estivesse aqui no meu lugar?

Havia algo pesado em nosso silêncio que fez com que eu não ficasse surpresa por ele retomar a conversa.

— Não — eu disse, de onde eu estava me equilibrando a algumas pedras de distância. — Não sei o que fiz pra você pensar isso, mas obviamente não é verdade.

— O que faz ser tão óbvio?
— Você tá brincando?
— Não.

Havia um bom pedaço de rocha entre nós, então eu não podia alcançá-lo e tocá-lo como meu instinto estava me dizendo para fazer. Eu também não conseguia ver seus olhos sob os óculos de sol, mas o tom de sua voz era diferente.

— Patrick — eu disse. — Toda vez que Alexander passou pela minha cabeça, eu realmente pensei o quão merda essa viagem teria sido com ele. Não consigo acreditar que estou aqui com alguém tão presente. Você é vinte vezes o homem que ele é, e acho que estou duvidando muito de mim mesma agora que as fichas estão caindo, e não dá pra acreditar que eu já pensei que estar com ele era uma boa ideia. Eu não sabia que relacionamentos podiam ser de outra maneira.

Patrick ameaçou tirar os óculos escuros para tentar olhar para mim direito, mas o sol estava tão brilhante na água que ele apertou os olhos e desistiu.

— Isso é uma coisa boa de se ouvir — ele disse.

— E é verdade — respondi. — Esta é a melhor lua de mel de todos os tempos. — Assim que eu disse isso, percebi que ele não poderia retribuir, porque esta foi, provavelmente, a segunda melhor lua de mel em que ele já esteve. Não que eu estivesse com ciúmes por causa disso, mas eu definitivamente senti alguma coisa. Suponho que a viagem estava se desenrolando para me fazer perceber muito sobre a minha vida, de todas as melhores maneiras, mas eu temia que não fosse tão transformadora para ele. Eu estava tendo epifanias seguidas e ele estava apenas se divertindo, e provavelmente pensando em sua esposa que ele amava e de quem sentia falta.

— Você deve pensar muito na sua esposa — eu disse, decidindo testar o terreno para ver se era seguro falar sobre ela.

Ele suspirou.

— Menos, ultimamente — ele admitiu, e não foi a resposta que pensei que receberia. — E me sinto culpado por isso. Quanto mais o tempo passa, mais longe dela eu fico... E preciso seguir com a minha vida, mas é uma vida em que ela não está. E tem todos esses sentimentos... — Ele parou de falar e respirou fundo. Metade de mim queria se levantar e caminhar até ele, mas a outra metade estava grudada no lugar, esperando que ele continuasse falando.

— Essa viagem tá sendo tão especial pra mim — ele continuou, sem deixar de olhar para a água. — De verdade, não sei como agradecer por você me trazer. Eu fui muito mais eu mesmo do que tinha sido em anos. Acho que é um pouco assustador quando estou tão acostumado a... — Ele não terminou a linha de raciocínio.

— Então nós somos duas pessoas felizes, felizes por estarmos aqui, felizes por termos essa aventura, mas zangadas uma com a outra e sentadas praticamente em lados opostos do rio? — eu sugeri.

Ele riu, mas era uma risada meio triste.

— Acho que isso descreve bem — ele disse, e isso me fez rir também. — Mas só queria te dizer que eu sou o mesmo Patrick que era antes de te contar sobre a minha esposa. Você entende isso, né?

— Sim — eu disse. — Mas você também não é. Não de um jeito ruim, mas eu tô conhecendo você, né? Antes você era tipo uma silhueta e agora eu tô colorindo partes suas. O que você me contou sobre a Maya acrescentou ao que eu sei. Você mesmo disse que isso moldou quem você é.

— Acho que faz sentido — ele disse, pegando uma pedra e jogando-a no rio.

— Mas isso não virou seu principal traço de personalidade, se é isso que te preocupa. Eu entendo que é uma coisa que aconteceu, mas que não define você.

— A questão é — ele murmurou, tão baixinho que eu não tinha certeza se tinha ouvido direito —, isso me define. — Ele suspirou profundamente. — É só que, às vezes, eu realmente gostaria que não definisse.

Quando voltamos à cidade, o mercado tinha se transformado. Havia flâmulas e bandeirinhas por toda parte e uma pista de dança de madeira fora colocada de um dos lados, onde uma banda estava começando a se preparar para o show.

— Parece que vai ser um grande evento — comentou Patrick para um senhor sentado em um banco, observando tudo se desenrolar ao nosso lado. Pegamos algumas cervejas de gengibre em uma loja na esquina e ficamos bebendo enquanto nos recuperávamos da caminhada. O clima estava muito mais quente na volta do que na ida.

— Vou te contar — respondeu o homem. — A gente sabe muito bem como se divertir.

Um cara de rabo de cavalo e calça jeans Levi's dos anos 1980 se aproximou e disse ao nosso novo amigo:

— Tudo bem, Bobby. — Bobby inclinou a cabeça em resposta.

— Turistas? — Bobby nos perguntou, por fim.

Eu balancei a cabeça.

Patrick disse:

— Sim, senhor. Vamos ficar aqui só essa semana, mas vamos voltar. Né, Annie?

Eu sorri e assenti.

— Tá sendo muito especial — eu disse.

— Olha só pra vocês dois — Bobby comentou. — Lembro de estar na fase de lua de mel com a minha Rosie. Não consegui tirar meus olhos dela por quarenta e cinco anos. Assim como vocês.

Abri a boca para explicar, mas Patrick gentilmente pousou a mão no meu braço. Esperei que ele se afastasse, mas ele não fez isso.

— Parece que você estava muito apaixonado — Patrick comentou, e Bobby assentiu.

— A melhor mulher que você poderia conhecer — ele disse. — Vai fazer dez anos que ela faleceu nesse Natal.

Patrick deixou a informação ser processada.

— Você ainda fala com ela? — ele perguntou, como se fosse uma pergunta totalmente normal. Aquilo chamou a atenção de Bobby.

— Em casa eu falo — ele disse. — Ela tá perto de mim, eu sei disso. Escutando. Eu ouço a voz dela na minha cabeça o tempo todo, me lembrando de regar o seu jardim, me dizendo pra tirar minha bunda pelancuda de casa e ir pro pub ou ligar pros nossos filhos.

— Aham — Patrick disse. — Ela tá cuidando de você. Sei como é.

Bobby lançou um olhar desconfiado e depois observou a mão de Patrick. Em seguida desviou os olhos para a minha mão, e percebi que ele estava procurando nossas alianças. Pude ver a expressão de entendimento se formar no rosto dele.

— Ainda assim — Bobby disse. — Tivemos uma boa vida. Nunca encontrei mais ninguém, mas te digo agora, se eu fosse sortudo o suficiente, aproveitaria a chance sem pensar duas vezes. Somos moldados pra ser uma parte de um par, não é mesmo? Isso não quer dizer que amamos menos a pessoa que se foi.

Patrick não disse nada sobre isso, e nem eu. Bobby se levantou, vacilando sobre os pés, e Patrick me entregou a sua cerveja de gengibre para poder ajudar Bobby.

— Aproveitem a música, tá bem? Talvez eu veja você mais tarde. — Ele piscou para mim. — Talvez eu teste a sorte e te chame pra dançar — ele brincou, e eu sorri.

— Combinado — respondi. — Até logo.

Nós dois o observamos cambalear para longe e, depois que ele virou uma esquina e acenou, eu perguntei a Patrick sem olhar para ele:

— Você tá bem?

— Acho que sim — foi a resposta dele.

Eu sabia que não devia insistir.

23

Bobby estava certo: a cidade sabia como promover um belo show. A praça se transformou bem diante dos nossos olhos, estava cheia de moradores que saíram para ouvir a banda e que dançavam e acenavam uns para os outros e trocavam facilmente de parceiros porque todo mundo se conhecia.

Patrick entrou no clima de verdade — dava para pensar que ele estava bêbado da forma como se lançava na pista de dança. Quero dizer, eu esperava que ele não estivesse, já que ele era a minha carona de volta para casa, mas eu estava adorando assisti-lo. Ele me lembrava do Patrick do Yak Yak, saltando pela praça, ficando suado e cheio de calor e se perdendo na batida.

— Isso não tá incrível? — ele gritou para mim por cima da banda enquanto ela fazia um cover de músicas indie dos anos 1990 em uma versão disco animada. Nós estávamos rindo e girando e a minha mão estava na dele enquanto ele me rodava, e então minhas costas estavam pressionadas contra o seu peito enquanto ele me puxava para mais perto por trás. Eu olhei para ele e ele olhou para mim.

E aí nossos lábios se tocaram.

E aí nós estávamos nos beijando. Beijando, bem ali, no meio da pista de dança na praça do mercado.

Foi algo puro, nossos lábios pressionados um contra o outro, suavemente abertos para deixar espaço para algo mais. Nada importava e tudo importava, meu corpo inteiro estava ligado no 220. Patrick e eu estávamos nos beijando!!!!

Mas aí ele sorriu e eu reagi com um sorriso, e, antes que pudéssemos aprofundar o beijo, nos afastamos um do outro, e a eletricidade inesperada que tinha me deixado ligada se dissipou tão rapidamente quanto surgiu.

Bobby estava ao nosso lado com seu andador, então começamos meio que a dançar ao redor dele, incluindo-o no que estava acontecendo, e Patrick passou a se mexer como um robô, e eu o vi ter tanto prazer em fazer o senhorzinho rir que meu coração explodiu um milhão de vezes. E logo eu me toquei que a gente teve a chance de mudar o rumo da nossa amizade, mas não mudamos. Nós nos afastamos.

Patrick era meu amigo. E ele estava ferido, e eu estava ferida, e eu não era cega: eu sabia que ele seria um parceiro extraordinário para alguém. Mas tínhamos concordado que não éramos aquilo, que não havia romance entre nós. Nós nos empolgamos, só isso. O beijo não tinha significado nada. Eu nem tinha certeza de que a gente podia mesmo chamar aquilo de beijo. Mal tinha acontecido.

Eu não ia beijar outra pessoa na minha *lua de mel*.

Tinha sido só efeito do sol, das estrelas e da aventura. Nada demais.

Patrick já estava rodopiando uma outra pessoa, uma mulher de vinte e poucos anos em um vestido curto que levantou o suficiente para que eu e todo mundo víssemos a calcinha dela, e eu disse a mim mesma naquele momento, naquele pequeno recorte temporal, que eu poderia ter sido qualquer uma com quem ele dançasse e ele poderia ter sido qualquer um com quem eu dançasse também. Tinha sido só uma coisinha que rolou. Nós dois nem precisávamos conversar sobre aquilo. Adultos também esbarram os lábios às vezes. Era infantil ficar pensando naquilo.

— Mona Lisa! — eu gritei para ele em meio ao barulho do festival e da diversão. Apontei para um canto mal iluminado perto do café onde tínhamos comido mais cedo e o olhar dele seguiu meu dedo enquanto demonstrava ter entendido.

Era bom me afastar da confusão. Era como se o volume dos alto-falantes tivesse dobrado e tudo que era espaçoso e aberto agora tivesse sido reduzido. Eu não conseguia puxar oxigênio suficiente para dentro dos pulmões e, me apoiando na parede, encostei as costas nos tijolos frios e as mãos nas minhas coxas quentes.

— Você precisa se sentar?

Patrick. Ele tinha me seguido.

Neguei fracamente com a cabeça.

— Não, não — insisti. — Só preciso recuperar o fôlego.

— Isso também me cairia bem.

Ele se apoiou na parede ao meu lado, primeiro a uma distância normal, mas depois se deslocando para ficar mais perto.

— Cê tá bem? — ele perguntou e eu sabia que a parte não dita da pergunta era: *com o beijo?*

— Ah, tô sim — eu disse. — Foi só um lapso bizarro e momentâneo, né?! Haha. — Eu não estava olhando para ele, ambos estávamos com o foco fixado em um ponto qualquer no horizonte. — Eu perdi a linha por um segundo. As férias subiram à minha cabeça! Nem precisamos falar sobre isso. De verdade.

— Ah — ele disse. — Se é assim...

— Claro que é! Meu velho amigo Paddy Fede!

Eu soava descompensada, mas preferia aquilo a ter que vê-lo pegar na minha mão solenemente para me rejeitar de forma explícita. De jeito nenhum eu conseguiria estar naquela situação e sobreviver. De jeito nenhum. Eu estava mais forte, mas não tão forte assim. Não queria que aquilo se tornasse algo real, mesmo que durante um milésimo eu quase tivesse aproveitado. As coisas não eram daquele jeito. Eu sabia disso. Eu sabia.

— Não sei você — eu disse depois de um tempo —, mas eu tô pronta pra voltar pra pista de dança. Bora?

— Se você está se sentindo melhor.

— Eu me sinto ótima — insisti, e comecei a trotar na frente dele, determinada a me manter de cabeça erguida. — Talvez eu até peça uma música. "Mustang Sally" seria uma boa, não acha? Esses caras são realmente muito bons.

Ficamos muito constrangidos depois daquilo, e aí só levaram quinze minutos até me dar conta de que Patrick estava olhando para o relógio, e então eu lhe disse que eu estava pronta se ele já quisesse ir.

— *Você* quer ir? — ele gritou por cima da música.

— Eu quero fazer o que você quiser fazer — eu berrei afavelmente.

— É uma pergunta de sim ou não, Annie!

O tom dele me pegou de surpresa. Ele nunca tinha me dado uma cortada antes.

— Sim — eu gritei. — Claro! Quero voltar!

Encontramos o carro e na volta viemos em silêncio. Eu não conseguia entender por que era Patrick a agir como se *ele* estivesse chateado, a não ser que ele achasse que eu tinha passado do limite ao beijá-lo.

Eu o tinha beijado?

Ou ele tinha me beijado?

Tentei rebobinar a noite e rever aquele momento em câmera lenta, mas a memória parecia toda embaçada. A gente estava dançando e aí, de alguma forma, nossos rostos ficaram colados e, tão rápido quanto havia começado, já tinha terminado. Eu torcia para que ele não estivesse preparando um grande discurso sobre como ele nunca teria viajado para longe comigo se soubesse que eu tinha segundas intenções. Eu não o tinha convidado por aquele motivo. Além disso, ele estava praticamente implorando para vir!

Mais ou menos uma hora depois de começarmos a viagem, eu me estiquei até os botões do rádio para que não tivesse que examinar meus pensamentos, mas, assim que liguei o rádio, Patrick tornou a desligar.

— Mais cedo, lá no rio... — ele começou, como se já estivéssemos no meio de uma conversa e não tivéssemos passado os últimos cem quilômetros ruminando silenciosa e confusamente.

Eu não disse nada. Eu queria impedi-lo de fazer isso. Não conseguia suportar que ele me lembrasse que eu não era a mulher que os homens escolhiam, ainda mais ele, um homem que ainda estava apaixonado pela esposa tragicamente enterrada e que ninguém jamais poderia substituir. Meu coração se partia ao pensar na situação dele, mas eu também estava devastada. Eu sabia que ninguém me queria. Não queria que ele me lembrasse disso. E não era como se eu estivesse apaixonada por ele ou algo do tipo.

— Tá tudo bem — eu disse. — De verdade. Não precisamos fazer isso.

Ele deu um tapa no volante. Não de um jeito bruto que me assustasse, mas com força suficiente para eu perceber que realmente o estava deixando irritado.

— Pelo amor de Deus, será que posso dizer o que eu preciso? Caramba!

Calei a boca.

— É só que eu fico embasbacado em ver como você não percebe que foi salva por um triz nessa história com o Alexander. A forma como você fala dele, de como ele fazia você se sentir...

A voz dele foi sumindo, sua boca e seu cérebro precisavam de tempo para entrarem em sincronia. Ele suspirou.

— Não tô nem falando sobre como ele te deixou na igreja daquela forma. Ele não fez só uma merda com você, Annie. Ele fez você se sentir como se não fosse suficiente várias vezes quando todas as evidências mostram que você é perfeita. Eu estou ficando louco por você não perceber isso. Sei que você tá sofrendo, mas coloca isso na sua cabeça. Foi tudo culpa dele. Tudo.

— Ah — eu disse. Mas nada saiu.

Seguimos viagem. A estrada foi ficando cada vez mais movimentada e as luzes da cidade nos guiavam, nosso farol no mar.

— Eu não sou perfeita nem de longe, Patrick — resolvi dizer. — Mas entendo o que você tá dizendo.

— Eu não acho que você entende. Você é perfeita. Você é mandona e tímida e não faz ideia de quão absolutamente maravilhosa é. Você ronca...

— O quê?

— No avião. Desculpa te dar essa notícia.

— Isso não conta. Mesmo na classe executiva o nosso pescoço fica num ângulo esquisito.

Ele balançou a cabeça.

— Você é incapaz de aceitar um elogio e é por isso que tá mudando de assunto.

Hummmmm. Encarei o lado de fora da janela, cruzando meus braços diante do peito.

— O que eu tô dizendo é que ele era um escroto e você é deslumbrante, e que, se você conseguisse se colocar no centro do seu próprio mundo por um segundo, perceberia o quanto merece estar lá.

— Tá bom — eu repliquei, enquanto as estradas à nossa frente começavam a ficar familiares. Estávamos perto do hotel agora. — O Alexander *era* horrível comigo. Mas o que significa o fato de eu ter amado ele mesmo assim?

— Que você procura o melhor nas pessoas. Sei lá. Eu só realmente preciso que você... — ele parou de falar, interrompendo a si próprio.

— Continua.

— Eu não sei!

Paramos do lado de fora do hotel e eu já estava soltando o cinto de segurança antes mesmo de estacionarmos o carro. Patrick levou a mão até o meu joelho e o segurou com firmeza para que eu não pudesse sair antes de resolvermos a discussão.

— Só fala logo, Patrick — eu disse a ele. — Você tá puto com alguma coisa, então só fala logo o que é.

Ele suspirou e então disse de uma vez:

— Alexander! Eu tô puto por causa do Alexander! Eu queria que você parasse de focar nele por pelo menos uma tarde. Uma hora!

— Ótimo — eu disse, notando onde estava a mão dele e forçando-o a tirá-la dali. — Eu entendo. Você tá de saco cheio de me ouvir falar sobre o Alexander. Reclamação anotada.

Eu estava magoada por quão bravo ele estava comigo e envergonhada porque, de alguma forma, eu fizera algo errado. Mas se um não quer, dois não brigam. Patrick precisava assumir um pouco da responsabilidade também.

— Desculpa se eu não superei rápido o suficiente pra você — eu disse a ele, me permitindo ficar brava pela primeira vez na vida. Eu merecia estar brava! Eu tinha permissão para estar brava! — Mas tô fazendo o meu melhor e, em minha defesa, eu fui muito clara sobre essa ser a lua de mel de um casamento que nunca aconteceu *porque eu fui deixada no altar*. Assim, se você não ligou os pontos de que talvez, só talvez, eu precisasse falar sobre os meus sentimentos de vez em quando, então isso é culpa sua, NÃO MINHA.

Saí do carro com certo esforço e bati a porta atrás de mim. Eu estava muito humilhada, mas também me sentia poderosa e forte por dizer como eu me sentia. Era libertador! Eu devia estar sendo a companheira de férias mais chata do mundo, falando sobre o meu ex e entediando Patrick até a morte, mas eu também estava certa. Ele estava em uma viagem grátis e se o fato de eu ser um pouco repetitiva às vezes era o preço que ele tinha que pagar, então ele não podia usar aquilo contra mim.

Subi no elevador sozinha e fui direto para o meu quarto, furiosa por Patrick estar minimamente certo sobre o Alexander. Alexander *tinha* me deixado em frangalhos. Eu deixei que ele fizesse isso. No e-mail, ele tinha basicamente admitido para mim que também sabia o que estava fazendo. E, se eu estivesse sendo totalmente honesta comigo mesma de verdade, eu tinha continuado com ele porque estava com medo e estava insegura sobre como pedir mais. Eu nem estava segura de que merecia mais.

Mamãe sempre nos ensinou que boas meninas não imploram, boas meninas não reclamam. Mas boas meninas ainda podem ficar bravas, não podem? Eu não era uma pessoa ruim por ter vontades, necessidades e sentimentos.

Afundei na cama e encarei o teto. Escutei Patrick entrar, abrir a torneira da copa e ir para o quarto depois.

Eu podia viver sem o Alexander.

Alexander não tinha sido o começo do fim para mim, ele tinha sido o fim do começo. Eu estava pronta para a parte do meio da minha vida agora. Eu só estava começando. Ao me acalmar, consegui perceber como eu merecia que as coisas fossem melhores do que eu costumava aceitar, com toda a perspectiva que estar aqui na Austrália me deu. E eu conseguia ver como encontrar Patrick tinha sido uma mudança de ritmo, de direção. Desde que comecei a passar meu tempo com ele, a cadência dos meus dias tinha sido alterada. Sim, eu conseguia sobreviver sem o Alexander — felizmente! —, mas eu não conseguiria viver sem o Patrick agora que ele estava na minha vida. Eu não queria isso. Agora eu sabia como era estar com alguém gentil e cuidadoso. Ele era divertido, e sim, tinha cicatrizes, mas continuava tentando. Eu tinha tido um gostinho de não ser julgada, de ver alguém curioso e, simplesmente, de conviver com um cara gente boa. Agora eu sabia o que estava em jogo e isso me fez perceber que Alexander era carne de segunda. Eu não queria brigar com ele.

Ai meu Deus, percebi, ficando sentada de uma vez.

Puta merda.
Acho que eu gosto do Patrick!

24

Dormir era impossível. Eu procurei meus AirPods e mandei uma mensagem de texto para Adzo para ver se ela estava livre. Essa era uma emergência. Eu não podia gostar do Patrick. Definitivamente não. Eu nem podia me deixar explorar a ideia de que eu gostava do Patrick porque aí eu não saberia o que fazer com essa informação e nós ainda teríamos oito dias em Sydney para passarmos juntos. Isso seria *muito* tempo se eu estivesse tentando manter um segredo dele.

    Não recebi nenhuma resposta de Adzo, o que significava que provavelmente ela não me responderia até o mês que vem. Ela era assim: ou respondia imediatamente ou levava catorze dias úteis para se dar ao trabalho. Mas eu precisava falar sobre isso. Pensei na única outra pessoa que eu conhecia no Clube de Apoio das Solteiras. Kezza tinha sido a amiga que mais me deu apoio no Quarteto Fantástico, mas acabou ficando do lado da maioria ao dizer que viajar com o Patrick não tinha sido a decisão mais esperta que eu já tinha tomado. Mas eu precisava dela. Ela atendeu no segundo toque. Devia estar por volta da hora do almoço lá.

    — Oi, gata! — ela disse. — Você tá bem?

— Escuta — eu respondi, minha voz tão baixa quando eu conseguia. — Você pode conversar?

Ela abaixou a voz para imitar a minha.

— Por que você tá sussurrando?

— Pera aí. — Peguei um short da minha pilha de roupa suja e vesti um cardigã. Sem calçar os sapatos, eu me esgueirei até o elevador da suíte e apertei o botão para a recepção. Eu não podia correr o risco de ser ouvida. — Eu preciso de uma reunião do Clube de Apoio das Solteiras.

— Vou manter o sigilo — ela disse solenemente. — Eu juro. O que é que tá rolando? Manda.

Eu suspirei melodramaticamente enquanto encontrava uma poltrona em um canto da recepção para me sentar.

— Tem a ver com o Patrick.

Eu conseguia ouvir o ruído da linha do outro lado e sabia que ela estava rindo.

— Continua...

— Eu preciso?

— Você trepou com ele?

— Kezza! Não!

— Ah.

— Mas acho que eu quero.

Ela ponderou sobre a informação.

— Entendo.

— O que eu faço? — eu estava tensa e entrando em pânico. Eu sabia que a merda estava no ventilador e me sentia desesperada para tirar ela de lá, mesmo que eu me machucasse no processo.

— Hummm — ela disse. — Você acha que ele quer trepar com você?

Será que eu achava? O jeito como ele tinha me dito que eu estava bonita; como ele se aproximava do meu rosto, entrando no meu espaço pessoal, com frequência crescente; a forma como ele era sempre abertamente galanteador, e que eu descartava como sendo o jeito dele com todo mundo. Era possível. Potencialmente. Ele certamente odiava quando eu falava sobre o Alexander e tinha mencionado, fazendo vários rodeios, alguma coisa sobre querer se perdoar por superar Maya. Eu mal ousava ter esperanças.

— Talvez — eu disse. — Estou sem prática. E é uma ideia ruim, não é?

— Depende — ela respondeu. — Como você está? No geral?

— Eu tive notícias de Alexander — revelei. — Não coloquei no grupo porque não queria dar palco pra ele, nem gastar meu cérebro, mas você estava certa. Ele está em Singapura.

— Isso foi tudo que ele disse?

— Ele disse que nunca deveríamos ter ficado noivos.

— Aquele filho da...

— Ele tá certo, né? Eu odeio que ele esteja, mas... Eu não sei. Ficamos tanto tempo juntos. Aquele parecia o próximo passo lógico. Ele admitiu que fez as coisas do pior jeito, mas se eu deixar o casamento de lado, consigo ver que ele tá certo. E vocês também estavam: mereço mais do que o que eu tinha naquele relacionamento.

— Hummmm. E o Patrick, isso não é amor? É uma aventura?

— Então, essa parte realmente é muito, muito sigilosa, porque não é uma história minha, mas ele foi casado.

— Um divorciado, hein? Interessante.

Eu neguei com a cabeça, mas ela obviamente não pôde ver isso através do telefone.

— Não — eu corrigi. — Ela faleceu. Ele é viúvo.

— Jesus. O que aconteceu?

— Acidente de carro. Dois anos atrás.

— Que Deus cuide dele — ela disse. — Como ele tá?

— Continua apaixonado por ela, é claro. Sente saudade. Ele disse alguma coisa tempos atrás, bem quando a gente se reencontrou, sobre não ser um cara que curte relacionamentos...

— Então com certeza seria casual? Você ficaria de boa com isso? Você acha que ele saberia lidar com isso? Eu não consigo imaginar como deve ser perder um parceiro...

— Eu sei. É insuportável. Mas, ele é brincalhão. Talvez ele esteja flertando? E nossa, Kez, ele é tão gostoso... Eu sabia que ele era atraente, mas ele é tão divertido, e tá ficando bronzeado tão rápido, então tem essa pele dourada acontecendo, e tem sardas acontecendo, e estamos seminus a maior parte do tempo, o que torna tudo mais intenso...

— Assim que você disse que ele iria com você, eu achei que era inevitável que fossem acabar juntos na cama.

— Cala a boca! — eu retorqui.

— Eu não tô te julgando! Mesmo que você não pudesse perceber, eu acho que estava óbvio pro resto do mundo. Um homem maravilhoso, uma grande gata como você, três semanas do outro lado do mundo? É a receita de um romance.

— Romance não — eu alertei. — Acho que não? Argh!

— Eu ficaria surpresa se ele não estivesse esperando que algo rolasse desde o começo. Tava na cara que daria nisso.

— Estou pensando milhões de coisas sobre isso agora.

Kezza deu uma risadinha suave.

— Eu acho que, se você for cuidadosa, ficar com uma pessoa nova para esquecer o ex pode ser maravilhoso, empolgante. Mas seja gentil com ele, e com você mesma. Se você ligou pra ouvir meu conselho, meu conselho é: vai nessa.

— Acho que eu liguei pra pedir permissão — admiti. — Talvez eu soubesse que isso iria acontecer. Aff, eu não sei! A gente meio que se beijou. E achei que foi ele que se afastou primeiro, mas pra ser honesta talvez tenha sido eu. A gente se dá tão bem...

— Planeje não fazer planos, gata. Se rolar, aproveite enquanto tá rolando. Se não rolar, você teve um colírio para os olhos pra apreciar a viagem.

— Isso. Beleza. A gente ainda tem uma semana, então...

— Então não desperdice tempo ficando no telefone comigo! Vai dormir um pouco. Deve estar tarde aí. Tô por aqui se precisar de mim, mas, caso contrário, tem só uma última coisa que eu quero te dizer.

— O quê?

— Garanta que seja tão gostoso pra você quanto pra ele. Um cavalheiro sempre faz a dama gozar primeiro.

— Isso foi muito útil, obrigada, Kezza. Amei ter te ligado.

Ela riu.

— Amo você!

Acordei cedo, torcendo para levantar antes de Patrick, mas ele já estava à mesa do café da manhã perto da janela, sua samba-canção à mostra por dentro do roupão aberto, contrastando com o cenário de mais um belo dia ao fundo.

— Eu te devo um milhão de desculpas — eu disse quando me aproximei. — Perdi a cabeça ontem.

— É mesmo — ele disse. Eu não conseguia ler a expressão facial dele. Presumi que ele iria me deixar falar e depois me diria onde era para eu enfiar as minhas desculpas, porque ele não queria ficar perto de uma pessoa incapaz de controlar as próprias emoções, mas eu estava tentando ser tão feminina e fofa quanto possível. Eu não estava sendo manipuladora, mas eu definitivamente estava tentando apelar para o lado mais generoso dele.

— Me desculpa — continuei. — Eu estava na defensiva e não devia ter saído batendo a porta. A gente teve aquela coisa toda de quase beijo, e eu detesto trazer esse assunto à tona, porque tô envergonhada, mas você tava lá e sabe o que aconteceu. E só quero que você saiba que te valorizo muito e também o fato de você estar aqui. Amigos não saem batendo a porta e vão dormir sem dizer boa-noite. Você só estava tentando me motivar. Então, resumindo: me desculpa.

— No fim das contas — ele sorriu —, eu tô bem honrado em ser a pessoa com quem você perdeu as estribeiras. Pelo que entendi, você nunca deixa as pessoas verem esse seu lado...

Aquilo era verdade. Eu engolia a raiva e a mágoa e esmagava a necessidade de qualquer coisa, sério, só para garantir que eu não estaria "passando da conta".

— É — eu disse. — Não deixo.

— Então tá tudo bem — ele deu de ombros. — Obrigado por se desculpar por sair batendo a porta, mas que bom que você me contou como estava se sentindo. Obrigado. Agora vem cá me dar um abraço.

Seu peito nu pressionado contra o algodão fino do meu pijama. Eu amava o cheiro dele: amadeirado, terroso e caloroso.

— Você está pronta pra outro dia maravilhoso no paraíso? Eu pensei que a gente podia passear pelo porto e almoçar por lá e voltar ali pelas três da tarde para fazer canoagem ao pôr do sol, que tal?

Canoagem ao pôr do sol com Patrick. Alguma coisa no fundo da minha pelve estava pulsando e agora, em vez de fingir que eu não estava sentindo, eu me permiti reconhecer a sensação.

AI, MEU DEUS, eu enviei uma mensagem de texto para Kezza, mesmo sabendo que ela não iria responder por causa do fuso horário, mas eu precisava dizer isso de qualquer jeito. *Eu tô numa encrenca enorme, amiga. Até o toque da mão dele nas minhas costas está me deixando excitada. Tô fodida!*

Mais tarde ela respondeu: *Tomara!*

Eu não sabia como fazer aquilo. Não tinha a menor ideia de como sugerir sem usar palavras que a gente deveria se beijar de novo, de propósito dessa vez. Tivemos um dia perfeito batendo perna pelo porto, mas eu estava constrangida e um pouco estranha. Patrick me perguntou duas vezes se eu estava bem, ao notar que eu parecia diferente, quando voltamos à suíte do hotel para nos trocarmos para o passeio da tarde. Eu estava diferente, é claro. Eu tinha uma paixonite! Paixonites fazem uma garota agir feito louca!

— Acho que já tá na hora da gente ir saindo — Patrick disse e eu pude perceber pela dose extra de empolgação na sua voz que ele estava tentando deixar minha estranheza menos esquisita. — Não queremos nos atrasar pra encontrar o motorista.

— Claro que não — eu disse, olhando para o relógio e vendo que ele estava certo. Eu tinha tomado um banho rápido e vestido um macacão curto de linho com grandes botões na frente. Havia ganhado peso durante a nossa viagem, mesmo sendo um período de tempo curto, então estava mais justo do que eu estava acostumada. Mas me deixou bonita mesmo assim. O peso extra me caiu bem. Talvez eu pudesse comprar alguns vestidos fofos quando estivéssemos fazendo compras. Eu poderia me preocupar em economizar dinheiro para morar sozinha quando estivesse de volta ao mundo real. — Deixa só eu pegar a minha bolsa. É bem romântico, né? Canoagem ao pôr do sol?

— Você fala como se estivesse planejando me seduzir — ele brincou. Ele estava tão bonito como sempre com sua bermuda e outra camisa — rosa-bebê dessa vez. Minha avó sempre dizia que só homens de verdade usam rosa.

— O quê? — eu perguntei ficando vermelha. Tá vendo! Eu sabia que ele conseguia perceber que eu estava pensando na sua boca!

— Annie — ele disse. — Eu tava brincando. Não precisa ficar horrorizada.

Se ao menos ele soubesse.

Tudo que envolvia Patrick estava intensificado agora que eu sabia que, de alguma forma, quando ninguém estava olhando, comecei a ter sentimentos por ele. Não tinha nada que eu pudesse fazer sobre aquilo, então mantive a distância física enquanto andávamos até o carro. Eu conduzia a conversa para as coisas que podíamos ver durante a viagem até o ponto de encontro, a uns trinta minutos de distância, para garantir que não iríamos entrar em nenhum assunto que pudesse parecer um flerte. Era difícil porque a gente naturalmente vivia brincando um com o outro — o exato motivo pelo qual foi tão incrível encontrá-lo na Barry's e pelo qual acabei com essa paixonite inconsequente em primeiro lugar — e agora tudo tinha se transformado em uma espécie de campo minado em que eu poderia me constranger a qualquer minuto se pisasse fora da linha sem autorização. Eu não conseguia entender se ele estava fazendo as coisas de modo amigável ou dando em cima de mim. Por exemplo, ele abria a porta do carro para mim e eu pensava: *Ah. Sendo amigável.* Mas aí ele fazia aquela coisa de mostrar um sorriso secreto só para mim e eu pensava: *Dando em cima de mim.* E aí ele abria um sorriso para o nosso motorista de táxi, garçom ou para uma pessoa aleatória com um cachorro bonito na rua e eu mudava de ideia outra vez: *Amigável. Ele só está sendo amigável.*

Subimos o rio em canoas separadas desde o ponto de encontro onde o táxi nos deixou, deslizamos através da água passando por penhascos reluzentes de calcário iluminados pelo sol do fim de tarde. O estuário era amplo e tranquilo, cercado de vegetação folhosa e do zumbido baixo de insetos.

Minha canoa era verde-escura e sua ponta rompia a água como uma faca cortando manteiga, dividindo-a e abrindo caminho com facilidade, o que me fazia sentir a Amelia Earhart do remanso, desbravando novos territórios. Para cada momento tenso e intensificado que eu tinha tido com Patrick na viagem até agora, havia mais dez momentos como este: reflexões tranquilas e recentralização pessoais, flashes de perfeição que faziam com que eu acreditasse que tudo realmente daria certo. Eu sabia que Londres existia como um conceito, que minha casa era real e que havia milhões de coisas para resolver quando eu voltasse, mas nada disso importava quando o sol ardia alaranjado, como o centro de uma fogueira do Festival de Guy Fawkes, a natureza me mostrando sua melhor forma. Como eu estava sendo mimada em viver aquilo. Como eu era sortuda em ganhar de presente aquela experiência tão rica para poder me recuperar. Fernanda quis aquilo para mim desde o começo. Eu estava começando a querer aquilo para mim mesma. Eu estava inteira. Eu era suficiente.

Quando chegamos a uma praiazinha particular, o sol já tinha baixado sedutoramente por trás das árvores, e havia taças cheias de gelo tilintando que esperavam por nós na margem, e águias-pescadoras banqueteando-se na água. Nós nos embalamos no silêncio cheio de intimidade que acompanhava a experiência de completo maravilhamento daquele momento.

— Caramba! — Patrick disse, por fim, absorvendo a nova nuance terrosa da iluminação e a quietude da água. Nós estávamos colecionando uma porção de crepúsculos juntos.

— Pois é — concordei. — Acho que nunca me senti tão em paz em toda a minha vida.

Enfiei os dedos do pé na areia ao lado da enorme toalha onde estávamos relaxando. Estava mais fria na parte debaixo que não tinha ficado exposta ao sol. Minha pele estava dourada, meu cabelo descia selvagem ao redor dos ombros, meus lábios — sem sombra de dúvida — estavam abertos em um sorriso involuntário.

— Eu não quero voltar pra minha vida de verdade do jeito que ela era — eu disse. Não sabia de onde aquilo tinha vindo, talvez por eu achar que não seria possível me sentir daquela forma de novo uma vez que saíssemos da Austrália, e eu queria me sentir daquele jeito sempre. Suspensa no tempo e protegida pela natureza. Eu queria examinar cada nuvem no céu e cada folha nas árvores para conseguir gravar tudo na memória.

— Posso te perguntar uma coisa? — ele disse.

Fiz um ruído que significava que sim, ele podia.

— Por que você não é feliz em casa?

— Só uma pergunta boba, então — brinquei. — Qual é o sentido da vida? Você é feliz? Por que o céu é azul?

— Amor. Sim. Ciência.

Balancei a cabeça.

— Você tem resposta pra tudo.

— Só porque eu gastei muito tempo fazendo perguntas.

O corpo dele estava perto do meu. Será que ele também estava se escorando em mim? Talvez eu estivesse imaginando isso por causa da bondade dele. Talvez eu estivesse desejando uma coisa absurda.

Não, isso é real, disse a voz dentro da minha cabeça. *Você está segura pra sentir isso.*

— Vá em frente — ele me incentivou. Sua voz estava baixa, um padre me oferecendo a paz antes da confissão.

— Por que eu não sou feliz em casa?

Foi a vez dele de murmurar encorajamentos. Continuei:

— Falando sério? Eu sinto que passo da conta. Ou, então, que eu não sou o suficiente.

Continuei brincando com meus pés na areia.

Meu corpo se voltou um pouco mais para Patrick, em resposta ao mesmo movimento dele. De pouquinho em pouquinho, nos movíamos cada vez mais na direção um do outro.

Eu queria acreditar que ele tinha uma paixonite também.

— Eu sofri *bullying* na escola. Não voltei para o acampamento de teatro porquê... Foi nessa época, quando voltei daquele último verão no Yak Yak e entrei no ensino médio, que, de repente, as meninas populares não gostaram que eu tivesse feito alguma coisa legal. Como se elas decidissem me odiar porque eu estava empolgada por causa daquela coisa que eu amava. Elas me atormentaram por um ano letivo inteiro, e, quando a escola finalmente ligou para os meus pais, porque estavam preocupados por eu ter ficado retraída e parado de participar, papai foi muito legal, mas mamãe... não foi.

"Ela disse que, se as outras garotas achavam que eu era horrível, então eu devia ter feito algo de errado mesmo. Ela não me incentivou a voltar pro acampamento de teatro, e, mais ou menos na metade do verão, eu bolei esse plano de ser a menina que todos diziam que eu devia ser. Sei que não parece racional, mas tinha sido um ano tão horroroso e solitário quando eu era eu mesma que pensei que ser outra pessoa não era uma ideia ruim. Pensando sobre isso agora, acho que eu basicamente continuei fingindo ser aquela pessoa o tempo todo até o casamento."

— Annie, isso é horrível.

— Sim. O negócio é que eu acho que nunca parei pra pensar nisso antes. Ficar em um relacionamento sem futuro, continuar em um trabalho pelo qual não tenho paixão...

— Andei pensando sobre isso — ele me interrompeu. — Você é uma física teórica. Você é basicamente uma gênia...

— Mas não é minha paixão.

— Meu trabalho não é minha paixão — ele contra-argumentou. — É só a forma como eu ganho dinheiro pra aproveitar a minha vida. Acho que transformar o seu trabalho na sua personalidade é uma coisa muito moderna. Eu não entendo. Sei que eu disse pra largar se você não gosta, mas o que esqueci de dizer é que tá tudo bem se você não amar o que faz.

— Faz sentido — eu disse. — Mas eu também andei pensando no assunto e eu preciso disso. Não posso ficar gastando trinta e cinco ou quarenta horas por semana, às vezes cinquenta, fazendo uma coisa que eu não tô realmente a fim. Isso é um terço da minha vida e o outro terço eu vou gastar dormindo.

— Então tem que fazer o último terço valer a pena — ele disse de um jeito atrevido.

Sendo amigável ou dando em cima de mim? Sendo amigável... ou dando em cima de mim?

Baixei os olhos pelo rosto dele, até a boca.

— Eu consigo ver tão claramente que você está pronta pra seguir em frente com a sua vida. Mas aí, quando eu penso que tá tudo certo, você vai lá e se autodeprecia, ou fala do Alexander, e eu penso "Ai, não. Ela não tá pronta. Ela não quer seguir em frente".

— Eu tô pronta — eu digo baixinho. — Eu só preciso encontrar coragem.

A voz dele também estava baixa, quase inaudível.

— E você encontrou...

Não era uma pergunta o que ele disse. Com aquela voz baixa e o queixo a centímetros do meu, e o peso entre nós, era quase definitivamente um convite.

Engoli em seco.

Tem alguma coisa rolando, pensei, com clareza. *Definitivamente tem alguma coisa rolando.*

Eu quase conseguia ouvir o barulho das engrenagens trabalhando no cérebro dele. Patrick inspirou decisivamente e, antes que ele pudesse realizar o inevitável, nossa guia do passeio de canoa chegou à margem e disse:

— É isso aí, pessoal, sintam-se convidados pra entrar de volta nos barcos. Se a gente sair mais tarde daqui, vai estar escuro e os mosquitos vão ser tão grandes que vocês vão dormir abraçadinhos de conchinha, e eles não vão ficar na parte de dentro!

Patrick ficou de pé em um salto como se tivesse sido pego fazendo algo que não devia.

— Já tô indo — ele disse.

Ele olhou para mim e ofereceu a mão. Eu a aceitei.

— Obrigada — eu disse.

E ele falou quase num sussurro:

— Claro. Isso aí. Uhum.

Enquanto nos enfiávamos no táxi da volta, pensei nos votos que fiz no avião quando estava vindo para cá. Eu prometi a mim mesma que iria parar de tentar ser perfeita. Que, na alegria e na tristeza, mandaria a cautela pelos ares. Que, na riqueza e na pobreza, diria sim a todas as oportunidades que surgissem no meu caminho.

Lancei um olhar na direção de Patrick. O perfil dele tinha se tornado tão familiar para mim que era reconfortante. A forma como o seu cabelo estava caído no meio da testa fez eu querer me aproximar e ajeitá-lo para ele. Imaginei como seria se eu soltasse o meu cinto de segurança e escorregasse para o assento do meio, só para sentir a coxa dele contra a minha. Imaginei como seria a sensação de encostar meu rosto no dele, de propósito dessa vez, escorregando a minha língua para dentro da sua boca.

— Tudo bem? — ele perguntou.

Eu dei um sorriso amarelo e disse:

— Sydney é incrível, né?

Não podia dizer a ele o que eu realmente estava pensando.

— Foda demais — ele concordou e então fez a coisa mais impensável. Ele soltou o seu cinto de segurança e deslizou para perto, esticando o braço até mim e me forçando a abaixar a cabeça de modo que ele conseguisse envolver meus ombros e me puxar para si. Minha coxa estava contra a dele. Fiquei paralisada por meio segundo, conferindo se eu não tinha entendido errado, antes de ceder ao quão gostoso era aquilo. Deixei minha cabeça tombar para o lado, de modo a repousar no peito dele. Ele soltou um suspiro baixo, um suspiro satisfeito. Enquanto eu observava o céu passando pela janela em um borrão, deixei minha mão deslizar até o joelho dele. A sua mão livre encontrou a minha ali. Voltamos para o hotel praticamente grudados um no outro, a exceção dos nossos rostos, testando esse novo normal.

Quando descemos do carro, Patrick colocou sua mão em minha nuca e eu gostei que ela estivesse lá. Não dissemos nada enquanto caminhávamos para o elevador privativo da cobertura, o calor do toque dele se intensificava conforme íamos passando por cada andar. Eu é que estava com as chaves e fiquei de frente para os botões, e Patrick veio logo atrás de mim, seu corpo tão próximo e ao mesmo tempo tão distante.

Percebi que eu estava respirando curta e superficialmente. Se antes eu queria ficar suspensa no nosso momento no táxi para o resto de todos os tempos, agora eu queria chegar lá em cima o mais rápido possível, porque eu sabia o que iria acontecer lá.

Minha ânsia fazia cada segundo parecer uma década inteira. Com certeza só tinha levado segundos para colocar a mão na bolsa, pegar a chave, aproximá-la do sensor e escutar o rugido do elevador nos conduzindo para o trigésimo sexto andar, mesmo assim, pareceu que levou horas, dias, *milênios*. Coloquei minha bolsa no sofá da sala de estar central e apanhei minha garrafa de água. Bebi tudo de uma vez, mas aquilo não satisfez a minha sede. Enquanto secava a boca com as costas da mão, eu sabia o que iria fazer em seguida.

Patrick estava me observando. Eu fiquei parada e deixei que olhasse. Sorri. Me recusei a desviar o olhar, a ficar tímida.

Eu o queria. Provavelmente eu o queria havia mais tempo do que tinha percebido.

— Vou te beijar agora — eu disse, tampando a garrafa outra vez. — Tudo bem?

A distância era de três passos.

Meu coração dava solavancos dentro do peito.

Um passo.
Solavanco.
Dois passos.
Solavanco.

Três passos.
Solavanco.
Coloquei uma mão em seu rosto. Eu não queria apressar as coisas. Não queria atacá-lo. Não queria agir como se fosse algo óbvio. Queria que fosse importante. Eu queria lembrar daquilo.
Olhei nos seus olhos. Ele estava sério e sóbrio. Passei meu polegar pelos seus lábios e então me inclinei em sua direção, de propósito dessa vez, me demorando por um último instante logo antes de a minha boca encontrar a dele.

25

Eu não conseguia lembrar da última vez que tinha ficado com alguém. Por que aquilo tinha parado de acontecer? Por que a gente ficava tão focado que o beijo tinha que abrir caminho para tirar as roupas quando havia tanta alegria, tanto calor, tanta paixão em continuar beijando de novo e de novo, acelerando e desacelerando, simplesmente estando juntos?

— Preciso ir devagar com isso — ele sussurrou na minha boca e eu entendi imediatamente: *ele não faz sexo desde que a esposa faleceu.*

— Eu também quero ir devagar — assegurei. Eu não tinha estado com mais ninguém além de Alexander em uma década, então tudo era novidade para mim também. Todas as novas proporções e limites e movimentos. — Eu prefiro assim.

Através da sua bermuda, eu conseguia senti-lo crescer. Ele me colocou em cima do balcão da copa e minhas pernas se separaram para que ele pudesse ficar de pé entre elas. Empurrei minha pelve contra a dele porque não consegui evitar o arqueamento das minhas costas para senti-lo, mas todo o resto foi censura livre, mesmo que a pulsação na minha calcinha fosse classificada para maiores de 18 anos.

Havia uma ternura na forma como ele me beijava. Nós estávamos vulneráveis, como se tivéssemos concordado, pela maneira como nos tocávamos, em sermos delicados um com o outro porque ambos sabíamos que era disso que o outro precisava. E, conforme os dedos deles desceram até o alto das minhas coxas e continuaram escorregando para enlaçar minhas nádegas, consegui sentir que ele estava se soltando, se entregando para mim; o que me fez me sentir mais segura em me entregar para ele também.

Eu confio nele, pensei, e então parei completamente de pensar.

26

Ficamos no escuro deitados no sofá. Já devia ser bem mais de meia-noite, honestamente eu não fazia ideia. O corpo dele estava junto do meu e nós tínhamos passado de beijos para conversas sussurradas e depois de conversas sussurradas para mais beijos.

— Isso é estranho? — perguntei, porque não consegui me aguentar. — Você acha estranho isso estar acontecendo?

Ele negou com a cabeça e estava tão perto de mim que aquilo fez o nariz dele se esfregar no meu como num beijo de esquimó.

— É o oposto de estranho — ele me disse. — É estranho o tanto que não é estranho. Eu queria você. Eu estava me consumindo de culpa por causa disso e tentando não querer, mas eu quis desde aquele dia em que te ajudei a vestir o suéter.

As pontas dos dedos dele brincaram nas minhas coxas e depois desapareceram embaixo do meu short e voltaram a aparecer. Eu soltei um gemido baixo, um sinal de que ele me dava prazer.

— Você entende o quanto eu quero você, né? — ele perguntou. — Ir devagar, não é por...

Ele não terminou a frase.

— Não existe nenhuma fórmula que tenhamos que seguir — respondi suavemente. — E, de qualquer forma, sexo é supervalorizado.

Ele se afastou e inclinou a cabeça.

— Bobagem — riu ele.

— Aham — eu respondi, rindo também. — Vamos lá, sai de cima de mim. É hora de dormir e eu preciso de um banho frio. E... — Eu olhei teatralmente para a virilha dele, iluminada pela luz do luar. — ... acho que você precisa também.

Ele sorriu, totalmente desavergonhado em relação à barraca armada nas próprias calças.

— Eu sou só um homem — ele disse, rolando para longe de mim. — Eu te disse que estou nas suas mãos.

— Boa noite, Patrick Hummingbird.

Ele me assistiu indo embora do sofá e respondeu:

— Boa noite, Annie Wiig.

Eu me virei e abri um sorriso rápido para ele. Sozinha no meu quarto, eu repassei exatamente o que tinha acontecido. O quão forte meu coração estava batendo antes de eu dizer que iria beijá-lo, os lugares que as pontas dos dedos dele tinham acariciado enquanto ele beijava minha boca, meu pescoço, meu colo, o quanto me entregar ao que estava sentindo tinha sido uma vitória e uma rendição ao mesmo tempo. Caí no sono enquanto gravava cada detalhe na minha memória.

27

Acordei sorrindo feito boba e desesperada para contar para Kezza o que tinha acontecido. Eu não conseguia acreditar que Patrick e eu tínhamos nos beijado. E não só nos beijado — *tínhamos nos pegado*. Eu era uma mulher adulta que não precisava correr para o seu grupo de amigas e destrinchar o que tudo aquilo tinha significado, como uma adolescente que está tentando descobrir se o crush vai convidá-la para a festa do fim do ano letivo. Só que...

Kezza, digitei no meu celular. *Queria que a diferença de fuso não significasse que você sempre tá dormindo quando eu tô acordada e eu sempre tô acordada quando você tá dormindo. Tenho coisas pra contar!!*

Comecei a digitar todas as reviravoltas desde que ela tinha me dado uma sessão de aconselhamento por telefone, mas estava difícil saber quando a história realmente tinha começado e qual exatamente era o meu foco. Refleti sobre isso. O foco era: Patrick e eu nos pegamos e, agora, eu estou deitada na cama, na manhã seguinte à noite anterior, tentando decidir o que fazer quando sair do quarto. Ele estaria, inevitavelmente, sentado tomando café da manhã de cueca, como fazia todas as manhãs.

Uma cueca que guardava uma fera bastante excitável, devo dizer, se a noite passada pudesse servir de exemplo.

Deletei tudo o que tinha escrito na mensagem de texto para Kezza e troquei por: *Patrick e eu nos beijamos. Eu tô surtando porque... eu gostei??? Mas também: pqp??? Eu queria poder falar com você!!*

Acrescentei: *Não aconteceu nada além disso, a gente só se beijou. Ele beija do jeito que a gente espera ser beijada. Estou obcecada. Eu precisei... você sabe... me aliviar (!!!) depois de dizermos boa noite!*

— Annie?

A voz de Patrick veio da sala de estar, mas soava como se ele estivesse se aproximando do meu quarto.

Eu puxei as cobertas sobre mim, para me proteger — do quê, eu não sabia. Limpei a garganta e tentei soar o mais neutra possível quando respondi:

— Sim?

Uma batida suave na porta.

— Posso entrar?

Patrick abriu a porta do quarto e, sem fugir do padrão, estava de samba-canção e roupão aberto.

— Bom dia — eu disse, distraída em observar o quão bonito ele estava. O cabelo estava arrepiado de um lado e os olhos ainda estavam sonolentos e pequenos. Eu queria estender a mão e puxá-lo para a cama comigo. — Você tá bem?

Ele assentiu com ar de sabedoria. Estabelecer contato visual fez meu estômago dar uma cambalhota.

— Eu quero dizer algo e podia ter esperado até você levantar, mas...

Ai, meu Deus. Ele ia me dizer que tudo tinha sido um erro? Que a gente estava prestes a passar os próximos seis dias da maneira mais constrangedora, estranha e vergonhosa possível? Eu queria conseguir desenviar minha mensagem para a Kezza. A única coisa pior do que explicar que a gente tinha se pegado seria explicar que depois eu fui rejeitada porque *EXTRA! EXTRA!* nenhum homem me quer! Chega a ser hilário eu ter imaginado que algum homem me quereria! Eu sou a mulher de quem os homens nunca gostam!

Esperei o balde de água fria.

— Eu queria ver a sua cara — ele continuou —, quando eu te contasse que...

Eu queria que ele se apressasse e falasse logo.

— Você mandou a mensagem pra mim e não pra uma das suas amigas. Você surtou comigo em vez de surtar com a Kezza.

— Não! — guinchei, puxando os lençóis até a minha cara para me esconder de um nível de vergonha que talvez pudesse realmente me matar. Conseguia ouvir a risada dele através da roupa de cama.

— Não! — eu insisti. — Nããããooo!

A risada dele se aproximou e eu senti o peso dele afundar o colchão no pé da cama.

— Permissão para entrar? — ele disse, e o seu rosto apareceu debaixo do lençol pelo outro lado da cama.

— Eu não acredito que mandei a mensagem pra você e não pra Kezza. Isso é tão humilhante. Esquece tudo que eu disse, *por favor*.

— Ei — ele disse. — Pera lá. Agora você me tem na sua cama, então tem pelo menos um lado positivo... Ou você precisa de mais um momento especial sozinha?

Por que eu fui contar para a Kezza que eu me masturbei? AGORA O PATRICK SABIA QUE EU TINHA BATIDO UMA SIRIRICA SÓ DE PENSAR NA GENTE SE PEGANDO.

— Você tá bem? — ele perguntou. Ele tinha parado de rir agora, mas continuava com um sorrisinho afetado.

— Meu ego precisa de mais dez minutos — choraminguei.

— Você realmente tava achando que hoje seria esquisito?

Encolhi os ombros e olhei para ele por entre os meus dedos.

— Talvez. Não sei.

— Você me disse que queria que isso acontecesse há séculos.

— Você também! — eu disse, exatamente como a adolescente reclamona que eu estava tentando evitar, o que fez com que nós dois voltássemos a rir.

— Olha — ele disse. — Antes de qualquer coisa, somos amigos, certo? Mas eu vou ser muito, muito sincero agora: se a pegação rolar de novo, eu não vou achar ruim.

Eu finalmente olhei de verdade para ele.

— Foi só isso que chamou a sua atenção — ele zombou.

Eu sorri.

— Ok. Isso ainda é horrivelmente constrangedor e eu ainda preciso que você saia do quarto, mas ok. Fechado. Somos amigos antes de tudo.

— E... ? — ele incentivou.

— E se a pegação rolar de novo, eu também não vou achar ruim.

— Ótimo papo — ele disse, e eu pensei que esse era o fim da conversa. Mas ele se virou e deu uma piscadela enquanto revelava: — Não posso mentir. Falando nisso, eu também tive que aliviar um pouco da tensão ontem à noite.

Eu soltei um gritinho e joguei um travesseiro nele, mas ele se moveu rápido demais e fechou a porta, fazendo com que o travesseiro acertasse a parede com um baque surdo antes de aterrissar no tapete.

28

Passamos os dias seguintes visitando todos os pontos turísticos que Sydney tinha para oferecer — chegamos a assistir a uma versão musical de *Psicopata americano* na Opera House, e também uma ópera de verdade sobre a rainha Elizabeth I tendo de decidir entre seu coração e seu país. A cena gastronômica em Sydney era notável. Havia centenas de restaurantes com pratos asiáticos incríveis; nós nos esbaldamos durante um almoço no porto em que comemos ostras frescas australianas[11] e entornamos uma garrafa de vinho; e eu provei Vegemite[12] pela primeira vez (e odiei, mas Patrick comprou seis potes para levar de tanto que ele gostou). Eu tinha acabado de desenvolver uma obsessão pelos chocolates Tim Tam e a recepcionista do hotel nos disse para pedir beterraba nos nossos hambúrgueres porque, aparentemente, é assim que se faz.

---

11 *Sydney rock oyster*, no original, é uma espécie que não é realmente nativa de Sydney, apesar do nome, mas de regiões específicas da Austrália e da Nova Zelândia. A iguaria é renomada mundialmente por seu sabor único.

12 Uma pasta salgada australiana à base de levedura famosa internacionalmente por seu caráter "ame-a ou deixe-a", é quase um meme.

Nós marcamos uma aula de culinária matinal, um tour a pé, uma visita ao Museu de Sydney, um passeio de bote no porto, chá da tarde no edifício Queen Victoria Building e pegamos a balsa até a praia de Manly para explorar o calçadão. Em toda a história da humanidade, nunca houve duas pessoas que tivessem turistado Sydney tão bem quanto a gente. Na verdade, turistamos Sydney tão intensamente durante cinco dias que, das oito da manhã até às dez da noite, a gente mal tinha tempo para falar de verdade um com o outro, a não ser para apontar para alguma coisa no horizonte ou para pedir que o outro conferisse algo no mapa do celular. E nos intervalos de tudo isso, os beijos continuaram rolando.

Eu nunca estava desatenta a ele. Nos restaurantes, começamos a escolher lugares um ao lado do outro no bar em vez de uma mesa em que estaríamos em lados opostos; pedíamos um drinque e quase imediatamente já estávamos nos agarrando. Patrick mudava as cadeiras de lugar de forma instintiva nos cafés ao ar livre, de modo que conseguíamos nos sentar lado a lado para apreciar a vista, nossos pés se encontrando e nossos joelhos encostados. A balsa para a praia de Manly estava tão cheia que tivemos que nos sentar em assentos separados por algumas fileiras e eu o peguei olhando para mim. Antes eu estava observando a água e sorrindo ao sentir a brisa, apreciando o jeito como meus antebraços tinham uma cor mais escura e me deliciando com o relaxamento nos meus ombros e, à exceção dos pensamentos relacionados a Patrick, o vazio no meu próprio cérebro. Claro que a gente gastava bastante tempo discutindo o itinerário da viagem e planejando onde comer, mas era uma coisa legal e cotidiana. Naquele barco eu não conseguia nem lembrar o que mais poderia existir para me preocupar, apenas que as preocupações existiam em algum lugar, de alguma forma — só que não aqui, comigo. Foi nessa hora que senti os olhos dele sobre mim, e, quando olhei para trás, ele simplesmente sorriu, sustentou o olhar e então ergueu a mão para acenar.

Ele articulou com os lábios *estou com saudade*, mas sem emitir nenhum som, e isso me fez rir ainda mais. Quando desembarcamos, ele entrelaçou os dedos no meus e segurou minha mão como se nunca fosse soltá-la.

Querida Annie, Fernanda me enviou uma mensagem de texto quando paramos para lanchar. *Espero que Sydney esteja sendo um sonho. Conte pra gente como você está indo quando tiver um tempo! Você não me mandou mensagens ultimamente. Adoraríamos ver mais algumas fotos!*

Fernanda me mandava mensagens com mais frequência que a minha própria família. Freddie obviamente tinha voltado às aulas com muita empolgação, esquecendo-se da sua irmã mais velha — o que os olhos não veem o coração não sente. Mamãe e papai não entraram em contato, mas Fernanda continuava a dar sinal algumas vezes na semana, acho que por estar ansiosa para se certificar de que não tinha me enviado para uma armadilha e de que eu realmente estava me divertindo. A vergonha correu nas minhas veias — eu não podia realmente contar para ela o tanto que eu estava me divertindo, podia? Contar que, para ser bem honesta, sim, Sydney era incrível, mas a minha parte favorita de Sydney provavelmente era a boca de Patrick.

Era tão tocante que ela continuasse a entrar em contato e estivesse interessada na viagem, mas agora que as coisas estavam um tanto confusas, eu sentia que estava sendo desonesta com ela. Eu lhe disse que a viagem estava maravilhosa e mandei fotos do hotel, reiterando o quando eu a amava e apreciava.

Você não planejou isso, Kezza me lembrou quando eu implorei pela opinião dela. Eu me agarrei àquela verdade. Não planejei mesmo, no fim das contas. Então por que é que me sentia tão mal sempre que meu celular tocava com uma mensagem de Fernanda?

— Você tá bem? — Patrick perguntou ao reparar que eu estava perdida nas minhas mensagens.

— Tô — eu disse rapidamente. — Claro que tô. É a Fernanda de novo. Ela é tão querida.

Passamos uma noite no parque nacional Blue Mountains, em um tour luxuoso de ônibus que só durou algumas horas. Eu nunca tinha ouvido falar do Blue Mountains, mas ele tinha milhões de hectares de floresta densa, falésias de arenito, cânions e cachoeiras, tudo isso somado a um horizonte azulado de eucaliptos que parecia não ter fim. Nós fizemos uma trilha longa até o centro do parque para admirar a flora nativa, ficamos de queixo caído com as formações rochosas e exploramos as cavernas subterrâneas. Escutamos histórias oníricas contadas pelos guias aborígenes e admiramos o trabalho dos artistas residentes também, até compramos algumas obras que cabiam na mala para levar para casa. Nós gostamos tanto que combinamos de voltar uma segunda vez, e fizemos uma parte da trilha Six Foot para ver mais uma vez as cachoeiras Wentworth Falls, Kings Tableland e Mount Solitary, antes de sermos levados até um resort próximo para uma pausa recreativa muito necessária depois de absorvermos uma natureza tão majestosa e de termos caminhado trinta mil passos naquele dia.

 E os beijos. Selinhos. Beijos profundos e apaixonados. Duas sessões de pegação antes de dormir, cada uma mais intensa que a outra.

 Uma tarde, estávamos perto da piscina quando nos beijamos, e eu não sabia ao certo quanto tempo mais conseguiria continuar com a boca colada na dele sem colar outras coisas também. Eu tentei aproveitar a novidade que era ir devagar, conhecer a vida e a personalidade de alguém antes de conhecer seu corpo, mas eu estava ansiando por ele. Nós éramos ímãs carregados.

 Hum, mas... eu achei que isso era um caso de luxúria e não um caso de amor, Adzo disse em uma mensagem. Ela finalmente tinha me respondido e eu tive a chance de atualizá-la sobre o que tinha acontecido na noite da canoagem ao pôr do sol. Ela basicamente disse a mesma coisa que Kezza: aparentemente todo mundo, exceto Patrick e eu, sabia que a gente ia se pegar antes que a gente soubesse, até mesmo antes que a gente pensasse nisso. Isso me incomodava em parte por causa de uma crença implícita de que homens e mulheres não podem ser só amigos sem segundas intenções, mas esta mulher e este homem não eram só amigos sem segundas intenções, ou eram?

29

— Não é que eu não esteja grata por tudo o que fizemos enquanto estivemos aqui — eu disse. — Mas sabe. Uma tarde inteira em um spa? Isso realmente me pega de jeito.

— Tô com você nessa — respondeu Patrick. — Minhas panturrilhas, eu não tô acostumado com tanta caminhada. Eles deviam acrescentar "caminhar cinquenta mil passos" nos treinos da Barry's Bootcamp. Nem as aulas do D'Shawn deixaram as minhas pernas tão pesadas.

Ele tirou da mochila o panfleto de nosso destino e o abriu.

— Você é o louco da informação — eu disse. — Eu literalmente nunca conheci alguém tão obcecado em ler antes, durante e depois de um evento quanto você. Onde diabos você guarda toda essa informação?

Nossa garçonete entregou dois tostex na nossa mesa, foi ali que encontramos nosso café diário — a gente acabava parando naquele lugar pelo menos uma vez ao dia, chegando ao ponto em que a barista sabia nosso pedido antes mesmo que tivéssemos que dizê-lo.

Patrick deu uma grande mordida no sanduíche e disse, com a boca cheia:

— Pra ser honesto, a informação entra por um olho e sai pelo outro. É por isso que preciso reler tudo.

Eu estava satisfeita por não ter mordido meu sanduíche ainda, porque um grito de "Rá!" escapou de minha garganta antes que eu pudesse evitar.

— É sério — ele disse. — Na verdade acho que talvez eu seja disléxico, só que nunca fui diagnosticado. Sei lá. Não que isso importe, mas, sim, às vezes eu sinto como se meu cérebro não funcionasse como o de todo mundo.

— Poxa — eu disse, surpreendida pela vulnerabilidade dele. — Essa foi a primeira vez que você disse algo sobre isso.

Ele continuou mastigando.

— Você é tão esperta e eu sou...

Eu levantei uma mão.

— Nem vem com essa. Não se atreva.

— O quê? É verdade! Você é uma cientista. E usa palavras tão longas que metade do tempo eu acho que só pego o grosso do que você tá dizendo. Tudo o que eu posso dizer é que é ótimo que o seu rosto seja tão expressivo. Isso ajuda.

— Eu não vou compactuar com isso — eu disse. — Se você for disléxico, isso obviamente não te fez ficar pra trás. Você desenvolveu outras habilidades pra compensar. Você me desafia a mudar meu jeito de pensar. Essa é uma das coisas que eu mais...

Merda. Eu quase disso *amo*. Não que eu estivesse apaixonada por Patrick, era só um jeito de falar.

— ... *gosto* em você. Você não é como um monte de gente que eu conheço. Não sei se é por causa disso ou não. Mas você é incrível. É claro que você podia melhorar o seu senso de direção um pouco mais...

Foi a vez dele de dizer um "Rá!".

— Nem vem, Annie. Foi você que fez a gente se perder no caminho pro chá da tarde aquele dia, não eu. Nem tente. Ou vamos realmente precisar de um momento Mona Lisa.

— Ei — eu disse. — Quando você teve sua manhã Mona Lisa, lá em Margaret River, quando você saiu, mas depois voltou, lembra?

— Sim — respondeu ele.

— O que foi aquilo?

Ele fez uma careta.

— Fui eu sendo ridículo.

— Eu fiquei preocupada que tivesse te irritado.

— Você nunca poderia me irritar — ele disse e continuou: — Eu estava surtado, só isso. Depois de contar pra você sobre a Maya, eu fiquei feliz por fazer isso, era a coisa certa, mas eu acho que eu sabia que estava começando a sentir alguma coisa por você. Foi por isso que te contei. Eu não queria que alguma coisa acontecesse sem que você soubesse sobre ela. Eu não conto pra muitas mulheres, mas... você não é uma mulher qualquer, é?

— Não sou? — eu provoquei e ele revirou os olhos.

— Termina de comer e bora pro spa — ele disse. — Eu quero ser sovado como um pão de fermentação natural.

— Puta merda! — Patrick exclamou assim que atravessamos as portas. — Isso aqui é Nárnia?

Ficamos de pé lado a lado enquanto processávamos a vista majestosa da entrada marmorizada do spa, com uma enorme vidraça nos fundos que dava para hectares de jardins verdejantes e opulentos e a eventual presença de um ser humano a se enveredar por ele.

— Sejam bem-vindos ao Serenity Gardens. Você deve ser a Annie Wiig? Estávamos esperando por você.

Eu abri a boca para responder, mas a pessoa atrás do balcão continuou falando.

— Meu nome é Storm e atendo por pronomes neutros. Se vocês precisarem de alguma coisa, por favor, peçam para alguém da equipe, e me chamem pessoalmente se sentirem a necessidade. Vocês estão agendados para o retiro de casais, então aqui estão os seus roupões, hoje vocês vão ficar na casa de banho número dez. Sigam por esse corredor e vocês verão as placas.

Storm *não* parou para respirar.

— Somos nudistas aqui em todos os lugares, menos na piscina principal que eu vou marcar pra vocês aqui no mapa — Storm puxou um mapa laminado detrás do balcão e circulou o lugar do qual tinha falado com caneta vermelha. — Por favor, adotem essa opção. É mais higiênico desse jeito.

Patrick exclamou: — É mais higiênico ficar pelado?

— Sim, é melhor para o seu corpo. Aproveitem a estadia!

Calmamente, pegamos o mapa com Storm e seguimos na direção que nos tinha sido indicada. Nenhum de nós falou enquanto caminhávamos pelos grandes corredores repletos de muita luz natural e enormes vasos de pedra cheios de plantas verdes e flores de aparência exótica.

O interior se abriu para o exterior e ficou claro que as casas de banho, onde seria a nossa massagem de casal, eram cabanas com espaço para se trocar e um terraço. Na parte de trás da cabana, havia uma área de banho aberta e ampla com uma jacuzzi gigantesca e um chuveiro a céu aberto.

— Olá, sejam bem-vindos ao Serenity Gardens. Meu nome é Leslie e atendo por pronomes femininos. — Uma jovem mulher asiática com o cabelo habilidosamente modelado em um coque baixo nos esperava de pé à porta da cabana, um homem alto com tatuagens de aparência maori estava ao lado dela.

— Meu nome é John e atendo por pronomes masculinos. Nós seremos os seus massoterapeutas hoje. Podemos começar em quinze minutos?

Olhei para Patrick.

— Com certeza — ele respondeu. — A gente veste o...?

— É um espaço privativo — Leslie disse. — Então cada um escolhe uma maca e coloca as toalhas por cima. Vocês não precisam usar nada por baixo.

— Beleza — eu disse. — Nada por baixo.

— Tem uma garrafa de champagne esperando por vocês, mas sugerimos que comecem com um copo grande de água, para manter a hidratação, e guardem as borbulhas para mais tarde.

— Ótima dica — comentou Patrick. — Obrigado.

O interior da casa de banho era claro e arejado, e ficou imediatamente evidente que a única parte fechada do espaço era o pequeno toalete nos fundos. Nós dois olhamos para ele ao mesmo tempo e Patrick disse:

— Eu vou pra lá e deixo você se ajeitar por aqui. Vou sair quando você estiver pronta, pra preservarmos nossa decência, ok?

Ele desapareceu e eu quase rasguei minhas roupas na pressa de tirá-las e mergulhar embaixo da toalha estendida, aterrorizada com a ideia de ele sair e me pegar desprevenida, em alguma posição terrivelmente comprometedora.

— Pronto! — eu disse, quando já estava coberta e preparada, e Leslie pensou que aquela era a sua deixa para entrar pela porta da frente, assim como Patrick achou que era a deixa dele para sair do banheiro, completamente nu.

— Ah! — Leslie gritou. — Mil perdões! Eu achei que vocês estivessem...

Ela girou rapidamente, chocando-se contra John, que estava entrando atrás dela, de modo que Leslie pisou nos pés dele e então deu um salto para trás assustada, tropeçou e foi caindo na minha direção. Patrick se esticou para segurá-la, tirando as mãos que estavam em concha escondendo seu pênis, agora inteiramente à mostra bem na altura dos meus olhos. O pênis dele veio na minha direção, suas mãos estendidas para socorrer Leslie, enquanto John contorcia-se de dor e eu, tomada de pânico, rolava para fora da maca e caía no chão toda encolhida e nua como no dia em que vim ao mundo.

 Patrick ajudou Leslie, que pediu licença para nos dar um momento para nos reagruparmos, e depois ele jogou uma toalha para mim e enrolou outra ao redor da própria cintura.

 — Você tá bem? — ele perguntou, preocupado. — Você caiu?

 — O seu... treco, seu... ele tava me ATACANDO — eu exclamei.

 — Meu treco? — ele levantou uma sobrancelha. Ele estava muito mais calmo que eu. Eu estava traumatizada.

 — O seu pipiu! Eu vi o seu pipiu!

 Ele sorriu.

 — Eu vi os seus peitos — ele disse, como um velho tarado, com um sorriso de orelha a orelha.

 Caímos na risada.

 — Acho que agora quebramos o gelo do dia-de-spa-nudista — comentei. — A parte dura já passou?

 Patrick olhou para baixo e comentou com ironia:

 — Eu não posso garantir que a parte dura não vai voltar, pra ser honesto.

— Patrick!
Ele estendeu a mão para mim.
— Vamos, levanta daí. A gente definitivamente fez o suficiente pra merecer essas massagens. Acho que precisamos deixar uma gorjeta bem grande pra eles, por sinal. Duvido que quando a Fernanda e o Charles pagaram por tudo isso eles tenham incluído acidentes com pipiu no orçamento.
Ele me ajudou a levantar e eu arrumei a maca.
— Fique de costas enquanto eu subo nisso — eu instruí. — Já deu de acidentes com peitos por hoje.
Ele se virou e ficou encarando a parede enquanto eu me ajeitava, deitando de bruços e cobrindo meu bumbum com a toalha.
Ainda voltado para a parede, Patrick chamou:
— Annie?
— Sim? — respondi.
— Só pra deixar claro: são peitos fantásticos!
Não tem muito para onde fugir depois que você viu o documento do homem com quem está passando a sua não lua-de-mel. As massagens duraram noventa minutos e nós dois fizemos um monte de barulhos humilhantes. Assim que Leslie e John saíram, bebemos outro copo de água e aí abrimos a garrafa de champagne e a levamos para a banheira de hidromassagem vestindo nossos trajes de banho. Não estávamos prontos para as áreas nudistas comunais.

— Não sei se consigo encarar uma sauna nudista — Patrick comentou enquanto se abaixava dentro da banheira. — Sei que eu devia ser uma espécie de versão masculina da *manic pixie dream girl*, toda desencanada e audaciosa, mas receio que acabamos de descobrir quais são os meus limites.

— *Manic pixie dream girl?* — perguntei, colocando o pé dentro da banheira para juntar-me a ele.

Ele ergueu a mão caso eu escorregasse e precisasse de apoio.

— *Manic pixie dream girl* — ele repetiu.

Encarei-o com uma expressão vazia.

— Como explicar isso? Hum, em um filme, a *manic pixie dream girl* é uma mulher excêntrica e louca, projetada para ser o par romântico que vai reacender o desejo de viver do protagonista. Tipo a Kate Winslet naquele filme sobre memórias apagadas, *Brilho eterno de uma mente sem lembranças*.

— Patrick... ai, meu Deus. Isso é tão real! É tão você!

— Obrigado, obrigado — ele respondeu, fazendo uma falsa reverência.

— Era assim que você era no acampamento de teatro. Você sempre foi desse jeito.

— Talvez — ele disse. — Talvez não.

— Como assim? — perguntei, expirando satisfeita. — Não tem nenhum talvez.

Beberiquei minha taça cheia de borbulhas e então recostei a cabeça para aproveitar a sensação de estar um pouquinho tonta, mas tranquila uma vez que eu já estava basicamente na horizontal.

— Eu fiquei um lixo depois que a Maya morreu — ele disse. — Eu meio que saí dos eixos. Definitivamente não era muito legal estar perto de mim naquela época...

— Eu gosto de ouvir sobre ela — eu disse. — Você sabe que pode falar o quanto quiser sobre ela, não sabe?

Ele assentiu.

— Ela teria adorado isso aqui — ele respondeu. — Eu não sei por que eu fiquei tão bravo quando você falou do Alexander, porque a Maya está sempre na minha cabeça. Tô começando a pensar se isso faz parte da superação.

Continuei calada, cuidando para que ele não perdesse a linha de raciocínio.

— Imagino que a gente meio que tenha que olhar pra trás, pra onde a gente veio, pra entender como chegar aonde vamos, ou algo assim — ele continuou. — Eu consigo sentir que estou superando e é como se eu a estivesse traindo. E isso me deixa muito triste. Como é que eu posso estar tão feliz e tão triste ao mesmo tempo?

Refleti sobre o que ele falou.

— Tinha uma coisa que minha avó costumava dizer, a mãe do meu pai. Faz um tempão que eu não penso nisso e provavelmente vou misturar tudo, mas... ela dizia que os altos e baixos da vida estão entrelaçados, que a felicidade e a tristeza são tão interconectadas que é impossível ser completamente feliz ou completamente triste. É o bom e o mau, a luz e as trevas. Nós queremos que exista uma coisa certa, uma felicidade definitiva, tipo um lugar pra onde podemos fugir de todas as merdas da vida. Como se a gente passasse em uma prova. Mas isso não é viver. Não conseguimos ultrapassar as coisas merda, horríveis e medonhas. Então o grande trabalho da nossa vida é deixar que elas existam junto com as coisas boas, deixando as coisas boas bem mais gostosas. Faz algum sentido?

Sem tirar os olhos do jardim lá fora, ele acenou com a cabeça.

— Faz sim — admitiu.

O jato da jacuzzi fez um barulho parecido com o de um bebê se alimentando.

— Ser viúvo não é legal — ele disse. — E quem eu queria que me dissesse como lidar com tudo isso é a única pessoa que não pode. Eu queria ter a permissão dela.

— A permissão dela?

Com suavidade ele disse:

— Você sabe do que eu tô falando.

Mas eu não sabia até o exato momento em que ele falou aquilo.

— A gente? — perguntei.

Ele acenou com a cabeça de novo.

— Tem alguma coisa, não tem? — ele perguntou. — Não é só...

— É — respondi, olhando para ele. — Eu acho que tem. Mas eu não quero que você se sinta mal por causa disso.

— Eu me sinto mal porque eu *não* me sinto mal.

Aquilo me pegou de surpresa.

— Eu não sei o que responder pra isso.

— Nem eu.

Annie, se joga, minha voz interior disse gentilmente. *Tá tudo bem querer isso.*

— Ei — eu disse. — Que tal vestirmos os roupões e explorarmos os jardins? Prometo que isso não é um plano elaborado pra te levar pra sauna nudista. Mas pode ser legal explorar, né?

— Parece legal mesmo — ele concordou, baixando sua taça e se erguendo para me ajudar a sair da banheira. — Depois de você — ele disse, e então me seguiu, pegando minha mão quando eu estava me afastando.

Ele me rodopiou.

— Annie — ele disse e inclinou meu queixo para cima, em sua direção. Seus lábios encontraram os meus e de mansinho, com tanta ternura que foi quase imperceptível, ele abriu a boca e a sua língua se moveu contra a minha. Patrick me puxou para si com avidez. Eu ergui meus braços para abraçá-lo e puxei-o de volta.

— Hummm — ele disse, sorrindo. — Meu Deus, como você é gostosa.

Nós passeamos pelos jardins de mãos dadas e, depois daquele último beijo em especial, agarrar minha mão em volta da dele era tão cheio de intimidade quanto qualquer coisa que pudéssemos fazer sem roupas. Aquele beijo tinha sido como a chave para uma porta que guardava o lugar onde podíamos nos tocar com mais liberdade que nunca. Então, atravessamos os jardins com o braço de Patrick colocado ao redor do meu ombro, e, na volta para casa, a sua mão estava no meu bolso traseiro. Passamos por um supermercado e entramos para comprar chocolate. Nós nos distanciamos por um momento, e, na fila do caixa, eu senti a agitação deliciosa das pontas dos dedos dele encostando nas minhas, procurando por mim para podermos nos tocar de novo.

De volta à suíte, nos revezamos para tomar banho e nos aprontar para dormir, e eu estava deitada usando o meu roupão do hotel e pantufas quando Patrick apareceu à porta.

— Oi — eu disse, e sabia o que iria acontecer.

Ele veio até mim de toalha, e o único pequeno gesto que traía sua atitude confiante foi a forma como ele engoliu em seco, como se estivesse nervoso, mas determinado mesmo assim. Sentei ereta assim que ele se juntou a mim na cama. Solenemente, ele pegou minha mão e depositou um beijo na palma.

— Annie — ele disse, quase gemendo meu nome com tanta suavidade.

Inclinei a cabeça e respondi:

— Sim?

Com toda a gentileza que havia nele, Patrick inspirou e, ainda segurando a minha mão contra os próprios lábios, se virou para me encarar inteira e, com rouquidão e profundidade na voz, disse:

— Fiquei pensando se eu podia ver aqueles peitos magníficos outra vez.

30

Se eu achava que ele estava nervoso enquanto entrava no quarto, levou menos de dez segundos para descobrir que, na verdade, ele estava duro, e cheio de tesão, e nossos corpos se moviam muito, muito bem, um contra o outro.

Ele fitou meus olhos intensamente, enquanto eu desenlaçava o roupão, e então mergulhou no meu colo, beijando meus seios e se revezando para colocar cada um dos meus mamilos em sua boca. Passei meus dedos pelos cabelos dele e me regozijei na convicção do toque dele. Ele não estava sendo gentil comigo. Não sei o que eu estava esperando, mas ele não mostrava nenhuma timidez sobre como me desejava, me queria. Nem ao me dizer o que fazer.

Ele desceu com a boca pela minha barriga, deixando beijos pelo caminho.

— Abra as pernas pra mim — ele comandou, e depois disso tudo passou num borrão.

Depois, ficamos deitados na cama comendo os chocolates Tim Tams que tínhamos comprado mais cedo, minha cabeça escorada no peito de Patrick para que ele pudesse acariciar as minhas costas.

— Você achou que isso iria acontecer? — perguntei.

— Você e eu? Não. Sim. Não sei.

— Eu também. Não consigo descobrir.

— Quero dizer. O que você tá pensando... disso tudo? — Ele gesticulou abrangendo o próprio corpo nu e depois o meu. — Agora?

— Nós somos duas pessoas que conhecem o gosto um do outro — eu ri.

— Você é uma poetisa — ele respondeu, divertido.

— E — eu disse, tentando encontrar palavras que não fossem assustar nenhum de nós — a gente pode só... ver... no que vai dar?

— Suave na nave — ele comentou.

— Eu podia pedir que você bebesse o meu sangue sob a lua cheia e se comprometesse comigo até a segunda vinda de Jesus Cristo, mas acho que nenhum de nós tá no mercado pra esse tipo de coisa, né?

— São só essas as opções?

Encolhi os ombros. O sexo tinha sido incrível. Incrível. Eu esperava que pudéssemos fazer de novo, e de novo.

— Alexander não me fazia gozar — eu disse. — Eu não sei por que queria que você soubesse disso, mas...

— Pera, é sério? Ou você tá zoando comigo?

Fiz uma careta que eu torcia para que mostrasse que eu estava bastante séria.

— Sério? — ele continuou. — Ele sabia disso?

— Não fico orgulhosa de admitir que eu fingi uma ou duas vezes, só pra... sei lá. Deixar ele feliz? Mas sim, eu acho que ele sabia. E acho que ele não se importava. Era tudo tão... obrigatório.

— Aquilo que acabou de acontecer quando a minha cabeça estava entre as suas pernas, aquilo foi fingido? — Ele parecia tão chateado quando perguntou que foi impossível não soltar uma risada. Que fez o rosto dele ficar ainda mais triste.

— Poxa — ele disse e imediatamente eu tive que responder.

— Patrick! Eu tô rindo porque foi totalmente não fingido. Você fez meu corpo se contorcer de uma maneira...

— Você realmente se contorceu — ele disse. — Eu queria colocar uma mão na sua barriga e te segurar.

Me desvencilhei do abraço dele e levantei uma perna para envolvê-lo.

— Ninguém consegue fingir aquelas contorções — eu disse, baixando a minha voz e inclinando-me para beijá-lo. — Era disso que eu tava falando. Você é... — Beijei-o de novo — ... um amante... — outro beijo — ... muito habilidoso.

— Ah é? — ele perguntou, relaxando com o que eu oferecia.

— Uhum.

Deu para sentir ele enrijecendo. Subitamente ele me levantou e me virou de costas na cama, segurando minhas mãos acima da minha cabeça.

— Vamos ver se a gente consegue chegar ao orgasmo número dois... — ele rugiu, e eu soltei um agudo de alegria.

31

— Bom dia — a voz dele ecoou suavemente enquanto ele me abraçava pelas costas e se aninhava no meu pescoço.

Eu rolei, pressionando o meu corpo nu contra o dele. Preocupada com meu hálito matinal, posicionei minha cabeça na direção do ombro dele e beijei suavemente o lugar onde o ombro e o pescoço se encontravam.

— Bom dia, Patrick — eu disse sem nem abrir os olhos.

Ficamos deitados, a mão dele dançou pela minha cintura e foi descendo entre as minhas pernas. Quando soltei uma risadinha, ele a interpretou como um convite para continuar ali, e antes que eu me desse conta...

— Orgasmo número três — ele disse enquanto eu saía de cima dele, suada e satisfeita.

— Você lembra daquelas canecas estampadas de "Melhor pai do mundo"? — perguntei.

— Vixe — ele respondeu. — É agora que vamos falar de algum problema paterno?

— Eca — eu disse. — Não.

— Desculpa. Continue, por favor.

Revirei os olhos.

— Eu ia dizer que eu podia te dar uma daquelas canecas, só que com a frase "Melhores dedos do mundo", mas você estragou tudo.

— Não! — ele disse. — Não diga isso! Eu realmente quero essa caneca!

Estendi a mão e dei tapinhas em sua barriga.

— Tenho certeza de que você vai se redimir.

Ele rolou para ficar de bruços e se esticou para um beijo.

— Não consigo acreditar que só temos mais um dia — ele disse. — Como vamos passá-lo?

— Até agora, estamos indo bem... — eu sorri.

— Eu que o diga.

— Vamos tomar banho e ir para o Our Place tomar café. Pegue os mapas, talvez a barista possa sugerir alguma coisa?

— Você me ganhou quando disse "vamos tomar banho" — ele disse, rolando para fora da cama e estendendo a mão para mim. — Sou super a favor de ficarmos limpos pra nos sujarmos de novo.

Levou duas horas para que finalmente saíssemos do hotel. Já tinham parado de servir o café da manhã e os cardápios de almoço já estavam nas mesas.

— Então você não se arrepende de ter me trazido? — Patrick perguntou, depois de termos terminado de beber um café e sairmos, de mãos dadas, para um passeio à beira-mar.

— Ai, claro que eu me arrependo — eu disse, tentando manter uma expressão séria. — Pior decisão da vida. Mal posso esperar pra chegar em casa.

— Não — ele disse com horror fingido.

— Patrick — eu disse. — Cala a boca. Trazer você foi a melhor decisão bêbada que eu já tomei.

— Quantas decisões bêbadas você já tomou, essa é a questão — ele brincou.

Pegamos um *gelato* de uma sorveteriazinha mais ou menos (no copinho pra mim e na casquinha pra ele), e seguimos nossa intuição indo de um lugar bonito a outro. Ficamos de mãos dadas, nos aninhamos no pescoço um do outro, roubamos beijos, e eu me permiti aproveitar aquilo. Não fiquei questionando o momento, nem tentando entender o que tudo aquilo significaria quando estivéssemos em casa. Eu realmente iria voltar de tudo isso com... não com um namoro, mas com um... *alguma coisa*? Porque, honestamente, se tudo o que Patrick e eu éramos ficasse restrito apenas a esse lugar, se o que acontecesse na Austrália ficasse na Austrália, eu conseguiria viver com isso também, eu acho. Ficar distante fez exatamente aquilo que deveria fazer: me libertou.

— Você parece pensativa — Patrick disse, quando estávamos sentados no gramado, ao lado de um grande salgueiro, nossos rostos escondidos do sol e nossas pernas se esticando para longe da sombra.

— Hummmm — eu disse.

— Hummmm? — ele respondeu e eu soube que não conseguiria me safar falando alguma coisa sobre a vista. A gente se conhecia agora, a gente sabia como era o suspiro satisfeito um do outro, e como esse suspiro era diferente de um suspiro confuso ou de um suspiro raivoso. E ele olhou para mim como se realmente quisesse saber.

— Eu só... — eu disse. — Acho que tô começando a pensar em casa.

— É — ele disse. — Eu também.

— Ah é?

— É. Acho que eu fiquei muito tempo com a cabeça nas nuvens e esse tempo aqui me fez perceber: eu devia cultivar um pouco mais de responsabilidade.

— Rá! E eu aqui, aprendendo o exato oposto.

Ele passou o polegar pelos nós da minha mão.

— Tô ouvindo.

— Vou parar de ficar com medo — eu disse. — Acho que... gastei muito tempo mesmo esperando pra ganhar um certificado de pessoa. Faz algum sentido? Eu tinha essa ideia de que todo mundo sabia o que estava fazendo mais do que eu, e que, de algum modo, eu era um grande caos e todo mundo sabia como ocupar seu lugar no planeta, menos eu. Mas... na real, não acho mais que isso seja verdade.

Patrick sorriu, mas não disse nada.

— E não acho que o resto do mundo tá tão perdido quanto eu. Acho que assim eu não daria crédito suficiente para as outras pessoas. Você tem tanta segurança do seu lugar no mundo, depois de tudo que você passou, e isso me fez perceber que eu posso ser mais segura de mim também. Eu tô cansada de ficar procurando alguma espécie de permissão pra poder *existir*.

— Isso me soa escandalosamente saudável — Patrick disse. — O mais saudável possível.

— Eu não me julguei nessa viagem — comentei. — Ok. Não muito. Eu só... vivi o momento. E isso me fez entender que eu nunca só vivi o momento desde que, falando sério, desde que eu interpretei a Tallulah no palco quando tinha catorze anos, porra. Eu me policiei e fiz *bullying* comigo mesma desde então e quando voltarmos pra casa... não vou mais fazer isso. Não vou. Passei a vida toda marcando em uma merda de placar todas as vezes em que fui uma boa pessoa e todas as vezes em que cometi um erro. E se a pontuação boa não fosse maior que a ruim, e deixa eu te dizer, raramente era assim, eu me tratava como uma idiota que é vinte vezes pior do que qualquer outra pessoa no planeta.

— Annie — Patrick disse —, eu sabia que você era dura consigo mesma, mas não sabia que era tão ruim assim.

Dei de ombros.

— Acho que eu também não sabia até agora. E com o sol, o mar, as conversas, esse tempo distante, a diversão: acho que nunca fui tão eu. Passei vinte anos tentando ser uma coisa que eu não era e, em três semanas aqui, consegui descobrir a real verdade sobre quem eu sou e o que eu quero, e isso tá sendo muito empolgante.

— Uau — Patrick disse. — Annie Wiig, voltando pra casa pronta pra reinar.

— Literalmente — eu disse. — É. Cansei de ser um problema pra resolver. Acho que tô entendendo que não sou um problema, sou apenas eu mesma. E isso é incrível pra caramba.

— Eu assino embaixo — Patrick sorriu. — E, se servir de alguma coisa, ver você enxergar em si mesma o que eu enxergo em você é muito, muito excitante.

Inclinei a cabeça para trás e ri.

— Ah, é mesmo? — perguntei e ele levou a mão até o meu pescoço para me puxar para um beijo.

32

Nossa última noite foi um borrão: cinco pratos muito chiques em um restaurante panorâmico, uma sessão de pegação incrivelmente acalorada contra a parede de um beco onde um grupo de jovens nos mandou arranjar um quarto, e um shot de vodca um pouco desajuizado em um bar com caraoquê no qual fomos parar por acaso. E aí eu perdi uma rodada de "pedra, papel, tesoura" para Patrick e tive que levantar e fazer uma performance inflamada de "Don't Rain On My Parade", da Barbra Streisand.

— Incrível — maravilhou-se Patrick quando voltei para a nossa mesa. — Você sabe mesmo cantar!

— Não fique tão surpreso! — eu gritei. — Eu não tinha testículos esperando pra cair e arruinar meu timbre, né?

— Evidentemente não. — Ele riu, e a gente se pegou e tomou outro shot, e, quando fizeram uma pausa no caraoquê e "I'm Coming Out", da Diana Ross começou a tocar no jukebox, fiquei de pé num salto e comecei a cantar junto com a música enquanto me dirigia para a pista de dança. E foi lá que eu fiquei, uma música depois da outra, até Patrick enfim ceder e se juntar a mim, e aí dançamos juntos, bêbados, suados e felizes, cantando um para o outro até que eram três da manhã e o bar estava fechando. Tomamos então a decisão sensata de encontrar uma loja para comprar duas garrafas grandes de água e nos reidratarmos no caminho para casa.

Tudo teria acabado se a gente tivesse voltado para o hotel, e, embora fôssemos sair para o aeroporto às dez da manhã do dia seguinte, concordamos silenciosamente em alongar a noite. Imagino que, ao nos recusarmos a deixar a noite acabar, a gente estava alongando toda a viagem. Era estranho imaginar que depois de mais de vinte e quatro horas de viagem nós estaríamos em casa outra vez, e, embora pensar em ver Freddie fosse empolgante, só isso era empolgante. A coisa mais empolgante estava aqui comigo, então que motivo eu tinha para voltar para casa?

Achamos uma loja vinte e quatro horas numa esquina e, além da água, compramos o de sempre: Tim Tams para ele e um tubo pequeno de Pringles para mim. Depois nos acomodamos em um banco afastado da brisa marítima, mas ainda com vista para o porto. Eu queria estar exatamente onde eu estava. Quantas vezes eu tinha podido dizer isso durante a minha vida?

— A gente pode conversar sobre o que vai acontecer quando estivermos em casa? — Patrick perguntou com leveza.

Devorei minhas batatas e, lambendo o restinho dos dedos, respondi:

— Não sei. A gente pode?

— Pra algumas pessoas, isso seria coisa demais — ele sugeriu.

Eu sorri.

— Ainda bem que eu aprendi com um homem incrivelmente bonito que não importa o que as outras pessoas pensam.

Ele analisou minha expressão procurando por algo que eu não estava mostrando para ele.

— Sim — ele disse. — Mas também...

— Você quer o último montinho de Pringles? — perguntei e obtive a exata reação que eu esperava ter: ele riu e a tensão do momento se dispersou.

— Você é ridícula — ele disse.

— Uma ridícula por quem você ficou caidinho — eu respondi.

— Você disse que estava obcecada por mim na sua mensagem pra Kezza, então não sei quem é o maior trouxa.

Patrick esticou a mão e roubou a lata de mim, deliciando-se alegremente com a minha surpresa enquanto ele agarrava o resto da comida. Balancei minha cabeça como se não pudesse acreditar nele.

— Vou pedir pra te colocarem na classe econômica na volta — eu disse. — Vamos ver se você vai gostar.

— Não acredito em você. — Ele riu, esfregando uma mão na outra para se livrar dos farelos de Pringles. — Você não ia aguentar meia hora sem vir até o fundo do avião me procurar.

— Odeio que isso seja verdade — respondi.

— Eu te conheço por trás dessa sua pose — ele me contou. — Eu te conheço inteira.

Revirei os olhos.

— Tá bom, já deu, você já me sacaneou o suficiente. Você atingiu a sua cota.

Ele piscou sugestivamente para mim.

— Tem um desafio nessa frase em algum lugar... — ele disse. — Mas a gente não pode fazer isso aqui.

— Patrick Hummingbird, você é o homem mais safado que eu já conheci.

— Ah, você ainda não viu nada — ele disse ficando em pé e me puxando com ele.

O sol já estava nascendo quando voltamos para a suíte.

— Você faz essa cara — Patrick me contou enquanto me deitava no sofá. — E fica muito difícil não querer tirar a sua roupa.

Havia algo diferente na *vibe* dele. Ele estava mais selvagem, mais cru do que o que eu já tinha vivido com ele até agora.

— Minha cara é só a minha cara — sussurrei, tentando ser fofa.

— Não. Você sabe o que tá fazendo. Você sabe exatamente o que tá fazendo.

Eu ri.

— Tá vendo? — ele disse. — Você tá me seduzindo.

Ele levantou meu queixo e nos beijamos outra vez.

— E agora eu que vou seduzir você. Começando... — ele disse enquanto os seus dedos desciam cautelosamente até o meu colo e a parte de

cima do vestido. — Com isso. — Ele desabotoou o primeiro botão, e depois o segundo.
— É ok fazer isso? — ele perguntou.
— É sim — respondi.
Ele desabotoou mais dois botões e agora não estava mais olhando para o meu rosto, mas para o meu colo, observando a renda do meu sutiã, a curva dos meus seios. Eu queria que ele me visse. Não queria esconder como ele fazia eu me sentir. Ele chegou ao último botão e afastou o tecido dos meus ombros, de modo que fiquei apenas de lingerie.
— Você é maravilhosa — ele disse, e pude perceber que ele acreditava naquilo. — Foram tantas as vezes em que eu quis te beijar. Eu não sabia se você me queria ou não. Eu não sabia o que estava acontecendo.
Ele era tão presente. Tão atencioso. Ele era deliberado e intencional, como se tivéssemos todo o tempo do mundo, e não poucas horas antes que tudo acabasse e a Cinderela virasse abóbora outra vez no voo de volta para casa.
— Parece que eu ganhei na loteria — ele disse aconchegando-se no meu peito.
Eu sorri.
— Posso te perguntar uma coisa? — ele continuou.
Meu estômago se contraiu. Quando alguém diz "Posso te perguntar uma coisa?" isso significa que está prestes a dizer alguma coisa que você não quer ouvir — um comentário em forma de pergunta, para parecer menos escancarado.
— Eu estava me perguntando — ele disse — se você gostaria de ser minha namorada.

Namorada dele! Ele queria que eu fosse a namorada dele! Minha pele estava formigando de euforia.

— Eu gostaria muito de ser a sua namorada — eu respondi e acho que soltei umas risadinhas enquanto falava. Mas imagino que essa era a sensação de estar com ele: leve e divertida. Se namorar com ele significasse continuar com esse humor despreocupado e alegre por um segundo a mais, é claro que eu iria querer aquilo.

Eu nunca tinha feito sexo como o que fizemos naquele momento, no sofá do hotel e, depois, no chão. Eu nunca tinha feito sexo de um jeito que era um compromisso tão suado e tão violento de se tornar um só. Foi diferente da noite anterior. Significava mais e houve muito contato visual, um monte de toques no rosto e de confirmações, como se finalmente estivesse tranquilo se render completamente a esse desejo.

Quando estávamos deitados um ao lado do outro ao final, felizes e exaustos, um cobertor puxado para fora da borda do sofá e uma almofada embaixo da cabeça dele, tudo estava certo no mundo.

— Minha namorada — ele disse, e eu podia ouvir o sorriso na sua voz.

— Você acha que nossos eus de catorze anos acreditariam nisso? — perguntei.

— Meu eu de catorze anos nem saberia como sonhar com isso.

— Ahhh — eu disse e levantei a cabeça em busca de um beijo. — Que coisa fofa de se dizer!

— Seu namorado é um tipo fofo de homem.
— Ele sorriu.

33

Deixar o sol australiano e retornar para uma Inglaterra que estava no meio do outono foi afundar em um estado perpétuo de leve desconforto. Meus dedos dos pés estavam gelados, mesmo usando botas, e eu precisava manter uma echarpe permanentemente enrolada no pescoço para afastar o frio. Pelo menos eu tinha um bronzeado que fazia até um suéter de gola polo parecer mais chique, e foi só quando parei de usar meus vestidos de verão *oversize* e voltei para as calças apropriadas que percebi que eu realmente estava um número maior, talvez até dois — e estava ainda mais bonita por causa disso. Eu ficava bem com o rosto mais cheio, eu parecia contente e saudável. E quando fui buscar uma pizza em um restaurante italiano, o garçom me chamou de *bela*. Eu sabia que deveria ficar irritada com elogios não requisitados e que eu era mais que a minha aparência, mas fazia dois anos que pegava comida para viagem ali e aquela tinha sido a primeira vez que o dono galanteador disse que eu era bonita. Pareceu um sinal: eu parecia diferente, me sentia diferente e até o Giuseppe da L'Antica Pizzeria da Michele percebia isso. Tive que me segurar para não cantar o refrão de "I'm Every Woman" na volta para casa.

A vida era maravilhosa. Eu tinha saído daqui me sentindo a maior fracassada de Londres, mas voltei para casa como uma vencedora feliz, revigorada por um senso de propósito. A Nova Annie estava triunfante e isso estava evidente para todos verem.

Tá fazendo o quê? A mensagem de Patrick chegou assim que terminei de comer.

Eu diria que abri um sorriso, mas eu não tinha *parado* de sorrir. Eu disse para Adzo que não achava que tínhamos voado para casa, nós simplesmente tínhamos flutuado. Meu corpo estivera fisicamente ligado a Patrick — meu namorado! — pelo caminho todo; ficamos de mãos dados no carro para o aeroporto, e emaranhados um no outro no balcão do check-in e na alfândega, e esticamos os dedos em busca um do outro embaixo do bar perto do portão de embarque. Conversamos sobre como não iríamos deixar o mundo real mudar o que tínhamos nos tornados em nossa pequena bolha australiana, e continuamos agarrados mesmo assim, até o momento em que trocamos um beijo de despedida quando ele me deixou em casa, prologando o encontro entre nossas bocas ao ponto de o motorista do Uber perguntar se a gente realmente não queria descer junto, já que parecíamos grudados pela boca mesmo.

Desfazendo as malas, respondi. *Com isso quero dizer que estou fazendo várias pilhas no chão do meu quarto porque tudo precisa ser lavado. Como é que a areia consegue ficar em coisas que nem foram pra praia?* Depois acrescentei: *Você tá fazendo o quê?*

Reticências na tela indicaram que ele estava escrevendo uma resposta. Sentei no chão e recostei as costas na cama. Eu estava exausta depois da pizza e da caminhada no frio, e não demoraria muito tempo antes de eu apagar de cansaço. Esperei o máximo possível para ir dormir porque eu queria tentar voltar para o horário do Reino Unido o mais rápido possível.

É estranho você não estar no quarto do outro lado do corredor, ele respondeu. *Ou a gente não dividir a cama essa noite...*

Nós decidimos antes de aterrissar que precisávamos passar a primeira noite de volta nas nossas próprias casas para que pudéssemos fazer toda a logística envolvida em chegar de viagem — lavar roupa, comprar comida, tentar dormir —, mas foi só ele se afastar no Uber que eu comecei a ansiar por ele. A casa estava silenciosa demais e eu tinha me acostumado com a sensação de um lugar em que havia mais alguém. Tinha se tornado um conforto saber que Patrick estava dentro das mesmas quatro paredes da suíte de hotel onde eu estava. Adorava saber que ele estava por perto, lendo no quarto ao lado ou tomando banho enquanto eu fazia um FaceTime com a minha família. Queria que Patrick estivesse na casa comigo, mesmo que ele ficasse no sofá enquanto eu cumpria minhas tarefas no andar de cima.

— Se apaixonar por alguém durante férias de três semanas é o equivalente a *meses* de encontros na vida real, se você medir em horas, com certeza — Adzo comentou durante uma rápida ligação para saber todas as minhas fofocas.
— Faça as contas. Vinte e quatro horas por dia durante vinte e um dias dá... — Ela fez a soma rapidamente. — Cento e vinte seis encontros de quatro horas. Isso dá um monte de encontros. É quase um ano de encontros! Você passou mais tempo com ele do que a maioria dos casais passa nos primeiros meses juntos.

Posso continuar a tradição e fazer café pra dois de manhã? Rebati para Patrick, sorrindo ao imaginar marcar o encontro número cento e vinte e sete. Adzo estava certa: no quesito passar tempo juntos, a gente tinha marcado um recorde. Não era nenhuma surpresa eu estar com saudade dele.

Vou estar aí, ele respondeu. *Inclusive, vou levar o café da manhã.*

Perfeito. Durma bem.

Você também, ele disse. *Sonhe comigo.*

Só que eu não precisava sonhar. A vida real já era boa o suficiente.

Para a minha frustração, fiquei deitada olhando para o teto por causa do *jet lag* às seis da manhã. Dormi como uma pedra por sete horas e aí, de repente, estava totalmente acordada. Eu sabia que depois do almoço ficaria desesperada por um cochilo que provavelmente duraria a tarde inteira, mas o que você pode fazer quando o relógio do seu corpo está te dizendo que são duas da tarde? Decidi começar a cuidar das pilhas de roupa para lavar, sair para uma caminhada em volta do quarteirão e aproveitar para comprar umas coisinhas no mercado.

    O céu ia clareando enquanto eu circulava pelas ruas residenciais e passava cortando o parque, meu antigo circuito de corrida. Eu mal podia esperar para pegar a Carol de volta com mamãe e papai e poder passear com ela de novo. Ela também daria mais vida para a casa. O frio deixava minha respiração visível à minha frente e eu fiquei soprando formas diferentes como se fosse uma criança. Quando eu estava me aproximando de uma rua comercial, um dos cafés já dava sinais de vida, então, para não ir para casa, entrei para uma dose de cafeína e uma conferida no celular, e fazer o que eu gostava de chamar de "conferir a correspondência": responder todas as mensagens que perdi enquanto estava fora.

    Pedi um bule de chá e mandei uma mensagem para Freddie dizendo que encontraria com ela no final de semana, quando fosse buscar a Carol. Perguntei se podia receber um pouco de conteúdo canino nesse meio-tempo — fotos e vídeos para aguentar até lá. No WhatsApp do Quarteto Fantástico, subi a conversa inteira para ver tudo que rolou na minha ausência: fiquei por dentro do progresso da Kezza ao procurar uma família com uma assistente social; o chefe novo do marido de Brianna; e a obsessão contínua de Jo por rever *Mork & Mindy*, porque "ninguém supera o

Robin Williams. Tenho saudade dele!". Ela daria à luz a qualquer momento e estava desesperada para ocupar seu tempo e sua mente. Contei para elas que estava de volta e perguntei quando seria a próxima reunião de cúpula do Quarteto Fantástico, imaginando que haveria uma depois de o bebê chegar. Não contei que Patrick e eu estávamos namorando oficialmente. Eu sabia que Kezza, inevitavelmente, teria falado sobre o beijo, mas reiterei na conversa que qualquer história que eu tivesse para contar seria contada pessoalmente, e acrescentei um emoji piscando para estimular a curiosidade delas.

Mandei uma mensagem para Fernanda para perguntar se eu podia dar uma passada lá em breve com algumas lembrancinhas de agradecimento trazidas da Austrália; falei separadamente com papai e mamãe para dizer que eu estava segura em casa; e entrei rapidamente no Instagram, mas desconectei imediatamente porque três segundos depois ele me fez sentir repulsa. Freddie disse para mim uma vez: *Annie, todo mundo sabe que privacidade é o novo luxo. Só pessoas velhas é que postam sobre as próprias vidas.* Eu não tinha paciência para os *reels* de outras pessoas.

Em vez de ficar em redes sociais, dei uma olhada nas poucas fotos que eu tinha tirado e nas que Patrick me mandou durante o voo, guardadas em meu arquivo privado e não postado, apenas para o meu deleite. *Se uma memória não for compartilhada on-line, será que ela realmente existiu?* Eu decidi que sim, e que era ainda mais gostoso daquele jeito. Voltei até a primeira foto da galeria para começar do início, ali tinha quase que só selfies e fotos do meu passaporte ao lado de uma taça de champagne, e uma imagem da vista da janela do avião. Foi tão interessante ver aquilo, porque, conforme a viagem foi rolando, as fotos eram cada vez menos de "coisas" e cada vez mais de Patrick ou de Patrick e eu. Lá estava ele de roupão na cabana, sua pele muito mais pálida do que quando finalmente voltamos para casa. Depois, nossa primeira ida à praia, nossas taças brindando na degustação de vinhos, um vídeo dele dirigindo o carro para o festival de música. Tinha um monte de fotos da noite em que fizemos canoagem no rio — uma sequência em que eu tinha sido fotografada de surpresa, então me virei para vê-lo e aí ri, e outra em que estava escondendo o rosto.

Fiz uma pausa para olhar para a próxima: a última foto feita antes de eu exigir que ele parasse. Meu cabelo estava solto e bagunçado pelo vento e eu tinha sardas douradas no nariz. Eu estava rindo outra vez, com uma papada dupla forçada, mostrando o dente da frente torto que eu sempre disse que iria arrumar um dia, e meu foco não estava na câmera, mas um pouco acima, minhas pupilas estavam tão grandes quanto meus olhos. Eu estava olhando para Patrick e era um olhar de... Não era de amor, mas definitivamente era alguma coisa parecida. Há quanto tempo eu estava apaixonada por ele? Ele adentrou a minha existência em um momento tão crucial e me fez sentir — quase, talvez — como se todo o resto valesse a pena. Eu tinha medo de pensar em quão triste eu ficaria sem ele iluminando meus dias e me fazendo acreditar que os dias ruins haviam terminado.

Maktub.
Está escrito.

Sem pensar demais, fiz de uma foto nossa no último dia de viagem o plano de fundo do meu celular, para vê-la todas as vezes que eu pegasse o aparelho.

Me avisa quando acordar, disse para ele em uma mensagem. *Tô pensando em você.*

No caminho de volta do café, passei por um salão de beleza. Não era o lugar que eu costumava ir na Spitalfields, mas estava com um aviso na janela de que o horário das nove horas estava livre. E foi aí que percebi: eu queria cortar o cabelo. Eu sempre me escondi atrás do meu cabelo. Eu me escorava no fato de ele ser longo e cobrir meu rosto, e, se agora meu rosto iria carregar tanta alegria como eu tinha lembrado ao ver as fotos, então eu queria mostrá-lo orgulhosamente. Queria ver esse admirável mundo novo que eu estava prestes a conquistar. Eu não queria mais me esconder.

— Oi — eu disse hesitante, olhando pela porta para o único homem no salão, um rapaz baixo de camisa listrada com as mangas dobradas e antebraços tatuados. — Posso ficar com esse horário? — Apontei para o quadro-negro avisando da vaga.

— Claro que pode, querida — ele respondeu. — Entre. O que você tá precisando?

Quando eu saí, cinquenta e cinco minutos mais tarde, meu cabelo estava cortado bem rente, raspado na nuca e mais comprido em cima, com uma franjinha, inspirado no corte da Twiggy nos anos sessenta, só que mais escuro. E sabe do que mais? Estava incrível.

— Eu amei — Patrick disse, tirando croissants e Nutella da sua sacola de pano. Eu sorri. Aquela sacola tinha dado a volta ao mundo conosco e agora tinha feito o caminho até a minha cozinha, onde ele estava pela primeira vez. — Você parece a Winona Ryder antes de ela começar a roubar.

— Ótima referência cultural — comentei com sarcasmo e levei a mão instintivamente ao meu pescoço recém-desnudo. Ele se inclinou para um beijo, algo que fazíamos a cada poucos minutos, um lembrete para nós mesmos de que aquilo era algo que podíamos fazer na Inglaterra também, assim como na Austrália. A novidade ainda não tinha ido embora. Nós estávamos totalmente agarrados e foi só o tempo de meio croissant e uma golada de suco de laranja antes de fazermos sexo no sofá. Duas vezes.

Ele ficou o dia todo, me ajudando a cozinhar grandes porções de *chilli* para estocar para a semana e a pendurar minha roupa lavada no andar de cima, só para ser útil. Eu estava adorando. Parecia que era o lugar certo para ele estar. Porém, como eu previa, tive uma caída no começo da tarde e nós dois capotamos assistindo a uma compilação da novela *EastEnders* e não acordamos até que já estivesse escuro lá fora.

Ele veio para cá todas as noites depois disso. Nós dois estávamos com o fuso horário trocado e com os relógios corporais bagunçados na tentativa de se ajustar ao hemisfério norte, então pegávamos comida para viagem ou fazíamos uma sessão relaxante de Netflix que encerrávamos às 20h30. Eu tinha amigos que contavam verdadeiras histórias de terror sobre tentar manter relacionamentos que atravessavam a cidade porque levava noventa minutos de transporte público entre as casas de cada um, mas a casa de Patrick ficava a exatos onze minutos de caminhada da minha casa, então sermos vizinhos era só mais uma coisa que parecia estar a nosso favor.

Diferentemente dele, eu ainda tinha alguns dias antes de precisar voltar ao trabalho, então usei o tempo entre ciclos da máquina de lavar e cochilos para pesquisar coisas como *posso mudar de emprego aos trinta e dois? E quanto dinheiro preciso guardar para mudar de carreira?* Descobri uns eventos noturnos com informações sobre cursos de aconselhamento, favoritei o site e voltei para olhá-lo periodicamente, e a cada vez eu me sentia mais corajosa para me matricular em um dos cursos. *Talvez eu realmente consiga encontrar um emprego que eu ame*, ousei começar a imaginar.

Enquanto o vazio da casa ecoava ao meu redor quando Patrick estava no trabalho, eu também comecei a pensar sobre onde gostaria de morar. Fiz uma planilha com minhas economias, meus gastos fixos e depois analisei o que eu costumo gastar em um mês. Eu teria que cortar a maior parte dos meus luxos imediatamente — nada de pacote de dez aulas na Barry's, mechas em salões de beleza caros, nem mesmo *brunches* e coquetéis. Era constrangedor ver em preto e branco o tanto de dinheiro que eu tinha me acostumado a gastar com supérfluos. Aquilo tinha que parar. Eu tinha extrapolado muito na Austrália também, fui um pouco fundo *demais* na filosofia do "só se vive uma vez".

Loguei no site da minha previdência, mas eu sabia que seria louca de tocar naquele dinheiro. Eu precisava encontrar um flat de valor acessível o mais cedo possível, preferencialmente na zona 7 do transporte público — perto de todas as pessoas que eu amo e que me amam —, que por acaso fica em uma das cidades mais caras do mundo. Eu imaginava que, no pior dos piores casos, eu podia morar com mamãe e papai ao sul do rio por um tempo, mas socorro — a semana que eles passaram aqui em casa depois do casamento-que-não-aconteceu tinha sido enlouquecedora o suficiente. Aquilo teria de ser um Plano B, ou melhor, um Plano Z. Adzo e o Quarteto Fantástico estavam fora de questão, já que nenhuma delas tinha espaço também.

Programei alguns alertas para novas ofertas que entrassem no ar e tentei evitar até mesmo a própria ideia de dividir um apartamento. Eu não queria mandar aquela energia para o universo; seria como um retrocesso depois de tudo o que tinha acontecido. *Tinha* que ter outro jeito. Mas todas as estratégias em que eu pensava pareciam dizer que, se quisesse me profissionalizar em outra coisa ou dar um tempo na carreira, eu basicamente não podia pagar por isso. Ainda. Eu não queria ficar gananciosa — como Patrick disse, um monte de gente não *ama* o próprio trabalho. Falei para mim mesma que, enquanto eu tivesse saúde, amigos e família — e o próprio Patrick —, eu já tinha mais que suficiente.

Mas continuei conferindo os eventos informativos noturnos. Não conseguia evitar. Aquela ideia tinha se fincado fundo dentro da minha cabeça.

— Vamos dar um jeito — Patrick me assegurou quando eu trouxe o assunto à tona antes de dormir. Minha chefe, Chen, tinha me mandado uma mensagem me convidando para um café antes de eu voltar ao trabalho, e isso deixou meus nervos à flor da pele. Adzo disse que eu não tinha motivos para me preocupar, mas, de repente, fiquei com medo de perder meu emprego de qualquer forma, de algum jeito. Chen nunca havia me convidado para um café antes, e fiquei me perguntando se eu iria receber um sermão porque ela conseguiu perceber, de algum modo, que meu coração não estava mais nesse trabalho.

— Você não vai ficar na rua — Patrick continuou. — No pior dos casos, você pode ficar lá em casa por um tempo, certo?

— Socorro — eu disse. — Não posso fazer isso. Você ia ficar supercansado de mim!

Ele deu de ombros.

— É tranquilo — respondeu. — A gente sabe que consegue passar vinte e quatro horas por dia juntos. Você tem essa opção.

Mamãe teria um ataque se eu fosse morar com Patrick, mesmo que temporariamente. Uma coisa era voltar de viagem com um namorado, mas morar com ele? Sem chance.

— Você tem *certeza* que quer conhecer minha família amanhã? — perguntei de novo, pela terceira vez. — Eles são doidos. Você realmente não precisa fazer isso. Eu posso buscar a cachorra sozinha e você os conhece depois.

Ele me puxou para perto, minha nudez noturna pressionada contra a dele.

— Você está com vergonha de mim? — ele perguntou, brincando.

— Estou com medo de que vejam sua bermuda cargo nas fotos das férias — respondi rindo. — Eu preciso pensar na minha reputação.

— O que tem de errado com as minhas bermudas cargo?

Eu ri sem áudio.

— Nada... se você estiver planejando participar de um tributo para a banda All Saints.

— Grossa! — ele riu.

Eu dei de ombros, como se a verdade não pudesse ser negada.

— Eu *quero* conhecê-los mesmo assim — ele declarou. — Eu juro, os pais me adoram. Eu deixo as mães felizes. Elas me acham um amorzinho.

— Hummmm — eu disse enquanto meu estômago se contraía. — Só... não leve pro lado pessoal se ela não te adorar. Lembre-se que é de mim que ela não gosta.

— Odeio que ela faça você se sentir assim, Annie. Eu realmente odeio.

— Por outro lado, você vai amar a Freddie.

— Eu não queria que ele tivesse pena de mim. A Nova Annie não era para se ter pena, se ela pudesse evitar. — Vocês vão se dar bem logo de cara.

— Mal posso esperar — ele disse, e meu coração acelerou ao imaginar o que estava por vir. Eu não podia esconder Patrick para sempre, podia? Enfim. Estava na hora de eu colocar limites em mamãe de uma vez por todas. Me preocupar com ela era chato, na melhor hipótese, e totalmente debilitante, na pior.

— Boa noite — eu disse, desligando as luzes.

Na escuridão a voz dele ecoou mais uma vez:

— Eu tava falando sério. Você pode mesmo ficar comigo se quiser.

Eu o beijei em vez de verbalizar uma resposta.

34

Eu estava certa sobre Freddie e Patrick: eles se deram bem como se Patrick estivesse na família há anos. Passei a vida inteira duvidando do meu próprio julgamento, mas nunca duvidei nem por um segundo do julgamento da Freddie. Ela era tipo um cão farejador para boas intenções. Escutá-los conversando com tanta facilidade aqueceu meu coração.

— E aí agora — Freddie ofereceu uma cerveja para Patrick, agindo como a anfitriã-em--treinamento de mamãe, e concluiu sua história sobre um conflito estudante-professor que ela tinha encabeçado na escola —, eles estão dizendo que vão revisar oficialmente a política da escola sobre esse assunto. Mamãe me disse que eu estava fazendo uma grande tempestade em copo d'água e que não era pra ficar conhecida como encrenqueira, mas papai entrou no meu quarto e me disse pra não escutar ela e fazer o que eu achasse certo. E eu obviamente *estava* certa porque eles vão mudar. Então espero que mamãe peça desculpas.

Ela não tinha parado para respirar desde que tínhamos chegado, e Patrick recebeu o acolhimento amigável dela efusivamente.

— Caramba — ele disse, impressionado de forma genuína. — Isso é... foda. — Ele se virou rapidamente e olhou para mim. — Peraí. Posso dizer foda?

Eu fiz que sim.

— Se for foda mesmo — respondi.

Freddie sorriu para ele, satisfeita com o elogio e com o fato de que ele tinha usado uma palavra "de gente grande" para dizê-lo.

— É foda mesmo — eu disse a ela enquanto Carol se aninhava alegremente no meu colo, extasiada pelo reencontro. — Você é tão corajosa, Frufru. É muito mais fácil se conformar com o *status quo* do que trazer desafios, especialmente em instituições grandes, como escolas.

— O que é *status quo*?

— Ah, bom, é quando as pessoas mantêm as coisas do jeito que sempre foram porque mudanças podem ser assustadoras.

— Papai diz que a mudança é a única constante.

Eu sorri.

— Ele tá certo.

Patrick me olhou nos olhos.

— Um monte de coisas boas pode vir de uma mudança — ele observou, e Freddie olhou para nós dois enquanto nos olhávamos. Era quase doloroso sentar do outro lado de um cômodo onde ele estava. Se eu estava junto dele, eu queria a mão dele na minha perna ou na minha cintura. Eu queria a fisicalidade dele. Eu praticamente precisava dela, mas sabia que só iria causar confusão sermos muitos abertos com nossa afeição. Desviei meu olhar do dele e voltei para minha irmã. Ela estreitou os olhos cheia de suspeita. Eu ignorei a curiosidade em seu rosto.

— Você quer ver fotos das férias? — perguntei.

Ela se deu conta de que eu não iria ceder.

— Quero — ela disse. — Vamos lá! Mamãe diz que a Austrália é longe demais para férias de família, mas a irmã mais velha da Mia está tirando um ano sabático na Austrália e a Mia disse que todas deveríamos ir quando a gente se formar. Ela disse que a irmã trabalha em uma fábrica de amêndoas e divide a casa com onze pessoas! Ela diz que é muito legal, tipo uma grande festa, o tempo todo, e elas quase nunca vão dormir, nem comem um monte de vegetais porque ninguém diz pra elas o que fazer.

Pensar em onze pessoas dividindo uma casa me fez lembrar da minha própria situação atual de moradia. Quando a Jo tinha acabado de se mudar para Londres, ela alugou um quarto em uma república em um galpão reformado perto do subdistrito Seven Sisters e aguentou cinco dias antes de se mudar para uma casa de três quartos com duas professoras descendo a rua. Inicialmente, ela pensou que era descolada demais para morar com as professoras. Só que, no fim das contas, maconha plantada em casa e uma fila para o banheiro que nunca terminava não eram para ela. E também não seriam para mim. A minha ansiedade sobre onde eu iria morar estava aumentando. Não queria sentir que estava regredindo na minha vida. Não quando parecia que eu estava fazendo tanto progresso em várias outras áreas.

— Então chega pra lá pra eu sentar aqui — eu disse a Freddie, tentando me focar no momento presente e não no meu problema iminente.

Patrick se inclinou de seu lugar no chão para passar a mão nas orelhas de Carol, o que a fez acordar e pular para o chão para receber carinho. Ele bateu papo com papai tranquilamente enquanto eu pegava meu celular para Freddie. Eu podia ouvi-lo perguntando a papai sobre a urze que floresce no inverno e se ele conhecia alguma coisa que pudesse dar cor ao seu pátio nessa época do ano. Papai achou que ele era uma boa companhia também. Deu para ver.

Eu disse a Freddie:

— Não vou te mostrar todas as fotos, Fru, porque isso é chato, mas você pode ver a seleção oficial de destaques.

— Show. Eu te aviso quando não conseguir mais prestar atenção.

Eu ri.

— Combinado.

Vimos crepúsculos e cangurus e a comoção com as arraias. Eu contei a ela algumas das melhores e mais aventureiras histórias, como a viagem de carro e o festival de música. Ela fez um monte de perguntas sobre o que comemos, e eu fiquei feliz de lembrar em um nível de detalhes quase chocante. E então ela disse, tão facilmente como se estivesse perguntando sobre um esmalte novo:

— E aí, o Patrick é seu namorado novo?

Patrick levantou a cabeça ao ouvir seu nome e mamãe congelou na porta da cozinha, por onde estava passando com uma cumbuca de azeitonas e palitos de dente. Ela tinha se mantido afastada sob o pretexto de preparar o almoço na cozinha, mas eu sabia que ela estava desconfortável com a presença de Patrick. Eu também sabia que ela tinha conversado com a Fernanda enquanto eu estava fora, e estava furiosa por a Fernanda saber mais do que ela sobre o meu companheiro de viagem. Eu podia ter ido ver se ela estava bem, mas não fiz isso. Não quis entrar no meio da armadilha emocional de ficar sendo culpabilizada aos sussurros, longe dos ouvidos dos outros. Eu não queria dar a ela a chance de arruinar minha felicidade.

Papai olhou de soslaio para mamãe e desviou os olhos sorrateiramente para mim, sabendo que a minha resposta iria ditar o humor da nossa experiência iminente de almoço — o que não parecia justo, para ser honesta. Se a mamãe tivesse passado pelo menos cinco minutos com a gente na sala enquanto todos nós conversávamos, ela não ia sentir tanto como se ele fosse um estranho. Eu podia ter feito que ela se sentisse mais confortável e construído alguma espécie de ponte. Ela *queria* ficar na defensiva. Mas hoje ela não era o foco.

Olhei de Patrick para papai, depois mamãe e, por fim, para Freddie.

— Sim — eu disse, decidindo em um instante que explicar demais teria consequências piores que deixar simples e direto. — Ele é.

Patrick me deu um sorriso satisfeito e uma piscadela e continuou a acariciar a barriga de Carol.

— E eu estou muito feliz com isso — acrescentei.

— Que bom — Freddie declarou, e me deu um sorriso satisfeito também. Ela se inclinou para sussurrar:

— Eu gostei mesmo dele, Annie-Chu. E a Carol também. Veja.

Era verdade: a cachorra estava completamente na dele.

Mamãe se esticou por cima da mesa de café para depositar a cumbuca que estava trazendo, enquanto murmurava algo parecido com "Ah. Que legal" de um jeito que fazia parecer que era o exato oposto. Papai levantou seu copo em minha direção como se brindasse, me informando que para ele não cheirava, nem fedia. Às vezes eu me perguntava como um homem tão relaxado e aberto podia sobreviver com uma mulher tão esnobe quanto a minha mãe. Não devia ser fácil para ele. Mamãe saiu da sala e eu voltei a ver as fotos com Freddie.

Levou um tempão para o almoço ficar pronto, e, enquanto estávamos sentados à mesa esperando para nos servir, Freddie mostrou a Patrick a petição que ela acabara de ganhar na escola, orgulhosa em contar a ele sobre seus planos de não ir para a universidade porque não achava que um sistema que fazia gastar trinta mil libras em um diploma só para ela poder conseguir um emprego que pagasse a dívida de trinta mil libras fosse racional.

— Eu vou ser uma empreendedora — ela disse, orgulhosamente.

— Que tipo de empreendedora? — Patrick perguntou. — Ou isso é TBD?[13]

Ela riu por ele usar um acrônimo que ela entendia.

— Totalmente TBD — ela respondeu. — Ainda vai ser decidido, mas eu quero que a maior parte do lucro fique com caridades e não comigo.

— Isso parece muito louvável — Patrick disse, e mamãe olhou para mim como se fosse culpa minha a filha mais nova dela não estar planejando se tornar uma cirurgiã. Papai abriu outra cerveja, mas Patrick trocou para água, o que eu achei fofo. Ele estava mantendo a agilidade mental.

O almoço era frango assado com todos os acompanhamentos e eu estava faminta. O clima frio e meus jantares de o-que-tiver-na-geladeira desde que eu tinha voltado significavam que um assado inglês digno era o máximo do luxo, e eu empilhei purê de couve-nabo e pãezinhos Yorkshire no meu prato com voracidade, já imaginando o que teria para a sobremesa. Eu torcia

---

13 TBD em inglês equivale a *"to be determined"*, que se traduz literalmente como "a ser determinado" e também já está sendo utilizada no Brasil.

para que fosse um *crumble*. Mamãe realmente sabia fazer um ótimo *crumble*.

— Vai com calma — ela sussurrou enquanto papai cuidava de servir molho *gravy* para Patrick. — Não exagere. — Ela sinalizou com a cabeça diretamente para a minha pequena pilha de assados e, de imediato, fiquei vermelha de vergonha. Ninguém mais tinha ouvido. Eu logo devolvi todos menos um na vasilha de servir. Minhas mãos tremiam quando levei minha primeira garfada de brócolis e ervilhas à boca. Não pude sentir o gosto de nada. Por que ela sempre tinha que fazer eu sentir que tinha feito algo errado? Por que eu nunca era boa o suficiente para ela?

Conseguimos ficar em paz até a sobremesa antes de mamãe ter seu primeiro chilique.

Papai riu um pouco demoradamente e alto demais de uma das piadas de Patrick e ela levou aquilo como uma ofensa pessoal. Foi tão rude e óbvio que papai parou de rir na hora e todos nos viramos para encará-la. Meu queixo caiu enquanto ela continuou a servir o bolo de maçã em silêncio, e fui percebendo que ela não iria sequer tentar disfarçar sua grosseria. Patrick olhou para mim buscando um direcionamento sobre como lidar com aquilo e eu soube que era agora ou nunca: se eu não tentasse resolver agora mesmo, então eu nunca iria fazê-lo.

— O quê? — eu disse.

Ela não respondeu, apenas entregou uma cumbuca para Freddie e se sentou para pegar a própria colher.

— Eu sabia que você não estava feliz por estarmos nos divertindo — eu insisti. — O que você tá pensando, mãe? Fala. Você obviamente quer dizer alguma coisa.

Eu nunca tinha sido tão direta com ela antes, *em toda a minha vida*. Passei anos mordendo a língua, evitando conflitos, presumindo que era eu quem sempre estava errada, mas eu já sentia minha cabeça começar a doer por ela não conseguir ficar tão empolgada e feliz por mim quanto papai e Freddie. Será que eu não merecia aquilo? Eu queria que mamãe soubesse que eu não me importava com o que ela pensava: era a minha vida. Eu finalmente estava farta do pessimismo dela. Ela ia ter que chupar essa.

— De verdade, Annie? — ela disse enquanto soprava a fumaça que saía do seu prato. — Pegar o dinheiro dos Mackenzie e aí convidar outro homem pra viajar com você. É ofensivo! Eu estou honestamente envergonhada por você. Me desculpe, Patrick. Mas eu estou.

Patrick tossiu levemente, e, antes que eu pudesse processar que aquilo significava que ele iria me defender, ele já tinha começado a falar.

— Na verdade eu achei que o que ela fez foi muito legal — ele disse com simplicidade. — Usou os limões para fazer limonada.

Mamãe soltou um gritinho.

— Bom, você ganhou uma viagem, então acho que não é nenhuma surpresa que diga isso.

Eu não conseguia acreditar que mamãe estava sendo tão abertamente agressiva.

— Mãe! — eu gritei no mesmo momento em que papai disse:
— Ah, pelo amor de Deus, Judy.
— Não, Peter — mamãe disse assertivamente. — Alguém tem que dizer alguma coisa. Você vem aqui com seu cabelo todo cortado como se estivesse tendo uma crise de meia-idade, trocando olhares lascivos com um homem daquela escola de teatro horrorosa como se tivesse catorze anos outra vez. Você é uma mulher adulta, Annie. Você não pode se esconder atrás de um novo namorado. Você está se exibindo.
— Isso não é justo, Judy — Papai disse.
— Eu só quero o que é melhor pra você — ela se dirigiu a mim. — E o que é melhor pra sua irmã.
Freddie guinchou:
— O que eu tenho a ver com isso?
Mamãe olhou para ela.
— Ela deveria ser um exemplo pra você, Frederica.
— Freddie.
— Ela deveria ser um exemplo pra você, *Freddie*.
— Mas ela é — Freddie disse com força na voz. Havia uma coluna de aço junto à espinha dela enquanto falava: — Annie é o melhor exemplo de adulto que eu conheço. Ela é bondosa, brincalhona, inteligente e nunca deixa eu me sentir sozinha. Ela sempre está lá pra todo mundo que ela ama. E eu gosto do Patrick. Você é a única que não gosta.

O silêncio recaiu sobre a mesa.

— Obrigada, maninha — eu disse, colocando meu garfo na mesa e estendendo a mão para segurar a dela.

Mamãe respirou profundamente, enquanto ponderava sobre como prosseguir. Ela se decidiu por:

— Patrick, tenho certeza de que você é um cara muito legal. Mas a minha filha estava noiva de outra pessoa pouco mais de um mês atrás e não teve tempo pra processar o próprio luto. Tenho certeza de que foram férias maravilhosas, mas eu acho que seria besteira entrar no meio de tudo isso. Você ao menos pensou sobre onde vai morar, Annie?

— Eu disse que ela sempre será bem-vinda lá em casa até resolver tudo — Patrick sugeriu, e eu sabia que ele estava tentando ajudar, mas estremeci quando ele disse isso.

— Ora, ora, veja se não é a cereja do bolo — mamãe comentou. Eu não sabia o que dizer a ela.

Nós comemos em silêncio depois disso. Eu balancei a cabeça para Patrick dizendo a ele que não era para continuar. Quando finalmente terminamos, eu disse:

— A viagem foi maravilhosa, mãe. E não que alguém tenha perguntado, mas realmente me ajudou muito colocar vinte e quatro mil quilômetros de distância entre mim e o que aconteceu naquele dia. Eu tô bem. E não preciso da sua permissão pra superar. Fui ingênua em achar que você ficaria feliz por mim. Por nós.

Mamãe se levantou para limpar os pratos. Era notável como ela conseguia continuar a conduzir todas as etapas de uma refeição em família enquanto era tão cruel.

— Só tenha um pouco de dignidade, por favor — ela disse.

— O que você quer dizer com isso?

— Quero dizer, Annie, que você acabou de ser deixada no altar e já arranjou outro namorado. O que você acha que as pessoas vão dizer sobre isso?

— E se — me coloquei de igual para igual, meu rosto ficando vermelho e minha voz, mais alta — eu não me importar? E se eu não der a mínima pro que as pessoas vão falar sobre isso, porque eu passei minha vida toda me preocupando e isso me deixou miserável? — Peguei embalo, as palavras se despejando e trombando umas com as outras. — E se, na verdade, ninguém tá nem falando sobre mim, pra começo de conversa, porque todo mundo tá preocupado demais com a própria vida e os próprios erros? As próprias preocupações? Vacilos? E se todos nós só tivermos uma única vida preciosa e passarmos por ela olhando através da renda das cortinas pra ver como é que o resto do mundo vive e aí acabarmos perdendo a oportunidade de fazer o melhor com a nossa vida?

Mamãe disse baixinho:

— Eu não quero brigar. Tudo que estou pedindo é pra que você reflita um pouco mais sobre isso. Certo? Você realmente quer pular de um relacionamento para outro?

Eu meio que esperava que papai dissesse para ela se tocar, mas ele não o fez, apenas ficou encarando a mesa, balançando a cabeça e se recusando a se envolver mais. Mamãe levou as cumbucas vazias para a cozinha, e Freddie sorriu para mim do outro lado da mesa, ela estava adorando que eu finalmente mostrasse para mamãe um pouco de como eu pensava.

— Eu falei que você era a melhor adulta que eu conhecia — ela disse.

— Você também é a melhor adulta que eu conheço — Patrick concordou baixinho, apertando meu joelho.

Papai alcançou o jarro de água e disse:
— Vou falar com ela.
Saímos pouco depois.

35

A voz de Patrick me despertou de um sono tão profundo que era como se eu estivesse voltando de um coma.

— Annie — ele sussurrou na escuridão do quarto. — Annie, tá ouvindo isso?

A Kezza tinha me dito que o *jet lag* podia levar semanas para cessar seus efeitos e, aparentemente, ela estava certa. Era como se ele estivesse gritando para mim da entrada de uma caverna escura.

— *Annie.*

Eu relutantemente rolei na cama para que meu rosto ficasse de frente para o dele.

— Acordei — disse, grogue, esticando o braço para tocá-lo. Estava escuro feito breu, então devia ser umas três da manhã e o vento uivava lá fora, fazendo com que eu sentisse frio mesmo sob o calor do edredom acolchoado.

— Ouça — ele respondeu.

Não ouvi nada. E de repente houve um estrondo alto no andar de baixo. Aquilo me deixou imediatamente duzentos por cento mais alerta.

— Ladrão? — perguntei baixinho. Eu me estiquei para pegar o telefone, mas não estava no andar de cima com a gente. Eu raramente precisava do celular na cama quando estava com Patrick. Podia vê-lo com os olhos da minha mente lá embaixo, na bolsa que eu larguei no corredor quando ele me pressionou contra a parede depois que chegamos em casa, escorregando uma mão gelada por baixo do meu casaco e agarrando meu sutiã "para se aquecer". Amava como ele me desejava e como eu o desejava. Eu adorava fechar a porta para o mundo e entrar de novo na nossa pequena bolha, onde só havia nós dois.

 Ouvimos o barulho outra vez. Se fosse um ladrão, ele não era muito habilidoso.

 — Acho que tem alguém na porta — Patrick disse, e meu primeiro instinto foi pensar que era papai e tinha algo de errado com a Freddie, ou então era mamãe e tinha algo de errado com papai.

 — Credo — resmunguei, me arrastando para fora da cama e entrando no ar frio antes do amanhecer. — Fique aqui — insisti. — Se for um ladrão, eu grito e aí você vem. Não tem por que nós dois ficarmos com frio.

 Girei o dímer da lâmpada para conseguir luz o suficiente só para meus olhos se acostumarem a ficar abertos. Minhas pantufas estavam perto da porta e, por sorte, meu grande roupão felpudo também, o que era um alívio porque eu já estava tendo calafrios. Me dirigi à escada, com Carol nos meus calcanhares, atenta para novos barulhos. E então ouvi: alguém dizendo meu nome. Um homem, do outro lado da porta da frente. Carol começou a rosnar, mas não latiu. Quem quer que estivesse do lado de fora, era alguém que ela conhecia. Ela gemeu como um recém-nascido.

— Alexander? — perguntei, abrindo a porta enquanto a chuva batia contra a janela em um ângulo hostil, raivoso. — Que merda é essa?

— Annie — ele respondeu, como se estivesse chocado em me ver, como se não fosse na minha porta que ele estivesse batendo no meio da noite.

Eu não disse nada. Ele parecia... inchado. Suas bochechas estavam vermelhas apesar de serem bronzeadas e o maxilar dele, que costumava ser afiado feito lâmina, tinha sido substituído por algo mais suave. Era o homem que eu costumava amar, só que meio borrado nas bordas. Carol se atirou nele e ele pegou-a no colo para que ela pudesse lamber seu rosto, agitando-se com zelo por causa do retorno dele. Se ela estava naquela ponta do espectro, eu estava na outra. Minha mente corria a mil, tentando descobrir o que sentir.

Abrace ele, foi minha primeira reação. É o Alexander.

E depois: *Não, não abrace ele, porra. É O ALEXANDER*.

Tá frio pra caramba, refleti, esfregando meus braços para tentar aquecê-los. *Ainda bem que coloquei minhas pantufas*.

Assisti a Carol lamber o rosto dele, maravilhada. *Ele parece tão triste*, comecei a pensar antes de perceber que eu não deveria me importar.

QUEM SE IMPORTA SE ELE PARECE TRISTE? Decidi. *FECHE A PORTA NA CARA DELE.*

E então: *Talvez ele finalmente peça desculpas.*

Depois: *Nenhum de nós tá dizendo nada, talvez eu devesse dizer alguma coisa.*

Por fim: *Não, não fale primeiro. Faça ele sofrer.*

— Annie — ele repetiu e eu interrompi, incrédula:

— O que você está fazendo aqui?

Ele começou a falar e pensou melhor, como se tivesse planejado só até essa parte e agora estivesse sem norte.

Colocou a cachorra no chão e ela soltou um latido sério, alertando-o de que estava na hora de entrar em casa.

— Posso sair da chuva? — ele perguntou, aproveitando a deixa dela e, juro, é provável que aquela tenha sido a primeira vez em dez anos que eu o ouvi soar minimamente inseguro. Ele não sabia mesmo como eu iria responder e dava para ver isso. O que me fez enternecer só um pouco em relação a ele. Ele parecia miserável.

— Por que eu deveria deixar? — respondi, consciente de como meus braços tinham se enrolado ao meu redor para me proteger.

— Annie, por favor. Está congelando.

— Também está no meio da noite.

Eu disse com firmeza, mas dei um passinho para o lado logo depois, deixando claro que ele precisaria se encolher para passar. Ele entrou, sussurrou um obrigado e ficou parado perto da porta como se precisasse de permissão para ir até a sala.

— Onde é que está a sua chave, afinal? — perguntei.

— Fiquei bêbado e joguei ela no estreito de Singapura.

— Entendi.

Ele me seguiu, Carol correndo na frente para pegar sua bola favorita para brincar com ele, que foi processando a visão da casa. Acendi uma lâmpada e fui atrás da ilha da cozinha para pegar canecas. Por que é que, quando não sabemos mais o que fazer, fazemos uma xícara de chá?

— Fiquei com saudades de estar em casa — ele disse baixinho, apoiando-se na bancada do lado oposto. Joguei dois sachês de chá nas canecas e apertei os olhos por causa da luz da geladeira quando fui pegar o leite.

O barulho da água fervendo serviu para silenciar qualquer réplica que eu pudesse dar. Ele ficou com saudades de casa? Que cara de pau! Ele continuou de pé mesmo depois que lhe entreguei o chá, e eu tive que lutar contra a vontade de ir para o sofá e ficar confortável, decidindo por me encostar na parede perto do freezer. Quanta coisa realmente existia para ser dita? Com certeza não o suficiente para que eu precisasse ficar confortável para isso. A gente ia se casar e aí não nos casamos porque ele fugiu. Eu não queria uma conversa longa sobre o assunto. Depois de tudo que pensei que poderia dizer a ele quando finalmente o visse, de repente eu me importava menos do que jamais antes. Eu não sentia nada além de uma vaga pena pelo fantasma encharcado diante de mim.

— Alexander — suspirei. — Por que você está aqui?

Ele refletiu. Por fim disse:

— Pra pedir desculpas. Pra consertar tudo.

Carol se acomodou aos pés dele, chateada por deitar no concreto frio e não no sofá quentinho, mas feliz por ele estar ali. Eu não sabia o que dizer.

Eventualmente perguntei:

— Por que você fez aquilo? Por que fugiu daquele jeito? Você me abandonou.

Minha voz oscilou o suficiente para trair minha expressão fria. Eu tinha vivido esse momento tantas vezes na minha cabeça — ensaiado o que eu diria se alguma vez o encontrasse de novo —, mas era doloroso demais para fazer uma cena dramática. Eu tinha deliberadamente deixado minha tristeza na Austrália.

— Não sei — ele sussurrou. — Acho que eu queria alguma reação de você.

— Alguma reação — repeti. O sangue pulsava em meus ouvidos.

Alexander mordeu o lábio inferior enquanto decidia como explicar o que queria dizer.

— Era como se eu estivesse com um robô — ele concluiu. — Você nunca gritava ou falava alto ou ficava com raiva. Eu tenho certeza quase absoluta de que você fingiu a maior parte dos seus orgasmos. Não tinha... paixão. Eu te amo, mas às vezes eu nem te conheço.

— Então como é que você pode me amar? — rebati. Eu estava curiosa de verdade. Será que eu realmente o conhecia? Será que eu podia mesmo chamar o que vivemos de amor? Ou tinha sido só conveniência?

— Eu não sei — ele respondeu. — Eu não sei como, nem por que te amo, mas eu amo. Você é a minha pessoa, Annie. Eu quero que a gente tente de novo. A vida é muito difícil sem você.

— Alexander. Você me largou no dia do nosso casamento. Isso não é um filme de *Sex and the City*. Você não pode pedir desculpas e ser charmoso e me comprar um par de sapatos pra deixar tudo bem outra vez. Você me deixou no *altar*. Acho que eu quase acredito quando você diz que me ama, mas, caramba: você claramente não me respeita.

— Eu respeito — ele protestou. — Claro que respeito. Eu só... fiquei confuso. Casamento é uma coisa tão importante. Tão definitiva.

Ergui uma das mãos. Eu estava tremendo. Eu realmente tinha acabado de perceber que, de todas as coisas, o que fazia a ação dele tão hedionda era o fato de que você não humilha pessoas que você respeita. Passei uma década com um homem que não me respeitava. Aquilo era desesperador. Como foi que eu me permiti receber tão pouco? Poderia chorar só de pensar nisso, se não fosse pelo fato de que eu me recusava a deixar Alexander me ver chorando por causa dele.

— Pare — eu disse. — Já chega. Não.

Ele disse meu nome de novo, um tom de súplica aparecendo em sua voz. O que o fez soar como um menininho resmungão, e eu odiava aquilo. Eu não odiava *ele*. Eu odiava como ele tinha agido e como se sentia no direito de pedir outra chance. Ele não queria aquela chance. Não de verdade. Se eu cedesse e dissesse sim, ele me abandonaria de novo. Eu não sabia se aconteceria na semana que vem ou no ano que vem, mas ele me abandonaria. Ele sempre se importou só consigo mesmo, e só pessoas que não se amam aceitam ser tratadas dessa forma.

— Nós terminamos, Alexander. Você mandou uma mensagem de texto para a cerimonialista do casamento antes de cogitar me avisar da situação. Eu já estava de vestido, eu já estava na igreja. Fui para a nossa lua de mel *sem você*. Você sabe o quão bizarro é isso? Eu não sei por que você está aqui. Essas meias verdades distorcidas não são pra eu ouvir; são pra um terapeuta, ou pra sua próxima namorada. Você não é mais problema meu.

— Eu tô estragando tudo — ele disse, chorando de verdade agora.

— No pretérito perfeito — respondi. — Você já estragou tudo. — Fechei meus olhos e apertei a ponte do nariz. Minha cabeça estava confusa e pesada, o esforço de me defender e colocar limites estava fazendo minhas têmporas latejarem.

E, de repente, o som de água correndo pelos canos do andar de cima cortou a tensão.

Patrick tinha claramente dado descarga no banheiro e a percepção de que havia mais alguém na casa foi visível no rosto de Alexander.

— Freddie? — ele perguntou e fiz que sim com a cabeça rápido demais. Eu entrei em pânico. Podia simplesmente dizer que era o meu namorado, mas por alguma razão dizer a verdade não me ocorreu.

— Aham.

Alexander podia não me conhecer de diversas formas, especialmente agora, mas eu e ele tínhamos passado tempo suficiente juntos para que ele soubesse de imediato que eu estava mentindo.

— Quem está aqui, Annie?

Eu estava dividida entre continuar a mentira e dizer a verdade.

— É um homem, não é? Você trouxe um homem pra cá? — Alexander girou nos calcanhares e, por um segundo, pensei que ele iria subir as escadas correndo. — Você trouxe um homem pra nossa cama?

Carol se mexeu, agitada pela elevação da voz dele. Eu balancei a cabeça, tentando encontrar uma resposta.

— Você trouxe um homem para a nossa cama? Annie. Fale. Não...

O choro dele deu lugar a grandes soluços. Carol começou a latir, estressada com a perturbação dele.

— Annie... — ele continuou repetindo, agora com a testa encostada no balcão. — Annie...

Eu dei a volta no balcão para chegar até ele e estiquei o braço para fazer carinho em suas costas, mas ele se afastou ao meu toque.

— Não — ele disse. — Não faça isso.

Ele respirou mais devagar e se recompôs.

Sem levantar os olhos para mim, ficou de pé de novo.

— Isso é inacreditável — ele disse encarando as torneiras da cozinha. E bateu a mão na ilha com tanta força que eu não sabia se o que iria quebrar era a sua mão ou a bancada. O surto fez com que eu me encolhesse, mas ele saiu tempestuosamente na direção da porta da frente antes que eu pudesse dizer qualquer coisa.

Eu não o segui. Fiquei atenta para ouvir caso ele esmurrasse mais alguma coisa, mas tudo que ouvi foi a porta abrindo e sendo batida por ele. Ele tinha ido embora.

— Você tá bem...?

Patrick estava parado no batente da porta, iluminado por trás com a luz do corredor. A expressão dele era a mais gentil que eu já tinha visto. Ele era um homem bom. Um homem bom, bonito, bronzeado e *sexy*.

— Acho que ele entendeu que acabou — eu disse. — Não é estranho? Só agora ele entendeu o que fez. Ele deixou minha vida de cabeça pra baixo e seis semanas depois é ele quem está chateado por causa disso.

Patrick me envolveu em seus braços e eu inspirei o cheiro de sexo no corpo dele.

— Volta pra cama — ele suspirou no meu pescoço, e eu voltei.

Antes de dormirmos, perguntei a ele:
— Você acha que é ruim a gente ficar junto quando a poeira do Alexander mal baixou?
Sonolentamente, ele respondeu:
— Não. Não deixe ele mexer com a sua cabeça.

Ele me abraçou forte na conchinha e respirou no meu ouvido, coisa que normalmente eu adorava. Eu adorava que ele ficasse tão perto de mim quanto uma pessoa poderia ficar de outra, e isso ainda não era o suficiente para ele. Ele caiu no sono em minutos, mas eu continuei deitada lá remoendo aquele pensamento. Alexander estava meio certo em ficar chateado, imagino, mas ele não conhecia os detalhes, até onde eu sabia — que eu não tinha planejado, que não pretendia me apaixonar por outra pessoa. Fiquei imaginando se Fernanda tinha contado a ele que eu levara outra pessoa comigo na viagem. Ela ainda parecia bem brava com ele pelas mensagens. Ela podia amá-lo e ainda assim odiar a decisão que ele tomou. Eu também sabia que ela estava envergonhada. Era estranho pensar naquilo, que a raiva da própria mãe dele estava durando mais que a minha.

Eu não tinha planejado pular de um relacionamento para outro. Só aconteceu assim.

Mas talvez isso não fosse uma coisa tão boa.

Na dura realidade de estar de volta, eu não pude deixar de me perguntar: eu deveria estar escolhendo ativamente como a minha vida seria de agora em diante, não é? E não simplesmente deixando a vida me levar. Férias podem acontecer com uma pessoa. O que acontece nas férias pode simplesmente se desdobrar. Mas agora, de volta à vida real, eu precisava ser esperta. Patrick murmurou alguma coisa no sono e rolou para o outro lado da cama. Eu tinha escolhido isso? Ou eu não tinha mudado em nada? Será que eu continuava simplesmente seguindo o fluxo quando o que eu precisava era questionar tudo e ser deliberada nas minhas escolhas?

Lembrei do que mamãe perguntou.

Você realmente quer pular de um relacionamento para outro?

Merda, pensei quando Patrick começou a roncar. *Merda, merda, merda.*

36

Na manhã seguinte, no caminho para encontrar com a Jo, o Alexander me enviou uma mensagem.

Vou vender a casa. Você tem um mês pra sair dela ou comprar de mim antes que eu acione meus advogados.

Eu mal tinha conseguido dormir, exatamente como era depois de tudo aquilo acontecer, quando eu tinha insônia. Patrick perguntou se estava tudo bem antes de sair pela manhã, e eu menti para ele dizendo que sim. Eu nunca tinha mentido para ele antes. Não desde que estávamos realmente juntos. Eu não sei por que fiz isso.

Por mim, tudo bem, respondi para Alexander.

Eu não queria ficar na casa idiota de Alexander. Fiquei me perguntando se eu ter pagado o aluguel significava alguma coisa judicialmente — se eu podia conseguir aquele dinheiro de volta. Tinha sido pelo menos vinte mil libras! Eu queria cortar cada laço restante que me conectasse com ele o mais rápido possível para poder seguir adiante tão feliz quanto eu me sentia quando Patrick e eu estávamos viajando. Eu me ressentia de ser arrastada de volta para sentimentos dos quais pensei ter me livrado. E quanto mais eu pensava nisso, mais absurdo eu achava que, se Alexander tinha que aparecer, ele resolveu fazer isso às duas da madrugada, no meio da chuva. Típico de Alexander: era uma hora e um local convenientes *para ele*.

Não me mande mais mensagens, acrescentei. *Se vamos começar a falar em advogados, prefiro ter tudo documentado em e-mails.*

— Então é isso — eu disse a Jo enquanto comíamos *crumpets*[14] caseiros e geleia na sala de estar dela. — Estou oficialmente na contagem regressiva pra achar outro lugar pra morar. E agora tô me borrando de medo. Andei procurando uns lugares, mas não de verdade, sabe? Fiquei ignorando esse B.O. por um tempo.

— Bom, não é justo que você tenha que arranjar toda a energia mental de procurar uma casa nova no meio de tudo isso, né? — Ela se ajoelhou em um travesseiro ao lado da mesa de café, usando uma colherinha de madeira para afogar o seu *crumpet* com a geleia de figo de sua mãe antes de repousá-la no descanso de colher, que também era pequeninho e de madeira, em formato de gamela. — E ele vai ter muita sorte se conseguir vender dentro de um mês, se é isso que ele acha que vai acontecer. Ele não precisava ser escroto por causa disso. Levando tudo em consideração.

Eu ri, me servindo de mais geleia também.

---

14 Um bolinho achatado tipicamente inglês semelhante a uma panqueca, que pode ser feito em uma grelha ou frigideira.

— Foi útil, imagino. Acelerou o trabalho. Todos a bordo do Caminhão da Mudança.

— Vai meter bronca? — Jo perguntou.

— É, tipo isso — respondi. — Tudo que eu achei que queria desmoronou, agora preciso começar do zero. Mas acho que tô tentando ver isso mais como uma oportunidade que como uma obrigação.

Jo refletiu sobre o que eu tinha falado enquanto lambia farelos dos seus dedos.

— Você realmente parece estar bem — ela observou. — Aquela viagem foi mesmo muito boa pra você. Tô feliz por você. E, sabe, acho que um monte de gente anseia secretamente por um recomeço.

— Você acha? — perguntei.

— Acho. Eu não tô dizendo que eu começaria do zero de novo, mas a ideia de que depois de um ensaio você pode viver a vida de verdade é bem sedutora, pra ser honesta.

Alívio correu pelas minhas veias. Eu não tinha percebido o quanto eu precisava ouvir alguém dizer aquilo: me falar que não era culpa minha a forma como as coisas tinham dado errado.

— Obrigada — eu disse. — Eu não ia aguentar se você me mandasse crescer.

— Por que eu diria isso? — ela exclamou.

Eu me mexi para pegar café na cafeteira e acrescentei um pouco do chantilly que ela tinha batido com uma pitada de sal marinho.

— Isso é tão grã-fino — reconheci. — Mas tão gostoso.

— Foi o Kwame — ela respondeu. — Toda vez que volta de uma viagem de negócios em Los Angeles, ele acrescenta algo novo ao cardápio da casa. Eu ajo como se ele fosse ridículo, mas na verdade também adoro.

Mexi o chantilly e assisti enquanto ele passava de sólido a líquido na minha xícara.

— Acho que imaginei que a gente fosse chegar a uma certa idade em que tudo seria permanente — continuei retomando minha linha de raciocínio.

— Isso seria deprimente — ela respondeu. — Nós só estamos na casa dos trinta. Imagine sessenta anos iguais desse jeito? Enxugando gelo? Não, obrigada.

Suspirei.

— Então por que é que todo mundo tá tão resolvido? Tão... encaminhado?

— Você tá de brincadeira? — ela arfou. — Eu acho que nenhum de nós sabe o que vai vir em seguida. Digo, o Kwame fala o tempo todo em abrir a própria consultoria e eu não posso impedi-lo de jeito nenhum só porque é assustador. É a vida dele também, ele tem que viver os sonhos dele. Mas me afeta e afeta a Bertie e esse camarada que ainda não nasceu também, de quem eu vou começar a cobrar o aluguel se ele não sair logo. E isso é... não ideal.

Estendi a mão para tocar a barriga dela. Ela realmente estava a ponto de parir.

— Ou veja só a Bri, ela fala sobre sair de Londres, mas eu acho que ela fica com medo de que todo mundo a esqueça se ela não estiver a seis paradas de distância no 141. A Kezza está prestes a desistir da vida dela de solteira com zero responsabilidade pra ser mãe, mas isso não significa que ela não vá cair no choro de vez em quando e perguntar pra gente que merda ela inventou de fazer.

— Mas esses problemas são tão de gente adulta... — eu disse.

— Ué, os seus não são?

Eu dei de ombros.

— Você foi abandonada no dia seu casamento e está namorando um homem, um viúvo, que sua mãe odeia, *e* seu ex vai vender a sua casa, então você precisa achar outro lugar pra ontem.

— Patrick ofereceu a casa dele, mas...

Ela não disse nada, sabia muito bem que eu iria preencher o vazio na conversa se ela não o fizesse. Contudo, eu não estava pronta para articular meus pensamentos em voz alta ainda.

— De qualquer forma — eu disse. — Vocês todas têm hipotecas e maridos e filhos...

— Como é que isso é mais adulto do que as coisas com as quais você está lidando?

— Eu não sei — respondi, genuinamente insegura. — Acho que procurar apartamento e considerar voltar a estudar, talvez pra ser uma conselheira, acho que é algo que alguém de vinte e cinco anos faz.

— Acho que você seria uma ótima conselheira. E, Annie, pra falar a real: acho que é muito legal você estar se dispondo a criar uma vida em vez de se contentar com a que simplesmente aconteceu com você.

— Mesmo se isso fizer eu me sentir como uma criança?

— Todos nós nos sentimos como crianças. Eu assinei a hipoteca desta casa com a pior ressaca da minha vida. Semana passada o Kwame usou uma sunga por baixo do jeans porque nenhum de nós tinha colocado a roupa pra lavar.

Eu ri.

— Isso é sério?

— Não — ela respondeu, reposicionando um travesseiro para a sua lombar. Eu podia ver que ela estava bastante desconfortável. Os médicos tinham dito que, se o bebê não nascesse nos próximos dias, o parto seria induzido. — Eu só tava tentando fazer você se sentir melhor. Mas ele *pode* fazer isso, e isso não faria ele ser um parceiro pior, ou pai, ou humano.

— Isso é algo muito Patrick Hummingbird de se dizer — comentei com aprovação. — Ele é muito a favor da imperfeição como um estilo de vida.

— Pra ser sincera, mal posso esperar pra conhecer o Patrick.

Segurei a língua outra vez, mas ela conseguiu perceber que eu estava escondendo alguma coisa.

— Annie?

Eu neguei com a cabeça.

— Não — respondi. — Não é nada.

Ela sorriu.

— Se não é nada, então não tem nenhum motivo pra não me contar, né?

Girei a borra do meu café pela minha caneca.

— Eu realmente gosto dele — eu disse. — Mesmo. Mas mamãe disse uma coisa e ela entrou fundo na minha cabeça.

— Nossa, que surpresa — Jo respondeu, fazendo carinho na barriga. — A sua mãe tá sempre dizendo coisas e ela quase sempre tá errada. A gente sabe disso. Isso não é novidade.

— Eu sei! — Repliquei. — Mas ela apontou que era um pouco precipitado sair de um noivado e então arranjar um namorado um mês depois.

— Foi rápido — Jo disse, confusa. — Mas isso não quer dizer que foi errado.

— Eu não tive tempo pra pensar. Eu tava tão triste, e então conhecer ele e viajar aconteceu tão depressa, e a Austrália não era a vida real, era...

— Férias *da* vida — ela completou.

— Isso.

— Não é tarde demais pra ir mais devagar. Se foi rápido demais, agora você pode ir no seu tempo e aproveitar. E olha, se não for bom, vocês não precisam ficar juntos por mais dez anos. Pode ser bom, mas só por um mês. Pode ser bom, mas só por um ano. Ninguém tá dizendo que precisa durar a vida inteira, nem a sua mãe, pelo que eu entendi.

Usei o resto do meu *crumpet* para raspar a geleia que tinha caído no meu prato.

— É que ele parece tão seguro. Acho que exigiu muito dele chegar a esse ponto depois da esposa.

— Super entendo isso. Mas, gata, isso não é sua responsabilidade. Foi isso que você aprendeu com tudo o que aconteceu, não foi? Você não vai fazer o Patrick feliz de verdade se estiver sacrificando a sua própria felicidade. Ele é um menino crescido. Qualquer que seja a sua necessidade, você tem que contar pra ele. A reação dele é problema dele.

— Você tá certa — eu disse. — Eu sei que está. — Refleti mais um pouco. — Mas primeiro: achar um lugar pra morar. Depois posso decidir o que penso sobre Patrick e mamãe e todas as outras coisas que não me deixam dormir à noite.

— Por que não adiar pra depois de amanhã o que você pode adiar pra amanhã?

— Exatamente — eu disse, lambendo o último vestígio de geleia dos meus dedos.

Passei o resto do dia na internet vasculhando sites em busca de um apartamento que não custasse todo o meu salário mensal e enviando mensagens a Patrick para dizer que estava com o Quarteto Fantástico quando, na verdade, eu queria era ficar sozinha. Eu não sei por que não disse isso a ele — acho que ele não se importaria. A mentira simplesmente escapuliu.

Eu estava ficando cada vez mais frustrada com o preço de um aluguel em Londres. Estava tudo ótimo quando eu falava sobre como eu não gostava do meu trabalho e queria mudar de carreira, mas de forma alguma eu teria condições de arcar com a mudança e morar sozinha. Eu sabia que esse era um problema bem privilegiado para se ter. Não era como se eu estivesse correndo risco real de ficar sem teto ou como se precisasse de um banco de alimentos. Meus perrengues eram da versão classe média. Mas ainda parecia injusto ter que escolher. Mesmo assim, continuei me recusando a considerar dividir um apartamento. Era legal quando eu era mais nova, mas ser relegada a uma única prateleira em uma geladeira compartilhada, ou ter que ficar na fila do banheiro de manhã... não. De jeito nenhum. Gente grande faz escolhas, não é mesmo? E a minha escolha era morar sozinha, mesmo que isso fosse um balde de água fria nos outros planos que eu queria realizar.

— Então fique no trabalho por mais tempo do que você tinha pensado — Adzo me encorajou, enquanto fazíamos uma caminhada matinal para conferir um dos lugares que eu tinha encontrado que estava misericordiosamente dentro do meu orçamento. — Se entregue menos ao trabalho, mas continue recebendo o pagamento, e estude no seu tempo livre.

— É — eu disse. — Acho que eu simplesmente fiquei com essa ideia na cabeça de sair do emprego, e fazer alguma coisa que eu amasse, e decorar um apartamento fofo e que tudo estivesse a meu favor.

— Cara. — Adzo foi sincera. — Tudo está a seu favor! Fique no trabalho, alugue o apartamento fofo e faça a mudança de carreira daqui a um ano ou dezoito meses. A gente nunca sabe o que a vida nos reserva. Qual é a pressa?

Para ser honesta, não havia motivo para a pressa. Eu acho que era mais um caso de ter acabado de acordar, depois de passar anos vivendo feito uma sonâmbula, e estar muito impaciente para consertar tudo agora mesmo, neste instante, caso eu caísse no sono outra vez. Mas eu sabia que não funcionava desse jeito. Ter um controle verdadeiro sobre a minha vida envolveria abrir mão de controlar algumas coisas para que eu não desperdiçasse minha energia em coisas que eu não podia controlar. Sem querer soar como Patrick ou algo do tipo.

— Sem pressa — eu disse. — Você tá certa. E tem mais, na verdade eu não tenho escolha. Não vou morar numa república, então isso significa que preciso desse emprego pra alugar um apartamento.

Ela me puxou pelo cotovelo para que eu saísse do caminho de uma senhora com um carrinho de compras.

— Sei que eu sou foda no trabalho — ela ofereceu. — Mas eu não amo fazer isso de verdade.

Estanquei.

— Peraí, o quê? Você não ama? — eu estava genuinamente chocada. Eu achava que Adzo adorava o que fazíamos.

Ela piscou devagar.

— Quero dizer, é ok — ela disse. — E não é como se eu tivesse que pegar na enxada todo dia, ou como se a gente não recebesse uma transferência polpuda nas nossas contas todo mês. Mas, sim, é claro que às vezes eu queria poder ser uma enfermeira, ou uma escritora, ou a fundadora de uma *startup*.

— Então por que você não vai atrás disso? — demandei.

— Dá trabalho demais — ela respondeu conforme voltávamos a pegar ritmo.

Quando paramos de novo, ela olhou para onde eu estava apontando e disse:

— Não pode ser aqui. É esse o endereço?

Abri meu e-mail para conferir.

— Número treze? É. É aqui.

Ela analisou os tijolos escuros e as janelas decrépitas.

— Tá bom... — ela expirou, lentamente.

— Hummm — concordei. — Quero dizer, não é exatamente um palácio...

— E isso custa 650 por mês?

— Aham.

— Socorro.

Em um momento sincrônico digno de uma comédia pastelão, um rato do tamanho de um pequeno coelho apareceu no canto da lixeira rachada ao lado do portão. Nós duas gritamos e demos um salto para trás.

— Puta que pariu! — Adzo berrou.

— Que nojo, que nojo, que nojo — eu disse, puxando-a pelo braço de modo que quase trombamos com um ciclista que passava e gritou "Olhem pra onde vão, porra, suas escrotas!", enquanto mostrava o dedo.

Gritamos de novo e dessa vez foi Adzo que estava me puxando pelo braço e me conduzindo para a esquina da rua, onde ela me perguntou, em um sussurro:

— Você realmente quer entrar lá?

Eu neguei com a cabeça.

— Não — eu disse, como se fosse óbvio. — Mas é na área certa, mais ou menos né, e eu consigo pagar.

— Acho que precisamos ir embora e lavar as mãos — ela respondeu. — Eu não acho que esse seja um lugar pra você, tá bem?

Assenti.

— Tá bem. Eu tenho uma visita em outro lugar amanhã, de qualquer forma. E mais uma depois de amanhã.

— Mande um e-mail pro cara pra dizer que você não vai — ela sugeriu.

Assenti com a cabeça.

— Pelo menos eu posso chegar cedo pra minha reunião com a Chen.

— Vá — Adzo insistiu. — Salve-se. Finja que isso nunca aconteceu. Cruzes!

37

Eu ainda estava tremendo só de pensar no rato gigante enquanto agradecia ao porteiro de cartola na entrada do hotel onde Chen tinha pedido misteriosamente para que eu a encontrasse. Eu deveria ter voltado ao trabalho naquela manhã, mas ela me disse para vir para um *brunch* e voltar ao trabalho no dia seguinte. Vi que a placa dourada polida à minha frente me mandava virar à esquerda para chegar ao restaurante.

— Isso aqui tá parecendo um filme de aventura — eu disse enquanto ela se levantava para me cumprimentar. — Acho que a gente nunca se viu fora do escritório antes, né?

— Com certeza isso não é verdade — ela respondeu balançando a mão no ar para descartar meu comentário. Seu cabelo preto reluzia em um corte bob que emoldurava suas feições delicadas com perfeição, mas eu sabia que, por mais menininha que ela parecesse, a Chen tinha mais força do que qualquer homem *ou* mulher com quem eu já tinha trabalhado. — Já nos encontramos assim muitas vezes antes.

Quer dizer, a gente realmente não tinha feito isso, não, mas a resposta seca dela me fez questionar minha própria sanidade. Imaginei como seria passar a vida como Chen, tendo tanta certeza de que ela podia moldar a realidade das outras pessoas para se encaixar na dela. Era admirável, talvez um pouco intimidante.

— Chá? — ela perguntou, quando um garçom enluvado apareceu, um pano branco engomado dobrado sobre o braço. Respondi diretamente para ele.

— Sim, chá, por favor — respondi e então sentei, esperando que o motivo para a nossa reunião fosse revelado.

— Bem, Annie — Chen disse. — Nós precisamos conversar sobre a sua situação.

— Certo — eu disse, meu estômago se retorcendo. — Tá tudo bem? Eu agradeço muito mesmo pelo tempo de licença pra organizar minha vida...

— Estou preocupada com você.

— Ah — eu disse, tentando manter minha expressão neutra.

— Está claro pra mim que você não está sendo desafiada o suficiente — ela continuou.

O cara com as luvas voltou com nosso chá e a Chen se interrompeu para dizer:

— Você está com fome? Receio não poder comer sólidos antes do meio-dia, mas por favor, fique à vontade.

Eu estava faminta, mas parecia deselegante cair de boca nos ovos *Benedict* com molho holandês como a mulher da mesa da frente, que teve o bom senso de pedir *hash browns*[15] tam-

---

15 Prato típico no café da manhã britânico e estadunidense feito de batata ralada frita com pouca gordura.

bém. Lancei um olhar esfomeado para o prato dela, mas nem a Nova Annie tinha a potência de "Foda-se" necessária para se empanturrar enquanto a própria chefe só estava bebendo chá — e chá preto puro, ainda por cima. Ela nem tinha acrescentado leite.

— Talvez uma torrada? — eu disse, vacilante, e o atendente assentiu com amabilidade.

— Como eu ia dizendo — Chen continuou. — Atualmente você está sendo desperdiçada. Você pode fazer suas tarefas atuais com os olhos fechados e, pra ser honesta, isso não é bom o suficiente. Eu já sei disso faz um bom tempo.

Merda. Com certeza eu ia ser demitida.

— O laboratório da Antuérpia te adora. Eu andei revisando o trabalho que você fez com eles na primavera e a Adzo concorda: é bastante notável. Tem uma vaga pra você lá, pra gerenciar uma equipe. Você devia aceitar.

— O quê?

— Você precisa de algo novo, Annie, e eu seria uma chefe incrivelmente ruim se não cedesse você para essa posição.

Eu estava chocada. Antuérpia?

— É a capital mundial do diamante, e ótima pra fazer compras. Talvez Bruxelas te deixe mais empolgada e fica só a quarenta minutos de trem. E, é claro que o Eurostar[16] faz conexão direta com Londres, então você nunca ficaria longe de nós. Eu posso organizar as coisas pra que você

---

[16] Trem de alta velocidade que conecta o Reino Unido a França, Bélgica e Holanda.

seja necessária aqui durante uma semana a cada poucos meses, caso você queira uma desculpa pra voltar. Eles estão oferecendo um salário muito competitivo, que é maior do que o que posso te oferecer com o nosso orçamento. E o Jules me disse, você encontrou com ele algumas vezes em reuniões do Zoom, acho, enfim, o Jules me disse pra dizer o que fosse necessário pra você aceitar. Eu não imagino que precise de muita coisa, precisa? Mas de qualquer forma, receio que não devo deixar você pensar em recusar essa oferta.

— Certo — eu disse. — Então eu não estou demitida?

— Demitida? — Chen repetiu. — Por que você diria isso?

— Pensei que eu estava encrencada — eu disse, corando.

— Muito pelo contrário — Chen disse. — Sua ausência nesse mês deixou claro que nós queremos fazer tudo o que pudermos pra você continuar com a gente. Você é um trunfo para a empresa, Annie, e fez muita falta. Vamos ficar tristes em perder você, claro, mas a Antuérpia terá muita sorte em tê-la com eles. Vamos te mandar pra lá por algumas noites, que tal? Você pode ir e conhecer todo mundo pessoalmente.

— Tá bem — respondi, enquanto absorvia tudo o que ela havia dito. Aqueles foram os doze minutos mais estranhos da minha vida.

38

— Eu sei que eles te ofereceram a vaga da Antuérpia — Adzo disse quando liguei para ela imediatamente após me despedir de Chen. Eu estava surtando. Será que era isso o que eu estava procurando? Será que toda aquela conversa sobre voltar a estudar e fazer transição de carreira era, na verdade, exatamente o que eu precisava para acordar para o fato de que eu precisava de uma mudança em geral e que... do nada, podia ser essa a resposta? Eu nunca estive na Antuérpia antes, mas não senti falta de Londres quando estava na Austrália. Talvez esse fosse o problema — não era o meu emprego, era a minha cidade. Eu só precisava de ruas novas para percorrer.

— Por que você não me avisou? — guinchei. — Eu literalmente acabei de te ver!

— A Chen falou comigo sobre o assunto, me perguntou se eu achava que você dava conta do recado, só isso. Mas eu não sabia direito quão rápida ela seria, se ela ia falar hoje ou só sentir o terreno.

— *Você* acha que eu dou conta do recado?

Adzo puxou o ar pelos dentes da frente.

— Cara. Fala sério. Você é incrível no seu trabalho. A Antuérpia teria sorte em ter você.

— Obrigada. — Desabei em um banco. — A Antuérpia não é algo que *você* ia querer? — perguntei. — Entre nós duas... — Parei de falar porque a verdade se tornou subitamente óbvia. — Ah. Você não quis — eu disse. — Eles ofereceram pra você primeiro e você disse não.

— Não! — ela guinchou. — A Antuérpia solicitou precisamente você. Mas — ela continuou — San Francisco solicitou precisamente a mim.

— Não! — gritei.

— Sim! — ela disse.

— Ai, minha nossa, isso é tão fantástico, Adzo. Parabéns! Tô tão feliz por você!

— Mas eu tô triste — ela disse. — Porque acho que esse é o começo do fim pra nós, não importa o que aconteça.

— Merda — eu disse. — É mesmo.

— É.

Desde que eu tinha chegado à empresa, Adzo e eu éramos como unha e carne. Acho que minhas tendências de "boa menina" eram engraçadas para ela, e eu ficava impressionada com essa mulher global e todas as suas histórias absurdas. Nós nos complementávamos na vida pessoal e no trabalho. Com frequência completávamos as falas uma da outra — ou, melhor dizendo, as teorias. Nós tínhamos uma conexão telepática no trabalho, de modo que chamar a nós mesmas de "Dream Team" não era exagero nenhum. Onde eu não era boa, Adzo preenchia as lacunas, e onde ela era menos hábil, eu conseguia dar um jeito. Na metade do tempo, a única razão que me deixava animada para ir trabalhar era a minha Marida do Trabalho, o que é uma nuance horrível, pueril e reducionista de uma frase que encapsula de corpo e alma o papel que nós tínhamos na vida uma da outra.

— Você disse sim, então? Pra San Francisco?

— Teoricamente — ela disse. — Vou fazer uma missão de reconhecimento lá no mês que vem pra ver se vai dar certo, e eu tenho algumas perguntas sobre o pacote que estão me oferecendo. Mas sim. Quer dizer, né, é San Francisco!

— Você é uma negociante tão boa — eu disse. — A Chen quer que eu vá pra Antuérpia pra conferir a situação. Eu não disse sim. Mas eu não disse não também. Ela basicamente não me deu escolha.

— Eita. — Dava para saber que ela estava sorrindo. — Você finalmente vai conhecer o bonitão do Jules cara a cara. Quando fui lá no ano passado era como passear pela cidade com um modelo ou algo assim. Ele é *maravilhoso*. Eu não consigo conceber como alguém pode ser gato daquele jeito e ser inteligente?! Mas...

— Mas ele é gato daquele jeito e inteligente — eu disse. — E as ideias que ele compartilha com o pessoal daqui? Ele realmente é muito inspirado.

— O que é muito sexy — Adzo concordou.

— Claro que eu tô com o Patrick — eu disse, e essa foi a primeira vez que pensei sobre o papel dele nisso tudo. Patrick. *Ah*.

— Sim, sim, sim. Claro que você tá — Adzo disse. E depois: — A gente devia sair pra celebrar. Mas em um restaurante. Vamos pra algum lugar bem chique beber coquetéis decentes pra começar, vinho com um jantar e shots pra terminar, e ficar dizendo uma pra outra de novo e de novo o quão maravilhosa a gente pensa que a outra é, até que peçam pra gente sair porque estão fechando.

— Combinado — eu disse, mas eu já estava me perguntando como Patrick reagiria à minha novidade, e um pouquinho ressentida por ter que levá-lo em consideração no meio disso tudo. Eu não queria pedir a permissão dele, nem de ninguém, para investigar. Eu sabia que precisava falar com ele e encarar minhas dúvidas de frente. Ele merecia isso.

Eu me despedi de Adzo e abri o browser do celular para digitar: *apartamentos para alugar, Antuérpia*. Só para ter uma ideia.

Fiquei ruminando tudo enquanto dava uma passada no mercadinho em busca de alguns ingredientes. Desde que eu tinha voltado da Austrália, fiquei tentando acabar com o que estava no freezer e, em vez de fazer uma grande compra no mercado, eu só comprava alguma coisa quando precisava dela. A lojinha ali perto não tinha leite de coco em lata e eu estava desesperada para usar algumas fatias de abóbora congelada para fazer um *curry* do Sri Lanka, então criei coragem e caminhei algumas ruas para ir a um mercado maior. Se eles não tivessem leite de coco, eu comeria pizza. E a Carol precisava mesmo passear.

Fui até a esquina e prendi a coleira dela do lado de fora do estabelecimento, depois fiz carinho em sua cabeça e mergulhei porta adentro. Assim que olhei logo adiante, lá estava Patrick, testando uma série de melões para ver se estavam maduros. Ele deve ter sentido meu olhar, porque ergueu os olhos, e aconteceu uma coisa muito estranha: eu não fiquei feliz em vê-lo. Ele obviamente pôde notar, porque antes que seu sorriso atingisse a capacidade máxima, ele desapareceu, como se Patrick não tivesse entendido alguma coisa e agora estivesse analisando-a de forma diferente. Ele depositou os dois melões que estivera pesando e tirou seus AirPods das orelhas. Alguém entrou pela porta atrás de mim e dei um passo para o lado, grata pela desculpa para cortar o contato visual. Quando olhei para a frente outra vez, Patrick não tinha se movido. Andei até ele.

— Oi.

— Oi — ele cumprimentou de volta. — O que uma moça legal como você está fazendo em um lugar como este?

Ele se inclinou para me dar um beijo, mas, em vez de eu ir com tudo, mantive minha boca em um biquinho casto, toquei seus lábios rapidamente e me afastei.

— Leite de coco — respondi.

— Prateleira de cima, bem ao lado do papel higiênico — ele disse apontando a direção.

Segui o olhar dele e disse:
— Obrigada.
Ficamos em silêncio.
— Então, tenho novidades — comecei.
— Sobre a sua reunião?
— Aham. A Chen me pediu pra considerar trabalhar na base da Antuérpia.
— Antuérpia? Na Bélgica?
— Antuérpia. Na Bélgica. Isso.
— E o que você disse?
— Eu disse que faria uma missão de reconhecimento lá. Ela me colocou num voo no fim da semana. Só uma noite fora.

O rosto dele pareceu confuso com o que eu tinha dito.

— Você já aceitou viajar pra lá? É legal que eles estejam interessados, mas... Você concordou sem falar comigo sobre isso?

— É só uma viagem de teste. — Dei de ombros. — Não aceitei o emprego, nem nada.

Um senhor bufou enquanto tentava passar por nós. Para ser justa, estávamos ocupando o corredor todo.

— Isso é... uau. Bom, parabéns. Mas... eu não me sinto bem por não termos tido nem uma conversa sobre esse assunto. Vai lá e tal, mas eu sou seu namorado, lembra? Estou feliz que eles reconheceram como você é maravilhosa, mas parece que esse é o tipo de coisa que pode afetar minha vida também. Você andou me evitando? Por que não quis conversar sobre isso?

Eram perguntas justas

— Desculpe — eu disse. — Andei um pouco dentro da minha cabeça demais. Sei lá. Mamãe disse aquelas coisas quando almoçamos lá no outro dia e aquilo me deixou pensando...

— Desde quando você escuta sua mãe?

— Eu não escuto! Mas quando ela falou que não era bom sair de um relacionamento e pular em outro, eu só acho que... sei lá. Não que ela esteja certa, mas...

— Daí agora você não quer mais namorar? — ele perguntou, em tom chocado. As coisas não estavam acontecendo como eu queria, de forma alguma. Tudo estava saindo errado da minha boca. Afinal eu tinha ido do vinho para a água com ele nos últimos dias, aparentemente tinha um monte de coisas que ele queria tirar do peito. E ele tinha esse direito.

— É claro que eu quero — eu disse. — Mas acho que entendi o que ela quis dizer. Eu planejei minha vida toda ao redor do Alexander. Não vou ter aprendido nada com isso se eu começar a planejar a minha vida ao seu redor agora.

— Entendi. Não sabia que era assim que você se sentia.

— Eu preciso pelo menos considerar essa oportunidade, não é? Você nunca me pediria para não considerar.

— Não — ele respondeu. — Eu não pediria. Mas, também, se eu estivesse no seu lugar, eu não iria considerar me mudar pra lugar nenhum, muito menos pra fora do país, sem falar com você primeiro. Dá pra ver a diferença? Eu sei que isso é recente, Annie, mas achei que era bem sério...

Cheguei para o lado enquanto uma mãe e sua filha se aproximavam para pegar um pacote de macarrão.

— Eu e você — ele continuou. — Tem sido bom? Não tem? Isso realmente pode ser alguma coisa? E se você quiser mudar pra Antuérpia por causa de um trabalho, de um emprego que você ama. Então tudo bem, legal. Vamos conversar sobre isso. Mas não faz nem dez minutos que você estava toda decidida a sair desse emprego idiota.

Uma única lágrima desceu e rolou pela minha bochecha antes que eu a secasse com as costas da mão. Eu nem sequer sabia por que eu estava chorando. Eu simplesmente comecei a chorar e não podia fazer nada para evitar.

— Não fale que o meu trabalho é idiota.

— Eu não falei isso, você falou.

— Então, não use as minhas palavras contra mim.

Ele revirou os olhos.

— Quando é essa "viagem de reconhecimento"? — Da forma como ele disse, dava até para ouvir as aspas.

— Eu vou pra lá na quinta-feira de manhã. Volto na sexta.

— Então me conte como foi — ele disse. Encaramos um ao outro. — Eu tô chateado, Annie — insistiu. — Eu não consigo entender o que foi que aconteceu, o que mudou nos quinze minutos desde que você saiu de casa. Mas sinto que você está se afastando de mim. A gente disse que voltar não ia nos mudar. Mas eu não posso lutar por alguém que não iria lutar por mim. Eu não sou tão trouxa.

— Nada mudou — eu insisti. Mas assim que as palavras deixaram a minha boca eu sabia que não era verdade. Soaram vazias.

— Como eu disse — Patrick continuou. — Tô chateado. Não dá pra conversar aqui. Eu vou pra casa e procurar me acalmar, ok? E depois a gente conversa. Não acho que estou sendo irrazoável sobre nada disso.

Assenti desolada, eu continuava chorando e as lágrimas estavam embaçando a minha visão. Ele saiu fazendo soar o sino acima da porta da loja. Eu sabia que devia ter ido atrás dele, mas não queria ir. Talvez fosse por isso que eu estava chorando. Eu sentia culpa por me sentir puxada em duas direções. Eu tinha falado sério quando disse que não podia planejar a minha vida ao redor dele. Eu não queria ter que "perguntar" para ele se era "ok" ir até a Antuérpia para ver como era o escritório de lá. Não queria "permissão", tampouco queria colocar problemas no caminho de uma oportunidade que eu ainda nem sabia se gostaria de aceitar ou não. Só queria ir lá e tentar. Queria ser livre e capaz de ser o tipo de mulher que diria "Antuérpia? Claro, me coloque no primeiro avião!" sem ficar me questionando. Eu não tinha feito nada de errado ao dar os dados do meu passaporte para a assistente da Chen marcar o voo, tinha?

Argh. Eu me sentia horrível. Não achei que o dia seria dessa maneira quando acordei: estava tudo indo rápido demais. Era muita coisa para processar. Eu gostava de Patrick! No que é que eu estava me metendo? E, ainda assim... Aquela noite foi a primeira noite que passamos separados e que eu não mandei uma mensagem para ele antes de dormir. Patrick também não me mandou mensagem. Depois de tantas primeiras vezes — primeira bebida, primeiro beijo, primeiro encontro com os pais —, nós estávamos tendo mais uma primeira vez oficial: a primeira briga.

39

Meu voo estava marcado para as sete horas da manhã, saindo do aeroporto London City para chegar à Antuérpia um pouquinho depois das sete, considerando a diferença de uma hora no fuso. O plano era passar vinte e quatro horas na cidade: um encontro rápido para conhecer a equipe do laboratório, um almoço em grupo e, depois, uma noite de turistagem antes de pegar o voo de volta às oito da manhã seguinte, pronta para dar o meu veredito para Chen.

Vamos conversar quando você voltar, Patrick mandou uma mensagem enquanto eu esperava a decolagem, depois que eu lhe desejei bom-dia.

Ok, respondi sem realmente saber o que dizer. Adzo tinha me aconselhado a sentar com as minhas emoções em vez de tentar consertar tudo. O que tinha sido útil.

— Não saia correndo pra deixar tudo em harmonia até que esteja segura do que você quer — ela disse. — Depois de tanta convivência intensa, talvez alguns dias separados seja exatamente o que vocês precisam. Ele vai estar aqui quando você voltar.

— Verdade — concordei. Mas parte de mim já estava sentindo a falta dele. Estar no aeroporto era mais divertido com ele do que sozinha. E, obviamente, meu último voo tinha sido com ele e sua fonte inesgotável de entusiasmo. Fiquei pensando em Patrick e em tudo que tinha acontecido quando estávamos separados. Eu não o via desde o mercado três dias atrás. Ele disse que precisava de tempo para conseguir entender os próprios sentimentos. Explicou que não queria dizer alguma coisa da qual pudesse se arrepender depois. Eu me sentia como se estivesse sendo punida.

Eu não gosto de brigar, eu mandei de mensagem para ele.

Também não, ele respondeu e mandou uma fileira de beijinhos em seguida. O que poderia ser lido como algo sincero ou como um jeito de pôr um fim na nossa interação. Mandei uma fileira de beijos de volta e desliguei meu telefone para a decolagem.

— Annie!

Passei tranquilamente pela alfândega no desembarque mais de boa que eu já tinha visto e fui encontrada por um homem alto de olhos azuis que acenava no meio da pequena multidão. Eu reconheci Jules imediatamente das chamadas no Zoom e, na vida real e em alta definição, consegui entender direitinho o que Adzo tinha falado sobre a aparência de estrela de cinema dele ser ainda melhor ao vivo. Ele era estonteante.

Ele estendeu uma mão enorme e eu a apertei.

— É maravilhoso te conhecer pessoalmente — ele disse e o inglês dele era perfeito. Ele tinha um pouquinho de um sotaque que me lembrou o de Sean Connery. — Como foi o seu voo?

Galantemente, ele pegou minha mala de mão, apesar dos meus protestos, e caminhamos para o estacionamento de vários andares enquanto eu lhe contava como fora fácil ir da minha casa até o aeroporto e como era incrível para mim que, em apenas uma hora, eu estivesse lá, pronta para ficar maravilhada.

— Você já sabe muita coisa sobre a cidade? — ele perguntou.

— Vai ser ruim se eu disser que não...? — perguntei timidamente.

Ele riu.

— Ninguém sabe, na verdade — admitiu. — O que significa que vai ser ainda mais divertido ser o seu guia turístico. Eu posso te mostrar todos os melhores lugares e não vai ser só porque estamos desesperados pra que você se junte à nossa equipe. Eu também tenho muito orgulho da cidade onde moro.

— Nascido e criado na Antuérpia? — perguntei, enquanto ele parava na frente de um Toyota preto híbrido, apertando o botão para abrir o porta-malas e colocando, em seguida, minha mala lá dentro sem nenhum esforço.

— Não existe nenhuma praça, rua ou restaurante nesta cidade que eu não conheça. — Ele sorriu apertando outro botão para fechar automaticamente o porta-malas e logo abriu a porta do passageiro para mim. — Você vai ver.

Jules dirigia rápido, mas com confiança, tamborilando os dedos no ritmo da música. Notei que não usava aliança, mas ele mencionou os dois filhos, Mathis e Victor.

— A gente vai pro laboratório — ele explicou enquanto ziguezagueávamos saindo das estradas principais para ruas mais tranquilas e próximas de áreas residenciais. — E, depois do almoço, podemos fazer o check-in no seu hotel.

Não era uma pergunta, então murmurei uma concordância e observei enquanto nos aproximávamos do que provavelmente era o centro da cidade. Jules me lançou um sorriso quando os prédios começaram a mudar, satisfeito que eu tivesse notado a beleza.

— Eles dizem que a Antuérpia é uma cidade global em uma escala humana — ele explicou, abaixando o volume da música. — Sempre tem coisas pra ver, pra fazer e pra comer. Mas é bastante andável e tem uma sensação mais amigável do que lugares tipo Londres, meio que um sentimento de cidade pequena. — Ele olhou para mim mais uma vez e eu ergui minhas sobrancelhas.

— Você ficaria ofendido se eu dissesse que nasci e fui criada em Londres, então pra mim aquele é o centro do universo? — retorqui. Eu nem sabia o que eu queria dizer com aquilo, mas me senti compelida a defender o lugar de onde eu era.

Ele riu.

— Anotado — ele disse. — E, só pra você saber, eu adoro Londres, mas tivemos algumas pessoas de lá que foram transferidas pra cá. E todas elas disseram como é legal desacelerar um pouco. Que Londres é meio parecida com uma esteira. Você só continua indo, indo e indo.

— Faz sentido. Eu *andei* querendo desacelerar ultimamente — admiti. — Uma mudança de cenário poderia ser legal. — Quando estávamos estacionando ao lado do meio-fio de uma pequena rua marginal, um homem parecido com Patrick passou e meu coração parou de bater por um segundo, até eu perceber que, obviamente, não era ele. Como poderia ser? Jules estacionou e olhou para o relógio, enquanto eu acariciava o celular no meu bolso, resistindo à urgência de checar se Patrick tinha mandado alguma mensagem.

— Café? — perguntou, executando uma baliza perfeita.

— Por favor — respondi e tirei a mão do bolso como se tivesse sido pega fazendo algo que não devia.

Começamos a caminhar e eu não estava preparada para o que vi quando viramos uma esquina e entramos em uma das partes principais da cidade. Era uma enorme praça onde havia grandes prédios de pedra, todos colados uns nos outros, com janelas estreitas ocupando toda a área frontal — parecia com a área perto da rua Fleet em Londres. O lugar era majestoso, imponente.

— Uau — eu disse, ficando boquiaberta de admiração.

O sol brilhava e o céu estava claro, e as pedras claras dos prédios contrastavam com as bandeiras reluzentes na fachada do edifício mais alto, que parecia ser algum tipo de prefeitura ou tribunal central.

— O Mercado Grote — declarou Jules, e eu reparei em seus óculos escuros de marca, e na barba por fazer, e no contraste do branco da sua camisa bem passada contra o azul-marinho do terno. Seus dentes eram perfeitamente alinhados como lápides de mármore e seus lábios cheios brilhavam no local que a língua umedeceu em um movimento ligeiro. Eu mal podia esperar para mandar um relatório para Adzo dizendo que ele era tão atraente quanto ela tinha sugerido. Ela ia adorar que eu tivesse notado.

— É do século XIII — Jules disse. — Mas nosso auge foi nos séculos XV e XVI. Nessa época a Antuérpia era a cidade mais importante dos Países Baixos.

Ele se mexeu para ficar de pé ao meu lado e colocou uma mão no meu ombro com leveza. Abaixou a voz e, olhando na mesma direção que eu, apontou um pouco além da minha linha de visão e disse:

— Imagine um centro vibrante, cheio de mercadores flamengos fazendo negócios com comerciantes da Europa inteira. Todas essas casas eram guildas e aquele é o Stadhuis, a prefeitura.

— Isso é altamente impressionante — eu disse me virando para ele e ficando corada no mesmo instante. Não pude evitar. Eu me sentia desleal com Patrick, mas havia alguma coisa diferente em estar tão perto de alguém que era bonito naquele nível. Kezza tinha namorado por pouco tempo um ator que estrelou em *Killing Eve: Dupla obsessão* e todo o Quarteto Fantástico concordou: algumas pessoas são mesmo bizarramente atraentes, de um jeito que desafia a física da humanidade. Jules era uma dessas pessoas. Dei um passo para trás, para evitar que a beleza dele me cegasse. — Absolutamente fascinante — acrescentei.

— E no Natal, Annie — ele começou a falar, e usou o meu nome na frase como se aquilo fosse uma forma de me reivindicar —, é inigualável. Com o mercado de Natal e a pista de patinação no gelo...

Jules beijou as pontas dos dedos, como um chef satisfeito. Era realmente de tirar o fôlego. E eu deixei a sensação de estar em uma terra estrangeira me dominar. Poucas horas atrás eu estava acordando em uma casa vazia em Londres, a Carol já do outro lado da rua com Lenny e Dash, no meio de uma briga com meu namorado e com meu ex-noivo, enquanto contava os dias para ter que me mudar. Isso sem falar que o dinheiro na minha conta bancária mal era suficiente para cobrir os primeiros meses de aluguel onde quer que fosse que eu precisasse morar. E agora eu estava aqui, na Antuérpia, com um cara bonito que era quase ofensivamente atraente para um colega de trabalho, e uma sensação de aventura pulsando nas minhas veias. Será que o meu momento *"maktub"* era de fato aquele? Que possivelmente me permitiria mudar de país e mudar de casa bem na hora certa? Seria um baita recomeço. Se eu conseguisse uma promoção aqui, eu seria capaz de morar sozinha, e Adzo tinha dito que eu receberia um pacote de realocação para me ajudar a me estabelecer e ajeitar tudo, o que significaria que não me custaria nada começar de novo do zero. A Velha Annie nunca teria entrado em um avião e considerado a ideia de mudar de país. Estar ali provava que eu tinha mudado. A Austrália e Patrick tinham garantido que isso aconteceria.

Patrick.

Eu estava tão brava com ele por desejar que eu fosse aventureira, mas só se eu pedisse a opinião dele antes de me aventurar. As nossas mensagens de texto secas eram tão diferentes de nós, mas os nossos sentimentos tinham sido machucados. Eu odiava o conflito, mas sabia de alguma forma que era importante. Eu nunca tinha estabelecido os meus limites com Alexander. Eu precisava fazer aquilo com Patrick, do contrário, para que teria sido tudo aquilo?

— Sobre aquele café — Jules disse interrompendo o meu devaneio. Dirigi minha atenção de volta para ele. — Aqui é o paraíso dos turistas. Deixa eu te mostrar a minha Antuérpia...

Trotei atrás de Jules enquanto ele dava largas passadas à minha frente, e virei o rosto para trás para dar uma última olhada na praça. *Patrick teria adorado isto aqui*, não pude deixar de pensar.

— Agora — Jules disse desacelerando para que pudéssemos andar lado a lado. — A gente tem que encontrar o número dezesseis.

— Número dezesseis?

— Isso. Estamos no Oude Koornmarkt[17] e, no número dezesseis, vamos ver uma placa para Vlaeykensgang.[18] Acho que você vai adorar lá.

— Você está fazendo um ótimo trabalho como guia turístico — observei. — Tudo isto é maravilhoso. Eu realmente estou muito impressionada. — Olhei para cima bem a tempo de ver a placa azul desbotada, pendurada por uma mão francesa invertida de ferro fundido com elaborados arabescos. — Ah! — exclamei. — Dezesseis!

— Então é por aqui — Jules declarou estendendo o braço para que eu fosse na frente.

Entramos em um labirinto de pequenos becos que se alternavam entre ruas com paralelepípedos e calçadas dramaticamente pavimentadas. As construções eram de tijolos pintados de branco e pedras lisas de mármore, e, acima, um arco de ferro conectava os prédios, de modo que a hera podia crescer de modo teatral. Os edifícios tinham persianas de madeira pintada que combinavam com as jardineiras das janelas, repletas de flores coloridas e vibrantes apesar do clima frio. As placas à nossa frente indicavam o que eu imaginava ser uma galeria de arte, e algumas de suas janelas tinham pinturas que pareciam te-

---

17 Rua com lojas, galerias e restaurantes onde apenas pedestres podem andar.

18 Uma das poucas ruas medievais ainda existentes na Antuérpia.

souros, e mesas, e bugigangas. Na esquina, onde dois becos se encontravam, havia um pequeno café com mesas do lado de fora, e estava quente na medida certa para que nos sentássemos diretamente sob o sol. Desejei ter lembrado de trazer meus óculos escuros. Estava bastante claro, de uma maneira que não acontecia em Londres durante os meses mais frios, onde tudo tinha cinquenta tons de cinza acinzentado.

— Aqui — Jules disse galantemente. — Você pode se sentar de costas para o sol.

Ele pediu que nos trouxessem café, doces e água. E então me ocorreu que eu provavelmente estava com uma aparência horrível, já que tinha me levantado às seis da manhã. Ajeitei o cabelo na base da minha nuca e peguei um hidratante labial na bolsa.

— Então — Jules disse. — A Chen disse que eu teria que deslumbrar você como se a minha vida dependesse disso.

— Ela disse? — eu perguntei esfregando um lábio no outro para espalhar o hidratante. Eu estava flertando enquanto disse aquilo? Eu me sentia leve. Brincalhona. Aquilo era exatamente o que a Austrália tinha feito comigo: tinha me deixado mais alegre porque eu fiquei inebriada pelas oportunidades. A esperança é uma porta de entrada perigosa para o mundo das drogas.

Jules estava se divertindo.

— Eu não tenho medo de encarar o desafio.

— Isso é muito nobre da sua parte — eu disse.

Ele sorriu.

— Algo me diz que você não vai apresentar muita resistência — ele falou e eu dei de ombros. A Antuérpia com certeza era bonita. Talvez Patrick pudesse vir comigo e encontrar um emprego, ou talvez a gente pudesse namorar à distância. Ele fez agarrar essa oportunidade parecer tão oito ou oitenta, mas havia tantas maneiras diferentes para a gente passar por isso juntos. Se eu quisesse. Se *ele* quisesse. Ou, talvez, seria isso mesmo e a gente iria terminar. Sei lá. Eu me sentia ansiosa ao pensar a esse respeito. Estar no controle do meu futuro era muito mais desconfortável do que pensei que seria. Essas são as letras miúdas de ter escolhas: dizer sim para uma coisa normalmente significa dizer não para outras dez.

O escritório da Antuérpia estava muito à frente da estética do laboratório de Londres. Ele tinha uma fachada de vidro e um *lobby* elegante, e Jules me garantiu que o elevador não quebrava a cada duas semanas como o nosso em Londres. Aqui era mais ensolarado. A Antuérpia era uma jaqueta leve na primavera em vez de um sobretudo encharcado no outono, o que era frequentemente a sensação de Londres, se eu estivesse sendo maldosa. Eu tinha ficado acostumada com aquilo, mas talvez os meses frios não precisassem ser um estado constante de umidade.

— Luke — exclamei quando chegamos ao centro de pesquisa.

— Aí está ela!

Luke costumava trabalhar em Londres também e tinha saído dois anos antes. Nós nos dávamos bem e eu sempre gostava de participar dos eventos do trabalho quando ele estava lá.

— É tão bom te ver — comentou. — Como você tem andado? Com certeza o seu homão já deve ter colocado uma aliança no seu dedo, né? Adzo me disse da última vez que veio aqui que ela tinha certeza que você estava planejando o casamento do século.

— Ah, na verdade, aquilo acabou — respondi mantendo meu queixo erguido deliberadamente. Eu senti como se Jules estivesse me observando. — Felizmente — eu insisti. — Já estava na hora. Aprendi que namorados da universidade nem sempre precisam terminar juntos.

— Ah — Luke disse, franzindo o rosto em solidariedade. — Ai, sinto muito, mas isso também significa que ele está no mercado? Eu nunca vi bochechas tão bem lapidadas fora do cinema!

Revirei os olhos em tom de brincadeira e mudei de assunto para perguntar sobre as instalações e o que ele estava achando da cidade. Ele me disse que estava adorando tudo — a cultura, o equilíbrio entre a vida e o trabalho e o tanto que era fácil viajar pelo resto da Europa continental.

— Eu vou pra casa a cada poucos meses, mas, pra ser honesto, meu irmão prefere vir até aqui com a esposa quando eles podem. E até os meus pais já se acostumaram com o filho ingrato e traidor que vive no exterior. Vejo minha família, talvez, umas seis vezes ao ano? Acho que não os via tanto quando morávamos no mesmo país!

Eu ri, me indagando silenciosamente o que meus pais achariam se dissesse a eles que estava me mudando para fora do país, antes de lembrar a mim mesma que eu não me importava. Freddie já tinha idade suficiente para poder vir de trem me visitar sozinha também, se alguém a deixasse no trem em Londres e eu a buscasse aqui no terminal. Sentiria falta de poder simplesmente aparecer e vê-la, mas, se eu quisesse, realmente poderia fazer isso dar certo. Não necessariamente seria fácil, mas podia ser feito.

    Ganhei um tour do local e pude conversar com vários dos rostos que eu já tinha visto on-line, mas nunca pessoalmente. Conversamos sobre a fórmula em que estávamos trabalhando e compartilhei algumas das ideias que Adzo e eu tivemos sobre os próximos passos, o que pareceu impressionar a todos na mesa de conferência. Contei a eles que Adzo estava indo para San Francisco e consegui algumas fofocas de segunda mão para levar de volta pra ela.

    Nós fizemos uma pausa para um almoço informal por volta de uma da tarde e, reduzidos a um grupo de mais ou menos dez pessoas, fomos para um restaurante próximo onde Jules fez o pedido para a mesa. Recusei o vinho que me ofereceram porque eu estava sonolenta depois do pico de adrenalina daquela manhã e por ter acordado tão cedo.

    — Você vai precisar de um cochilinho revigorante antes das nossas atividades da tarde — Jules afirmou. — A não ser que prefira ter a noite só pra você — ele acrescentou. Eu considerei aquilo.

— Não — decidi. — Acho que seria ótimo se você pudesse me mostrar mais da cidade. Eu realmente iria gostar. Pra ser honesta, eu estou esperando a ficha cair. Estou me perguntando qual é a pegadinha.

— Então temos um encontro — ele disse, e tentei não ler demais na sua escolha de palavras. Afinal de contas, inglês era a segunda língua dele.

Luke se aproximou de mim assim que o almoço terminou e o resto das pessoas foi retornando ao escritório. Eu agradeci a todos por terem me dado uma explicação tão ampla sobre como tudo funcionava na filial deles.

— Você faz amigos rápido — ele disse.

— Do que você tá falando? — perguntei.

— Do James Bond ali. — Nós dois olhamos na direção dele. Aquilo me fez rir porque, sim, achei que ele tinha o sotaque do Sean Connery, mas eu não tinha dado o salto mental para ver como todo o comportamento dele era realmente parecido com o de um espião internacional. O ajuste das roupas, o sorriso, o magnetismo.

— Estou aqui a trabalho — eu disse. — Não me ofenda.

Luke levantou as mãos em rendição.

— Não quis ofender — ele disse. — Provavelmente eu só estou com ciúmes.

— Eu tenho namorado — acrescentei rapidamente, o rosto de Patrick aparecendo em minha mente

— E quem não tem? — Luke riu. — Como é mesmo aquele ditado? Todos nós somos mortais até o segundo copo de vinho e o primeiro beijo.
— Cala a boca! — eu disse, e alguma coisa no comentário dele desceu pesado no meu estômago.

10

Jules me levou para o hotel depois do almoço e me deu instruções para tirar um cochilo, me arrumar e encontrá-lo no *lobby* às dezoito horas. No meu quarto, mandei uma mensagem para Freddie com algumas fotos que eu tinha tirado. Ela não sabia que eu estava viajando com a perspectiva de talvez me mudar, só que eu estava viajando a trabalho. Ela mandou uma mensagem de volta: *Mal posso esperar até poder ir em viagens de trabalho pra lugares chiques! Que legal!* Mandei para ela um Gif de uma mulher em um terno poderoso com polegares erguidos e disse que eu a amava.

A gente pode fazer alguma coisa divertida nesse fim de semana? Ela mandou alguns minutos depois.

Claro que pode, Fru. Tem alguma sugestão?

Ela mandou de volta: *Ir ao boliche talvez? Ou naquele parque das camas elásticas? E depois um hamburguer. Tô com saudades!*

Freddie dizer que tinha saudade de mim foi como uma facada no meu coração. Ela nunca tinha dito aquilo com todas as letras antes. Ela sempre deixava claro que queria me ver. Mas ela nunca disse *estou com saudades de você* de verdade até que eu fosse para a Austrália.

Você não precisa sentir saudade de mim, respondi. *Eu te encontro o tempo todo.*

Eu queria que você morasse com a gente, ela disse. *A Mia morava com a irmã dela e dizia que ela era irritante, mas também era muito legal. E a irmã mais velha da Sofia vive com ela também!!*

Eu não sabia de onde é que aquele desabafo estava vindo. De imediato listei na minha cabeça todas as maneiras em que eu tinha sido uma irmã mais velha ruim ultimamente. *Aconteceu alguma coisa?* Perguntei, caso eu tivesse deixado algo passar. Eu *estava* sendo ausente, acho, com todas as minhas viagens e confusões. Quando ela não respondeu de cara, tentei fazer uma chamada de FaceTime, mas aí ela me disse que estava na aula de matemática mandando mensagens por debaixo da mesa.

Eu só quero fazer mais coisas divertidas, ela disse. *TQI!* [19] Ela teve que me ensinar meses atrás o que aquilo significava: tenho que ir.

Tá certo, Frufru. A gente vai se divertir nesse fim de semana! Eu prometo! Eu usei um ponto de exclamação, mas meus sentidos estavam embotados. Eu não estava fazendo um bom trabalho de encontrá-la o suficiente quando a gente morava na mesma cidade. Será que realmente daria certo se eu mudasse de país?

---

19 *G2G* no original inglês, "*got to go*".

Olhei para o meu quarto de hotel com um certo desânimo. Era pequeno e compacto, um abismo de distância das suítes luxuosas da minha última viagem ao exterior. Eu não precisava de coisas chiques, mas com certeza eu tinha amado aquele gostinho da extravagância que provei na Austrália. E tinha sido por causa de Patrick. Não tinha como negar isso.

É bonito aqui, mandei uma mensagem para ele. *Você iria adorar.* Eu vi o *status* mudar para lido às 14h22, mas não recebi nenhuma resposta.

Saudações da Antuérpia, mandei para Adzo. *No fim das contas não importa aonde você vá, você continua sendo quem você é,* eu disse. *No momento estou experimentando um milhão de emoções diferentes.* Ela me ligou imediatamente.

— Eu não queria te deixar alarmada — eu disse em vez de dar um "oi". — Não precisava me ligar, não se você estiver ocupada.

Ela riu do outro lado da linha.

— Falar ao telefone é mais rápido do que mandar mensagens — ela respondeu.

— Fica tranquila. Onde você tá? No escritório?

Tirei as minhas roupas e expliquei que estava de volta ao hotel e que, sim, o Jules realmente era maravilhoso demais. Enquanto eu pegava um pouco da água de cortesia da geladeira, ela riu.

— É — ela disse. — Quando estive em Nova York, vi que a fama dele chegou até lá.

— Ai, meu Deus — eu disse. — Ele é um pegador?

— Ah, duzentos por cento — Adzo disse. — Um cara divorciado com aquela aparência? Ele pega uma pessoa diferente a cada viagem.

— O quê? — Arfei. — Até...

— Aham — ela disse. — Isso aí. Você descobriu. A gente dormiu juntos da última vez que eu estive aí. Você pode me culpar?

Engatinhei só de calcinha e top para entrar debaixo dos lençóis fresquinhos do hotel.

— Não — admiti. — Não posso. Mas estou me sentindo uma boba agora. Achei que ele estivesse dando um pouquinho em cima de mim. Talvez?

— Provavelmente.

— Hummm — eu disse, me perguntando se deveria cancelar a noite. O risco de passar tempo com um *playboy* não parecia atraente. Eu me questionei se me divertiria mais sozinha.

— Mas, deixando o Jules de lado, no que você tá pensando? — Adzo perguntou.

Encarei o teto.

— Uma hora eu penso que este é o melhor lugar do mundo — eu disse —, e outra hora eu penso que não tem como sair de Londres. Vai ser uma droga sem você por lá, mas será que eu realmente quero ficar longe da Freddie? Das minhas amigas da universidade?

— Do Patrick?

— Tô tentando não considerar ele como um fator. Mesmo que ele seja, obviamente. Mas a minha irmãzinha? É ela que me pega de verdade. Eu amo a sensação de estar em um lugar novo, e a possibilidade de deixar tudo pra trás e ser uma pessoa nova. Mas ao mesmo tempo...

— É coisa demais — ela ofereceu.

— É. Talvez eu simplesmente devesse ser quem eu sou. No lugar de onde eu sou. Não posso continuar fugindo.

— Interessante — Azzo disse dissimuladamente. — Muito interessante.

— O que você quer dizer?

Minhas pálpebras estavam ficando pesadas. Eu sabia que iria dormir como se a minha vida dependesse daquilo.

— Bom — ela começou. — Digamos que se você continuasse em Londres eu talvez pudesse te ajudar na questão do apartamento. Então não deixe o dinheiro ser um dos fatores na sua decisão, ok?

— O que você quer dizer?

— Eu sei de um lugar — ela disse —, que tá no seu orçamento e que é legal. Mas não deixe isso te influenciar. Aprecie a Antuérpia pela Antuérpia.

— Como eu posso fazer isso agora que você me disse que achou um lugar pra mim?

— Me ignore — ela insistiu. — Eu não devia ter dito isso. Tire uma soneca, saia com o Jules à noite, e, quando voltar amanhã, você me liga e eu vou te levar em uma aventura, ok? Me prometa que você ainda vai pensar sobre a Antuérpia.

— Eu prometo — eu disse. — Certo.

Eu estava mentindo, é claro.

Eu dormi até o instante em que o telefone do hotel tocou. Jules estava na recepção perguntando onde eu estava.

— Ai, merda! — eu disse, grogue de sono. — Perdi a noção do tempo. Me dá dez minutos, tá bem? Aliás, quinze.

Ele parecia bem puto na hora que eu cheguei lá embaixo.

— Eu odeio esperar — ele disse. — Mesmo por colegas tão charmosas quanto você.

— É como se eu tivesse desapontado o meu pai — resmunguei.

— A gente tá atrasado. Só isso — ele respondeu. — Enfim, vamos.

Ele andou rápido e essa foi a forma como eu pude notar que ele ainda estava puto, e aquilo me fez pensar em Patrick (de novo!). Pensei em como Patrick dizia *Prontinha, geleia de galinha?* todas as manhãs, e, mesmo que eu o fizesse esperar, ele se sentava e lia um panfleto ou admirava as árvores até que eu ficasse pronta. Patrick nunca saiu pisando forte na minha frente, me tratando como se eu fosse uma adolescente levada. Mesmo quando estávamos brigando, tipo agora, ele não ficava distante emocionalmente ou era desagradável. O Jules era um pouco... mercurial.

— Olhe — eu disse. — Eu posso dar uma olhada na cidade sozinha se você preferir. Desculpe eu ter me atrasado.

— Obrigado por finalmente se desculpar. — As palavras dele saíram entrecortadas. E, então, suavizando, ele acrescentou: — Tá tudo bem. Vamos até o outro lado do rio pra aumentar a fome e depois a gente janta, beleza?

— Beleza — eu disse, mas deu para notar que ele ainda estava lidando com a sua raiva.

Andamos em silêncio por um tempo, na direção da passagem subterrânea até o outro lado do rio, para que pudéssemos ver as luzes do local de onde havíamos vindo serem acendidas à medida que ficava mais escuro. Passaram uma ou outra pessoa correndo depois do trabalho e pais tomando um sorvete noturno com suas crianças. Eu sorri para um casal mais velho que passeava de braços dados.

— É uma cidade muito romântica — eu disse, enquanto um aposentado sorria para mim antes de voltar a atenção para a esposa com quem estava abraçado. — As pessoas parecem felizes. Como se elas tivessem tempo pra fazer o que quiserem. Faz sentido?

— Faz muito sentido — ele concordou. — Eu tenho muito orgulho de onde eu sou.

— Isso me lembra o porto de Sydney. A água e a vista. As pessoas.

— Eu só fui pra Austrália uma vez — ele disse, e eu sorri enquanto tomava fôlego para poder aproveitar essa coisa em comum com ele.

— É bonito lá, mas é muito longe.

— É mesmo — eu disse. —Estive lá recentemente, na verdade. Eu adorei.

— Mas não tanto quanto aqui, né? — Ele olhou para o lago com admiração.

Observei o seu terno elegante, seu colarinho desabotoado, seus olhos azuis e seu cabelo loiro em contraste com a cidade e a forma como todas as coisas pareciam borradas e azuis enquanto o sol se punha. Eu não queria mentir, mas não consegui encontrar as palavras para dizer a verdade.

O jantar foi um banquete de mexilhão à belga com pão fresco e crocante em um pequeno restaurante cujo dono Jules parecia conhecer. Nós bebemos vinho e rimos, e ele tentou me ensinar um pouco do básico de flamengo.

— Não, o sotaque está errado — ele disse e corrigiu a forma como eu dizia "*Hallo*".

— *Hallo* — tentei de novo e ele assentiu.

— Exatamente — ele disse. — Tem uma dureza na pronúncia. Agora vamos tentar dizer *tchau*.

Comi com as mãos, usando as cascas de um dos mexilhões como uma pequena pinça para abrir os outros, e pegando as batatinhas salgadas para mergulhá-las no molho.

— A pior coisa que você pode fazer é chamar essas batatas de *French fries*[20] — Jules me disse assim que eu exclamei que elas estavam incríveis.

— Por quê?

— É uma disputa que ainda não foi decidida — ele disse e me deu um sorriso rápido. —

---

20 Esse é o nome usado em inglês para falar de batatas fritas, contudo, a tradução literal seria "batatas francesas".

Nós, os belgas, documentamos a existência das batatas fritas muito antes dos franceses.

— A gente aprende uma coisa nova todo dia — respondi.

A sobremesa era uma espécie de massa folhada com recheio de cheesecake, e o café foi servido com chocolates belgas de verdade. Eu fiz uma nota mental para pegar um grande saco daquilo para Freddie e outro para o Quarteto Fantástico no aeroporto na manhã seguinte.

— Isso foi incrível — declarei ao final, enquanto Jules pagava a conta e nos dirigíamos de volta ao hotel. — Você está sendo um guia turístico maravilhoso. Muito obrigada.

Jules me ofereceu o braço e eu o aceitei, e caminhamos a passos lentos e sincronizados por uma rua de paralelepípedos.

— Lamentei ao ouvir sobre o seu noivo hoje mais cedo — ele disse, as notas de um músico de rua flutuando pelo beco. — Luke falou que ficou surpreso ao saber que vocês tinham terminado.

Não deixei de pensar que, para Luke ter dito isso, Jules deveria ter perguntado.

— Ah, não precisa se incomodar — falei. — Doeu e depois parou de doer. Essas coisas acontecem, né?

— Acontecem — ele concordou.

Encontramos a fonte da música e paramos para ouvir. Uma jovem mulher cantava em flamengo enquanto um homem a acompanhava em um piano elétrico. Era lindo e apavorante ao mesmo tempo. Ela cantava com uma tristeza e uma dor inacreditáveis para alguém tão jovem.

— Ela está cantando sobre um amor que partiu — Jules me explicou, falando perto da minha orelha de modo que pude sentir sua respiração em meu pescoço. — Ela está dizendo "eu mandei meu amor embora, mas quero que ele volte. Meu amor não vai voltar, então agora estou sozinha".

Meus olhos se encheram de lágrimas. Eu sentia como se tivesse levado um soco diretamente no estômago.

— Ela canta tão bem — sussurrei baixinho, e, quando eles terminaram, nós aplaudimos e Jules deixou uma nota na caixa de coleta deles. Caminhamos de volta para o hotel em silêncio. Eu estava pensando em Patrick. Como eu poderia consertar as coisas, sem pedir desculpas? Eu não queria admitir que tinha feito algo errado porque eu não achava que tinha feito. Mas eu sentia falta dele. Mesmo. Tudo era melhor na companhia dele.

— Aqui estamos nós — Jules disse quando chegamos ao local onde eu estava hospedada. Nós dois olhamos para cima para ver o edifício e depois ele se virou para mim.

— Obrigada mais uma vez — eu disse. — Por tudo que você fez hoje. Foi bastante... — eu não consegui encontrar uma palavra que me deixasse empolgada, então optei por *informativo*.

Jules assentiu e estendeu a mão para eu apertar.

— Seu noivo é um idiota por te deixar ir embora — ele disse, e me deu boa-noite para que eu pudesse entrar na recepção sozinha. No entanto, eu não estava pensando sobre o Alexander ter me deixado partir. Eu estava pensando sobre como eu seria uma idiota se perdesse o Patrick.

41

Peguei um táxi direto do aeroporto assim que aterrissamos perto de Newington Green. Adzo tinha me instruído a encontrá-la na entrada do estacionamento nas redondezas da minha casa, aquele perto do cabeleireiro que tinha feito meu corte *pixie*. Dizer que eu estava chocada por ela vir todo o caminho até este lado da cidade seria um eufemismo, ainda mais antes do trabalho, porque eu nunca sequer tive certeza de que ela sabia que essa parte da cidade existia. Adzo era uma das mulheres mais ricas e viajadas que eu conhecia, mas sempre presumi que para ela, quando o assunto era Londres, a cidade não se estendia mais ao leste que a rua Oxford e que, na sua visão, eu basicamente morava em Essex. Mas aqui estava ela.

— Pera aí — ela disse. — Deixe só eu pegar as direções. — Ela segurou seu iPhone e abriu o GPS.

— Isso tudo envolve o apartamento? Me conte! Tem uma banda de *mariachis* na minha cabeça porque bebi vinho demais ontem à noite, essa mala de mão é um estorvo e tá frio.

— Tá frio — ela disse. — Por que você não entra em casa rapidinho e pega um chá pra gente? Deixe a sua mala. Só preciso de um segundo.

Fiz como ela instruiu, atravessei a rua e pedi duas xícaras de *chai*, observando pela janela enquanto ela falava animadamente ao telefone com alguém.

— Tá bom, você está me irritando de verdade — eu disse entregando o chá para ela e colocando a mão no saco de papel que eu carregava para pegar um bolinho.

— Aaaaah sim, arrasou — ela disse, pegando os dois. — Certo. Tudo será revelado em... três minutos. Por aqui.

Caminhamos pela lateral do parque na direção de algumas ruas residenciais que pareciam vagamente familiares por causa dos meus dias de corridas matinais. Eu não tinha saído para correr desde que voltara para casa — eu não tinha essa urgência. Na verdade, eu não tinha feito nenhuma atividade física. A não ser que sexo contasse, se bem que até isso estava se tornando uma memória distante a essa altura.

— Eu preciso falar com Patrick — eu disse, depois de explicar para ela que a gente mal tinha trocado cinco mensagens. — Eu só tô tentando ser responsável e ter certeza de que enfim estou tomando as minhas próprias decisões, mas eu fiz ele se afastar. Estou com medo! Com certeza ele entende isso.

— Olha só, eu ouvi rumores sobre casais que se comunicam de forma direta a respeito dos seus problemas — Adzo comentou. — É uma lenda urbana, mas vou deixar essa ideia no ar.

Aquilo me fez rir, apesar de tudo.

— Adzo! — ralhei de brincadeira. — Leve isso a sério! Eu não sei como brigar! Não tô acostumada a ficar com raiva! — Aquilo era verdade: eu estava acostumada a fazer qualquer coisa para evitar o conflito. Era realmente desconfortável ter um problema não resolvido com Patrick, mas eu sabia que aquilo era um tipo de progresso para mim, ainda que fosse estranho.

Adzo parou de repente. Eu olhei ao redor. Nós estávamos no meio de uma rua de terraços vitorianos — aqueles grandes, espaçosos com pé-direito alto e que custam uma fortuna se você tiver um inteiro, mas a maioria tinha sido dividida em apartamentos.

— Escute — ela disse. — Não posso ajudar no quesito Patrick.

Eu pisquei.

— Mas, como eu disse... eu posso ajudar — ela continuou — no quesito casa.

Adzo atravessou o portão verde-claro do último terraço da rua, desceu pelo caminhozinho cheio de vasos com folhas verdes que sem dúvida deviam ter um perfume ótimo na primavera. Ela cutucou um dos vasos mais próximos da lixeira na lateral da construção e usou o pé para puxar uma chave lá debaixo, depois se levantou segurando a chave nas alturas e disse:

— Tã dã!

— É esse que tá no meu orçamento?

— Gata — ela respondeu. — Você vai amar.

— Como assim? Isso é chique demais!

— Venha — ela cantarolou, a chave já na fechadura e um pé dentro do corredor comunal.

As paredes eram brancas feito giz, uma tinta que aparentava ser cara — eu consegui perceber pela forma como a luz era absorvida em vez de refletida. Acontece que eu sabia muito sobre tintas por causa da reforma da cozinha da Bri. O tapete era de juta, aconchegante e convidativo, e a mesinha com espelho continha duas pequenas pilhas de correspondência.

— Esse é da senhora Archway — Adzo disse, apontando para a primeira porta por que passamos. — No apartamento do térreo. Ela tem mais ou menos cem anos, mas levou uma advertência algumas semanas atrás por perturbar a paz quando recebeu alguns amigos e eles ficaram um pouco barulhentos depois de umas boas doses de gim. Ela já foi uma atriz de teatro e tem umas histórias que fazem até eu ficar vermelha.

Ela continuou e subimos um lance de escadas. Senti o cheiro de especiarias. Alguém estava cozinhando alguma coisa deliciosa.

— Essa é a Brigitte. Ela é uma blogueira de culinária e gosta de deixar porções na porta de todo mundo porque ela faz comida demais. Você também vai gostar dela. Ela saiu de um relacionamento longo com a namorada três meses atrás e está reagindo estranhamente bem, o que é fascinante.

Subimos mais um lance de escadas.

— E este aqui — ela disse, colocando a chave em uma fechadura e girando-a com facilidade — é pra você. Se você quiser.

Fitei-a cheia de suspeita e caminhei passando por ela para dentro de um corredor muito semelhante àquele do andar de baixo: mesma pintura branca feito giz e tapete de juta que levava a um quarto vazio à esquerda, um banheiro compacto à direita com azulejos pretos e brancos no chão, uma janela de vidro fosco e uma pequena alcova onde provavelmente caberia uma cama de solteiro e nada mais.

Caminhei pela área central do apartamento, uma cozinha americana e uma sala de estar. Em um extremo da sala havia uma enorme janela *bay window* com vista para a rua e o espaço era grande o suficiente para um sofá e uma mesinha de café, talvez uma pequena mesa de jantar. A cozinha era estreita, mas por estar conectada com a sala dava uma sensação espaçosa, ainda mais com a enorme vidraça e as cores claras do carpete e das paredes.

— Que lugar é este? — perguntei maravilhada. — Por que você tem uma chave?

— Eu conheço um cara que conhece um cara. — Ela deu de ombros e eu a fuzilei com um olhar que dizia *você vai ter que fazer melhor que isso*.

— Tá bem, eu desisto — ela elaborou. — Lembra daquele cara que eu namorava que queria me levar pra República Dominicana no recesso de Natal dois anos atrás? Aquele que tinha o bigode guidão e gostava de citar falas de *O poderoso chefão*?

— Ai, meu Deus, eu lembro! Você gostava dele pra valer, não era?

Ela concordou.

— Nem consigo lembrar por que você terminou com ele.

— Um dos motivos é que ele era tipo o senhor de quinze apartamentos e casas — ela disse, seus olhos se arregalando. — Eu achei que era politicamente repulsivo ganhar a vida mantendo as pessoas no mercado de aluguéis..., mas isso foi antes de eu ter uma amiga que precisava de um aluguel...

— Esse apartamento é do Bigodudo?

— É. E ele ainda está meio apaixonado por mim, então você é oficialmente a primeira a ver. Ainda nem está com os agentes de locação.

— Quanto?

— É o limite do seu orçamento, mas com todas as despesas inclusas.

— Nãããããooo — eu disse, abrindo um sorrisão.

— Sim — Adzo insistiu. — Eu super consigo te ver aqui. É pequeno, mas é fofo, os vizinhos são ótimos, não é muito longe de onde você mora agora, mas é longe o suficiente pra que você não precise passar sempre por aquela rua e todas as memórias dela se não quiser.

Eu me atirei sobre ela, gritando "obrigadas" e "ai, meu Deus".

— Então você gostou? — ela disse, se afastando de mim.

Eu fiz que sim com a cabeça.

— Eu realmente quero morar aqui — eu disse, estendendo a mão para tocar a parede. — Me sinto em casa aqui. No fundo da minha alma, eu sei que vou ser feliz aqui. Posso trazer a Carol?

Ela colocou um braço ao redor dos meus ombros.

— Pode — ela disse. — Eu chequei. E, só pra você saber — ela acrescentou —, a única coisa que isso me custou foi um *happy hour*. Acabou que o Bigodudo ainda é bem fofo.

— Então estamos quites? Eu arranjo um apartamento e você, um namorado?

— Mulher, socorro. Não me encaixe nesses seus rótulos heteronormativos de relacionamento. Tô de mudança pros Estados Unidos, lembra? Mas olha, sim. Estamos quites.

O apartamento me forçou a tomar uma decisão definitiva: eu queria continuar em Londres e queria morar naquele apartamento. Ir para a Antuérpia não teria sido bom para mim — eu simplesmente não podia deixar Freddie. Aceitar isso era um alívio. Havia o desejo por aventuras, mas também havia o reconhecimento do que era mais importante.

Já planejando como iria decorá-los, tirei várias fotos dos cômodos. Por ser tão claro e fresco e porque toda a mobília da outra casa seria grande demais de qualquer forma, decidi logo de cara por uma pegada minimalista e básica. Que fase melhor na minha vida para me livrar de toda a tralha que eu tinha acumulado e só guardar as coisas que me trouxessem alegria?

Mandei uma foto para o Quarteto Fantástico e abri o contato de Patrick para mostrar para ele também o que Adzo tinha encontrado para mim, mas achei que provavelmente seria uma conversa melhor para se ter pessoalmente. Adzo estava no telefone com o Bigodudo dela — meu novo senhorio — combinando os detalhes para assinarmos um contrato particular para que não precisássemos de um agente, jogando duro com ele para fazer aquilo acontecer o mais rápido possível. Eu enviei uma mensagem para Patrick perguntando se poderíamos nos encontrar.

Claro, ele disse, enviando uma mensagem de imediato. *Terça? Na pizzaria? 19h?*

Terça? Respondi. Aquilo estava a dias de distância.

Tô em Manchester. Vim ficar com meu irmão por uns dias =*

Fiquei magoada por ele ter saído de Londres para um fim de semana sem me contar e me perguntei imediatamente se ele tinha se sentido daquela forma quando fiz planos de ir para a Bélgica sem avisá-lo. Se fosse, eu entendia a reação dele ainda melhor. Quando se é um time, existem alguns cuidados que simplesmente seria desrespeitoso não honrar — como desaparecer para uma nova locação sem uma atualização em tempo real. Ah.

Eu disse a ele que estava marcado. *Divirta-se aí com o Conor! Diga que mandei um oi! =******

— Show — Adzo disse quando desligou o telefone. — Na segunda de tarde o Bigodudo vai pro escritório, você pode encontrar a gente lá?

Ele vai levar os contratos e depois vamos jantar se eu conseguir sair mais cedo.

— Eu nunca fui tão produtiva de ressaca — eu disse. — De verdade, não tem como te agradecer o suficiente. Achei que ficaria relegada a alguma pocilga na Zona 24 e que nunca seria feliz de novo. Mas eu vou ser feliz aqui. Posso sentir isso.

— Eu também. — Ela sorriu. — Aos novos começos.

Ela levantou seu copo vazio de *chai* e eu fui até o balcão pegar o meu para imitá-la.

— Aos novos começos — eu disse, aceitando que meu próximo passo realmente podia ser simples se eu permitisse que fosse assim.

42

No mesmo dia em que assinei oficialmente o aluguel do apartamento, fui para um evento informativo aberto sobre cursos de aconselhamento — mesmo que não fosse algo que eu pudesse fazer agora, imaginei que seriam informações úteis para mais tarde. Foi em um grande edifício de pedra escondido em uma das extravagantes praças ajardinadas, e, lá dentro, uma mulher estava atrás de uma mesa dobrável para nos entregar crachás previamente impressos com nossos nomes. Havia cerca de vinte e cinco de nós, divididos em fileiras de cinco, e eu escolhi um lugar nos fundos, mais perto do corredor.

Éramos uma turma diversificada. Achei que provavelmente eu era uma das pessoas mais novas lá, o que me deu a sensação de não estar sozinha no desejo de mudar de carreira. Eu não tinha certeza de como aquilo me fazia sentir: triste, porque não tinha sido a nossa primeira escolha; ou aliviada, porque talvez fosse algo de que nos aproximávamos quando já tínhamos um pouco de experiência de vida. Com certeza aquilo era algo bom para um conselheiro. Ninguém quer conselhos de vida de um neném que nunca teve um problema na vida.

— Boa noite.

Uma mulher ficou de pé diante de um grande telão branco, onde uma apresentação de PowerPoint estava carregando.

— Meu nome é Esther Essiedu, sou membra do conselho da Associação Britânica de Aconselhamento e Psicoterapia,[21] e este é nosso evento informativo sobre treinamento para se tornar um conselheiro ou psicoterapeuta.

Acomodei-me na cadeira para ouvir sobre como tudo funcionava e fiz anotações enquanto Esther explicava que a maioria dos empregados e clientes procuravam praticantes com qualificações profissionais e associados a instituições profissionais. Quando pesquisei aconselhamento no Google, a coisa que mais me deixou em dúvida foi qual exatamente era a qualificação básica, e ela explicou que isso acontece porque não existe essa qualificação. A associação dela, que é uma dentre várias, define seus próprios padrões, então no fim das contas não há nenhum curso ou qualificação obrigatórios. Mas ela nos contou que, se quiséssemos fazer parte daquela associação específica, iríamos precisar de três a quatro anos de formação.

— É uma combinação de estudo autodidata, estágios supervisionados e, muitas vezes, de vocês mesmos fazerem terapia também. Como um primeiro passo para ganhar segurança, recomendamos que façam um curso introdutório

---

21 "British Association for Counselling and Psychotherapy" ou BACP.

para terem certeza de que o aconselhamento é a carreira certa para vocês. Vocês podem ter uma ideia do que está envolvido ao fazer formação de oito a doze semanas em uma faculdade de ensino técnico ou centro de educação para adultos.

Peguei alguns panfletos sobre isso mais tarde, quando tivemos um *coffee break* com chá, café e biscoitos, e fomos incentivados a continuar ali e conversar.

— Parece que tem um bom apanhado de material de leitura aí com você — Esther disse às minhas costas enquanto eu tentava equilibrar minha bolsa, a miríade de material para pesquisa que eu tinha coletado, um copo de papel com chá e dois biscoitos *shortbread*. Ela me deu um susto e eu quase derramei o chá, mas ela me salvou ao tirá-lo da minha mão no último minuto.

— Obrigada — eu disse. — Acho que fui um pouco ambiciosa com as minhas habilidades de equilíbrio.

— Nós não criticamos a ambição aqui — ela disse compassivamente. — Esta noite serviu pra te ajudar... — ela olhou diretamente para o meu crachá — Annie?

— Ajudou, sim — respondi. — Acho que tenho umas dez páginas de anotações — eu brinquei e ela riu.

— Eu te vi escrevendo pra caramba. Definitivamente tem uma estudante interior tentando encontrar seu caminho pra liberdade aí dentro, não tem?

— Eu sempre fui assim — eu disse. — Eu adorava aprender na escola.

— E depois disso?

— Eu fui pra universidade e agora trabalho. Mas devo dizer que faz muito tempo desde que aprendi uma nova habilidade ou experimentei alguma coisa só pra ver como era. Acho que não faço isso desde o fim do ensino fundamental, na verdade.

Esther refletiu sobre a minha fala.

— Meu marido e eu acabamos de começar a fazer aulas de dança — contou.

— Ah, que legal! — Uma pequena gota de inveja inchou no meu estômago à menção de um relacionamento feliz.

— Na verdade, não — ela disse. — A única coisa que eu gosto é de poder dizer que "nós fazemos aulas de dança". A execução é bem dolorosa.

Foi bondade dela dizer aquilo. Ela estava me dizendo, de forma indireta, para não ser tão dura comigo mesma — e não era essa a história da minha vida?

— Enfim, estamos muito felizes por você estar aqui. Tem algum aspecto específico do aconselhamento que você está mais curiosa para conhecer?

— Acho que estou interessada em psicologia infantil, talvez, ou algo que tenha a ver com ajudar adolescentes.

Eu não tinha percebido o que queria até dizer aquilo em voz alta. Simplesmente escapuliu e depois ficou ali no ar para nós duas vermos. Foi uma novidade para mim tanto quanto para ela, e ambas acolhemos essa nova informação.

— Minha adolescência foi muito dolorosa e acho que foi só agora que eu entendi o impacto que isso teve na minha vida — eu disse. — Acho que seria legal ajudar qualquer outro jovem no mundo que se sinta como eu me senti.

— Isso é maravilhoso — ela disse, estendendo a mão e tocando meu braço enquanto falava, e compreendi que aquele era um pequeno sinal de que agora ela iria interagir com outras pessoas.

— Muito obrigada pelos *insights* — eu disse. — Foi ótimo de verdade.

Ela disse de nada e eu passei toda a viagem de ônibus para casa pesquisando onde eu poderia começar um curso básico e quanto exatamente aquilo iria me custar.

Isso já tá ficando superestranho, Patrick me disse em uma mensagem de texto antes de eu ir para a cama e fui tomada de alívio.

Está mesmo! Eu disse. *Eu só quero que seja logo amanhã à noite. Uma semana é tempo demais sem você.*

Concordo, ele respondeu e enviou em seguida um emoji de coração.

43

Fui convocada para outra reunião com a Chen na manhã seguinte, na sala de conferências do andar acima do meu. Ela empurrou teatralmente um envelope marrom de aparência cara na minha direção.

— O que é isso? — perguntei, pegando o envelope da mesa.

— É a sua oferta — respondeu, seu rosto impassível. Acho que ela mudou a tática de entusiasmo e insistência para algo mais sanguíneo, interpretando minha própria frieza sobre a Antuérpia como uma técnica de barganha.

Dentro do envelope tinha um documento de três páginas preso por um grampo e uma carta de apresentação solta. Eu a li enquanto Chen fazia questão de mostrar que estava conferindo os e-mails em seu celular, como se não pudesse se importar menos.

Cara senhorita Wiig, dizia a carta.

Ficamos animados em conhecê-la na semana passada em nossa filial na Antuérpia. Sua reputação como uma grande mente e uma pensadora extraordinária a precede, e ouvir suas ideias sobre a manipulação dos códigos para tirar os bugs do software quântico, assim como os insights *sobre a manipulação abstrata da pesquisa atual de Londres sobre a modelagem de sistema e a simulação com lasers de fibra ótica foram empolgantes e extremamente promissores.*

Não temos dúvidas sobre como a sua realocação para o escritório da Antuérpia pode contribuir positivamente para a vida intelectual desta instituição, sendo assim, por favor veja em anexo os termos da nossa oferta de emprego aqui, estamos confiantes de que você os achará vantajosos.

Se tiver qualquer outra dúvida, não hesite em nos contatar. De qualquer forma, estamos ansiosos para ter sua resposta assim que possível.

Folheei os termos da oferta, escaneando as sessões sobre a taxa de realocação que eles pagariam para me ajudar a transportar minhas coisas e me estabelecer, incluindo seis semanas pagas em um Airbnb na região central enquanto eu procurava um lugar para morar. Eles estavam basicamente me oferecendo um aumento de trinta e cinco por cento, dois voos anuais para casa e vinte e cinco dias de férias.

— Isso é supergeneroso — eu disse, quando terminei de ler tudo.

— Vou ficar triste em te ver ir embora — Chen concordou, colocando seu telefone na mesa outra vez.

Eu neguei com a cabeça.

— Mas eu não vou aceitar.

Ela piscou.

— Claro que você vai.

— Eu não quero morar na Antuérpia — eu disse. — É linda, mas não é pra mim. Eu tenho muitas coisas aqui, em Londres.

Ela piscou de novo.

— Você não vai nem usar isso pra te ajudar a conseguir um aumento de salário aqui?

— Sim, eu gostaria que você igualasse os termos da carta para a minha posição atual — eu disse. Adzo tinha me feito prometer que eu iria negociar com ela, e teve uma conversa motivacional comigo sobre como pedir o que eu realmente preciso.

— Você quer uma promoção.

Não era uma pergunta.

— Não — eu disse. — Eu quero que a minha lealdade a este escritório seja levada em consideração no que se refere a uma revisão do meu pagamento anual. Eu não vou embora para a Antuérpia, mas isso não significa que não procuraria por outro emprego aqui mesmo se eu não me sentir valorizada.

Eu me surpreendi com quão confiante eu soava — tão direta quanto Adzo tinha me dito para ser. Não era pessoal, era só um contrato. Só isso.

— Se não tiver possibilidade no orçamento — continuei —, eu consideraria a opção de quinzena comprimida.[22] Na verdade... — eu estava pegando embalo. Pedir o que eu queria era divertido! — Prefiro essa possibilidade. Eu quero ficar no escritório de Londres, na vaga que já tenho e, em vez de um aumento de salário, quero uma sexta-feira livre semana sim, semana não. Voltei a estudar, sabe.

Não dava para ter certeza, porque o rosto dela mal tinha registrado o que eu estava dizendo, mas eu podia jurar que vi uma faísca de diversão que fez o canto da boca dela repuxar para cima, só um pouquinho.

— E você não quer um tempo pra refletir sobre isso? Uma vez que eu enviar para eles a sua recusa, você não vai poder mudar de ideia.

— Não vou mudar de ideia — tranquilizei-a, e, enquanto dizia isso, eu soube que era verdade. A Antuérpia seria incrível para outra pessoa, mas não para mim. Minha vida estava em Londres, com o Quarteto Fantástico e Freddie e meu apartamento novo e um dia por semana para fazer qualquer outra coisa. Aquilo era suficiente. Na verdade, era mais que suficiente. Eram coisas demais para que eu abrisse mão delas.

Eu sentia como se tivesse três metros de altura quando saí para processar o que tinha acabado de acontecer. O sol estava brilhante, ainda que fizesse um friozinho, e Londres estava vibrante e urbana. Passei por pôsteres de produ-

---

22 *Nine-day fortnight* é um modelo em que o empregado recalcula o número de horas trabalhadas por dia de modo a cumprir as horas de duas semanas em nove dias e, assim, obter um dia livre por quinzena, cerca de vinte e seis dias por ano.

ções teatrais, mulheres passeando com cachorros, casais de mãos dadas e um grupo de estudantes que estava dançando erraticamente pela calçada, de modo barulhento e engraçado. Eu sorri com as risadas delas, bem na hora em que um homem limpou a garganta e disse:

— Pelo amor de Deus, será que vocês podem abaixar o volume?

Uma das estudantes, facilmente identificável por usar uma roupa de loja de departamento em vez de um uniforme com brasão costurado no bolso do peito, interpelou-o em alta voz:

— Beleza, vovô, segura a dentadura. — O que fez as colegas de escola ovacionarem a sua tirada, gritando variações de "Eita!" e "Vixe!". O grupo continuou dançando na calçada e eu tive que sair do seu caminho. De onde eu estava agora, vi Alexander.

— Annie.

Ele estava sentado em um café aberto, de frente para uma jovem morena de vinte e poucos anos que eu reconhecia vagamente, mas não sabia de onde. Ele vestia uma camisa de jeans azul com uma calça justa de brim que revelava seus tornozelos sem meias, o que não parecia combinar com ele. Ele parecia desajustado com seu rosto sutilmente alinhado em descompasso com seus tênis brancos, como se metade de cima não tivesse passado o relatório para a metade de baixo de que ele e sua companhia não tinham a mesma idade. Pensei em ignorá-lo, mas ele parecia tão cheio de esperança quando disse meu nome que decidi ficar onde estava.

— Oi — eu disse.

Percebi que a sua mão estava entrelaçada com a da jovem, e, quando viu que eu tinha notado, ele afastou a mão. A mulher pareceu magoada.

— Cameron — ela disse, com um breve aceno. — Nos conhecemos na festa de Natal do ano passado.

— Sim — eu disse, sendo capaz de reconhecê-la agora. — A assistente nova de Alexander. Mas acho que não é mais tão nova.

— É — ela disse. — Acho que não.

— A gente só estava fazendo um intervalo pra conversar sobre um projeto que vamos apresentar amanhã — Alexander disse.

— Hum — respondi. Parte de mim se perguntou se essa poderia ser a razão pela qual ele me deixou, mas, tão rápido quanto esse pensamento cruzou minha mente, ele foi embora. Eu não me importava que fosse esse o motivo. Ele não era mais problema meu. Eu podia questionar Cameron diretamente, aqui no meio da rua, ou eu podia fazer algum comentário ácido, perguntando se ela estava ciente do que ele era capaz, mas aquilo não valia o meu esforço. Talvez ele a tratasse melhor do que me tratou. A probabilidade era baixa, mas tudo era possível.

— Acho que foi bom esbarrar com você — eu disse. — Economizo um e-mail.

— Certo — ele disse.

— Transferi pra você a sua parte do dinheiro da mobília que eu vendi e vou deixar a chave embaixo do vaso de plantas pra você no sábado. Minha advogada vai entrar em contato com o seu advogado para resolvermos as contribuições que eu fiz pra hipoteca. Sei que você vai ser justo.

— Sim, claro. Com certeza — ele disse. E então ele olhou para Cameron e disse a ela: — Vou precisar de um minuto, ok? Já, já eu volto. — Ele se levantou e gesticulou para que eu continuasse andando com ele a reboque. Quando estávamos fora do alcance dos ouvidos de Cameron, ele disse: — Obrigado por ser civilizada.

— Não podia ser de outro jeito — respondi.

— Podia — ele insistiu. — Então, obrigado.

— Você me deixou por ela?

Ele ficou vermelho, uma sensação de estar vingada borbulhou dentro de mim ao ver que ele pelo menos tinha a decência de parecer envergonhado.

— Não aconteceu nada até depois de termos terminado — ele disse.

Assenti.

— Meus pais estão com saudade de você — ele disse. — Ouvi dizer que você deu pra eles um superpacote de agradecimento pela Austrália.

— Eles foram muito bons comigo.

— Melhores que eu — ele disse. — Me desculpe. Por tudo. Acho que nunca me desculpei direito.

— É verdade.

Ele parou de andar.

— Sério?

— Sim.

— Bom. É. Me desculpe mesmo. Eu fui horrível com você e você não merecia aquilo.

Fiz uma careta.

— Você me libertou — eu disse. — E eu não pensei em você de novo desde então.

Inclinei-me e dei um beijinho na bochecha dele. Dava para ver que ele não sabia o que dizer para mim. Dei-lhe um sorriso e me afastei, parei apenas quando meu telefone apitou com uma mensagem de Kezza: *Jo teve a bebê! Ela tá aqui!!!!!!!!!*

11

Da última vez que Jo deu à luz, o Quarteto Fantástico se reuniu no hospital cheio de empolgação. Passamos da conta, mas ela foi a primeira de nós a ter um bebê e queríamos que ela soubesse que estávamos lá para ela. Foi um jeito de dizer *ei, amamos você*, sem estar no quarto, ainda que Jo só tenha descoberto mais tarde que nós ficamos esperando do lado de fora. É simples: é para isso que os amigos servem. Então, não havia dúvida de que faríamos o mesmo agora que a pequena Estelle Grace havia nascido. Era basicamente uma tradição.

O problema era que eu deveria encontrar Patrick.

Posso te ligar? Mandei uma mensagem de texto para ele da sala de espera enquanto aguardava o resto do pessoal chegar.

Sim, ele disse. *Você vai atrasar?*

Inspirei profunda e rapidamente e apertei o nome dele na tela.

— Não fica bravo comigo — eu disse quando ele atendeu. — Mas a Jo acabou de dar à luz, daí eu tô no hospital esperando pra vê-la em vez de estar no caminho pra te ver na pizzaria.

— Eita! — ele exclamou. — É sério? Caramba, isso é ótimo! Diz pra ela que eu mandei um oi!

Fui inundada de alívio. Fiquei preocupada de que ele ficaria furioso, mas foi exatamente o oposto. Ele foi... gentil e fofo.

— Você não tá bravo? — perguntei.

— Eu não estou bravo que a sua melhor amiga teve a bebê dela, não.

— Eu realmente queria te ver.

— Eu realmente queria te ver também.

Eu não conseguia acreditar em quão maravilhoso ele era. Se eu desse um bolo no Alexander ele teria gritado ou feito eu me sentir inútil ou não teria entendido o motivo pelo qual, naquela ocasião, a Jo era mais importante que ele. Mas Patrick entendia.

— Eu não vou pra Antuérpia — soltei de uma vez. Eu não podia esperar para contar a ele. — Achei que você gostaria de saber disso.

Eu podia ouvir o sorriso dele.

— Annie, você não precisa ficar por minha causa, você sabe.

— Eu sei — eu disse. — Não é por isso.

— Que encantadora.

— Eu só não quero colocar esse peso nos seus ombros. Vou ficar por mim. Pela Freddie. Você é um bônus.

Ele não disse nada.

— Achei um apartamento — continuei. — Adzo achou pra mim. É no terceiro andar, é pequeno, mas eu consigo pagar. É na descida da sua rua, na verdade. Papai vai me ajudar com a mudança no fim de semana.

— Pera — ele disse. — A gente pode só... Você acabou de dizer que você *não* vai ficar por minha causa?

— Eu não quis dizer...

— O que você *quis* dizer? Porque eu sinto como se você sempre estivesse tentando deixar claro que não estou nem um pouco perto da sua lista de prioridades, mas você continua dizendo que quer estar comigo. Você consegue imaginar o quão confuso isso é, né? Não é muito legal me sentir assim.

Deus, ele era tão aberto com o que sentia. Eu ficava desarmada. Eu ainda estava me acostumando a reconhecer meus sentimentos, imagine dizê-los em voz alta.

— Olhe, vamos esperar até a gente conseguir ir na pizzaria — eu implorei. — Amanhã?

— Semana que vem — ele respondeu e eu não consegui identificar o momento exato em que eu tinha estragado a conversa, mas eu claramente tinha. — Quando você tiver terminado de encaixotar tudo e se mudar. Está tudo bem. Talvez a gente tenha mesmo apressado as coisas, Annie. Não sei. Eu não consigo continuar se você não estiver inteira nisso. Dúvidas são normais, mas...

Meu rosto ficou quente.

— Não — eu disse. — Eu vou ficar. A gente consegue fazer isso dar certo. Eu tive dúvidas, mas não tenho mais.

Ele levou um segundo para responder.

— Espero que a gente consiga dar certo — ele disse. — Mas se a gente só conseguisse dar certo na Austrália, pelo menos eu te ajudei a seguir adiante e você me ajudou a seguir...

Eu não conseguia acreditar no que ele estava dizendo. Como a gente tinha chegado a esse ponto?

— Você tá falando sério? — perguntei, rezando para que ele não estivesse. Eu esperava que eu tivesse entendido errado. Eu faria qualquer esforço para recuperar o que nós tínhamos. Eu não queria fazê-lo se sentir como se não fosse uma prioridade.

— Sei lá — ele disse. — Sua mãe estava certa: foi tudo rápido demais. Eu também tô com medo, sabe. Mas pelo menos eu sou mais gracioso em relação a isso. — Ele hesitou, evitando dizer alguma coisa que pudesse me magoar ainda mais. — Vai lá ver a bebê. Mude de apartamento. Se a gente for fazer isso, eu preciso que você esteja segura do que quer, e enquanto você não se sentir segura... bom. Aí não é problema meu, né?

— Eu tô tentando — eu disse. — Eu juro.

Ele suspirou.

— Eu sei — ele disse, por fim. — Tá tudo bem. Eu não estou indo a lugar nenhum. Ainda não.

— Certo — eu disse.

— Certo — ele respondeu.

Desliguei o telefone me sentindo vulnerável e triste, mas eu não queria levar aquilo para dentro do quarto privativo da Jo no hospital. Enquanto eu segurava a pequena Estelle Grace —

batizada em homenagem à avó de Jo — nos meus braços, eu disse a Jo que ela era perfeita.

E então eu chorei, me perguntando como é que podia ser justo que a vida pudesse ser tão linda e tão dura ao mesmo tempo, exatamente como minha avó havia alertado.

45

Na noite anterior à mudança, caminhei pela casa devagar. Acho que, de certa forma, eu estava me despedindo. Fiquei de pé na cozinha e pensei em todas as refeições preparadas e em todas as discussões passivo-agressivas ocorridas ali, e encarei a mim mesma no espelho do banheiro por um longo tempo, até finalmente decidir que eu gostava do que via. Na manhã seguinte, empilhei tudo que eu estava deixando para trás em um canto e joguei um lençol por cima para que não houvesse confusão quando papai e Freddie viessem ajudar; e fechei as duas últimas caixas de coisas que eu levaria comigo. Eu tentava não pensar em Patrick, porque toda vez que eu pensava eu queria ligar para ele, mas, quando eu ensaiava o que dizer, uma versão diferente aparecia a cada vez.

Vamos ser amigos.
Eu quero estar com você.
Não termine comigo.
Case comigo.
Você me faz inteira.
Você acabou comigo.
Não sei o que eu quero: você escolhe!
A campainha tocou.

— É a gente! — disse Freddie pela fresta para correspondências na porta. — Estamos com a van!

Abri a porta para eles e fiquei chocada ao ver que mamãe estava lá também.

— Tá todo mundo aqui! — eu disse, mais do que apenas um pouco desconfortável.

— Como foi instruído — mamãe respondeu. — Não podíamos deixar você fazer isso sozinha, não é?

Acabou que no fim das contas eles alugaram uma van para que pudéssemos levar tudo em uma viagem só em vez das várias idas e vindas que achei que papai faria em seu Ford Focus. E agora que eu via o tamanho da van, percebi que tinha sido ingênua ao achar que daria para fazer a mudança sem ela.

— Uau — Freddie disse, andando pelo corredor. — Tá tão diferente aqui. — Ela olhou ao redor da casa quase sem mobília com curiosidade. — ALÔ! — ela disse, sua voz ecoando pelo corredor. A única coisa que continuou intocada, conforme ele havia pedido, foi a TV de tela plana de Alexander.

— Vem cá, moça — eu disse a ela. — Não te vejo há séculos!

— Faz séculos que você não me convida pra ficar com você — ela disse, pragmática.

O que me atingiu direto no coração.

— As coisas andaram meio doidas, Freddie-Fru — eu disse. — Desculpe.

— Doidas com o seu novo *namorado* — ela provocou. Ela deve ter notado alguma coisa no meu rosto. — O quê? — ela disse. — Por que você tá assim?

— Assim como? Eu tô normal.

— Ele terminou com você, não foi? — mamãe perguntou. Eu não a tinha visto do outro lado da cozinha. Papai olhou para mim com tristeza.

— Não — eu disse, um agudo na minha voz. — Talvez. Eu não sei. Estamos no processo de terminar um com o outro, eu acho — eu disse. E então, por causa da mamãe, acrescentei: — Não que tenha sido sério de verdade.

Freddie disse:

— Mas eu achei que você tinha dito que estava se apaixonando por ele, não foi?

Eu fiquei roxa de vergonha e disse apressadamente:

— Sim, eu estava. E aí não estava mais. E, em todo caso, tem muita coisa acontecendo. Tem a mudança, e a formação como conselheira, que eu vou poder pagar se o Alexander me devolver uma parte do dinheiro que dei pra ele. Então. Fim de papo.

— Eu estou chocada — mamãe disse, demonstrando o exato oposto. — O único fator atenuante em você levar Patrick para a sua lua de mel era que pelo menos vocês estavam levando a sério um ao outro. Mas, ah não, mais um soldado caído, não é? Pobrezinho. Ele provavelmente nunca imaginou o que aconteceria, não é? O furacão que é a minha filha mais velha.

Eu não sei qual foi a expressão que surgiu no meu rosto ao ouvir aquele comentário, mas Freddie olhou de mamãe para mim, para papai e para mim de novo. A Velha Annie teria deixado aquilo passar, mas eu não estava nem esperando que mamãe fosse estar aqui hoje, muito menos que fosse potencialmente arruinar um dia que tinha tudo para ser superimportante. Eu não ia deixá-la levar as escrotices dela para a minha nova casa.

— Mãe, você veio hoje só pra fazer eu me sentir mal? — perguntei. — Porque eu não vou deixar você fazer isso. Me mudar hoje deve ser algo feliz, alegre. É um recomeço pra mim. Então não vem aqui estragar minha alegria, beleza?

— Ah, não seja tão melodramática — ela respondeu. — Francamente.

Papai tentou acalmar as coisas sugerindo que ele começaria a colocar as coisas na van.

— Obrigada, pai — eu disse. — Já acabamos tudo por aqui e eu já deixei etiquetas em tudo para sabermos onde cada coisa vai ficar quando chegarmos lá. Freddie, você pode ir pegar as duas malas no meu quarto?

Ela assentiu, mas foi com relutância, sabendo que estava prestes a perder o embate.

Mamãe começou a seguir papai até a cozinha, mas eu estiquei um braço para impedi-la.

— Eu não estou sendo melodramática, mãe — eu disse. — Não invalide meus sentimentos desse jeito. Você pode ser legal hoje ou sair pra dar um passeio e voltar quando a gente já tiver terminado, ok? Você decide.

— Annie — ela disse. — Eu sou sua mãe. Não fale comigo assim.

Eu abaixei minha voz, porque, se não fizesse aquilo conscientemente, eu iria gritar.

— Não, mãe. Não fale assim comigo *você*. Eu estou farta disso. Sou uma mulher adulta e tenho orgulho de quem eu sou, ainda mais depois de tudo por que passei. Você pode respeitar isso ou... eu não sei qual é a alternativa. Mas será que pelo menos por hoje você consegue simplesmente me dar apoio, por favor? Eu não tenho energia pra brigar.

— Sim — ela respondeu em uma vozinha. — Ai, Annie. Eu não sei por que é tão difícil pra gente se dar bem.

— Porque — eu respondi, rangendo os dentes — é como se você nem gostasse de mim.

— É claro que eu *gosto* de você, querida! — ela disse. — É claro que eu gosto! É só que você... me confunde, na maior parte do tempo. É tão frustrante ver alguém tão inteligente e tão talentosa quanto você viver se escondendo.

Mamãe achava que eu era talentosa?

— Não é assim que eu percebo as coisas — eu disse. — Você está sempre me criticando. Você pega no meu pé. Você me diminui!

— Não estou te criticando, Annie. É assim que eu cuido das pessoas. Eu acho que você é uma mulher incrível. Eu só queria que você... sei lá. Você acaba sendo muito mole, na maior parte do tempo. Ache a sua força! Eu sei que sai desajeitado, mas isso é tudo que eu quero dizer...

— Entrando! — papai disse, avançando pela porta da frente com uma caixa grande nas mãos. — Cuidado aí!

— Eu também! — Freddie disse. — Malas de rodinhas a caminho!

— Eita! — gritei. — A porta da frente ainda nem tá aberta. Pera aí!

Abri a porta e peguei as chaves no bolso traseiro do papai para poder abrir a van. Mamãe veio para o lado de fora e disse para mim:

— Eu te amo, Annie. Eu vou ser melhor, está bem? Sei que a gente nem sempre concorda. Mas eu quero. Eu te amo de verdade, sabe. Eu vou mudar. Vamos fazer hoje ser legal pra você.
— Eu estava tão chocada que simplesmente assenti, aceitando o abraço dela. Eu não conseguia lembrar da última vez que ela tinha me abraçado. A minha vida inteira sempre tivemos atrito, e agora eu tinha me defendido e ela me explicou o porquê? Uau. Eu tinha acabado de fazer mais progresso com ela em três minutos do que achei que poderia fazer em uma vida inteira.

Queria conseguir me abrir com Patrick assim, pensei.

Eu odiava que provavelmente o tivesse perdido. Ainda não tinha me encontrado com ele. Eu estava convencida de que estávamos nos afastando lentamente. Eu estava convencida de que não estávamos no processo de terminar, que na verdade já tínhamos terminado, eu só não tinha aceitado o fato ainda.

— Annie? — mamãe chamou e eu me movi para ajudá-la com outra caixa.

Levamos quarenta e cinco minutos para carregar a van e os três esperaram do lado de fora enquanto eu fazia uma última ronda para ter certeza de que não tinha esquecido nada. Meu telefone vibrou e Adzo me disse que ela estava pensando em mim. Mandei uma mensagem de volta para agradecer, junto com um convite para pizza e espumante logo mais à noite. Passei por todos os cômodos uma última vez e decidi que tudo estava em ordem, então fechei a porta da frente.

Não demorou muito tempo para descarregar a van quando chegamos ao apartamento novo; já estava na hora do almoço e mamãe e papai saíram para caçar comida, levando Carol com eles. Freddie e eu dissemos que sanduíches seriam o suficiente, mamãe disse que precisava de alguma coisa com alto valor nutritivo e papai disse que ele só queria uma Sprite, daquelas sem adição de açúcar. Assim, Freddie ficou comigo enquanto tentávamos encontrar a caixa com os pratos e talheres e mamãe e papai disseram que logo estariam de volta.

— Frufru, você pode abrir aquela caixa ali? — pedi. — A branca, não a marrom grande.

— Uhum — ela respondeu.

Fiquei ocupada organizando as caixas que papai empilhou na sala de estar, apesar do fato de que estava claramente escrito "quarto" ou "banheiro" nelas, e, quando voltei, Freddie estava sentada com a minha caixa de memórias.

— Desculpe — ela disse. — Ela caiu e abriu e agora não consigo parar de olhar pra todas essas fotos.

Bem em cima estavam algumas das fotos da Austrália que eu tinha imprimido, apenas as minhas favoritas de mim e Patrick. Freddie respirou fundo e eu soube imediatamente que ela estava prestes a dizer algo que eu não iria gostar. Ela estava tão quieta que dava para ver que estava se preparando para isso.

— Olhe — eu disse. — Eu sinto muito mesmo por não ter sido uma irmã mais velha muito boa ultimamente. Mas agora que me mudei pra cá, você pode vir ficar aqui quando quiser. Deveria, literalmente, ter uma plaquinha de "Quarto da Freddie" pendurada naquela alcova bem ali.

— Hum — ela disse. — Beleza.

— Freddie, querida?

— Eu tô triste que você e o Patrick estejam se separando. Eu gostava dele. Ele olhava pra você como se você fosse a pessoa mais importante no mundo. Não acho que vocês deviam terminar.

— Ai — eu disse. Peguei as fotos da mão dela e olhei para elas. Não tinha como negar o tamanho do meu sorriso na maioria delas. — Estava na hora de eu ser uma mulher independente, Fru. Uma garota solteira.

— Mas por que você iria terminar com alguém que te ama?

— Eu não acho que ele me amasse, porquinha. Nós dois nos divertimos juntos, só isso.

— Mas por que a diversão acabou? Por que vocês não querem continuar se divertindo?

Eu não tinha uma resposta para aquilo.

— Se alguém me amasse, eu não daria um fora nele.

— Nós nunca dissemos *eu te amo*, Freddie.

Ela suspirou.

— Mas vocês iam dizer? Em algum momento?

Eu pensei sobre a pergunta e dei mais uma olhada nas fotos em minhas mãos.

— Eu não sei.

— Você ama ele?

Minha cabeça e meu coração estavam dizendo coisas diferentes.

— Eu tenho medo que sim — admiti.

— O que isso quer dizer?

— Isso quer dizer... — A ficha caiu. — Isso quer dizer que sim. Acho que eu amo.

— Então o que aconteceu?

— Freddie Wiig, você tem treze anos de idade. Que Santa Inquisição é essa? Eu não achava que a sua geração pensava que era legal colocar todas as suas esperanças em um parceiro, sabe. Achei que ser irreverente, solteira e despreocupada era legal! Fala sério!

Ela me esnobou.

— Annie. Eu sei que sou mais nova que você, mas não sou uma idiota.

Assenti sabiamente.

— Não — concordei. — Você não é.

— Eu acho que você tá cometendo um erro. Eu acho que você devia ser corajosa e dizer eu te amo pra ele antes que seja tarde demais.

Eu não sei o motivo, talvez o fato de que aquilo vinha da minha irmã mais nova, mas de repente meus olhos estavam cheios de lágrimas e minha voz tremeu enquanto eu disse:

— Eu acho que ele não me quer mais. Eu o afastei.

Ela disse:

— Você não pode pedir desculpas? Eu acho que é tudo sobre estar com medo e ser corajosa, né?

— Uau — eu ri. — Você *não* disse isso. Como foi que você ficou tão sabida?

— Minha irmã mais velha me ensinou tudo que eu sei — ela sorriu. — Você disse que era isso que você gostava quando Bri se casou. Ela deixou o amor pesar mais que o medo.

— Cala a boca — eu ri de novo, mas ela sabia que eu só estava provocando. Eu *tinha* dito aquilo sobre a Bri. São engraçadas as coisas que uma irmã pode lembrar.

— Ele não mora aqui perto? — Freddie insistiu e eu fiz que sim com a cabeça.

— Virando a esquina — eu disse. — Uns dez minutos de distância.

Ela sorriu.

— O que você tá esperando? Resolva isso!

Eu a encarei e ela balançou as sobrancelhas como se dissesse *e aí? E AÍ?*

— Eu... não sei — eu disse.

— Vai! — ela gritou. — Vai logo!

Eu estava tremendo enquanto pegava meu telefone e minhas chaves e me olhava distraidamente no espelho sem nem me enxergar de verdade. Ela estava certa. Era autossabotagem. Eu estava tão petrificada de medo que deliberada e inconscientemente estava afastando Patrick, quando a verdade era esta: nós éramos perfeitos juntos. Eu o amava. Mamãe tinha me perguntado quando voltamos da lua de mel se eu realmente queria pular em um novo relacionamento depois que meu noivado tinha acabado, como se só houvesse uma resposta para a pergunta. Mas não havia. Eu *queria* pular nesse novo relacionamento, porque ele era bom e saudável e cheio de bondade e amor. Era o melhor relacionamento possível para se pular dentro, porque era tudo o que meu noivado não era. Então, quem liga para o resto?

Eu amo o Patrick!

EU. AMO. O. PATRICK!

— Você vai ficar ou vem junto? — perguntei para Freddie, minhas mãos tremiam, mas meus nervos estavam firmes. Ela estava certa. Estava totalmente, absolutamente certa.

— Ah, eu definitivamente vou junto — ela respondeu com um sorriso. — Eu quero ver isso!

46

Nós saímos na direção da casa de Patrick e fomos acelerando o ritmo a cada placa de trânsito que passávamos.

— Eu nunca entrei na casa dele, sabe — eu disse a ela, contando os números enquanto íamos passando por cada casa.

— Quem nunca entrou na casa do próprio namorado? — disse Freddie, começando um trote suave.

O trote dela me fez correr mais, de modo que começamos a correr e então disparamos tão rápido que acabamos passando do número 34b, onde ele morava, e tivemos que voltar uma meia dúzia de casas quando eu reparei.

— Beleza — eu disse, do lado de fora do portão de entrada para seu apartamento de porão. — Como eu estou?

— Hum, meio suada — Freddie disse, tirando cabelo da minha cara.

— Eca. Tô com bafo? Eu sempre fico com bafo depois de emoções fortes.

— Eu posso te ajudar com isso — ela falou, erguendo uma mão como se me dissesse "para tudo" enquanto ela vasculhava os bolsos do casaco amarrado ao redor de sua cintura.

Ela me deu uma balinha de menta e eu disse:

— Então, você vai comigo até a porta dele ou...?

— Só vai! — ela disse e, antes que eu me desse conta, eu estava tocando a campainha dele e resistindo à ânsia de espiar pela janela da frente para o caso de nossos olhares se cruzarem e ele decidir não me deixar entrar.

A porta se abriu.

— Patrick — eu disse e então não disse mais nada, porque entre Freddie me convocar para a batalha na minha cozinha e eu estar ali de pé na frente dele talvez só dez minutos tivessem se passado, e nesses dez minutos eu não cheguei a pensar no que viria depois de estar na casa dele.

— Oi — ele disse, olhando ao redor e notando que Freddie estava na calçada. — Oi, Freddie — ele disse, a confusão transbordando em sua voz.

— Eu errei — eu disse. — E eu vim aqui pedir desculpas. E também, dependendo de como o pedido de desculpas se sair, eu também vim pra dizer que... eu fiquei com medo. Mas. Basicamente. Bem. O negócio é que...

— Fala logo! — gritou Freddie.

— Eu te amo — eu disse. — Eu te amo! Pronto. Meu Deus, como isso é bom. Patrick, eu te amo, e eu sinto muito por ter te afastado. Você não é o meu passado. Você é VOCÊ! E eu te amo por isso!

Eu estava respirando pesadamente, mas não dava para saber se era por causa da corrida ou da explosão de sentimentos.

De repente, meus olhos se ajustaram e, por cima do ombro dele, pude ver caixas de papelão. Percebi que ele estava com uma fita crepe nas mãos. Ele olhou para as próprias mãos também, compreendendo que eu estava juntando as peças do quebra-cabeça, e pareceu envergonhado.

— Você tá... se mudando? — eu disse.

Ele negou com a cabeça.

— Não exatamente. — Ele deu um passo para o lado para que eu pudesse ver seu corredor e acrescentou: — Quer entrar?

Eu assenti. Eu estava *muito* consciente de que tinha declarado meu amor eterno e ele não tinha se declarado de volta. Na verdade, ele não tinha dito nada.

— Freddie — ele a chamou. — Você quer entrar?

Freddie desceu os degraus para se juntar a nós. Ela olhou de mim para ele e para as caixas e achou melhor não perguntar nada.

Patrick fez questão de dar um copo de água para nós duas, que bebemos como se fôssemos sábios perambulando pelo deserto e não víssemos H_2O há dias.

— Posso dar uma olhada nos seus livros? — Freddie disse assim que terminou de beber água e, por causa de toda aquela inteligência emocional de saber que estava na hora de deixar que Patrick e eu tivéssemos um momento a sós, eu quis dar um abraço tão apertado nela que faria sua cabeça explodir.

— Bom, e as caixas...? — perguntei e ele puxou uma cadeira para se sentar de frente para mim.

— Essa é a primeira vez que você vem aqui — ele disse como resposta.

— É — falei. — Eu disse pra Freddie que eu nunca tinha estado aqui de verdade. Nunca achei isso estranho até hoje.

— Sua casa é muito maior

— Era — repliquei. — Hoje foi o dia da mudança.

— Eu sei! — ele disse. — Eu tive que me convencer a não aparecer e te ajudar com as caixas. Não achei que você ia me querer lá.

— Eu te queria lá — eu disse. — Por favor, me perdoe. Somos eu e você! — Eu esperei que ele dissesse alguma coisa, que explicasse as caixas, sabendo que, se eu falasse de novo, eu desviaria do assunto e nós acabaríamos discutindo o clima, ou o conflito na Síria ou recheios de sanduíche.

— Acho que eu soube muito rápido que isso era diferente — ele disse, gesticulando entre nós. — Foi por isso que eu não quis que a gente dormisse juntos logo de cara... eu só... Céus, isso vai soar tão ridículo, mas... sei lá. Eu fiquei preocupado de que aquela seria a minha última primeira vez com alguém. E a última pessoa com quem eu tinha me sentido assim... — Os olhos dele se encheram de lágrimas. — Ela morreu. E isso foi a pior coisa que eu vivi em toda, toda a minha vida. Eu costumava desejar ter morrido no lugar ela, mas ao mesmo tempo não queria que ninguém sentisse a dor de perder alguém por minha causa.

— Eu não consigo nem imaginar o quão difícil foi — eu disse. E então, depois de um instante: — Achei que você não quis dormir comigo logo de cara porque eu era a sua primeira desde que você se tornou viúvo.

Patrick negou com a cabeça.

— Eu estive com um monte de mulheres nesses últimos anos.

— Ah — eu disse. — Enfim. Que bom pra você! Isso é legal.

— Não tô me exibindo. Sempre foi algo temporário e sem importância, meio como se eu colocasse um bandeide em uma ferida de bala. E daí nós dois começamos a nos falar, e, caramba, eu voei pro outro lado do mundo com você...

— É — eu disse, rindo.

— E eu senti coisas. Eu sabia que continuava sentindo falta da Maya do fundo do meu coração, mas estar com você fez parecer que havia algum motivo para ter esperanças. Eu sabia que se dormíssemos juntos não seria como as outras vezes. E não sabia se eu só seria um prêmio de consolação pra você...

— Acho que eu pensei que você podia ser — admiti. — Sei lá.

Agora foi a vez dele rir.

— Eu nunca te convidei pra vir aqui porque todas as nossas coisas continuavam exatamente como quando ela ainda estava viva. Todo mundo dizia que eu tinha que guardar algumas das fotos e esvaziar o lado dela do armário, mas eu não queria. As caixas e a fita crepe são pra isso. Foi isso que eu andei fazendo desde que visitei o meu irmão. Ele me disse que estava na hora e dessa vez eu ouvi. Eu precisava que ele me ajudasse a encontrar a coragem pra seguir adiante, porque...

Segurei as mãos dele, as mãos desse homem doce, bom, perspicaz, ferido e esperançoso.

— .... porque se eu não fizesse isso — ele continuou —, eu sabia que estaria arriscando deixar a próxima mulher por quem eu me apaixonei escorregar pelos meus dedos também.

Uma voz veio da porta:

— Eu disse que ele estava apaixonado por você! — Freddie disse. — Eu sabia! Dava pra ver naquele dia que vocês vieram pro almoço de domingo!

Patrick soltou uma gargalhada.

— É — ele disse, assentindo na direção dela, depois se virou e me disse: — Eu soube que estava apaixonado naquele dia no spa nudista. Eu acabei rindo tanto e você era tão gostosa, desculpe, Freddie, e...

— Fala — eu pedi.

— Eu te amo — ele disse.

— Eu te amo também — respondi.

E então ele se inclinou para me beijar e Freddie disse:

— Ecaaaa, tá bom, tô voltando pro outro quarto agora! Sou nova demais pra ver isso!

Nós nos afastamos, mas continuamos nos roçando, nariz com nariz.

— Eu sinto muito por tudo que você passou — eu disse. — E eu prometo que nunca vou querer que você esqueça a Maya, está bem? Eu te amo, e sei que você sempre vai amá-la também, mesmo que você me ame.

— E eu te amo mesmo — ele disse, me puxando para outro beijo. — Já mencionei isso?

— Já — respondi, com a boca na dele. — Mas eu não me importo se você quiser me dizer isso de novo, e de novo, e de novo.

EPÍLOGO

A luz do amanhecer deixava sombras nas paredes brancas do apartamento. As janelas de pé-direito duplo faziam com que tudo ficasse visivelmente combinando com o clima, porque havia muito céu para ver. Era impossível ignorar a chuva quando ela batia contra a vidraça, mas com as lâmpadas certas, e velas, e chantilly salgado com o meu café, toda a atmosfera criada tornava-se aconchegante. E, quando os dias foram ficando mais compridos e mais claros, era simplesmente impossível não notar a mudança nas nuvens que ficavam à deriva bem vagarosas, intencionalmente, sem nenhuma pressa para estar em qualquer lugar que fosse e nenhum desejo de chegar ao seu destino. Em manhãs como aquela, tudo parecia possível, e, enquanto eu arrumava a cama e passava uma mão para esticar o linho suave dos lençóis, ajeitando minhas almofadas de qualquer jeito em um extremo e bagunçando artisticamente uma coberta de tear no outro, suspirei satisfeita em como tudo que eu podia ver tinha sido escolha minha. Minha casa podia ser *shabby chic*,[23] pobre e alugada em vez de própria, mas era um preço justo e um lugar para chamar de meu.

Passei pela sala de estar para pegar o resto do meu café, meus olhos pousaram na página de caderno emoldurada orgulhosamente em cima da minha lareira. Ali estava escrito:

De hoje em diante, vou parar de tentar ser perfeita.

Na alegria e na tristeza, vou mandar a cautela pelos ares.

Na riqueza e na pobreza, direi sim a todas as oportunidades que surgirem no meu caminho.

Prometo amar-me e respeitar-me, a partir de hoje, eu me comprometo com a minha própria felicidade.

Este é meu voto solene.

Para todo o sempre, amém.

Tudo aconteceu para que eu chegasse a este momento.

Caminhei até a escrivaninha que eu tinha colocado encostada à janela *bay window*, do outro lado da sala de estar, e vi minha lista de afazeres. Eu estava quase terminando um trabalho que tinha de entregar na segunda-feira, mas que precisava de revisão. Também estavam ali alguns post-its com o número de telefone de estudantes universitários dispostos a pagar um preço

---

[23] Estilo de decoração que surgiu nos anos 1970 na Inglaterra e que, literalmente, significa "desgastado chique" e consiste na mistura de vários outros estilos de forma romântica e delicada, com um toque *vintage*.

reduzido para serem atendidos por pessoas que ainda estavam em treinamento.

Meu celular apitou com uma mensagem de texto.

Tô aqui embaixo!

Olhei pela janela para onde Patrick estava sentado em um carro de aluguel, parado perto do meio-fio, o motor ainda ligado. O que me fez lembrar daquele dia lá na Austrália, quando ele organizou uma viagem para o festival de música. Será que naquela época eu ousava imaginar o que iria se desenrolar nas semanas e meses seguintes? Era difícil não sorrir ao pensar na Annie do Passado. Ela tinha tanto medo de acreditar que merecia coisas boas.

Dois minutos! Escrevi para Patrick em resposta.

Agora eu acreditava que merecia coisas boas.

Paramos no caminho para ver Jo e a bebê Estelle, que dormia profundamente em seu berço enquanto nós ficávamos babando. Kezza chegou com Lacey, sua menininha recém-adotada, que estava brincando com Carol e Patrick no jardim.

— Ele vai ser um ótimo pai — Bri sorriu, quando me viu observando-o pela janela da cozinha.

Dei de ombros.

— Ainda não sabemos se queremos filhos — eu disse. — Não decidimos. Estamos deixando a vida nos levar. E felizes com isso.

Ela me perguntou sobre Adzo e eu lhe contei sobre como Adzo estava adorando San Francisco, a tal ponto que era difícil manter contato. As coisas não tinham dado certo com ela e o Bigodudo, que preferiu ficar para trás na Inglaterra em vez de ir para lá com ela, mas, pelo que eu podia perceber, ela estava se divertindo pra caramba.

— Tenho inveja dela — Jo comentou. — Está ótimo aqui, mas caramba. Vai levar muito tempo até Kwame e eu sermos livres desse jeito de novo.

— Você sabe o que Patrick diria, não sabe? — perguntei. — Que a liberdade não está lá fora. — Fiz um gesto dramático para o mundo exterior e, fazendo uma voz hippie, disse: — Mas aqui. — E bati no peito com os olhos fechados, indicando o meu coração.

— Eu ouvi meu nome? — ele disse aparecendo na porta dos fundos com Lacey em seus braços.

— Mamãe, podemos ter um cachorro? — ela disse para Kezza, que olhou para mim como se dissesse: *Obrigada por plantar essa ideia, Annie.*

— Talvez — ela respondeu. — Ou talvez possamos ficar de babá pra Carol de vez em quando.

Bri riu.

— Assim vai ser bom pra todo mundo! — gargalhou.

Olhei para Patrick.

— Às vezes as coisas simplesmente dão certo — eu disse e todo mundo deu uma tossidinha bem-humorada antes de sairmos.

Ele nos levou para o leste, para fora de Londres até que chegássemos à costa. Colocamos as músicas que chamávamos de "nossas" para tocar — todas aquelas que traziam uma recordação, ou que nos lembravam de ter catorze anos, ou de viajar juntos, ou que estavam tocando na rádio nesses últimos meses enquanto cozinhávamos ovos ou comíamos na minha cama nova, comentando, como fazíamos, sobre como o céu estava naquele dia em particular.

— Acho que vou poder fazer a transição em breve — disse a ele, quando o trânsito diminuiu e as estradas ficaram mais tranquilas e a *playlist* que tínhamos feito chegou ao fim. — Eu realmente acho que vou fazer isso.

Ele colocou uma mão na minha coxa. Não no meu joelho, como se fosse um amigo, mas bem alto, em um lugar onde só ele podia tocar.

— Acho que é um ótimo plano — ele respondeu. — E um dia você vai ter seu próprio consultório e uma placa na porta e tudo o mais.

Eu ri.

— Um passo de cada vez — insisti. — Eu não planejo tão à frente mais, lembra?

Ele assentiu, como se dissesse que não ia discutir, mas que também iria encomendar aquela placa, só por precaução.

Ele disse:

— Eu quase não disse oi aquele dia na Barry's. Já te disse isso antes?

Paramos em um estacionamento quase vazio e Carol começou a ficar agitada no banco de trás, compreendendo instintivamente que tínhamos chegado e que a liberdade gloriosa da praia logo seria dela. Nós a deixamos sair e a seguimos na direção da costa.

— Sério? — perguntei. — Porque eu não consigo conceber um mundo em que isso seja verdade.

— Ha! Então é assim?

Dei de ombros sugestivamente, feliz por conseguirmos continuar flertando daquela maneira. Ele não estava segurando a minha mão, mas o braço dele, carregando nossa bolsa com um tapete de praia e suprimentos, não estava a mais de quinze centímetros de mim.

— Tô feliz porque eu dei um oi.

Lancei um olhar de soslaio para ele e não resisti a lhe dar um beijo em seguida.

— Por que isso?

Continuamos juntos, nossos narizes se tocando, satisfeitos e plenos.

— Porque sim — eu disse, e o que eu queria dizer era *porque eu te amo*.

Uma vez que tínhamos caminhado o suficiente para Carol abrir mão de brincar na água, rolar na areia e começar a se acalmar, nós nos ajeitamos em um local para comer o almoço que tínhamos trazido.

— Tenho novidades também — ele disse, no meio de um enroladinho folhado de salsicha.

— Ah é? — respondi.

— Me candidatei a uma promoção.

— Isso é maravilhoso! — arfei. — Eu nem sabia que você estava pensando em fazer isso!

— O que posso dizer? Você me inspira.

— Olhe pra gente — sorri. — Eu estou abrindo mão de umas responsabilidades; você está liderando o movimento de assumir mais algumas...

— Estamos nos contagiando um com o outro.

— É — eu disse. — Estamos. Você me faz melhor, Patrick Hummingbird.

— Não fique melosa comigo. — Ele piscou, o que me fez rir. Eu estava sempre rindo com ele. Meu telefone apitou, iluminando-se com uma mensagem de texto de mamãe.

O filho da Agatha Mill tem sua própria clínica de saúde mental e perguntou se eu posso passar seu número, dizia a mensagem. *Tudo bem se eu passar? Acho que ele está contratando e talvez eu tenha falado bem de você...*

— Mamãe ouviu falar de um emprego — eu disse. — Dá pra acreditar nisso? Acho que ela tá me apoiando de verdade.

— Judy Wiig toda cheia de surpresas no último ato — ele comentou. — Quem foi que disse que pau que nasce torto nunca se endireita?

Fiquei de pé e me livrei dos farelos do almoço, depois tirei minha camiseta e desabotoei o jeans.

— O que você tá fazendo? — Patrick perguntou, seu olhar cheio de pânico e o queixo caído. — Você não vai entrar, vai?

— Você trouxe uma toalha?

— Sim, mas só pro caso da Carol se molhar.

Continuei a tirar a roupa, as meias saíram junto com as calças, até ficar diante dele só com a roupa debaixo.

— Só se vive uma vez, né? — eu disse, começando a descer em direção ao mar.

— Você não tá com medo de estar congelando? — ele gritou.

Eu gritei de volta por cima do meu ombro:

— Estar com medo não é motivo pra não agir. Não foi você que me ensinou isso?

Carol começou a latir, empolgadíssima pela perspectiva de receber permissão para passar mais tempo na água. Patrick acertou: a água estava congelante. Permaneci por um momento, deixando as ondas fazerem cosquinhas nos meus dedos do pé enquanto o mar se afastava e depois voltava quebrando. Olhei para o horizonte e me deleitei com o sol na minha pele, deixando a brisa acariciar meu pescoço, enquanto eu fotografava aquele momento em minha mente, gravando-o na memória. Essa era a essência da vida: sábados ociosos na praia com o homem que eu amava, esperanças vagas para o futuro, mas o aqui e o agora eram totalmente suficientes. Não podia controlar nada além da minha própria felicidade e eu tinha feito isso. Eu a agarrei com as duas mãos gananciosamente e sem nenhuma vergonha. Eu não precisava saber o que iria acontecer no próximo ano, ou nos próximos dez anos, ou a trajetória do resto da minha vida desde que existissem sábados perto do mar.

Patrick surgiu ao meu lado de cueca.

— Se você vai fazer isso, eu também vou.

Aceitei o que ele disse com um beijo. Sorrimos um para o outro e o tempo parou, só por um segundo, antes de eu me inclinar para a frente para que as pontas dos meus dedos alcançassem as ondas, colocando as mãos em concha para enchê-las de água e jogar nele.

— Então vamos — eu disse, molhando-o, e ele mergulhou atrás de mim com um grito alegre, me seguindo para dentro da água fria e profunda. Nós dois aproveitamos aquele mergulho, nos entregando de corpo e alma simplesmente porque podíamos.

AGRADECIMENTOS

Dediquei este livro a Katie, porque, como minha editora, sua ética de trabalho, bondade e a sua percepção de como-tornar-um-livro-ainda-melhor me impressionam todos os dias. Juntamente com ela, Sabah Khan e Ella Kahn, as três mulheres com quem tenho mais contato durante o processo de escrita e publicação, eu me sinto verdadeiramente segura e apoiada, o que significa que posso fazer melhor o meu trabalho. Então. Obrigada a todas vocês.

Escrevi este livro durante o auge de uma pandemia, onde o meu único papel em manter minha comunidade segura era ficar em casa e trabalhar de calcinha no sofá. Em relação às pessoas que fizeram o verdadeiro trabalho de nos proteger, eu me sinto muito pequena. Parece bobo colocar isto em um livro por vários motivos, mas não sei mais onde eu poderia dizê-lo. Papel e tinta parecem um lar tão bom quanto qualquer outro para gritar: puta que pariu. Prestadores de serviços essenciais, devemos tudo a vocês.

E para os leitores, trabalhadores de livrarias e *bookstagrammers* que me contam que gostaram do meu trabalho e incentivam outras pessoas a lê-lo também: obrigada. Espero que você tenha achado este aqui o meu livro mais alegre e escapista até agora. Eu penso em você a cada palavra, a cada página. Eu faço isso para fazer você sorrir. Espero que a missão "Por um triz" tenha atingido o seu objetivo.

Exemplares impressos em OFFSET sobre papel Cartão LD 250g/m2 e pólen Soft LD 70g/m2 da Suzano Papel e Celulose para a Editora Rua do Sabão.